HEYNE <

Das Buch

Deadwood, USA: Als die kleine Rose Franklin an ihrem elften Geburtstag beim Spielen im Wald eine gewaltige Hand aus Metall entdeckt, ahnt sie noch nicht, dass dieser Fund ihr Leben für immer verändern wird. Siebzehn Jahre später ist Rose eine der besten Physikerinnen des Landes und soll, gemeinsam mit einem Expertenteam aus Wissenschaftlern und Militärs, das Geheimnis der mysteriösen Hand lösen. Auf die ersten Experimente folgt der Schock: Die Hand wurde bereits vor über 6 000 Jahren vergraben – zu einer Zeit, als die Menschen noch nicht einmal das Rad erfunden hatten! Doch wer hat die Hand gebaut, wenn es Menschen nicht gewesen sein können? Was bedeuten die seltsamen Zeichen, die in das Metall geritzt sind? Und wo ist der Rest des Körpers? Für Rose und ihr Team beginnt eine gnadenlose Schnitzeljagd rund um den Globus – eine Schnitzeljagd voller Gewalt, politischer Intrigen und der Frage, ob eine außerirdische Macht möglicherweise die Menschheit vernichten will …

Der Autor

Sylvain Neuvel wurde in Quebec City, Kanada, geboren und studierte Sprachwissenschaften in Montreal und Chicago. Er arbeitete unter anderem als Journalist und Übersetzer, bevor er das Schreiben für sich entdeckte. Seine lebenslange Faszination für Roboter inspirierte ihn zu seinem ersten Roman *Giants,* der in den USA bereits ein Riesenerfolg ist. Der Autor lebt mit seiner Familie in Montreal.

Mehr über Sylvain Neuvel und seinen Roman erfahren Sie auf:

diezukunft.de

SYLVAIN NEUVEL

GIANTS

SIE SIND ERWACHT

ROMAN

Aus dem Amerikanischen übersetzt
von Marcel Häußler

WILHELM HEYNE VERLAG
MÜNCHEN

Titel der amerikanischen Originalausgabe
SLEEPING GIANTS

FSC
www.fsc.org
MIX
Papier aus verantwortungsvollen Quellen
FSC® C014496

Verlagsgruppe Random House FSC® N001967

2. Auflage
Deutsche Erstausgabe 09/2016
Redaktion: Werner Bauer

Printed in Germany
Umschlaggestaltung: Das Illustrat, München,
unter Verwendung eines Motivs von Ociacia/Shutterstock
Satz: Leingärtner, Nabburg
Druck und Bindung: GGP Media GmbH, Pößneck
ISBN 978-3-453-31690-4

www.diezukunft.de

Für Théodore.

Jetzt kommt allmählich die Zeit,
dir das Lesen beizubringen –
und Englisch.

PROLOG

Es war an meinem elften Geburtstag. Mein Vater hatte mir ein neues Fahrrad geschenkt: weiß und rosa und mit Quasten am Lenker. Ich wollte unbedingt damit fahren, aber meine Eltern ließen mich nicht aus dem Haus, solange meine Freunde noch da waren. Eigentlich waren es nicht wirklich meine Freunde. Es war mir nie sonderlich leichtgefallen, Freundschaften zu schließen. Ich las gern, streunte gern durch die Wälder, war gern allein. Und in der Gesellschaft gleichaltriger Kinder fühlte ich mich immer ein wenig fehl am Platz. Deshalb luden meine Eltern meistens die Nachbarskinder ein, wenn ich Geburtstag hatte. Es waren viele, von manchen kannte ich kaum den Namen. Sie waren sehr nett, und sie brachten Geschenke mit. Also blieb ich. Ich pustete die Kerzen aus. Ich packte die Geschenke aus. Ich lächelte. An die meisten Geschenke kann ich mich nicht mehr erinnern, weil ich die ganze Zeit nur daran dachte, dass ich endlich mein neues Fahrrad ausprobieren wollte. Als die anderen Kinder schließlich nach Hause gingen, war es schon fast Zeit zum Abendessen, und ich konnte keine Minute länger warten. Es dämmerte schon, und sobald es dunkel war, würde mich mein Vater auf keinen Fall mehr aus dem Haus lassen.

Ich schlich zur Hintertür hinaus und radelte, so schnell ich konnte, in den Wald am Ende der Straße. Es waren wohl zehn Minuten vergangen, bis ich langsamer wurde. Vielleicht wurde es mir zu dunkel, und ich überlegte zurückzufahren? Oder war ich einfach erschöpft? Ich blieb einen Augenblick stehen und lauschte dem Wind, der durch die Äste fuhr. Es war Herbst geworden. Der Wald leuchtete in bunten Farben und verlieh den Berghängen mehr Tiefe. Plötzlich wurde die Luft kalt und feucht, als ob es gleich zu regnen anfinge. Die Sonne war inzwischen untergegangen, und der Himmel hinter den Bäumen strahlte so rosa wie die Quasten an meinem Lenker.

Hinter mir hörte ich ein Knacken. Hätte ein Hase sein können. Etwas am Fuß des Hügels, auf dem ich stand, zog meinen Blick auf sich. Ich ließ das Fahrrad stehen und bahnte mir langsam einen Weg durch die herabhängenden Äste nach unten. Die Blätter waren noch nicht abgefallen, und ich konnte nicht wirklich viel erkennen – nur ein unheimliches türkisfarbenes Leuchten, dessen Ursprung ich nicht ausmachen konnte, drang durch die Zweige. Es kam nicht vom Fluss; ich hörte das Wasser in der Ferne rauschen, aber das Licht war viel näher. Es schien von überall zu kommen.

Als ich das Ende des Hangs erreichte, verschwand der Boden unter meinen Füßen.

An das, was dann geschah, kann ich mich kaum erinnern. Ich muss wohl mehrere Stunden bewusstlos gewesen sein, denn als ich wieder zu mir kam, ging gerade die Sonne auf und mein Vater stand ungefähr fünfzehn Meter über mir. Seine Lippen bewegten sich, aber ich hörte nichts.

Das Loch, in dem ich lag, war quadratisch und fast so groß wie unser Haus. Aus den kunstvollen Einkerbungen in den dunklen geraden Wandtafeln drang von allen Seiten dieses herrliche türkisfarbene Licht. Vorsichtig tastete ich meine Umgebung ab. Ich lag auf einem Bett aus Erde, Steinen und zerbrochenen Zweigen. Die glatte Fläche unter dem Schutt war leicht gewölbt und kalt wie Metall.

Erst jetzt bemerkte ich die Feuerwehrmänner in ihren gelben Jacken, die oben um das Loch herumschwirrten. Ein Seil fiel neben meinem Kopf herab, und kurz darauf wurde ich nach oben gehievt.

Mein Vater wollte nicht mit mir über den Vorfall sprechen. Immer wenn ich ihn fragte, in was für ein Loch ich da gefallen war, ersann er neue raffinierte Erklärungen. Ungefähr eine Woche später klingelte es an der Tür. Ich rief nach meinem Vater, aber er antwortete nicht, deshalb rannte ich selbst die Treppe hinunter und öffnete die Tür. Es war einer der Feuerwehrmänner, die mich gerettet hatten. Er hatte einige Fotos geschossen und dachte, ich würde sie sehen wollen. Und er hatte recht. Da war ich, ein winziges Wesen am Grund des Lochs, und lag auf dem Rücken in einer riesigen Hand aus Metall.

ERSTER TEIL

KÖRPERTEILE

FILE 003

GESPRÄCH MIT DR. ROSE FRANKLIN, PH. D.,
LEITENDE WISSENSCHAFTLERIN
AM ENRICO FERMI INSTITUTE

ORT: UNIVERSITY OF CHICAGO, CHICAGO, ILLINOIS

— Wie groß war die Hand?

— 6,9 Meter, auch wenn sie mir mit elf Jahren wesentlich größer vorkam.

— Was haben Sie nach dem Vorfall getan?

— Nichts. Meine Eltern und ich sprachen kaum darüber. Wie alle Kinder in meinem Alter ging ich ganz normal weiter jeden Tag zur Schule. In meiner Familie hat niemand studiert, deshalb bestanden meine Eltern darauf, dass ich das College besuchte. Ich hatte Physik als Hauptfach.

Ich weiß, was Sie denken. Ich wünschte, ich könnte Ihnen sagen, dass ich wegen der Hand Wissenschaftlerin geworden bin, aber ich war schon immer gut in den Naturwissenschaften. Meine Eltern haben meine Begabung schon früh erkannt und gefördert. Mit vier bekam ich meinen ersten Experimentierkasten zu Weihnachten, einen von diesen Elektronikbaukästen. Man konnte damit zum Beispiel einen Telegrafen bauen, indem man Kabel in kleine Metallklemmen steckte. Ich glaube nicht, dass ich etwas anderes studiert hätte, wenn ich an jenem Tag auf meinen Vater gehört und zu Hause geblieben wäre.

Jedenfalls schloss ich das College ab und ging an die Uni. Sie hätten meinen Vater sehen sollen, als er erfuhr, dass ich an der University of Chicago angenommen wurde. Ich habe noch nie jemanden gesehen, der so stolz war. Hätte er eine Million Dollar gewonnen, wäre er auch nicht glücklicher gewesen. Nachdem ich meinen Doktor in der Tasche hatte, bekam ich eine Anstellung an der Universität.

— Wann haben Sie die Hand wiedergefunden?

— Gar nicht, denn ich habe nicht nach ihr gesucht. Es hat siebzehn Jahre gedauert, aber man könnte wohl sagen, die Hand hat *mich* gefunden.

— Was ist passiert?

— Mit der Hand? Das Militär hatte damals die Fundstelle gesichert, nachdem die Hand entdeckt worden war.

— Wann war das?

— Kurz nachdem ich in das Loch gefallen war. Ungefähr acht Stunden später schaltete sich das Militär ein, und Colonel Hudson – so hieß er, glaube ich – übernahm das Kommando über das Projekt. Er kam aus der Gegend, deshalb kannte er die Einheimischen. Ich kann mich nicht erinnern, ihm mal begegnet zu sein, aber jeder, der ihn kennt, sagt nur Gutes über ihn.

Ich habe die wenigen Aufzeichnungen gelesen, die von ihm noch erhalten sind – das meiste wurde vom Militär zensiert. Während der drei Jahre, in denen er das Kommando innehatte, versuchte er vor allem herauszufinden, was die Inschriften an den Wänden bedeuten. Die Hand selbst, meistens als »das Fundstück« bezeichnet, erwähnte er nur am Rande und sah in ihr einen Hinweis darauf, dass ihre Erbauer an ein komplexes religiöses System glaubten. Ich glaube, Colonel Hudson hat sich da in etwas hineingesteigert.

— Und was, glauben Sie, war das?

— Ich habe keine Ahnung. Hudson war Berufssoldat, kein Physiker. Auch kein Archäologe. Er hat weder Anthropologie noch Linguistik oder ein anderes Fach studiert, das ihm in dieser Situation hätte weiterhelfen können. Wahrscheinlich hatte er zu viele Indiana-Jones-Filme gesehen, die sein Urteilsvermögen beeinflusst haben. Glücklicherweise hatte er kompetente Unterstützung – trotzdem muss es für ihn peinlich gewesen sein, die Verantwortung für ein Projekt zu tragen, ohne genau zu wissen, womit er es eigentlich zu tun hatte.

Es ist faszinierend, welch große Mühe sich das Projektteam gegeben hat, die eigenen Erkenntnisse zu widerlegen. Die ersten Analysen deuteten darauf hin, dass der Raum, in dem die Hand gefunden wurde, vor ungefähr dreitausend Jahren erbaut wurde. Weil das jedoch kaum möglich zu sein schien, wurden Proben organischen

Materials, das man auf der Hand entdeckt hatte, mit der Radiokarbonmethode untersucht. Mit dem verblüffenden Ergebnis, dass die Proben sogar noch viel älter waren als zunächst angenommen: zwischen fünf- und sechstausend Jahren.

— War das eine Überraschung?

— Das kann man wohl sagen. Diese Daten stellen alles infrage, was wir über die Frühgeschichte Amerikas zu wissen glaubten. Bisher ging man davon aus, dass die Norte-Chico-Kultur in Peru die älteste uns bekannte Steinzeitkultur Amerikas ist – die Hand ist jedoch ungefähr tausend Jahre älter. Und selbst wenn man sie mit Norte Chico in Verbindung bringen könnte, wird wohl kaum jemand eine riesige Hand von Südamerika nach South Dakota transportiert haben. Aus Nordamerika selbst kann die Hand nicht stammen, denn dort gab es ähnlich hoch entwickelte Kulturen erst sehr viel später.

Nach einigen Jahren sporadischer Forschung behauptete Hudsons Team, die Proben der Radiokarbonuntersuchung seien kontaminiert gewesen, und stufte die Fundstelle kurzerhand als zwölfhundert Jahre alte Kultstätte eines Ablegers der Mississippi-Kultur ein. Ich bin die Akten zigmal durchgegangen. Es gibt nichts, was diese Theorie stützt, außer dass sie vernünftiger klingt als alles, was die Daten hergeben. Ich vermute, dass Hudson der Fundstätte keine militärische Bedeutung beigemessen hat. Vielleicht befürchtete er auch, das unterirdische Forschungslabor könne seiner Karriere schaden, und wollte, nur um da rauszukommen, so schnell wie möglich Ergebnisse präsentieren, wie absurd sie auch sein mochten.

— Ist ihm das gelungen?

— Rauszukommen? Ja. Es hat drei Jahre gedauert, aber schließlich wurde sein Wunsch erfüllt. Als er mit seinem Hund Gassi ging, hatte er einen Schlaganfall und fiel ins Koma. Ein paar Wochen später ist er gestorben.

— Was wurde nach seinem Tod aus dem Projekt?

— Nichts. Die Hand und die Wandtafeln verstaubten vierzehn Jahre lang in einem Lagerhaus, bis das Militär das Projekt freigab. Dann übernahm die University of Chicago mit finanzieller Unterstützung der NSA die Forschung, und mir wurde die Leitung der Untersuchung übertragen. Man könnte fast von Schicksal sprechen, obwohl ich eigentlich nicht an so etwas wie Vorsehung glaube.

— Warum sollte sich die NSA in einem archäologischen Projekt engagieren?

— Das habe ich mich auch gefragt. Die NSA finanziert verschiedene Forschungsprojekte, aber das liegt außerhalb ihres üblichen Interessengebiets. Vielleicht wollte sie die fremden Zeichen als Verschlüsselungstechnik nutzen; vielleicht interessierte sie das Material, aus dem die Hand besteht. Die NSA stattete uns jedenfalls mit einem ziemlich großen Budget aus, deshalb habe ich nicht groß nachgefragt. Mir wurde ein kleines Team zugeteilt, um die naturwissenschaftlichen Fakten zu klären, bevor das Projekt an die anthropologische Fakultät übergeben werden sollte. Das Projekt war immer noch als streng geheim eingestuft, und wie Hudson musste auch ich in ein unterirdisches Labor umziehen. Ich glaube, Sie haben meinen Bericht gelesen und wissen über den Rest Bescheid.

— Ja, ich habe ihn gelesen. Sie haben ihn schon nach vier Monaten abgeliefert. Das könnte man für ein wenig überstürzt halten.

— Es war nur ein vorläufiger Bericht. Ich glaube nicht, dass er verfrüht kam. In Ordnung, vielleicht ein bisschen, aber ich hatte wichtige Entdeckungen gemacht und dachte, dass ich aus den vorhandenen naturwissenschaftlichen Daten nicht viel mehr herausholen konnte. Warum also noch warten? Es gibt in diesem unterirdischen Raum genug Rätsel, um mehrere Generationen von Wissenschaftlern darüber spekulieren zu lassen. Ich glaube, wir wissen nicht genug, um ohne weitere Datenerhebungen viel mehr über die Hand herauszufinden.

— Wer ist wir?

— Wir. Ich. Sie. Die Menschheit. Wer auch immer. Es gibt in diesem Labor Dinge, die unser Verständnis übersteigen.

— In Ordnung, dann erzählen Sie mir das, was Sie verstanden haben. Erzählen Sie mir von den Tafeln.

— Das steht alles in meinem Bericht. Es gibt sechzehn Stück. Sie sind ungefähr drei mal zehn Meter groß und weniger als drei Zentimeter dick. Alle sechzehn Tafeln wurden in derselben Periode hergestellt, schätzungsweise vor dreitausend Jahren. Wir …

— Entschuldigung. Gehe ich richtig in der Annahme, dass Sie die Kontaminationstheorie nicht unterstützen?

— Es gibt keinen Grund, an der Radiokarbondatierung zu zweifeln. Und es ist, ehrlich gesagt, unser geringstes Problem, wie alt die Fundstücke sind. Hatte ich erwähnt, dass die Symbole auf den Tafeln seit siebzehn Jahren leuchten, ohne dass eine Energiequelle gefunden wurde?

Jede Wand besteht aus vier Tafeln, in die jeweils ein Dutzend Reihen aus achtzehn bis zwanzig Zeichen eingeritzt sind. Die Zeilen sind in Abschnitte aus sechs oder sieben Symbolen unterteilt. Insgesamt gibt es fünfzehn verschiedene Zeichen. Die meisten davon tauchen mehrmals auf, manche nur einmal. Sieben sind rund mit einem Punkt in der Mitte, sieben bestehen aus geraden Linien, und eines ist nur ein Punkt. Sie sind einfach, aber sehr elegant gestaltet.

— Konnten Ihre Vorgänger einige der Schriftzeichen entschlüsseln?

— Zu den wenigen Teilen von Hudsons Bericht, die das Militär nicht zensiert hat, gehört die linguistische Analyse. Die Sprachwissenschaftler haben die Symbole mit jeder uns bekannten Schrift der Vergangenheit und Gegenwart verglichen, konnten aber keine Übereinstimmung finden. Man vermutete, dass jede Sequenz von Symbolen einen Satz darstellt, so wie im Englischen, aber ohne konkreten Bezugsrahmen konnte man über den Inhalt nicht mal spekulieren. Die Arbeit war gründlich, jeder Schritt wurde dokumentiert. Ich sah keinen Grund, dieselbe Analyse noch einmal durchführen zu lassen, und lehnte das Angebot, einen Linguisten hinzuzuziehen, ab. Ohne vergleichbares Sprachsystem konnten wir die Bedeutung der Zeichen unmöglich entschlüsseln.

Mein Bauchgefühl sagte mir außerdem, dass die Hand selbst das Wichtigste war. Ich konnte es nicht erklären – vielleicht war ich voreingenommen, schließlich bin ich als Kind in dieses Loch gefallen –, aber ich fühlte mich wie magisch von ihr angezogen.

— Ganz im Gegensatz zu Ihrem Vorgänger. Also, was können Sie mir über die Hand sagen?

— Sie ist atemberaubend schön – dunkelgrau mit einigen Bronzetönen, und sie schillert untergründig –, aber ich nehme an, dass Sie sich nicht für die ästhetischen Aspekte interessieren. Vom Handgelenk bis zur Spitze des Mittelfingers misst sie, wie schon gesagt, 6,9 Meter. Sie ist massiv und scheint aus dem gleichen Metall zu bestehen wie die Wandtafeln, ist aber mindestens zweitausend Jahre älter. Die Handfläche deutet nach oben, und die Finger sind aneinandergedrückt und leicht gebogen, als würden sie etwas Wertvolles halten. Es gibt Rillen, die den Lebenslinien einer menschlichen Hand nachempfunden sind, aber auch welche, die nur der Zierde dienen. Auch sie leuchten in demselben hellen Türkis, das das Metall schillern lässt. Die Hand wirkt stark, aber zugleich ... *filigran* ist das einzige Wort, das mir dazu einfällt. Ich glaube, es ist eine Frauenhand.

— Im Moment interessiere ich mich mehr für die Fakten. Woraus besteht diese starke, aber filigrane Hand?

— Es ist nahezu unmöglich, in das Material hineinzuschneiden oder es mit konventionellen Mitteln auf andere Art zu verändern. Um auch nur eine kleine Probe aus einer der Wandtafeln zu entnehmen, brauchten wir mehrere Versuche. Die Massenspektrografie hat ergeben, dass Hand und Tafeln aus einer Legierung aus verschiedenen Schwermetallen bestehen, hauptsächlich Iridium, mit einem Anteil von zehn Prozent Eisen und geringeren Konzentrationen von Osmium, Ruthenium und anderen Metallen aus der Platingruppe.

— Die Hand muss ihr Gewicht in Gold wert sein, richtig?

— Komisch, dass Sie das ansprechen. Sie wiegt nicht so viel, wie sie sollte, deshalb würde ich sagen, sie ist mehr wert als ihr Gewicht, egal in was.

— Wie viel wiegt sie?

— Zweiunddreißig Tonnen … Ich weiß, das ist ein ordentliches Gewicht, aber gemessen an der Zusammensetzung der Schwermetalle ist sie viel zu leicht. Iridium ist eines der Elemente mit der höchsten Dichte, und trotz des Eisenanteils sollte die Hand mindestens zehnmal so schwer sein.

— Wie erklären Sie sich das?

— Gar nicht. Ich habe nicht die geringste Ahnung, wie das möglich ist. Aber das Gewicht irritiert mich weniger als die schiere Menge des Iridiums. Iridium ist nicht nur eines der dichtesten Elemente, es ist auch eines der seltensten.

Metalle der Platingruppe verbinden sich gern mit Eisen. Und genau das hat der Großteil des Iridiums vor Milliarden von Jahren getan, als die Erdoberfläche noch geschmolzen war. Und weil es so schwer ist, ist es zum Erdkern gesunken, Tausende Kilometer tief. Das bisschen Iridium, das in der Erdkruste zurückblieb, verband sich meistens mit anderen Metallen und lässt sich nur mit einem aufwendigen chemischen Verfahren trennen.

— Wie selten ist Iridium im Vergleich zu anderen Metallen?

— Ausgesprochen selten. Wenn man das ganze Iridium zusammennimmt, das auf der Erde im Verlauf eines Jahres abgebaut wird, kommt man auf nicht mehr als ein paar Tonnen. Das ist ungefähr ein großer Koffer voll. Beim heutigen Stand der Technik würde es Jahrzehnte dauern, genug Iridium zusammenzukratzen, um die Hand und die Tafeln zu bauen. Auf der Erde gibt es schlicht zu wenig davon, und es liegen nicht genug Chondrite herum.

— Ich kann Ihnen nicht folgen.

— Entschuldigung. Chondrite sind Steinmeteoriten. Iridium ist im irdischen Gestein so selten, dass es oft nicht nachweisbar ist. Das meiste Iridium wird aus Meteoriten gewonnen, die beim Eintritt in die Erdatmosphäre nicht völlig verglüht sind. Um die Tafeln und die Hand zu bauen – und die Vermutung liegt nahe, dass es nicht das Einzige ist, was deren Schöpfer gebaut haben –, muss man das Iridium von dort herholen, wo es mehr davon gibt als auf der Erdoberfläche.

— Eine Reise zum Mittelpunkt der Erde?

— Jules Verne ist eine Möglichkeit. Um Iridium in großen Mengen abzubauen, müsste man entweder Tausende von Kilometern tief schürfen oder man holt es sich im Weltraum. Bei allem Respekt vor Monsieur Verne, aber wir sind weit davon entfernt, tief genug graben zu können, um bis zum Erdkern vorzudringen. Unsere tiefsten Minenschächte sehen im Vergleich dazu aus wie Schlaglöcher. Da scheint mir die zweite Variante schon realistischer. Es gibt bereits Unternehmen, die hoffen, in naher Zukunft Wasser und wertvolle Mineralien im Weltraum zu gewinnen, aber diese Projekte sind alle noch in der Planungsphase. Trotzdem, wenn man im Weltall Meteoriten »ernten« könnte, wäre die Ausbeute an Iridium wesentlich höher.

— Was können Sie mir sonst noch sagen?

— Das war's im Wesentlichen. Nachdem wir die Hand genauestens untersucht hatten, hatte ich das Gefühl, dass wir nicht weiterkommen. Ich wusste, dass wir die falschen Fragen stellen, aber ich kannte die richtigen nicht. Ich habe einen vorläufigen Bericht abgeliefert und meine Freistellung beantragt.

— Frischen Sie mein Gedächtnis auf. Was war das Fazit Ihres Berichts?

— Wir haben die Hand nicht gebaut.

— Interessant. Wie war die Reaktion?

— Antrag auf Freistellung bewilligt.

— Das war alles?

— Ja. Sie hofften wohl, dass ich nicht zurückkomme. Ich habe das Wort *Alien* nie benutzt, aber darauf hat die NSA den Bericht wahrscheinlich reduziert.

— Und das meinten Sie nicht?

— Nicht unbedingt. Es könnte auch eine »irdische« Erklärung dafür geben, eine, die mir nicht in den Sinn kam. Als Wissenschaftlerin kann ich nur sagen, dass wir Menschen weder die Ressourcen noch das Wissen oder die Technologie haben, um so etwas zu bauen. Es ist durchaus möglich, dass eine alte Zivilisation mehr von Metallurgie verstanden hat als wir, aber auch damals – egal ob vor fünftausend, zehntausend oder zwanzigtausend Jahren – gab es in der Erdkruste nicht mehr Iridium als heute. Also, um Ihre Frage zu beantworten: Ich glaube nicht, dass Menschen die Tafeln und die Hand gebaut haben. Ziehen Sie Ihre eigenen Schlüsse daraus, wenn Sie wollen.

Ich bin nicht blöd; ich wusste, dass ich meine Karriere damit aufs Spiel setzte. Auf jeden Fall habe ich meine Glaubwürdigkeit verloren, aber was blieb mir anderes übrig? Hätte ich lügen sollen?

— Was taten Sie, nachdem Sie den Bericht abgeschickt hatten?

— Ich ging nach Hause. Dorthin, wo alles angefangen hat. Seit dem Tod meines Vaters bin ich fast vier Jahre lang nicht mehr zu Hause gewesen.

— Wo ist Ihr Zuhause?

— Ich komme aus einem kleinen Ort namens Deadwood, ungefähr eine Stunde nordwestlich von Rapid City.

— Ich kenne mich in diesem Teil des Mittleren Westens nicht aus.

— Es ist ein Städtchen, das während des Goldrauschs gegründet wurde. Ein wilder Ort wie im Film. Die letzten Bordelle wurden geschlossen, als ich noch ein Kind war. Abgesehen von einer kurzlebigen Fernsehserie auf HBO erlangten wir eine gewisse Berühmtheit, weil Wild Bill Hickok in Deadwood ermordet wurde. Nach dem

Ende des Goldrauschs und mehreren großen Bränden schrumpfte die Bevölkerung auf ungefähr zwölfhundert Einwohner zusammen.

Deadwood floriert also nicht gerade, aber es existiert noch. Und die Landschaft ist atemberaubend. Es liegt direkt am Rand des Black Hills National Forest mit seinen unheimlichen Felsformationen, herrlichen Kiefernwäldern, kargen Steinlandschaften, Tälern und Bächen. Ich weiß nicht, ob es einen schöneren Ort auf der Welt gibt. Ich kann verstehen, warum jemand dort etwas bauen will.

— Sie bezeichnen es immer noch als Ihr Zuhause?

— Ja, natürlich. Deadwood ist ein Teil von mir, auch wenn meine Mutter da wahrscheinlich anderer Meinung ist. Nach dem Tod meines Vaters haben wir kaum miteinander gesprochen. Ich spürte, dass sie es mir übel nahm, dass ich nicht mal zur Beerdigung meines Vaters nach Hause gekommen bin und sie in ihrem Schmerz alleine gelassen habe. Wir gehen alle anders mit Trauer um, und ich vermute, meine Mutter wusste tief in ihrem Inneren, dass ich den Abstand brauchte, um den Verlust meines Vaters zu verarbeiten. Aber ich merkte, dass sie wütend war, und es gab Dinge, die unsere Beziehung getrübt hatten – auch wenn meine Mutter das nie zugeben würde. Ich konnte das verstehen. Sie hatte genug gelitten; sie hatte das Recht, wütend zu sein. An den ersten Tagen zu Hause haben wir nicht viel miteinander gesprochen, doch dann stellte sich bald Normalität ein.

In meinem alten Zimmer zu schlafen hat Erinnerungen wachgerufen. Als Kind schlich ich mich oft nachts aus dem Bett und setzte mich ans Fenster, um zuzusehen, wie mein Vater zum Bergwerk ging. Er kam vor jeder Nachtschicht in mein Zimmer und ließ mich ein Spielzeug aussuchen, das ich in seine Brotbüchse legen durfte. Er sagte, er würde an mich denken, wenn er sie aufmacht, und dann seine Pause mit mir in meinen Träumen verbringen. Er hat nie viel mit mir oder meiner Mutter gesprochen, aber er wusste, wie wichtig die kleinen Dinge für ein Kind sind, und er nahm sich immer Zeit, mich ins Bett zu bringen, bevor er zur Arbeit ging. Ich wünschte mir so sehr, er wäre da gewesen, damit ich ihm von der Hand hätte erzählen können. Er war zwar kein Wissenschaftler, aber er hatte einen klaren Blick auf die Dinge. Mit meiner Mutter konnte ich nicht darüber sprechen.

Wir hatten mehrere kurze, aber angenehme Unterhaltungen, die eine willkommene Abwechslung zu den höflichen Bemerkungen über das Essen waren, auf die wir uns nach meiner Ankunft beschränkt hatten. Aber meine Arbeit war geheim, und ich gab mein Bestes, nichts von dem, was mir durch den Kopf ging, auszusprechen. Es wurde von Woche zu Woche einfacher, je mehr Zeit ich damit verbrachte, über meine Kindheit nachzudenken statt über die Hand.

Es dauerte fast einen Monat, bis ich zu der Stelle wanderte, an der ich sie zum ersten Mal gesehen hatte. Das Loch war längst wieder aufgefüllt worden. Aus der Erde wuchsen kleine Bäume zwischen den Steinen. Es gab nichts mehr zu sehen. Ich lief ziellos herum, bis es dunkel wurde. Warum hatte ausgerechnet ich die Hand gefunden? Es musste noch andere Konstruktionen geben wie die, auf die ich gestoßen war. Warum hatte sie niemand entdeckt? Was war an diesem Tag passiert? Die Hand war mehrere Tausend Jahre lang inaktiv gewesen. Warum hatte sie ausgerechnet an diesem Tag angefangen zu leuchten? Was war an diesem Tag vor zwanzig Jahren anders als all die Jahrtausende davor?

Da wurde es mir schlagartig klar. *Das* war die Frage, die ich stellen musste. Ich musste herausfinden, was die Hand aktiviert hatte.

FILE 004

GESPRÄCH MIT CW3 KARA RESNIK,
UNITED STATES ARMY

ORT: COLEMAN ARMY AIRFIELD,
MANNHEIM, DEUTSCHLAND

— Nennen Sie bitte Ihren Namen und Ihren Rang.

— Sie kennen meinen Namen doch. Meine Akte liegt direkt vor Ihnen.

— Mir wurde versichert, Sie würden in dieser Angelegenheit kooperieren. Ich möchte, dass Sie für die Aufzeichnung Ihren Namen nennen.

— Vielleicht könnten Sie damit anfangen, mir zu erklären, was für eine »Angelegenheit« das ist.

— Das ist nicht möglich. Und jetzt nennen Sie für die Aufzeichnung Ihren Namen und Ihren Rang.

— »Das ist nicht möglich …« Sind Sie immer so förmlich?

— Ich nenne die Dinge gern beim Namen. Damit vermeide ich Missverständnisse. Wenn es eines gibt, das ich hasse, dann ist es, mich zu wiederholen …

— Jaja. Mein Name. Sagen Sie ihn doch selbst, wenn er Ihnen so wichtig ist.

— Wie Sie wünschen. Sie sind Chief Warrant Officer Kara Resnik, Helikopterpilotin in der United States Army. Ist das korrekt?

— Ehemalige Helikopterpilotin. Mir wurde die Flugerlaubnis entzogen, aber das wissen Sie ja wahrscheinlich schon.

— Nein, das wusste ich nicht. Darf ich fragen, was passiert ist?

— Netzhautablösung. Es tut nicht weh, aber mein Sehvermögen ist beeinträchtigt. Ich werde morgen operiert. Als ich fragte, ob ich je wieder würde fliegen können, sagte man mir, es bestünde eine realistische Chance … was für mich verdächtig nach einem Nein klingt.

Wie war noch mal Ihr Name?

— Ich habe ihn nicht genannt.

— Warum nicht? Für die Aufzeichnung …

— Es gibt viele Gründe, manche sind wichtiger, andere weniger. Für Sie genügt es zu wissen, dass Sie diesen Raum nicht lebend verlassen dürften, wenn ich ihn nennen würde.

— Sie hätten auch einfach Nein sagen können. Glauben Sie wirklich, dass Sie bei mir mit Drohungen etwas erreichen?

— Ich möchte mich aufrichtig entschuldigen, falls Sie sich bedroht fühlen, Chief Resnik. Ich möchte nicht, dass Sie sich unwohl fühlen. Ebenso wenig möchte ich, dass Sie mich für schüchtern halten.

— Sie sind also um meine Sicherheit besorgt? Wie ritterlich. Warum wollten Sie mich sprechen?

— Wegen der Ereignisse in der Türkei.

— In der Türkei ist nichts passiert. Jedenfalls nichts Interessantes.

— Das zu beurteilen müssen Sie schon mir überlassen. Meine Sicherheitsfreigabe ist einige Stufen über Ihrer, also fangen Sie am Anfang an.

— Ich weiß nicht mal, was Sie damit meinen.

— Warum waren Sie in der Türkei?

— Ich wurde zur NATO abkommandiert. Ich kam frühmorgens an und habe anschließend ein bisschen geschlafen. Die Einsatzbesprechung war um 16:00 Uhr. Ich wurde meinem Copiloten vorgestellt, CW Mitchell, und wir sprachen die Mission durch. Wir sollten um 02:00 Uhr von Adana in einem umgerüsteten UH-60 mit Tarnkappentechnik starten und im Tiefflug in den syrischen Luftraum eindringen, wo wir ungefähr zwanzig Kilometer hinter der Grenze, in der Nähe von Ar-Raqqa, Luftproben nehmen sollten.

— Sie sagten, Sie seien CW Mitchell vorher nie begegnet. Es kommt mir merkwürdig vor, dass Sie mit jemandem, den Sie kaum kannten, einen gefährlichen Einsatz fliegen mussten. Ich dachte immer, in der Armee bleiben die Crews möglichst immer zusammen. Warum waren Sie nicht mit Ihrem üblichen Copiloten unterwegs?

— Er wurde neu zugeteilt.

— Warum?

— Das müssen Sie ihn selbst fragen.

— Das habe ich schon. Sind Sie überrascht zu erfahren, dass er um seine Versetzung gebeten hat, egal wohin, Hauptsache, er bekommt einen neuen Piloten? Die Worte, mit denen er Sie beschrieben hat, waren: halsstarrig, launisch, jähzornig. Er scheint einen großen Wortschatz zu haben.

— Er spielt oft Scrabble.

— Sind Sie deshalb nicht mit ihm klargekommen?

— Ich hatte nie ein Problem mit ihm.

— Das kann ich mir kaum vorstellen. Es kommt sehr selten vor, dass jemand seine Karriere aufs Spiel setzt, nur um einer Kollegin aus dem Weg zu gehen.

— Wir waren oft unterschiedlicher Meinung, aber beim Fliegen habe ich das außen vor gelassen. Ich kann nichts dafür, wenn er das nicht konnte.

— Es ist also nicht Ihre Schuld, wenn Leute Schwierigkeiten mit Ihnen haben. Sie sind eben, wie Sie sind.

— So ungefähr. Wollen Sie von mir hören, dass es nicht ganz einfach ist, mit mir klarzukommen? Das gebe ich gern zu. Aber ich bezweifle, dass wir hier sind, um über meine einnehmende Persönlichkeit zu sprechen. Sie wollen wissen, wie es passieren konnte, dass wir mit einem Helikopter im Wert von zwanzig Millionen Dollar mitten über einer Pistazienplantage abgestürzt sind. Stimmt's?

— Das wäre ein Anfang. Sie sagten, Sie sollten Luftproben nehmen. Wissen Sie warum?

— Die NATO vermutet, dass Syrien seit Jahren an einem Atomwaffenprogramm arbeitet, und will dem ein Ende setzen. Bereits 2007 bombardierte Israel einen verdächtigen Reaktor, aber die NATO zögert noch, zu so drastischen Maßnahmen zu greifen.

— Die NATO hätte lieber eindeutige Beweise, bevor sie sich militärisch engagiert.

— Die NATO will Syrien mit runtergelassener Hose erwischen. Eine Quelle aus dem syrischen Militärgeheimdienst hat den USA gesteckt, dass in der Nähe von Ar-Raqqa unterirdische Tests durchgeführt werden, aber weil Syrien keine Inspektoren in die verdächtigen Atomanlagen lässt, mussten wir verdeckt vorgehen.

— Beinhaltete diese heimliche Inspektion noch etwas anderes außer dem Einsammeln von Luftproben?

— Nein. Wir sollten rein- und wieder rausfliegen. Die NATO transportierte großes Equipment in die Türkei, um die Luftproben auf Spuren von nuklearen Aktivitäten zu untersuchen. Wir verließen die Luftwaffenbasis Incirlik wie geplant um 02:00 Uhr. Ungefähr eine Stunde lang flogen wir entlang der Grenze nach Osten, dann bogen wir nach Süden ab und drangen in den syrischen Luftraum ein. Wir blieben zwölf Minuten im Konturenflug in einer Höhe von achtzig Fuß über Grund. Um 03:15 Uhr erreichten wir die vorgesehenen Koordinaten und sammelten Luftproben ein, bevor wir auf derselben Route zurückkehrten.

— Waren Sie nervös?

— Sehr witzig. Ich werde nervös, wenn ich vergessen habe, meine Telefonrechnung zu bezahlen. Mit zweihundertfünfzig Stundenkilometern über möglicherweise feindliches Gebiet zu fliegen, noch dazu im Dunkeln mit Nachtsichtgeräten und knapp über dem Boden, ist schon ein bisschen was anderes. Wem da das Herz nicht hämmert, der hat wahrscheinlich keines. Also, ja, wir standen beide unter Hochspannung. Durch die Nachtsichtgeräte konnten wir nur geradeaus nach vorn sehen. Das fühlt sich an, als würde man mit unglaublicher Geschwindigkeit durch einen engen, grün beleuchteten Tunnel fliegen.

— Lief alles wie geplant?

— Wie ein Uhrwerk. Nach weniger als fünfundzwanzig Minuten waren wir wieder im türkischen Luftraum. Ich stieg auf achthundert Fuß, nachdem wir die Grenze hinter uns gelassen hatten. Als wir uns Harran näherten, bemerkten wir direkt unter uns ein Licht. Es konnte nicht der Lichtschein einer Stadt sein, denn unter uns war Ackerland, und die Farbe stimmte auch nicht. Dann, wie aus dem Nichts, fiel der Antrieb aus, und das Cockpit wurde dunkel.

Wir hörten, wie die Rotoren langsamer wurden und dann nichts mehr. Die Plantage unter uns strahlte in diesem eigenartigen türkisfarbenen Licht. Unzählige Pistazienbäume im Abstand von zehn Metern und dazwischen nur Erde. Wir konnten nichts mehr tun, außer dasitzen und nach unten starren. Es war surreal, sehr ... friedlich. Dann sind wir gefallen wie ein Stein.

Als wir aufschlugen, knallte der Airbag gegen mein Visier und ich wurde ohnmächtig. Als ich ein paar Minuten später wieder aufwachte, war ich allein im Helikopter. Ein alter Mann in einem weißen Baumwollgewand versuchte, mich abzuschnallen. Er muss mindestens sechzig gewesen sein. Seine Haut war dunkel und ledrig. Er sah mich an und murmelte irgendwas, obwohl er bestimmt wusste, dass ich ihn nicht verstand. Dann lächelte er. Unten fehlten ihm ein paar Zähne, aber er hatte sehr freundliche Augen. Ich habe mich wieder gefangen und half ihm, die Gurte zu lösen.

Er legte sich meinen Arm über die Schulter und zog mich aus dem Helikopter. Ein Mädchen, vielleicht sechzehn Jahre alt, stützte mich von der anderen Seite. Sie war hübsch. Sie sah die ganze Zeit zu Boden und redete nur, wenn der Mann sie ansprach. Vielleicht war er ihr Vater oder ihr Großvater. Sie setzten mich dreißig Meter von meinem Helikopter entfernt ab, und der Mann gab mir Wasser aus seiner Feldflasche. Das Mädchen wedelte mit einem Stück Stoff und zeigte auf meine Stirn. Als ich nicht widersprach, drückte sie den nassen Lappen auf mein rechtes Auge. Dann zog sie ihn schnell weg und ließ ihn verschwinden – ich sollte das Blut nicht bemerken, nehme ich an.

— Wo war Ihr Copilot?

— Zuerst wusste ich es nicht. Es hat ein oder zwei Minuten gedauert, bis ich bemerkte, dass sich hinter dem Hubschrauber ein paar Leute versammelt hatten. Ihre Gesichter konnte ich nicht erkennen, nur die Umrisse des türkisfarbenen Lichts. Ich stand auf und ging auf das Licht zu, während das Mädchen ständig dieselben Worte wiederholte – »bleib sitzen«, vermute ich. Ich schaffte es bis zum Rand des gewaltigen Kraters, der in die Pistazienplantage gerissen worden war. Das Licht war verdammt hell.

Mitchell stand da mit ein paar Einheimischen. Er legte sich meinen Arm über die Schulter und zog mich an seine Seite. Er schien froh zu sein, mich zu sehen. Ich weiß nicht genau, was wir da anstarrten, aber mir hat noch nie etwas solche Ehrfurcht eingeflößt.

Das Ding sah aus wie ein Wal aus dunklem Metall – vielleicht ein Schiff oder ein U-Boot, obwohl es dafür ein bisschen zu klein war. Es war glatt und geschwungen wie der Rumpf einer 747, hatte aber weder eine Öffnung noch einen Propeller. Es sah auch nicht aus, als hätte es einen praktischen Nutzen, eher wie ein italienisches Kunstwerk. Türkisfarben leuchtende Adern durchzogen in regelmäßigen Abständen die Oberfläche wie ein Spinnennetz.

— Wie lange standen Sie da?

— Ich weiß nicht. Zehn Minuten vielleicht. Das Geräusch ankommender Hubschrauber lenkte uns ab, und der Wind ihrer Rotorblätter blies uns Sand ins Gesicht. Vier Blackhawks landeten um den Krater herum und spuckten mehr Marines aus, als ich zählen konnte. Sie brachten Mitchell und mich zu einem der Helikopter, und wir sind sofort gestartet. Die Marines unten führten inzwischen die Leute vom Krater weg. Ich habe gesehen, wie zwei der

Marines die örtliche Polizei daran hinderten, sich der Fundstelle zu nähern.

— Ja, es war … ungünstig … dass die lokalen Behörden hinzugezogen wurden. Es wäre viel einfacher gewesen, wenn die Polizisten ein paar Minuten später eingetroffen wären. Fahren Sie bitte fort.

— Das war's. Mehr gibt es nicht zu erzählen. Ich wurde auf dem türkischen Stützpunkt ins Krankenhaus gebracht. Vor einer Stunde wurde ich für die Augen-OP hierhergeflogen. Woher wussten Sie überhaupt, dass ich hier bin?

— Spielt das eine Rolle?

— Das heißt wohl, dass Sie es mir nicht verraten werden. Können Sie mir wenigstens sagen, was das für ein Ding war, das unseren Heli zum Absturz gebracht hat?

— Das US-Außenministerium bittet die türkische Regierung gerade um Erlaubnis, das Wrack eines geheimen Flugzeugs aus dem Zweiten Weltkrieg, das von Bauern in der Provinz Urfa gefunden wurde, in die Heimat zu überführen.

— Das soll wohl ein Witz sein. Alte Flugzeugwracks holen meinen Helikopter nicht vom Himmel. Erwarten Sie wirklich, dass ich Ihnen das glaube?

— Was Sie glauben, ist im Moment nicht wichtig. Was die türkische Regierung glaubt, hingegen schon. Nämlich dass wir ein siebzig Jahre altes Flugzeugwrack zurück in die USA bringen.

— Und was bringen wir wirklich zurück in die USA?

— Was halten Sie von CW Mitchell?

— Wollen Sie meine Frage nicht beantworten?

— …

— Mitchell ist in Ordnung. Er hatte sich gut im Griff.

— Das meinte ich nicht. Was halten Sie von ihm persönlich?

— Hören Sie, ich wäre fast gestorben, weil da draußen ein großes leuchtendes Ding liegt, das einen voll bewaffneten Blackhawk-Helikopter innerhalb von Sekunden zum Absturz bringen kann. Und Sie wollen allen Ernstes wissen, was ich von meinem Copiloten in persönlicher Hinsicht halte?

— Ja. Mir ist absolut bewusst, dass Ihr Hubschrauber abgestürzt ist und dass es für Sie unerträglich ist, nicht zu wissen, warum. Wenn Zeit keine Rolle spielen würde, könnten wir stundenlang darüber sprechen, um Ihren Gefühlen gerecht zu werden. Aber ich muss bald abreisen.

Vielleicht empfinden Sie meine Fragen als unbedeutend. Aber Sie müssen verstehen, dass ich Zugang zu einer Menge Informationen habe, in die Sie nicht eingeweiht sind. Somit können Sie mir sehr wenig mitteilen, das ich nicht schon weiß. Aber was ich nicht weiß und von Ihnen erfahren möchte, ist, was Sie von CW Mitchell halten.

— Was soll ich sagen? Ich war anderthalb Stunden mit ihm zusammen. Wir sind beide aus Detroit. Er ist zwei Jahre älter als ich, aber wir besuchten dieselben Schulen. Er fand, es sei schon ein unglaublicher Zufall, dass wir in demselben Vogel saßen. Er mag Countrymusik, ich kann sie nicht ausstehen, und keiner von uns beiden glaubt, dass die Lions es in die Play-offs schaffen.

— Wie heißt er mit Vornamen?

— Keine Ahnung. Ryan, glaube ich. Sagen Sie mir, was das für ein Ding war? Liegen noch mehr davon rum?

— Vielen Dank für Ihre Zeit, Ms. Resnik … Fast hätte ich's vergessen: Falls es Ihnen etwas bedeutet, Ihr ehemaliger Copilot sagte, Sie wären die beste Pilotin, der er je begegnet ist.

FILE 007

GESPRÄCH MIT DR. ROSE FRANKLIN, PH. D.,
LEITENDE WISSENSCHAFTLERIN
AM ENRICO FERMI INSTITUTE

ORT: UNIVERSITY OF CHICAGO, CHICAGO, ILLINOIS

— Könnte es an dem Homestake-Experiment gelegen haben?

— Ich weiß nicht. Könnte es? Was ist das Homestake-Experiment?

— Entschuldigung. Ich rede mit mir selbst. Es muss das Argon sein! Daran hätte ich denken müssen. Mein Vater hat so lange in der Mine gearbeitet.

— Welche Mine? Ich weiß, was Argon ist, aber ich verstehe nicht, worauf Sie hinauswollen.

— In den späten Sechzigern führten einige Astrophysiker ein Experiment durch, um solare Neutrinos zu detektieren und zu zählen. Ich erinnere mich, dass ich als Kind etwas darüber gelesen habe. Sie stellten fast tausendfünfhundert Meter unter der Erde einen großen Tank mit Lösungsmittel auf, um ihn vor anderen Sonnenphänomenen abzuschirmen, und dann warteten sie im Wesentlichen darauf, dass er von Neutrinos getroffen wird. Wenn ein Chloratom von einem Neutrino getroffen wird, verwandelt es sich in ein radioaktives Isotop von Argon – Argon-37, genauer gesagt. In regelmäßigen Abständen wurde Helium in den Tank geleitet, um das Argon einzufangen, so konnten die Wissenschaftler die getroffenen Atome zählen. Ein tolles Experiment; sie verwandelten etwas rein Theoretisches in etwas Konkretes. Es lief fast fünfundzwanzig Jahre lang in der Homestake-Mine, in der mein Vater arbeitete, nur ein paar Kilometer entfernt von der Stelle, wo ich auf die Hand gefallen bin. Ich möchte fast wetten, dass das Leuchten eine Reaktion auf Argon ist.

— Wie Sie wissen, bin ich kein Physiker, aber …

— Ich weiß gar nichts über Sie.

— Also, jetzt wissen Sie, dass ich kein Physiker bin. Jedenfalls denke ich, dass die Menge radioaktiven Materials, das diese Entfernung überwinden konnte, unendlich klein gewesen sein muss.

— Stimmt. Aber wie klein sie auch gewesen sein mag, es kann kein … Zufall sein. Der Helikopter, der in der Türkei abgestürzt ist, hatte Proben gesammelt, um Anzeichen von Atomwaffentests zu finden. Die NATO muss also nach Spuren von Argon-37 gesucht haben. Der Aussage der Helikopter-Pilotin zufolge wurde großes Equipment in die Türkei geflogen. Vermutlich ein transportabler

Argon-Detektor oder etwas in der Art. Eine unterirdische Nuklearreaktion verwandelt das Kalzium in der Umgebung in Argon-37. Das ist eine ziemlich verlässliche Methode, um einen Atomwaffentest aufzuspüren. Davor kann man sich nicht verstecken. Man kann nicht tricksen. Kalzium ist überall, im Sand, in Felsen, in Menschen, und ein Teil des Argons, das die nukleare Explosion erzeugt, entweicht an die Luft, egal wie tief unter der Erde sie stattfindet.

— Sie haben angedeutet, dass es noch andere Isotope von Argon gibt. Würden die Fundstücke darauf auch reagieren?

— Vermutlich nur auf das eine. Es gibt eine Menge Argon-40 in der Atmosphäre, überall, und andere Isotope auch. Aber ich stimme Ihnen zu, es scheint seltsam, dass die Fundstücke auf so etwas Spezielles reagieren ...

— Könn...

— Entschuldigung, dass ich Sie unterbreche. Ich wollte noch sagen, es sei denn, die Objekte wurden absichtlich so konstruiert. Es wäre wirklich raffiniert, wenn sie das mit Absicht getan hätten.

— Was meinen Sie? Wer ist »sie«?

— Das klingt jetzt vielleicht verrückt, aber lassen Sie mich ausreden. Angenommen, man würde auf eine Zivilisation treffen, die technologisch so weit zurück ist, dass man nicht mit ihr kommunizieren kann. Wesen, die so etwas wie diese Fundstücke bauen konnten, hätten die Menschen vor sechstausend Jahren zu Tode erschreckt. Man hätte sie für Götter, Dämonen oder andere übernatürliche

Wesen gehalten. Sagen wir mal, diese Wesen wollten etwas für die Menschen zurücklassen, das sie erst entdecken, wenn sie eine bestimmte kulturelle Entwicklungsstufe erreicht haben.

— Wie würde man die Entwicklung messen?

— Wenn wir davon ausgehen, dass die Erbauer der Fundstücke wissen wollen, wann die Menschheit das Universum gut genug versteht, damit sie mit ihr sinnvoll kommunizieren können, würden sie den Entwicklungsstand der Menschen wohl anhand des technologischen Fortschritts messen. Es ist eine vernünftige Annahme, dass alle menschenähnlichen Spezies mehr oder weniger dieselbe Entwicklung durchlaufen: Feuer machen, das Rad erfinden, etc. Flugzeuge könnten ein Kriterium sein oder auch Raumschiffe. Wer in den Himmel blicken kann, findet früher oder später auch eine Möglichkeit, dort hinaufzukommen, und eine Spezies, die Raumfahrt betreibt, sollte zumindest für den Gedanken offen sein, dass sie nicht allein im Universum ist. Gehen wir nun davon aus, dass die Erbauer der Fundstücke nicht lange genug auf der Erde bleiben konnten oder wollten, um die Entwicklung des Menschen zu beobachten, dann mussten sie eine Möglichkeit finden, vom Fortschritt der Menschen zu erfahren. Hätten sie die Hand zum Beispiel auf dem Mond versteckt, wüssten sie, dass sie erst gefunden werden kann, wenn die Menschheit in der Lage ist, zum Mond zu fliegen.

Die Nutzung von Kernenergie ist ein ebenso gutes Kriterium. Wenn die Dinger also so gebaut wurden, dass sie nur auf Argon-37 reagieren, dann konnten sie erst entdeckt werden, sobald die Menschheit fähig ist, Atomkraft zu nutzen. Das ist natürlich reine Spekulation, aber wir sollten uns die Tafeln noch einmal ansehen. Wir werden wohl doch noch einen Linguisten brauchen.

— Sagten Sie nicht, das hätte keinen Sinn?

— Da wusste ich noch nichts von dem Argon. Falls diese Objekte gebaut wurden, damit wir sie finden, müssen dort Hinweise für uns versteckt sein, die wir entschlüsseln können. Wenn man ein Bauwerk, zum Beispiel einen Tempel, für die eigenen Leute errichtet, schreibt man Dinge, die für einen selbst Sinn ergeben. Aber wenn man den gleichen Tempel für einen Fremden baut, will man, dass die Inschriften auch für ihn eine Bedeutung haben. Es ist unlogisch, eine Botschaft zu schreiben, von der man weiß, dass der Empfänger sie niemals verstehen kann.

— Einige renommierte Linguisten haben die Inschriften bereits untersucht, ohne etwas herauszufinden. Wieso glauben Sie, dass das Ergebnis dieses Mal anders wäre?

— Ich weiß es nicht. Aber ich kann mir ziemlich genau vorstellen, warum es beim ersten Versuch nicht geklappt hat. Damals wurde nach etwas gesucht, das nicht vorhanden war.

— Und Sie wissen, wonach wir suchen sollten?

— Ich habe nicht den Hauch einer Ahnung. Aber ich glaube, das ist auch gut so. Die Wissenschaftler, die die Tafeln damals untersuchten, sind gescheitert, weil sie zu viel wussten oder zumindest viel zu wissen glaubten.

— Sie müssen sich schon ein bisschen weniger philosophisch ausdrücken.

— Entschuldigung. Menschen hinterfragen im Allgemeinen nicht, was sie einmal als Wahrheit erkannt zu haben glauben. Wissenschaftler sind da keine Ausnahme. Als Physikerin würde es mir beispielsweise nie in den Sinn kommen, an den vier Grundkräften zu zweifeln. Sie sind das Fundament, auf dem ich mein weiteres Wissen aufbaue. Wir blicken immer nach vorn, nie zurück. Aber hier geht es um etwas anderes. Diese Objekte sind eine Herausforderung. Sie widersprechen allem, was wir über Physik, Anthropologie und Religion wissen. Sie schreiben die Geschichte neu. Sie fordern uns heraus, alles infrage zu stellen, was wir über uns selbst und das Universum wissen .... Das klingt wahrscheinlich schon wieder ziemlich philosophisch.

— Ein bisschen.

— Ich würde gern mit jemandem arbeiten, der noch nicht so gut ausgebildet ist, einem herausragenden Studenten vielleicht. Wir brauchen jemanden, der die Regeln nicht erst über Bord werfen muss, weil er sie noch gar nicht kennt. Wir müssen die Sache aus einer ganz neuen Perspektive betrachten. Ich werde mich an die Linguistik-Fakultät wenden und fragen, ob sie mir jemanden empfehlen können.

— Das ist eine interessante Idee. Sie wollen jemanden finden, der mehr oder weniger unqualifiziert ist, weil die Experten gescheitert sind.

— Ganz so drastisch würde ich es nicht ausdrücken, aber ja, jemanden, der hochintelligent ist, aber noch nicht durch vorgefasste Meinungen belastet. Wenn ich das sage, klingt es irgendwie viel besser.

— Stimmt. Ich nehme an, ein Versuch kann nicht schaden, aber Sie müssen verstehen, dass ich nicht gerade begeistert bin. Haben Sie den Unterarm aus der Türkei erhalten?

— Ja, er kam vor zwei Tagen an. Wir konnten nicht herausfinden, wie die Hand genau daran befestigt werden sollte. Beide Teile haben glatte massive Enden, keine Verbindungsglieder. Das Ende des Unterarms ist ein wenig konkav, das Handgelenk konvex, aber es gibt nichts, was die Teile zusammenhalten könnte.

— Ich habe gehört, die Teile seien inzwischen miteinander verbunden.

— Sind sie auch. Ich wollte nur sagen, dass ich keine Ahnung habe, wie das funktioniert. Wir legten sie nur dicht aneinander, um zu sehen, wie sie zusammenpassen, da haben sie sich angezogen wie Magnete. Mein Assistent hätte beinahe eine Hand verloren. Ich habe keine wissenschaftlich fundierte Erklärung dafür, wie die Teile sich miteinander verbunden haben. Es gab einfach ein sehr lautes, sehr cooles *Swooosh*, dann hingen sie zusammen.

— Können Sie sie trennen?

— Bis jetzt nicht. Mit den mechanischen Kräften, die dazu nötig wären, können wir nicht umgehen. Und das Risiko, die Artefakte zu beschädigen, war mir zu groß. Ich würde mich lieber darauf konzentrieren, die anderen Teile zu finden. Ich kann es kaum erwarten, den Rest des Körpers zu sehen. Wir können versuchen, ihn auseinanderzunehmen, sobald wir ihn einmal komplett zusammengesetzt haben.

— Sie glauben also, dass noch mehr Teile irgendwo vergraben liegen?

— Allerdings. Es macht mich fertig, dass ich nicht jetzt schon alle habe. Vielleicht ziehe ich vorschnelle Schlüsse, aber es würde mich wundern, wenn es nicht noch weitere Teile gäbe. Wenn wir noch eine Hand, einen Kopf oder auch einen Fuß gefunden hätten, dann hätten wir es vielleicht für ein Denkmal oder eine Kunstform halten können, aber niemand baut einen Unterarm um seiner selbst willen. Ich bin keine Expertin auf diesem Gebiet, aber ich kann mir nicht vorstellen, dass ein Unterarm eine große religiöse Bedeutung hat. Und wenn ich den Bericht richtig verstanden habe, gab es in der Türkei keine Kammer um das Fundstück; keine Wände, keine Inschriften. Der Unterarm ist viel zu groß für die Kammer, in der die Hand gefunden wurde, und das lässt nur einen Schluss zu: Er wurde mit Absicht woanders vergraben.

— Das stimmt, aber vielleicht haben sie nur einen Arm gebaut, dann könnten wir bloß noch auf ein weiteres Teil hoffen.

— Vielleicht. Ich glaube trotzdem, dass der Rest des Körpers irgendwo liegt und darauf wartet, gefunden zu werden.

— Ich hoffe, dass Sie recht haben. Das können Sie mir glauben.

— Wenn ich so etwas Großartiges bauen könnte, würde ich jedenfalls nicht nach einem Arm aufhören.

— Können Sie mit Ihren Erkenntnissen eine Verfahrensweise entwickeln, um die anderen Teile zu finden, falls sie existieren?

— Wenn der Rest des Körpers irgendwo liegt, dann bin ich ziemlich sicher, dass wir ihn aufspüren können. Ich muss mir nur überlegen, wie man eine ausreichende Menge Argon-37 herstellen und es effizient verteilen kann. Doch selbst wenn wir eine geeignete Methode entwickelt haben, könnte es eine Weile dauern, alle Teile zu finden.

— Wie lange?

— Das lässt sich unmöglich sagen. Monate? Jahre? Wenn der Körper an den großen Gelenken zerteilt wurde, dann müsste es mindestens vierzehn Teile geben: drei für jeden Arm und jedes Bein, der Kopf und einen oder mehrere Teile für den Torso. Ich kann nur hoffen, dass der Unterarm in der Türkei die Ausnahme war und die anderen Körperteile näher an der Fundstelle der Hand liegen.

Falls ich recht habe und diese Wesen wollen, dass wir die Körperteile finden, dann haben sie sie an Land vergraben, wo wir sie relativ leicht erreichen können. Das hoffe ich zumindest, denn das Meer abzusuchen ist eine ganz andere Geschichte.

Ich muss bei der NSA eine Erhöhung der Fördermittel beantragen, denn unser Budget reicht auf keinen Fall aus. Und ich habe keine Ahnung, wie lange es dauern wird, bis der Antrag bewilligt ist.

— Vergessen Sie die NSA. Sagen Sie mir einfach, was Sie brauchen.

— Ich soll die NSA vergessen? Für wen arbeiten Sie noch mal genau? Moment. Ich will es gar nicht wissen. Ich schicke Ihnen eine Liste der nötigen Ausrüstungsgegenstände. Wir brauchen auch ein Flugzeug oder einen Hubschrauber, der lange Strecken fliegen kann. Und wir brauchen eine Mannschaft, um die Fundstücke zu bergen. Letzteres könnte schwierig werden. Wir haben erst die kleinsten Körperteile gefunden, die anderen werden größer sein.

— Wir haben Teams, die die Bergung erledigen können. Ich kümmere mich um die Piloten.

— Wenn es funktioniert, brauchen wir auch ein größeres Labor.

— Wie groß?

— Hm, wenn die Proportionen mit denen eines Menschen vergleichbar sind, dürfte der ganze Körper über sechzig Meter groß sein. Selbst wenn wir sie auf dem Boden liegend zusammensetzen, brauchen wir ein Lagerhaus.

— Sie glauben immer noch, dass es eine Frau ist?

— Mehr denn je.

FILE 009

GESPRÄCH MIT CW3 KARA RESNIK,
UNITED STATES ARMY

ORT: ARMEEBASIS FORT CAMPBELL, KENTUCKY

— Sie schon wieder. Was wollen Sie dieses Mal?

— Ich möchte Ihnen nur ein paar einfache Fragen stellen.

— Und wenn ich die nicht beantworten will?

— Es steht Ihnen jederzeit frei zu gehen, aber es wäre klug zu bleiben.

— Warum habe ich das Gefühl, dass Sie mich testen wollen?

— Weil Sie scharfsinnig sind. Ich stelle ein Projekt auf die Beine, zu dem Sie auf die eine oder andere Weise beitragen können. Einerseits

haben Sie gewisse Ereignisse miterlebt und Fähigkeiten gezeigt, die Ihnen einen bedeutenden Vorsprung vor anderen Kandidaten geben. Andererseits beunruhigen mich Ihre impulsive Art und Ihre Unfähigkeit, vernünftig mit anderen zusammenzuarbeiten, genauso sehr wie Ihre Vorgesetzten. Wenn Sie erlauben, würde ich Ihnen ein paar einfache Fragen stellen, die Sie bitte ehrlich beantworten. Wäre das möglich?

— Fragen zu beantworten? Mache ich das nicht sowieso schon?

— Ich zweifle nicht an Ihrer Fähigkeit, Fragen zu beantworten, aber Sie haben bereits große Geschicklichkeit darin bewiesen, persönlichen Fragen auszuweichen, indem Sie eine Gegenfrage stellen. Ich wollte wissen, ob Sie glauben, dass Sie mir ehrliche Antworten geben können.

— Spielt es eine Rolle, wenn nicht?

— Wenn Sie für das Projekt ausgewählt werden wollen, spielt es allerdings eine Rolle.

— Sie sagten bereits, dass Sie mich für impulsiv und teamunfähig halten. Das klingt, als hätten Sie schon eine ziemlich klare Meinung über mich gebildet.

— Ich versuche es mal anders. Nehmen wir an, ich wüsste schon, dass Sie nicht für die anstehenden Aufgaben geeignet sind, und wäre nur hierhergeflogen, um Ihnen das Leben schwer zu machen. In diesem Gedankenspiel scheint es für Sie wünschenswert, die Fragen so schnell wie möglich zu beantworten, damit Sie mit dem weitermachen können, was immer Sie auch tun, seit Sie nicht mehr fliegen dürfen, richtig? Es könnte aber auch sein, dass ich kein Vollidiot

bin und ein echtes Interesse an Ihren Antworten habe. So oder so haben Sie für jede Frage zehn Sekunden Zeit. Sind Sie bereit?

— …

— Was sind Ihre drei schlechtesten Eigenschaften?

— Meine drei … Als wir uns das letzte Mal gesehen haben, sagten Sie, ich sei halsstarrig, launisch und jähzornig. Das sind schon drei. Außerdem bin ich rachsüchtig und nachtragend.

— Welche drei Eigenschaften bewundern Sie bei anderen?

— Loyalität. Ehrlichkeit. Mut.

— Gut. Beantworten Sie folgende Aussagen mit »richtig« oder »falsch«. Erstens: Sie verlassen sich mehr auf Ihren Verstand als auf Ihre Gefühle.

— Das soll ich mit »richtig« oder »falsch« beantworten? Das ist doch eine Fangfrage. Sie wollen, dass ich mit »richtig« antworte, aber manchmal muss man auch auf seinen Bauch hören.

— Das klingt, als sollten Sie mit »falsch« antworten.

— Aber wenn ich »falsch« sage, halten Sie mich für eine emotionale Zeitbombe.

— Vielleicht tue ich das sowieso schon. Vielleicht halte ich Sie auch für völlig herzlos. Trotzdem müssen Sie mit »richtig« oder »falsch« antworten.

— Falsch.

— Sie denken oft über die Menschheit und ihren Stellenwert im Universum nach.

— Das stimmt.

— Die Antwort lautet also: richtig.

— Ja.

— Sie fühlen sich in Menschenmengen wohl.

— Falsch.

— Wenn etwas Unerwartetes passiert, wie zum Beispiel ein Unfall, sind Sie meistens die Erste, die reagiert.

— Hmmm … richtig, glaube ich.

— Bei einem geselligen Beisammensein halten Sie sich eher in der Mitte des Raums auf als am Rand.

— Das ist eine interessante Frage. Ich kann mich nicht mehr erinnern, wann ich das letzte Mal bei einem geselligen Beisammensein war.

— Lassen Sie mich die Aussage wiederholen. Bei einem geselligen Beisammensein halten Sie sich eher in der Mitte des Raums auf als am Rand.

— Ich glaube nicht. Nein … falsch.

— Es fällt Ihnen schwer, Ihre Gefühle auszudrücken.

— Schon wieder eine Fangfrage. Es hängt von den Gefühlen ab. Es fällt mir nicht schwer, Ärger auszudrücken. Ich glaube, das ist bei den meisten Leuten so. Dasselbe könnte ich über Freude, Dankbarkeit, Frust und Begeisterung sagen. Gefühle wie Liebe, Angst, Scham, Begierde und Hilflosigkeit sind eine andere Geschichte.

— Das ist eine wohlüberlegte Antwort auf eine völlig andere Frage. Beantworten Sie bitte diese mit »richtig« oder »falsch«.

— Das kann ich nicht. Ich habe Ihnen doch gerade gesagt, dass es mehr als eine Antwort gibt.

— Leider ist das eine Richtig-oder-Falsch-Frage. Bilden Sie einen Mittelwert. Fällt es Ihnen schwer, Ihre Gefühle auszudrücken?

— Ja … oder richtig! Meine Antwort lautet: richtig!

— Es gibt keinen Grund, wütend zu werden.

— Ich bin nicht wütend.

— Wenn Sie es sagen. Sie haben ein Problem mit Autoritäten.

— Um das rauszufinden, brauchen Sie keinen Test.

— Es war eine Frage. Es gehört zum Test.

— Ach so. Richtig. Was? Sie sind jetzt überrascht? Bestimmt fragen Sie mich gleich, warum sich jemand, der ein Autoritätsproblem hat, für eine militärische Laufbahn entscheidet.

— Ihre Selbstgespräche sind wirklich interessant. Können wir fortfahren?

— Ja. Ich rede immer, wenn ich nervös bin.

— Sie glauben an die Existenz außerirdischer Intelligenz.

— Was?

— Sie haben mich schon verstanden.

— Falsch. Was soll Ihnen das über mich sagen?

— Dass Sie nicht an die Existenz außerirdischer Intelligenz glauben. Hätten Sie mit »richtig« geantwortet, würde ich das Gegenteil denken.

— Danke für die aufschlussreiche Antwort.

— Gern geschehen. Ich gebe Ihnen jetzt den Anfang einer Geschichte vor, und Sie beenden sie mit ein oder zwei Sätzen. Verstanden?

— Ich glaub schon.

— Tommy sitzt allein auf der Türstufe ...

— Im Ernst? Sie wollen meine Seele ausloten und kommen mir mit »Tommy sitzt allein auf der Türstufe«? Das ist wirklich dämlich … Warum fragen Sie mich nicht einfach, was Sie wissen wollen?

— Wir können hier noch ewig herumsitzen, wenn Sie nicht mitspielen. Es ist eine ganz einfache Übung; das sollte für jemanden von Ihrer Intelligenz kein Problem darstellen.

— Beleidigen Sie mich nicht.

— Nein. Ich habe Ihre Akte gelesen, wissen Sie noch? Bei Ihrer Eignungsprüfung kam ein IQ zwischen 125 und 130 heraus. Das ist eine leichte Hochbegabung. Sie sollten, wie gesagt, keine Probleme damit haben, eine kurze Geschichte mit ein oder zwei Sätzen zu vervollständigen, selbst unter Zeitdruck. Also: Tommy sitzt allein auf der Türstufe …

— Meinetwegen … Seine Freunde haben gesagt, sie würden ihn abholen, sind aber nicht gekommen. Tommy erfindet tolle Geschichten. Als seine Freunde endlich kommen, hat er keine Lust mehr, mit ihnen zu spielen. Eine leichte Hochbegabung?

— Nächste Geschichte. Auf dem Weg zum Supermarkt fand Lisa ein Lotterielos auf der Straße …

— Haben Sie sich diese kleinen Schmuckstücke selbst ausgedacht, oder steckt ein Psychologenteam dahinter? Ich meine, würde wirklich jemand sagen, dass er das Los stehlen würde? Andererseits, was, wenn niemand in der Nähe ist? Man kann ja schlecht eine Anzeige in der Zeitung aufgeben …

— Ich glaube nicht, dass …

— Vergessen Sie's. Es stand bestimmt Name und Adresse auf der Rückseite. Lisa hat das Los einem alten Mann zurückgegeben, der ein paar Straßen entfernt wohnte. Als der Mann starb, fand sie heraus, dass er ihr sein ganzes Vermögen vererbt hat. Ist das anrührend genug für Sie?

— Gut. Ich nenne jetzt ein Wort, und Sie sagen mir das erste Wort, das Ihnen dazu einfällt. Woran denken Sie als Erstes, wenn ich sage … Krieg?

— Tod.

— Glück?

— Ich weiß nicht … Freund.

— Niederlage?

— Aufstehen.

— Land?

— Dankbarkeit.

— Vater?

— Verlust.

— Vertrauen?

— …

— Ms. Resnik?

— Bank. Sind wir jetzt fertig?

— Vorläufig ja. Ich habe noch einige Fragen, aber die gehören nicht zum Test.

— Und trotzdem beurteilen Sie mich anhand meiner Antworten.

— Ja, aber auf subjektivere Weise. Können Sie mir sagen, was ein Night Stalker ist?

— Das ist ein Mitglied des 160th SOAR, des Special Ops Aviation Regiment. Eine Eliteeinheit. Spezialisiert auf nächtliche Tiefflugeinsätze.

— Sind die Leute gut?

— Die Besten der Besten.

— Und Sie gehören dazu.

— Jetzt ja!

— Warum jetzt?

— Ich darf nicht mehr fliegen. Nach der Netzhautablösung bekam ich einen Posten als Ausbilderin an der Sabalauski Air Assault School, aber das wissen Sie ja bereits.

— Sie bringen also anderen das Fliegen bei, dürfen aber nicht mit ihnen fliegen.

— Ich weiß, Sie erwarten von mir, dass ich darin eine Ironie des Schicksals sehe, aber das kann ich nicht. Es ist eine Spezialeinheit. Sie erlauben Frauen nur in unterstützenden Funktionen.

— Wer ist »sie«?

— Das US-Militär lässt keine Frauen an Kampf- oder Spezialeinsätzen teilnehmen.

— Was empfinden Sie dabei?

— Was ich empfinde? Weil Frauen nicht bei den Spezialeinheiten mitmachen dürfen? Das wusste ich, als ich zur Armee ging. Es gibt trotzdem eine Menge dankbare Aufgaben für Frauen beim Militär. Wenn Sie wissen wollen, ob es mich ärgert, dass ich nicht mehr fliegen kann? Darauf können Sie sich verlassen. Es fühlt sich an, als hätte man mir die Beine abgeschnitten.

— Mögen Sie das Fliegen so sehr?

— Viele Kinder möchten Feuerwehrmann, Polizist, Kampfpilot oder Astronaut werden. Die meisten ändern ihre Meinung, wenn sie älter werden. Ich wollte immer … Nein, das stimmt nicht; ich wollte eine Prinzessin sein. Aber von dem Augenblick an, als ich das erste Mal einen Hubschrauber über unserem Haus schweben sah, wusste ich, dass ich Helikopterpilotin werden will. Da muss ich fünf oder sechs gewesen sein. Ich habe meine Meinung nicht geändert und nie an meiner Entscheidung, zur Armee zu gehen, gezweifelt. So bin ich eben. Es ist das Einzige, wobei ich mich lebendig fühle.

— Könnten Sie fliegen, wenn man Sie lassen würde?

— Ob ich könnte? Ja. Ich kann gut sehen.

— Eine andere Frage. Warum waren Sie in der Türkei?

— Ich will wirklich keine Klugscheißerin sein, aber Sie machen es mir schwer. Sie müssen schon ein bisschen konkreter werden.

— Warum wurden ausgerechnet Sie geschickt? Das scheint einer der Einsätze zu sein, von denen die Army Frauen fernhält, und Sie selbst haben mir gerade erzählt, dass es ein ganzes Regiment gibt, das auf solche Sachen spezialisiert ist. Warum hat man eine vierundzwanzigjährige Frau mit schwierigem Charakter geschickt, statt einen Spezialisten von SOAR?

— Der Kommandant kennt mich. Ich habe Unterstützungseinsätze in Afghanistan für ihn geflogen. Und es war ein Einsatz der NATO, da laufen die Dinge ein bisschen anders. Jedenfalls muss der Kommandant es nur als Aufklärung oder Unterstützung bezeichnen, dann darf ich fliegen. Es gibt einige hervorragende Pilotinnen in der Armee. Gute Kommandanten finden Mittel und Wege, um sie einzusetzen.

— Eine letzte Frage. Wenn ich Ihnen sage, dass ich dafür sorgen könnte, dass Sie wieder fliegen dürfen? Was wären Sie bereit, dafür zu tun?

— Alles.

— Überlegen Sie sich gut, was Sie sagen. Sie könnten es später bereuen.

— Dann sagen Sie mir, was ich tun muss.

— Würden Sie Ihr Leben riskieren?

— Das ist eine alberne Frage. Jeder, der in einen Militärhubschrauber steigt, weiß, dass er sein Leben riskiert.

— Wären Sie bereit, das Leben von Unschuldigen aufs Spiel zu setzen?

— Wenn ich glaube, dass es einen guten Grund dafür gibt. Es spielt keine Rolle, was Sie mir auftragen. Wie gesagt, ich bin bereit, alles zu tun, wenn es einem sinnvollen Zweck dient.

— Sie sind Soldatin in der Armee der Vereinigten Staaten. Ihnen wird vermutlich nicht immer der Grund für alles mitgeteilt. Wurden Sie schon mal zu einem Einsatz geschickt, ohne zu wissen warum?

— Das kommt vor. Nicht so oft, wie manche denken, aber es passiert.

— Woher wussten Sie dann, ob es sich lohnte, Ihr Leben aufs Spiel zu setzen? Sie erwecken nicht den Eindruck, als würden Sie anderen blind vertrauen.

— Ich habe wohl bei dem Test nicht besonders gut abgeschnitten. Sie haben recht, ich vertraue niemandem so leicht, aber ich glaube an kollektive Intelligenz.

— Interessant.

— Wirklich. Ich glaube, dass Menschen alleine ängstlich, dumm und egoistisch sind, aber wenn man genug zusammensteckt, dann sind sie halbwegs vernünftig. Die Armee mag eine schwerfällige Maschinerie sein, aber ich traue ihr zu, dass sie das Richtige tut. Meistens jedenfalls.

— Können Sie unvoreingenommen bleiben? Sind Sie bereit, Gewissheiten infrage zu stellen?

— Ich nehme an, niemand hält sich selbst für voreingenommen. Sagen Sie's mir.

— Vielen Dank für Ihre Zeit, Ms. Resnik.

— Schon wieder so ein geheimnisvolles Ende. Kommen Sie! Verraten Sie mir mehr ... Nein? Dann stellen Sie mir noch ein paar Fragen! Gehen Sie nicht ... Ich erzähle Ihnen auch noch mehr Geschichten vom kleinen Tommy, der allein auf der Treppenstufe sitzt!

FILE 017

GESPRÄCH MIT CW2 RYAN MITCHELL,
UNITED STATES ARMY

ORT: ARMEEBASIS FORT LEWIS,
WASHINGTON STATE

— Guten Morgen, Mr. Mitchell. Dr. Franklin sagte mir, Sie würden Fortschritte machen.

— Allerdings. Sie sagt immer, alles was man braucht, sind Glaube und Vertrauen … und ein bisschen Feenstaub … Wir fliegen jetzt seit über vier Monaten über ganz Nordamerika. Es ist, als würde man nachts Schädlingsbekämpfungsmittel versprühen, nur von weiter oben und wahrscheinlich noch illegaler. Wir nennen es »Operation Tinker Bell«. Es ist so einfach, herumzufliegen und eine Spur von magischem Pulver zu hinterlassen.

— Wirkt die Mischung?

— Auf jeden Fall. Hut ab vor Dr. Franklin, sie hat da was Gutes gemixt. ARCANA nennt sie es. Das bedeutet auf Latein »Geheimnisse« oder in diesem Fall Argon-Rich Compound for Aerial Nocturnal Application. Ich glaube, ihr hat einfach das Akronym gefallen. Als wir anfingen, hielten es fast alle außer Dr. Franklin für Zeitverschwendung, aber gleich in der ersten Woche haben wir einen weiteren Armteil in Vermont gefunden. Beinahe wären wir wieder abgestürzt. Kara dachte …

— Entschuldigung. Kara?

— Chief Warrant Officer Resnik. Tut mir leid. Wir arbeiten jetzt schon eine Weile mit Zivilisten. Das färbt wahrscheinlich ab. Chief Resnik und Dr. Franklin dachten, in einer Höhe von achttausend Fuß könne uns nichts passieren, aber als der Armteil aktiviert wurde, fiel unser Triebwerk aus, genau wie in der Türkei. Zum Glück waren wir hoch genug, um in die Autorotation zu gehen, und Chief Resnik konnte das Triebwerk neu starten, bevor wir abstürzten. Sie ist unglaublich. Nicht gerade der taktvollste Mensch auf Erden, aber fliegen kann sie wirklich.

— Freut mich, dass Sie beide miteinander zurechtkommen. Das hatte ich gehofft. Höre ich da eine Spur von Verliebtheit heraus?

— So weit würde ich nicht gehen. Ich kenne den Verhaltenskodex der Armee, aber man müsste schon aus Stein sein, um sie nicht attraktiv zu finden. Sie hat eine Figur wie eine Schwimmerin: lange muskulöse Beine und Schultern, um die sie die meisten Männer beneiden würden. Ich weiß nicht, wie ich es ausdrücken soll, ohne wie ein Idiot zu klingen, aber die Männer in der Basis sagen, dass der Tag für sie gerettet ist, wenn sie sie nur vorbeigehen sehen. Für jemanden mit so heller Haut hat sie sehr dunkles Haar. Dadurch springen einem ihre Augen geradezu entgegen. Dieses helle Grün ... das kann einen wirklich aus der Fassung bringen. Tja, Sie haben sie ja selbst gesehen. Sie müssen doch wissen, wie schwer es ist, ihr nicht in die Augen zu starren.

— Das ist mir noch nicht aufgefallen. Es sollte Ihnen bewusst sein, dass Sie nicht in einem klassischen Militäreinsatz sind. Sie würden also nicht die Befehlskette untergraben.

— Eigentlich schon. In der Army ist der Copilot dem Piloten unterstellt. Sie ist also meine Vorgesetzte. Wir haben unsere eigene kleine Befehlskette, und die Armee nimmt ihre Regeln ziemlich ernst. Aber das spielt sowieso keine Rolle. Ich finde sie attraktiv, mehr nicht. Und Sie können mir glauben, dass sie nicht im Geringsten an mir interessiert ist. Sie erträgt mich gerade mal so.

— Das ist in ihrem Fall schon ein großes Kompliment. Kommen wir zurück zu dem Einsatz.

— Ja! Wir haben das ganze Land in ein Raster aufgeteilt. Jedes Kästchen entspricht ungefähr der Fläche, die wir in einer Nacht abdecken können, wenn wir von der nächsten Armeebasis starten. Einen guten Teil des Rasters können wir von hier aus anfliegen, und wir ziehen von Basis zu Basis, um die Kästchen weiter im Osten und Süden zu erreichen. Mittlerweile haben wir die Hälfte der Karte abgearbeitet.

— Konnten Sie die Mischung auch aus einer größeren Höhe versprühen? Mir wäre es lieber, wenn Sie beide nicht jedes Mal mit Ihrem Leben spielen, sobald Sie einen weiteren Körperteil entdecken.

— Ja, Sir. Wie gesagt, wir sind in der ersten Woche fast abgestürzt, deshalb gingen wir danach auf fünfzehntausend Fuß hoch. Wir wussten anfangs nicht, ob sich die Teile dann noch schnell genug aktivieren, bevor wir zu weit weg sind, um es zu bemerken. Es dauerte einen ganzen Monat, bis wir weitere Teile gefunden hatten, erst einen Unterschenkel, dann einen Fuß an der Grenze zwischen Kansas und Missouri.

— Einen Fuß?

— Einen großen. Ich hatte gehofft, dass er riesige Zehen hätte, aber es war eher ein schicker Stiefel als ein Fuß. Trotzdem ist es ein wunderbares Fundstück. Dr. Franklin meint, die Dame hätte einen guten Geschmack, was Schuhe angeht.

Es hat sich herausgestellt, dass es sogar effizienter ist, höher zu fliegen, weil sich das ARCANA weiter verteilt und wir weniger Durchgänge für die gleiche Fläche brauchen.

— Sie haben also bis jetzt fünf Teile gefunden?

— Sechs. Gerade entdeckten wir einen Oberschenkel unter dem Tennessee-Highway. Das Ding ist riesig!

— Wie groß?

— Ich kann so etwas schlecht schätzen, vielleicht zwanzig Meter lang. Jedenfalls groß genug, um ein höllisches Chaos anzurichten, das kann ich Ihnen sagen. Der Highway war auf einer Länge von einem halben Kilometer völlig zerstört. Dr. Franklin erklärte mir, dass die Dinger sehr tief vergraben liegen, fast dreihundert Meter, und wenn sie aktiviert werden, steigen sie sehr schnell zur Oberfläche auf. Ich bin froh, dass wir in einem Hubschrauber saßen. Ich möchte ganz sicher nicht in der Nähe sein, wenn so ein Ding hochkommt. Das muss sich anfühlen wie der Weltuntergang.

— Danke, Mr. Mitchell. Mir ist gerade klar geworden, dass wir uns zum ersten Mal begegnet sind, obwohl Dr. Franklin regelmäßig von Ihnen spricht. Es freut mich, Sie endlich kennenzulernen.

— Danke, Sir.

— Erzählen Sie mir ein wenig über sich.

— Da gibt es nicht viel zu sagen. Ich bin Soldat in der U.S. Army.

— Ich bin sicher, Ihnen fällt noch mehr ein.

— Was soll ich erzählen? Ich komme aus Detroit. Mein Vater war auch in der Army. Was noch … ich war auf der Henry-Ford-Highschool. Ich habe Ball gespielt.

— Baseball?

— Football, Sir. Bei den Trojans. Ich war Cornerback. Nach dem Abschluss habe ich mich beim Militär verpflichtet.

— War Ihr Vater auch Hubschrauberpilot?

— Nein, Sir. Er war Mechaniker. Das war nie so mein Ding, deshalb bin ich zur Offiziersschule gegangen. Ich dachte, ich könnte was anderes machen.

— Er muss sehr stolz auf Sie sein.

— Ja. Sein Vater war auch schon bei der Army. Es ist eine Art Familientradition. Ich möchte mich bedanken, dass Sie mich an Bord geholt haben, Sir. Ich weiß, dass Sie mich nicht direkt ausgesucht haben, aber ich bin froh, dabei zu sein. Das ist aufregender als alles, was ich mir ausgemalt habe.

— Ich habe Sie und Chief Resnik ausgewählt, weil Sie sich gut ergänzen. Ich hätte mich nicht für Chief Resnik entschieden, wenn sie in der Türkei nicht so gut mit Ihnen zusammengearbeitet hätte. Glauben Sie nicht, dass Sie es weniger verdient haben, bei dieser Operation dabei zu sein, als Chief Resnik.

— Schon okay. Ich verstehe. Ich bin der Copilot. Sie ist großartig. Es war richtig, dass Sie sich für sie entschieden haben.

— Ich schließe aus Ihrer Begeisterung, dass Sie sich gut an Ihre neuen Arbeitsbedingungen gewöhnt haben.

— Auf jeden Fall. Dr. Franklin kümmert sich sehr gut um uns. Wir waren fast eine Woche bei ihr, bevor wir zum ersten Mal geflogen sind. Sie brachte uns auf den neuesten Stand und zeigte uns, was sie alles macht. Sie gab uns von Anfang an das Gefühl, zum Team zu gehören und nicht nur die Soldaten zu sein, die die Drecksarbeit machen. Diese Hand ist unglaublich. Glauben Sie wirklich, sie kommt von … Sie wissen schon … da draußen?

— Dr. Franklin glaubt es jedenfalls. Ich habe weder das Wissen noch die Neigung, ihr zu widersprechen.

— Das würde ich mich auch nicht trauen. Sie ist sehr mütterlich. Ich kann mir gar nicht vorstellen, wie sie ist, wenn sie wütend wird. Das will ich auch nicht erleben. Sie ist wirklich nett. Und unglaublich schlau. Sie versucht, uns ihre Arbeit so einfach wie möglich zu erklären, aber ich verstehe trotzdem eine Menge nicht.

— Deshalb haben wir sie ausgesucht. Wie läuft es im Labor? Kommen Sie alle miteinander zurecht?

— Ja, Sir. Dr. Franklin hat gute Laune. Kara – Entschuldigung, Chief Resnik – und sie verstehen sich prima. Man sieht es nicht auf den ersten Blick, aber sie haben viel gemeinsam. Ihr Benehmen ist völlig verschieden, aber beide haben diesen Schwung, diese Hingabe. Sie sehen sich sogar irgendwie ähnlich, wie Schwestern oder Cousinen. Sie haben das gleiche dunkle Haar, den gleichen eindringlichen Blick. Sie hatten sofort einen Draht zueinander.

— Wie ich hörte, ist Mr. Couture ebenfalls eingetroffen.

— Der Sprachwissenschaftler? Ja, er ist da. Ein eingebildetes französischsprachiges Jüngelchen aus Montreal. Mit Vornamen heißt er, glaub ich, Vincent.

— Hatten Sie schon Gelegenheit, ihn kennenzulernen?

— Noch nicht richtig, wir sehen ihn nicht oft. Die Tafeln wurden in einen anderen Raum gebracht, und da ist er meistens. Die anderen sagen, er ist sehr intelligent. Ich dachte, er würde einen französischen Akzent haben, aber er klingt anders, als ich mir vorgestellt habe. Irgendwie … deutsch oder so.

— Er ist aus der Provinz Quebec, aber kein Franzose.

— Ich weiß, wo er herkommt. Ich dachte bloß, dass man in Quebec Französisch spricht. Aber Couture klingt in jeder Sprache komisch. Dr. Franklin will, dass er mit ihr Französisch spricht, weil sie sonst nie zum Üben kommt. Sogar Kara versteht das eine oder andere Wort. Ich glaube, ich bin der Einzige, der gar nichts mitkriegt.

— Das klingt, als würden Sie Mr. Couture nicht besonders mögen.

— So weit würde ich nicht gehen. Wir sind einfach verschieden. Er erinnert mich an die Jungs, auf denen wir in der Highschool rumgehackt haben. Ich denke nicht gerne daran.

— Sie sind nicht stolz darauf, wie Sie als Jugendlicher andere behandelt haben? Sie kommen mir nicht vor wie jemand, dem es Spaß macht, andere zu tyrannisieren.

— Also, ich habe niemanden verprügelt oder gequält, aber ich wollte mich anpassen, wie die anderen Kinder auch. Im Football-Team … Sie wissen ja, wie das ist.

— Nein.

— Die Jungs in der Mannschaft haben sich über die Kids lustig gemacht, die nicht so sportlich waren. Bei jeder Gelegenheit haben sie sie auf den Fluren schikaniert. Ich war schlau genug, um zu wissen, dass das falsch ist, aber nicht mutig genug, um es zu verhindern. Ich habe mich nicht für die Schwächeren eingesetzt, aber das hätte ich vielleicht tun sollen.

— Sie waren selbst noch jung. Es ist ungerecht, Ihr Handeln nach den Maßstäben eines Erwachsenen zu beurteilen.

— Vielleicht. Hören Sie, ich habe keine schlaflosen Nächte deswegen. Sie haben gefragt, warum ich ... ich dachte, es könnte ... Vergessen Sie's. Wenn ich Couture erst mal besser kenne, kommen wir bestimmt miteinander aus. Darf ich Sie was fragen?

— Natürlich.

— Warum machen wir das?

— Glauben Sie, dass diese Körperteile, die von einer uralten fremden Zivilisation auf der Erde hinterlassen wurden, unsere Aufmerksamkeit nicht wert sind?

— Nein, ich meinte, warum machen *wir* das? Ich verstehe, wie erstaunlich das ist und warum Rose dabei ist, aber warum mischt das Militär mit?

— Zunächst einmal ist das Militär nicht dabei. Was die Army angeht, sind Sie und Ms. Resnik bei einem Ausbildungseinsatz. Aber um Ihre Frage zu beantworten: Ich glaube, eine Entdeckung solchen Ausmaßes könnte Folgen haben, für die die Welt der Wissenschaft nicht optimal gerüstet ist. Sie haben gesehen, was in der Türkei passiert ist. Wir brauchten Leute, die die Menge kontrollierten, eine Bergungsmannschaft, jemanden, der die Sache mit den örtlichen Behörden regelte. Leute mit militärischer Ausbildung sind für solche Sachen am besten geeignet.

— Glauben Sie, was wir suchen, hat eine militärische Bedeutung?

— Das ist nicht mein Hauptanliegen. Ich glaube, wir können aus dieser Entdeckung etwas lernen – sehr viel sogar. Ob das von militärischem Interesse ist, wird man abwarten müssen. Ich bin mir aber absolut sicher, dass dieses Projekt bessere Erfolgsaussichten hat, wenn Sie und Ms. Resnik mit an Bord sind.

— Danke, Sir. Ich will nur nicht irgendwann rausfinden, müssen, dass ich für irgendwas Illegales missbraucht werde.

— Glauben Sie, ich würde es Ihnen sagen, wenn es so wäre?

— Wahrscheinlich nicht.

— Dann seien Sie versichert, Mr. Mitchell, dass wir alle in dieser Angelegenheit einem höheren Ziel dienen.

FILE 031

TAGEBUCHEINTRAG VON CW3 KARA RESNIK,
UNITED STATES ARMY

Wir haben heute ein Kind getötet. Wir haben ein kleines Mädchen getötet.

Wir hätten es kommen sehen müssen. Irgendwann musste es passieren. Der Highway hätte uns wachrütteln müssen, aber wir waren so versessen darauf, den nächsten Körperteil zu finden. Man vergisst leicht, dass es zu der Zeit, als die Dinger vergraben wurden, praktisch nur Wälder und Prärie gab. Es war reines Glück, dass wir die ersten vier Teile da gefunden haben, wo wir sie gefunden haben. Und jetzt ist dieses kleine Mädchen tot! Sie alle sind tot!

Wir waren so zufrieden. Wir machten gute Fortschritte und arbeiteten unser Raster schneller ab als geplant.

Es war ein schöner Tag. Ich stand früher auf als normalerweise und war schon zeitig im Labor. Weil wir nachts fliegen, bekommen wir Dr. Franklin oder die anderen aus dem Labor kaum zu Gesicht. Aber an diesem Morgen waren alle da, und wir unterhielten uns, tauschten Anekdoten aus und erfuhren mehr über die Arbeit der anderen.

Mitchell und ich gingen gegen 10:30 Uhr. Wir fuhren zur Basis, um den Flugplan vorzubereiten, bevor wir direkt zur Nellis Air Force Base bei Las Vegas flogen. Mein Auge störte mich weniger, als ich dachte. Es tut nicht weh, aber nach ein paar Stunden fängt es zu tränen an. Nachts ist es nicht so schlimm, aber das war ein langer Flug bei Tageslicht, und das machte mir ein bisschen Sorgen.

In Nellis schliefen wir ein paar Stunden bevor es weiterging. Wir mussten den Norden Arizonas abdecken. So weit hatten wir uns bisher noch nie von der Basis entfernt. Es war ein langer Tag, aber wir waren aufgeregt, weil wir über den Grand Canyon fliegen würden, den wir beide noch nicht gesehen hatten. Aus dieser Höhe würden wir ihn bei Nacht natürlich nicht zu Gesicht bekommen, aber es war trotzdem aufregend wie ein Zwischenstopp in Paris. Man verlässt zwar den Flughafen nicht, ist aber trotzdem in Paris.

Anfangs war der Flug ereignislos. Wir bewegten uns südlich des Grand Canyon nach Westen, als ich auf der linken Seite Lichter flackern sah. Es war anders als bei der Entdeckung der anderen Körperteile. Da war ein Fleck aus weißen Lichtern, den weder Mitchell noch ich zunächst beachtet hatten. Jetzt gab es in der Mitte des Flecks einen türkisfarbenen Punkt, um den es flackerte. Erinnerungen an den Irak stiegen in mir auf. Es sah aus, als hätte jemand eine Bombe mitten auf eine Stadt geworfen. Ich schaute auf unsere Karte. Es war Flagstaff.

Ich zog den Hubschrauber runter und steuerte nach Süden auf den türkisfarbenen Punkt zu. Als wir näher kamen, konnten wir die Schäden aus der Vogelperspektive sehen. Der Körperteil – von oben sah er aus wie ein Oberarm – hatte einen ganzen Häuserblock ausradiert. Einige der Gebäude am Rand waren in der Mitte regelrecht durchgerissen worden. Strommasten waren umgestürzt, und überall flogen Funken umher. Viele der Häuser brannten.

Ich landete auf dem Parkplatz eines Restaurants ein paar Straßen weiter. Wir rannten auf die Flammen zu. Mehrere spärlich bekleidete Anwohner, die es noch rechtzeitig aus ihren Häusern geschafft hatten, bevor diese pulverisiert wurden, kamen uns entgegengelaufen und versuchten, den herabstürzenden Stromkabeln auszuweichen. Es war ein einziges Chaos. Weder die Feuerwehr noch unsere Bergungsmannschaft war bisher eingetroffen. Ich konnte das verräterische Leuchten aus einem riesigen Krater sehen, der jetzt an einer Stelle klaffte, wo vorher zwei große Häuser gestanden hatten.

Eine Frau im Nachthemd kam aus dem Nichts angerannt und klammerte sich schreiend an mich. »Amy! Amy!« Sie rief den Namen immer wieder und zog mich am Arm auf den Kraterrand zu. »Sie war in ihrem Zimmer! Amy war in ihrem Zimmer!«

Von vorn schien das Haus in einigermaßen gutem Zustand, aber die hintere Hälfte war weggerissen worden. Wie bei einem Puppenhaus konnte man jedes Zimmer und jedes Möbelstück sehen. Amys Zimmer war am Rand, es war einfach ... Mitchell zog die Mutter von mir fort und versuchte, sie zu beruhigen. »Sie ist weg«, sagte er, während er sie fest an sich zog. »Sie ist weg.«

Das Loch war voller Schlamm und Schutt. Irgendwo dort musste eine Wasserleitung verlaufen sein. Telefonmasten ragten zwischen den Mauerteilen auf wie abgestorbene Bäume. Wir konnten die Motorhaube eines Autos sehen. Es war sinnlos, in diesem Chaos aus Schlamm und Steinen nach Überlebenden zu suchen.

Ein Berner Sennenhund – kein Welpe, aber auch noch nicht ausgewachsen – stand an der Kraterkante und bellte einen Haufen Schutt an. Viele Hunde bellten, aber dieser sprang auf der Stelle und starrte die ganze Zeit wachsam denselben Punkt an. Dort war nichts, nur Schlamm, Kleider und eine Mikrowelle.

Mitchell und ich wandten uns vom Krater ab und durchsuchten ein paar Häuser am Rand. Nichts.

Acht Menschen starben in dieser Nacht. Die meisten waren offenbar ins Freie gerannt, als die Erde zu beben anfing. Acht … Ich habe fünf Kilometer entfernt auf einen Knopf gedrückt, und acht Menschen verloren ihr Leben, normale Leute, die nie etwas Böses getan haben. Sie müssen verdammt große Angst gehabt haben.

Man hat mir gesagt, dass wir nichts hätten tun können, um diese Menschen zu retten. Doch das stimmt nicht. Wir hätten nicht dort hinfliegen müssen. Wir hätten nicht nach den Körperteilen suchen müssen. Ich wünschte, ich könnte einfach sagen, ich hätte nur Befehle befolgt. Aber ich habe aus freiem Willen gehandelt. Ich bin verantwortlich.

Die anderen scheinen das Ganze schnell als tragischen Unfall abgehakt zu haben. Alle, außer mir. Sie kümmern sich gut um mich und zeigen Mitgefühl, aber ich komme mit dieser Art von Aufmerksamkeit nicht zurecht. Ich weiß, das ist keine Schande, aber normalerweise bin ich diejenige, die sich um andere kümmert.

Mitchell besucht mich so oft, wie ich es ihm erlaube, was ihm offenbar nicht reicht. Er macht sich wirklich Sorgen, das sieht jeder. Aber ich will nicht mit ihm darüber reden. Er war dabei, genau wie ich. Genau genommen ist er sogar derjenige, der den Knopf gedrückt hat. Er muss sich genauso verantwortlich fühlen wie ich. Und ich will nicht, dass das zwischen uns steht, wenn wir weiter zusammen fliegen wollen.

Seit dem Unglück habe ich viel Zeit mit Dr. Franklin verbracht. Sie möchte, dass ich sie Rose nenne, aber das kann ich nicht. In Anbetracht der Lage hält sie sich sehr gut. Sie hat schließlich alles organisiert. Die Last auf ihren Schultern muss unerträglich sein.

Sie kommt jeden Morgen vor ihrer Schicht zu mir und bleibt

manchmal einige Stunden. Sie spielt die Rolle der großen Schwester sehr gut. Sie ist die Einzige, die es schafft, mich auf andere Gedanken zu bringen. Alle paar Tage bringt sie mir ein neues Buch mit; es ist alles Schund, schrecklich kitschige Liebesgeschichten. Aber Dr. Franklin liest sie auch, und wir lachen darüber, wenn wir sie durchhaben. In dieser Hinsicht haben wir den gleichen Humor. Ich glaube, was Beziehungen angeht, hat sie genauso viel Glück wie ich.

Sie versucht nie, mit mir über die Ereignisse zu sprechen. Sie weiß, dass ich mit allen anderen darüber geredet habe, die alle immer nur über diese eine Sache sprechen wollen. Ich muss das, was passiert ist, nicht tausendmal durchkauen, um mich daran zu erinnern. Ich war dabei. Und ich werde es für den Rest meines Lebens nicht mehr vergessen. Ich erinnere mich an jede Einzelheit; was die Leute anhatten; die Bilder an den Wänden der zerstörten Häuser. Dr. Franklin versteht das. Dafür bin ich dankbar. Ich bin nicht sicher, ob ich das ohne sie durchstehen würde.

Ich weiß, dass sie immer noch glaubt, es könnte etwas Gutes aus diesem Projekt entstehen. Eine Weile dachte ich, sie würde nur von ihrer wissenschaftlichen Neugier getrieben, aber jetzt weiß ich, dass sie glaubt, die Sache wäre es wert. Sie denkt wirklich, dass wir Erkenntnisse gewinnen werden, die den Menschen helfen können. Es ist schön zu sehen, dass sie trotz dieser Tragödie immer noch an ihre Sache glaubt. Ich hätte nicht damit gerechnet.

Apropos Überraschungen: Gestern tauchte Vincent bei mir auf. Das hatte ich wirklich nicht erwartet, schließlich kennen wir uns kaum. Er blieb nur kurz, aber er hat mir ein Geschenk mitgebracht. Einen Fünfundzwanzig-Dollar-Gutschein für Home Depot. Ich habe mich fast totgelacht. Das war der Sinn der Sache, vermute ich. Er hat sich dann einfach verabschiedet und ist gegangen. Es war auf merkwürdige Art rührend. Ich weiß so gut wie nichts über ihn. Er verbringt den ganzen Tag allein in dem anderen Raum, deshalb haben wir keine Gelegenheit, miteinander zu sprechen.

Dr. Franklin erzählte mir, dass sie es inzwischen geschafft haben, ein Bein zusammenzusetzen. Es ist anders, als wir dachten. Das Knie beugt sich in die falsche Richtung. Es gibt ein zusätzliches Gelenk; es fehlt also immer noch ein Teil oberhalb des Oberschenkels. Dr. Franklin sagt, es ist wie beim Hinterbein eines Pferdes. Ich kann es kaum erwarten, das Bein zu sehen, aber ich bin noch nicht bereit, wieder ins Labor zu gehen.

Das Geschehene zu verarbeiten braucht Zeit. Mitchell sagte, unser namenloser Freund hätte ihn gefragt, ob er für mich einspringen könne. Mitchell ist nicht gerade begeistert von der Idee, würde es aber tun, wenn ich ihn darum bitte. Er meinte, sie alle würden verstehen, wenn ich nicht mehr fliegen will, und würden eine Arbeit am Boden für mich finden. Wie nett von ihnen. Mitchell ist so naiv wie ein Pfadfinder, er merkt nicht mal, wenn er ausgenutzt wird. Ich habe das Gefühl, dass wir es mit jemandem zu tun haben, der ein Nein nicht so leicht akzeptiert. Wenn es hart auf hart kommt, drückt mir unser »Freund« eher die Pistole auf die Brust, als dass er mich aussteigen lässt.

Und was sollte ich auch anderes tun? Mein Leben weiterführen, als wäre nichts passiert? Ich könnte ja nicht einmal mit jemandem darüber sprechen. Das klingt wahrscheinlich unglaublich egoistisch, aber ich würde mich zu Tode langweilen, bis ein dritter Weltkrieg ausbricht oder so. Wie kann man nach so einer Mission noch Kisten von einer Basis zur anderen transportieren? Ich meine, wie kann jemand mit so etwas anfangen und dann nicht erfahren wollen, wie es ausgeht? Ich würde den Verstand verlieren.

Gerade ist mir klar geworden, dass unsere Tagebücher auf den Laborservern gespeichert werden. Es würde mich überraschen, wenn »ihr wisst schon wer« sie sich nicht anhört. Hey! Arschloch! Zwei

Dinge muss ich dir sagen. Erstens: Lass das. Zweitens: Ich nehme an, du hast mich aus einem bestimmten Grund ausgesucht. Du musstest keine Frau mit eingeschränktem Sehvermögen und schwierigem Charakter nehmen. Du hast mit deinem blöden Test nicht viel rausgefunden, falls du glaubst, ich würde jetzt einfach das Feld räumen. Ich habe in meinem ganzen Leben noch nie etwas abgebrochen.

Wie gesagt, ich brauche Zeit, um nachzudenken, aber ich werde das zu Ende bringen. Dieses kleine Mädchen, all die Menschen, die gestorben sind … Wir müssen das durchziehen.

FILE 033

ZEITUNGSARTIKEL VON CATHERINE McCORMACK,
REPORTERIN BEI THE ARIZONA REPUBLIC

TERRORANSCHLAG IN FLAGSTAFF – 8 TOTE BEI BOMBENEXPLOSION

Nach offiziellen Angaben wurde letzte Nacht gegen 1:00 Uhr in Flagstaff, Arizona, mehr als ein halber Häuserblock bei einer Bombenexplosion zerstört.

Der mutmaßliche Terrorist Owen Lehman riss bei dem fehlgeschlagenen Versuch, eine Bombe herzustellen, seinen fünfzehnjährigen Sohn und sechs weitere Menschen mit in den Tod.

Lehman, dessen Antrag auf Invalidenrente im Jahr 2012 abgelehnt wurde, hatte zunehmend aggressive Briefe an die Regierung geschickt. »Der Ton wurde immer feindseliger. Wir haben die Bedrohung ernst genommen«, sagte FBI-Agent Robert Armstrong von der Außenstelle in Phoenix. »Die Analyse der Briefe sowie die Untersuchung der an der Unglücksstelle gefundenen Splitter der Bombe lassen darauf schließen, dass Mr. Lehman versuchte, einen großen Sprengsatz zu bauen, der versehentlich detonierte.« Das FBI hatte Mr. Lehman mehrere Monate lang überwacht, konnte aber nicht genügend Beweise für eine Festnahme zusammentragen. »Natürlich wünschten wir, wir hätten damals gewusst, was wir heute wissen«, sagte Armstrong, »aber wir vermuten, dass Mr. Lehman eigentlich vorhatte, einen Anschlag auf die Sozialbehörde auf dem Woodlands Village Boulevard zu verüben.«

Auf das Fehlen jeglicher Brandschäden angesprochen, fügte Armstrong hinzu: »Die Explosion hat die Wasserrohre unter Mr. Lehmans Haus zerrissen, wodurch eine Art Erdrutsch ausgelöst wurde, der den Großteil der Trümmer verschluckt und alle Brände erstickt hat. Wir hatten Glück im Unglück. Es hätte viel schlimmer kommen können.« Die Ermittlungen seien jedoch noch nicht abgeschlossen, so Armstrong.

Lehmans Nachbarin Clarissa Parlow sagte aus, dass dieser recht beliebt gewesen sei. »Er war ein ruhiger Typ. Auf mich hat er vor allem einen schüchternen Eindruck gemacht. Man kann den Leuten eben nicht in den Kopf gucken.«

Gouverneur Udell plant, die Unglücksstelle heute zu besuchen, und kündigte eine anschließende Pressekonferenz an.

FILE 034

GESPRÄCH MIT ROBERT WOODHULL,
SICHERHEITSBERATER DES PRÄSIDENTEN

ORT: WEISSES HAUS, WASHINGTON, DC

— Ich weiß nicht, für wen Sie sich halten oder was Sie glauben, wen Sie vor sich haben, aber das hier ist das Büro des Präsidenten der Vereinigten Staaten von Amerika und nicht irgendein Unterausschuss, den Sie einfach belügen können, um an Fördermittel zu kommen. Warum zum Teufel hat die NSA das bewilligt?

— Sie hatte es nicht in der Hand.

— Also dann, wenn sie es nicht in der Hand hatte … Will ich überhaupt wissen, wie Sie deren Zustimmung bekommen haben?

— Die NSA hat weder zugestimmt noch abgelehnt. Sie hatte es einfach nicht in der Hand. Ich konnte mich nicht des Eindrucks

erwehren, dass es sinnlos wäre, sie weiter miteinzubeziehen. Ich weiß gar nicht, warum die NSA überhaupt behelligt wurde. Dort arbeiten Kryptologen, die Telefongespräche analysieren. Riesige Artefakte, die von einer fremden Zivilisation zurückgelassen wurden, fallen nicht in ihren Fachbereich. Falls wir uns am Telefon über dieses Projekt austauschen müssen, ziehe ich die NSA gerne hinzu.

— Schön, dass Sie so viel Respekt vor unseren Geheimdiensten haben. Eine Frage: Wer sind Sie, dass Sie glauben, Sie könnten der NSA Befehle erteilen? Vergessen Sie es. Sagen Sie mir einfach, wer Sie sind, verdammt.

— Ich habe den höchsten Respekt vor der National Security Agency. Ich schätze auch meinen Zahnarzt und meinen Steuerberater sehr. Trotzdem habe ich keinen von beiden gebeten, unser Forschungsteam zu leiten.

— Sie haben meine Frage nicht beantwortet.

— Was hat man Ihnen erzählt, als Sie diese Aufgabe übernommen haben?

— Nichts! Man sagte mir nur, ich solle im Interesse der nationalen Sicherheit mit Ihnen kooperieren. Aber ich glaube, bei mir ist jetzt eine Grenze erreicht.

— Vielleicht sollten Sie noch mal drüber schlafen, wie man so schön sagt, im Interesse der nationalen Sicherheit.

— Sie haben acht Menschen getötet, Sie Dreckskerl! Acht US-Bürger … darunter ein Kind, verdammt noch mal! Ein sechsjähriges Mädchen mit roten Locken und hellblauen Augen.

— Würden Sie sich besser fühlen, wenn sie eine andere Augenfarbe gehabt hätte?

— In diesem Moment ist ihr Gesicht auf jedem Bildschirm in jedem Wohnzimmer dieses Landes zu sehen.

— Es war ein Unglück. Ich wünschte, ich könnte sagen, es war nicht vorherzusehen, aber das wäre gelogen. Die Wahrscheinlichkeit, einen Körperteil in einem dicht besiedelten Gebiet zu finden, wurde als gering eingeschätzt. Wir hatten einen Notfallplan für den Fall der Fälle, und er wurde fehlerlos durchgeführt. Wir haben unser Bestes gegeben, um das Chaos unter Kontrolle zu bringen.

— Das haben Sie wirklich fantastisch gemacht! Ein Haufen Soldaten stößt eine weinende Mutter in den Wagen. Das macht sich gut auf CNN.

— Wir hatten eine Cover-Story.

— Ich weiß. Ich habe Mrs. McCormacks Artikel gelesen! In der Wohnung eines ortsansässigen Terroristen ging versehentlich eine Bombe hoch. Einfach genial. Sie versetzen das ganze Land in Angst und Schrecken, nur damit Sie Ihre wertvolle kleine Statue geheim halten können. Was ist mit der Familie Lehman? Die Angehörigen sind bestimmt begeistert, wenn sie erfahren, dass Onkel Owen ein Terrorist gewesen sein soll. Das ist kein Spiel.

— Sie wissen doch besser als ich, dass ich nichts gemacht habe, was die amerikanische Regierung nicht schon Dutzende Male selbst getan hätte. Und Sie wissen genau, dass Ihre Zustimmungsrate um zwanzig Prozent nach oben schnellen wird, auch wenn Sie zu stolz sind, das zuzugeben. Sehen Sie mich nicht so an. Sie haben sicherlich viele Talente, aber Schauspielern gehört nicht dazu. Bis zu den nächsten Wahlen ist es nicht mal mehr ein Jahr. Wie viele Präsidenten wurden während einer Krise abgewählt? Wollen Sie wirklich behaupten, Sie hätten nicht darüber nachgedacht? Nicht einen Moment lang?

Geben Sie es ruhig zu. Sie hatten mit dem Unglück in Arizona nichts zu tun, und der Tod des kleinen Mädchens lastet nicht auf Ihren Schultern. Ich wüsste nicht, warum Sie sich schämen sollten, davon zu profitieren. Und, nebenbei bemerkt, es ist keine Statue. Es scheint eine Art Fahrzeug zu sein.

— Davon stand nichts im Bericht …

— Ihr Bericht könnte ein wenig veraltet sein. Ich war mir sicher, dass wir nicht alle Teile auf amerikanischem Boden finden werden, deshalb habe ich ein zweites Team zusammengestellt, das außerhalb der USA operiert.

— Das ist einfach surreal. Wann war das?

— Vor ungefähr sechs Monaten.

— Sechs Monate! Aber da hatten Sie doch gerade erst mit der Suche begonnen.

— Warum das Unvermeidliche aufschieben? Wir fingen in der Arktis an, weil sie größtenteils unbewohnt ist. Auf Ellesmere Island entdeckten wir etwas unter dem Eis, das Sie interessieren dürfte.

— Finden Sie nicht, Sie hätten mit … mal überlegen … *mir* reden sollen, bevor Sie so etwas Dämliches tun?

— Mein lieber Robert, ich unterhalte mich wirklich gern mit Ihnen. Sie können absolut sicher sein, dass ich sofort zu Ihnen gekommen wäre, hätte ich das nur eine Sekunde lang für nötig gehalten.

— Sie können mich mal … Und was sagt Kanada zu der Invasion?

— Die Kanadier wissen nicht mal, dass wir da waren. Und außerdem machen sie sich so große Sorgen wegen der dänischen Schiffe, die in ihr Territorium eindringen könnten, dass sie es wahrscheinlich auch noch gutheißen, wenn wir in der Gegend patrouillieren. Aber genug davon. Wir haben den Oberkörper gefunden. Er ist groß, sehr groß. Auf den ersten Blick sieht er aus wie die anderen Teile, aber am Rücken entdeckten wir eine kleine Klappe. Der Torso ist hohl. Im Inneren gibt es eine Kammer, in der sich eine Art Steuerzentrale befindet.

— Sie meinen, man kann das Ding bewegen? Wie einen Roboter?

— Wir vermuten, ja. Sicher können wir jedoch erst sein, wenn wir die restlichen Teile gefunden haben.

— In Ordnung. Das hatte ich nicht erwartet, aber wir haben schon genügend Objekte, die sich bewegen können, auf dem Land, im

Wasser, in der Luft und sogar im All. Kann man dieses Ding als Waffe einsetzen?

— Das erfahren wir, sobald wir alle Teile haben. Wie gesagt, wir müssen die Suche unbedingt über die Vereinigten Staaten hinaus ausdehnen.

— Welche Länder schweben Ihnen vor?

— Wie meinen Sie das?

— Wie ich das meine? Es ist eine einfache Frage. Welche Länder?

— Alle natürlich.

— Lassen Sie mich das klarstellen. Sie wollen, dass der Präsident der Vereinigten Staaten Sie autorisiert, in den Luftraum jedes einzelnen Landes der Erde einzudringen, damit Sie dort radioaktives Material verteilen können? Um Teile eines gigantischen Alien-Roboters zu finden? Ist das alles?

— Nein, das ist erst der Anfang. Der Präsident sollte sich im Klaren darüber sein, dass wir noch viel mehr tun müssen. Das ist erst der Anfang. Das kann ich gar nicht oft genug betonen. Ohne Erlaubnis über andere Länder zu fliegen ist einfach. Wenn wir es richtig machen, wird es niemand bemerken. Aber wenn wir erfolgreich sind – und das werden wir früher oder später sein –, kommen die Körperteile an die Oberfläche. Manche tauchen irgendwo in der Pampa auf, andere an ungünstigen Orten. Die Artefakte schießen förmlich an die Oberfläche, und das könnte verheerende Folgen haben. Sie glauben, Flagstaff wäre schlimm gewesen. Stellen Sie sich vor, eines

der Dinger kommt mitten in London oder Paris hoch. Oder auf dem Roten Platz in Moskau? Dann werden mehr als acht Menschen sterben, sehr viel mehr. Diese Menschen werden genauso unschuldig sein wie die, die in Arizona ums Leben kamen. Weitere kleine Mädchen mit roten Locken.

Meine Leute werden nicht immer innerhalb von Minuten vor Ort sein, um die Artefakte einzusammeln, sodass es andere tun werden. Wahrscheinlich haben die anderen Staaten keine Ahnung, was sie vor sich sehen, aber es wird nicht lange dauern, bis sie herausfinden, dass es etwas Interessantes ist. Höchstwahrscheinlich werden sie auch nicht begeistert sein, dass ihre kleinen Mädchen unter den Erdmassen begraben werden.

Und dann wird es Ihre Aufgabe sein, diese Artefakte nach Amerika zu schaffen. Zuerst werden Sie die anderen Staaten höflich darum bitten. Manche werden es Ihnen gewähren, andere nicht.

Was dann? Sie werden eine Menge Blut an den Händen haben. Hören Sie dann auf? Falls die US-Regierung nicht bereit ist, den Weg zu Ende zu gehen, gibt es andere, die weniger Vorbehalte haben.

— Wagen Sie es nicht, mir zu drohen. Sie haben vielleicht genug Einfluss, um mich zu zwingen, Ihnen zuzuhören, aber wenn Sie mir je wieder drohen, verbringen Sie den Rest Ihres elenden Lebens in einem Dritte-Welt-Land, wo Sie zehnmal am Tag zum Waterboarding abgeholt werden. Ich kenne auch einige Leute, die wenig Vorbehalte haben. Habe ich mich klar ausgedrückt?

— Wie immer, mein lieber Robert, sind Sie der Inbegriff von Klarheit. Wenn wir die leeren Drohungen mal beiseitelassen, sind meine Argumente immer noch stichhaltig. Es war von Anfang an klar, dass wir dieses Projekt nicht durchführen können, ohne unser Land zu verlassen. Sie sollten daran denken – eigentlich hätten Sie das schon

verstehen müssen, als Sie meinen ersten Bericht gelesen haben –, dass diese Objekte vor mehreren Tausend Jahren vergraben wurden. Die ganzen Staatsgrenzen, die Ihnen solche Sorgen machen, sind nichts als bunte Linien auf einer Karte, die vor sechstausend Jahren noch nicht existierte.

— Ich verstehe, dass es bequemer gewesen wäre, diese Teile vor ein paar Tausend Jahren auszugraben. Aber das macht Ihren Plan, die Lufthoheit jedes einzelnen Staates der Erde – ob nun Freund oder Feind – zu verletzen, nicht weniger irrsinnig. Es sei denn, Sie wollen Ihre kleine Ansprache über die bunten Linien sämtlichen Regierungen der Welt halten. Sie haben bestimmt nichts dagegen, uns ihren Luftraum zu überlassen, wenn sie erst über die bunten Linien Bescheid wissen.

— Machen Sie sich ruhig über mich lustig, aber letztlich werden Sie einsehen müssen, dass wir keine andere Wahl haben. Es gefällt Ihnen vielleicht nicht – mir persönlich ganz bestimmt nicht –, aber wir müssen tun, was getan werden muss.

— Weiß Dr. Franklin darüber Bescheid?

— Noch nicht. Ich dachte, Sie würden es zuerst wissen wollen.

— Dass der Oberkörper hohl ist oder dass es ein zweites Team gibt?

— Beides.

— Sie treiben mich in den Wahnsinn. Sie haben Dr. Franklin nicht gesagt, dass es ein zweites Team gibt? Sie wird bestimmt begeistert sein.

— Das ist nicht Ihr Problem.

— Da haben Sie recht. Ich will, dass Sie es ihr sagen – die Sache mit dem Oberkörper, meine ich. Von dem anderen Team müssen Sie ihr sowieso erzählen. Sie wird stinksauer sein. Ich will, dass Dr. Franklin herausfindet, wie das Ding funktioniert und wozu es fähig ist. Es ist mir egal, wenn das Team rund um die Uhr arbeiten muss, ich will Ergebnisse. Danach will ich mit ihr reden. Ihnen traue ich bei dieser Sache nicht über den Weg. Und *falls* – haben Sie gehört? – *falls* Dr. Franklin mir sagt, dass sie dieses Roboterdings zum Laufen bringen kann, haben Sie die volle Unterstützung dieser Dienststelle. Wenn nicht ... Also, es wäre besser für Sie alle, wenn sie es hinbekommt.

— Ich soll ihr drohen?

— Ich möchte Dr. Franklin und allen anderen Beteiligten – Sie eingeschlossen – begreiflich machen, dass es für uns immer schwieriger wird zu passen, je höher der Einsatz ist, den wir auf den Tisch gelegt haben.

— Also soll ich ihr drohen?

— Aus Ihrem Mund klingt das, als wäre ich bereit, Dr. Franklin umzubringen.

— Und? Sind Sie das?

— *Nein!* Warum sollte ich das tun? Ich hätte vorgeschlagen, sie auszutauschen, wenn sie nicht liefert.

— Finden Sie nicht, dass sie schon »geliefert« hat?

— Doch, natürlich. Aber wenn sie den Roboter in letzter Konsequenz nicht zum Laufen bringt, schafft es vielleicht jemand anders. Niemand ist unersetzlich, darüber sollte sich Dr. Franklin im Klaren sein. Dasselbe gilt übrigens auch für Sie.

— Das stimmt zwar nicht, aber ich verstehe, warum Sie das glauben.

— Was soll das heißen?

— Wenn Sie einen Angestellten hätten, von dem Sie wüssten, dass er nur noch sechs Monate für Sie arbeitet, wie viel Verantwortung würden Sie ihm übertragen?

— Ich verstehe nicht, worauf Sie hinauswollen.

— Sie arbeiten für jemanden, der seinen Job möglicherweise nach vier Jahren verliert und ihn auf jeden Fall nach acht aufgeben muss. Ich will nur verdeutlichen, dass es eine Menge wichtiger Dinge für dieses Land gibt, die einen längerfristigen Einsatz erfordern.

— Ich werde es dem Präsidenten ausrichten. Darauf können Sie sich verlassen.

ZWEITER TEIL

HALS- UND BEINBRUCH

FILE 037

GESPRÄCH MIT DR. ROSE FRANKLIN, PH. D.

ORT: UNTERIRDISCHE ANLAGE, DENVER, COLORADO

— Eindeutig eine Frau! Ich konnte gar nicht mehr aufhören zu grinsen, als der Oberkörper reingebracht wurde. Ihre Brüste sind im Verhältnis zum Rest des Körpers nicht gerade riesig, aber immer noch größer als mein Auto. Und straff … Sie muss damals von allen riesigen Roboterfrauen beneidet worden sein.

— Den Teil habe ich noch nicht gesehen.

— Sie sollten ihn sich wirklich ansehen. Die Brustplatte und die Mitte des Bauchs sind glatt. Ich glaube, sie trägt eine Art Rüstung, wie die Amazonen. An den Seiten unter den Rippen verlaufen zwei lange türkisfarbene Adern, fast so als wäre ein Teil ihrer Anatomie freigelegt. Ein großes V-förmiges Rüstungsteil ist in ihren Rücken eingraviert, bis zur Taille runter. Es ist großartig, sehr beeindruckend.

— Ich weiß Ihre Liebe zum Detail zu schätzen. Die Schönheit des … Geräts ist mir nicht entgangen. Einige Teile sind wirklich bemerkenswert. Sie bringen Ihre Bewunderung für diesen speziellen Teil sehr eloquent zum Ausdruck …

— Es muss *Teile* heißen, Plural. Brust und Bauch sind eigentlich voneinander getrennt. Sie waren nur verbunden, als sie gefunden wurden.

— Danke, dass Sie mich verbessern. Ich wollte gerade sagen, dass es mir lieber wäre, wenn Sie sich auf die Funktion der *Teile*, Plural, konzentrieren würden.

— Wie gesagt, Sie sollten sie sich ansehen. Sie können nicht nach der Sixtinischen Kapelle fragen und erwarten, dass ich die Decke nicht erwähne. Die Ästhetik ist keine Randnotiz, sie ist so wichtig wie alles andere. Man kann dieses Ding nicht betrachten, ohne zu wissen, dass die Erbauer Eindruck schinden wollten. Wer ihr gegenübertrat, sollte Ehrfurcht und Angst zugleich empfinden. Die Form folgt der Funktion.

— Dass das Leben in seinem Ausdruck erkennbar ist, dass die Form immer der Funktion folgt. Das ist das Gesetz.

— Wer hat das gesagt? Frank Lloyd Wright?

— Sein Mentor. Ich versuche, mich für meine Bemerkung zu entschuldigen. Ich sollte Ihr Urteil nicht infrage stellen.

— Schon gut. Ich bin ein wenig abgeschweift. Aber der Oberkörper ist fantastisch und sehr groß.

— Wie groß?

— Sehr groß. Einfach … riesig. Ungefähr so hoch wie ein sechsstöckiges Gebäude. Deshalb mussten wir umziehen.

— Ja, das ist ein imposantes Bauwerk hier. Ich habe mich in den Tunnels verlaufen, nachdem ich reingelassen wurde. Es dauerte fast zwanzig Minuten, bis mich ein Wachmann fand und zu Ihnen brachte.

— Bevor wir hier eingezogen sind, war das Gebäude völlig leer. Ist man einmal durch die Tür, gibt es nicht mehr viel Sicherheitspersonal.

— Was können Sie mir sonst über die Anlage sagen?

— Sie wird »die Arche« genannt. Wir sind genau unter dem Flughafen von Denver. Die Anlage wurde auf dem Höhepunkt des Kalten Kriegs als Ersatz-Kommandozentrale gebaut, für den Fall eines Atomkriegs. Sie beherbergt Wohnräume für fast fünftausend Leute und den weltgrößten unterirdischen Lagerraum.

— Klingt wie eine Beschreibung des Bunkers im Cheyenne Mountain.

— So ungefähr. Seit die Anlage im Cheyenne Mountain in fast jedem Science-Fiction-Film zu sehen war, steht sie wahrscheinlich weit oben auf der Zielliste, und einem direkten Treffer einer modernen Rakete würde sie möglicherweise nicht standhalten. Diese Einrichtung hier wurde in den späten Achtzigern als Kommandozentrale und Langzeitbunker gebaut – für den Fall, dass der Notstand ausgerufen wird.

Wir dürfen den Lagerbereich benutzen. Er ist ungefähr zehntausend Quadratmeter groß und hat eine Deckenhöhe von hundert Metern. Wenn wir unser Mädchen zusammensetzen können, hat sie genug Platz, um herumzulaufen, und dass sie laufen kann, wissen wir ja jetzt.

— Sie können mir später eine Führung geben. Ich nehme an, Sie haben die Öffnung gefunden.

— Ja, im oberen Rücken gibt es eine Klappe, genau zwischen den Schulterblättern. Man bemerkt sie kaum, aber in die Tür ist ein Handabdruck graviert, der auf Wärme reagiert. Wenn man seine Hand auf den Abdruck legt, gleitet die Klappe auf. Natürlich wissen Sie das alles schon, Ihre Männer waren ja bereits drin.

— Ich höre eine gewisse Verärgerung in Ihrem Tonfall.

— Ich weiß nicht, ob ich es Verärgerung nennen würde, aber ich wurde mit der Leitung dieses Projekts betraut. Und dann erzählen Sie mir, dass Sie hinter meinem Rücken ein zweites Team mit ARCANA in die Arktis geschickt haben. Also, nein, glücklich bin ich darüber nicht gerade, und ich frage mich, was Sie sonst noch vor mir verbergen.

— Sie sollten in Ruhe die USA absuchen können. Ich hätte es Ihnen wohl früher sagen sollen. Aber ich sage es Ihnen jetzt. Sie leiten die Suche nicht mehr. Ich möchte, dass Sie sich darauf konzentrieren, den Roboter zum Laufen zu bringen. Das fällt viel eher in Ihr Fachgebiet als Physikerin. Es tut mir leid, dass ich Sie daran erinnern muss, aber Sie sind keine Militärstrategin. Schon bei der ersten Hürde hätten Sie beinahe Ihre Piloten verloren. Glauben Sie mir, sobald

wir die Suche auf fremdes Staatsgebiet ausdehnen, wird es sehr ungemütlich.

— Hören Sie, es ist mir wirklich egal, ob ich die Suche leite oder nicht. Ich will nur, dass Sie ehrlich zu mir sind. Ich habe Sie nie um etwas gebeten, seit wir mit dem Ganzen angefangen haben. Tun Sie mir nur einen Gefallen: Handeln Sie nicht hinter meinem Rücken.

— Ich werde es mir merken. Und jetzt erzählen Sie mir von dem Oberkörper.

— Hinter der Klappe ist ein enger Gang, vielleicht einen Meter zwanzig im Durchmesser, der zu einer weiteren kleinen Klappe mit einem ähnlichen Handabdruck führt – das Material, aus dem sie besteht, kann ich nicht bestimmen. Dahinter befindet sich eine runde Kammer mit einem Durchmesser von circa neun Metern.

Die Kammer dreht sich in dem Torso je nach Neigungswinkel. Im Grunde ist es ein großes Gyroskop. Die Konstruktion ist herrlich einfach. Die Kugel schwimmt in einer Flüssigkeit und ist am Boden schwerer. Den Rest erledigt die Gravitation. Wenn man den Körper kippt, bleibt die innere Kugel gerade. Die Kugel ist durchsichtig. Man sieht das dunkle Metall durch die milchige Flüssigkeit, in der sie schwimmt. Das Innere ist schwach beleuchtet, obwohl wir keine Lichtquelle gefunden haben. Es gibt keine Fenster.

Der Boden der Kammer ist gerade und in zwei halbmondförmige Decks unterteilt. Das hintere liegt ungefähr einen Meter höher, und auf jeder Seite führen zwei Stufen hinab zum vorderen Deck, das für zwei Personen konstruiert zu sein scheint. Ich nenne sie Puppenspieler. Das obere Deck ist minimalistisch ausgestattet. Von der Decke reicht ein Balken ungefähr bis zur Mitte herab. Daran hängen ein schwarzer Helm – wie ein Motorradhelm mit dunklem Visier –

und eine Art gepanzerte Zwangsjacke. Sie hat Metallschellen, die man an den Unter- und Oberarmen befestigen kann, und ist an den Schultern und Ellbogen beweglich. Auch auf Brusthöhe befindet sich eine große Schelle. Am Ende der Arme sind Vorrichtungen, die Handschuhen ähneln. Direkt davor steht eine ungefähr einen Meter hohe Metallsäule.

— Wozu dient das alles?

— Wir haben keine Ahnung, aber wir haben auch noch nicht viel ausprobiert. Das untere Deck ist viel ausgeklügelter. Da gibt es ein halbrundes, ungefähr zwei Meter breites Pult, in das vielleicht zwei Dutzend Symbole eingraviert sind. Manche gleichen denen, die wir auf den Tafeln bei der Hand gefunden haben, andere haben wir noch nie gesehen. Vor dem Pult, wo man einen Stuhl erwarten würde, befindet sich eine kreisförmige Mulde. Ich würde sie nicht als Becken bezeichnen, weil sie nur einen Zentimeter tief ist, aber sie ist mit einer trüben Flüssigkeit gefüllt, die weich und geschmeidig ist wie flüssiges Teflon. Aus der Mitte ragt ein ungefähr ein Meter hoher Pfosten auf. Daran ist ein weiterer schwarzer Helm befestigt, und zwei Beinschnallen mit Steigbügeln hängen knapp über der Flüssigkeit am Boden.

Wie es aussieht, steuert eine Person Arme und den Rumpf, während die zweite die Beine kontrolliert und was man sonst noch von dem Pult aus machen kann. Und jetzt wird es interessant.

— Bevor Sie fortfahren: Haben Sie schon entschieden, wer den Oberkörper und wer die Beine bedienen soll?

— Nein, noch nicht. Vom Bein-Deck aus werden die Fortbewegung und alle Funktionen der Konsole gesteuert, das spricht dafür, dass

Kara dort sitzt oder steht oder was auch immer. Andererseits glaube ich, dass es körperlich anstrengender ist, die Beine zu bewegen, und Ryan ist ein sehr starker Mann. Wir werden beides ausprobieren und abwarten, was besser funktioniert.

— Also, was ist es?

— Was ist was?

— Sie sagten: Und jetzt wird es interessant. Ironie gehört nicht zu meinen liebsten Kommunikationsformen, aber ich kann sie trotzdem erkennen. Ich nehme an, Sie wollten mir schlechte Nachrichten übermitteln.

— Die Beinschellen sind für die menschliche Anatomie ungeeignet. Sie sind eindeutig für jemanden konstruiert, der solche Beingelenke hat wie der Roboter selbst. Ich bin immer davon ausgegangen, dass die Erbauer des Geräts zumindest aussahen wie wir. Wenn es nicht sowieso Menschen waren.

— Wird das ein Problem für den Piloten?

— Vielleicht habe ich mich nicht klar genug ausgedrückt. Die Knie sind falsch herum! Also, ja, es ist ein Problem, es sei denn, wir können einen äußerst intelligenten Vogel Strauß dazu bringen, die Beine zu steuern. Wir müssen eine Möglichkeit finden, die Steuerung der menschlichen Anatomie anzupassen.

— Was ist mit dem Pult? Machen Sie Fortschritte bei der Entschlüsselung der Symbole?

— Kaum. Vincent hat einen kurzen Blick darauf geworfen, aber jetzt arbeitet er wieder an den Tafeln. Er glaubt, die Chancen stehen besser, wenn er die Zeichen im Zusammenhang betrachtet statt einzeln.

— Er glaubt … Zweifeln Sie daran, dass wir den Richtigen ausgewählt haben?

— Wie kommen Sie darauf?

— Sie neigen dazu, es anderen hoch anzurechnen, wenn sie Erfolg haben, und Verantwortung für die Fehler Ihrer Mitarbeiter zu übernehmen. Von Mr. Coutures Meinung distanzieren Sie sich. Das ist untypisch für Sie, deshalb habe ich den Eindruck, dass Sie an ihm zweifeln.

— Manchmal. Er ist absolut genial, verstehen Sie mich nicht falsch. Er versteht Dinge, die weit außerhalb seines Fachgebiets liegen. Neulich Abend hatten wir ein interessantes Gespräch über Exoplaneten. Wie sich herausstellte, liest Vincent in seiner Freizeit Bücher über Astrophysik, nur zum Vergnügen. Wenn jemand die Zeichen entschlüsseln kann, dann er.

Ich hoffe nur, dass er nicht an seinem Ego scheitert. Er respektiert mich, und ich mag ihn. Aber er kann ein bisschen herablassend sein, wenn man seine Anforderungen nicht erfüllt. Ich habe das Gefühl, dass er an sich selbst noch höhere Ansprüche stellt. Ich befürchte, je länger sich das hinzieht … Immerhin mag Kara ihn, und das will was heißen. Das macht uns allen auf jeden Fall das Leben leichter.

— Ich habe seine Akte gelesen. Ich denke, er ist belastbarer, als Sie glauben.

— Sie haben ... Es gibt eine Akte über ihn?

— Selbst Ihr Friseur hat eine Akte, und den sehen Sie nur einmal im Monat. Vincent Couture ist ein ausländischer Staatsbürger auf amerikanischem Boden, der täglich Zugang zu streng geheimen Informationen hat. Er gibt mehrere Akten über ihn, sehr dicke sogar.

— Sie haben eine Akte über meinen Friseur?

— Ja. Er sollte unbedingt seine Steuererklärung abgeben. Was Mr. Couture angeht: Wenn Sie ihn ersetzen wollen ...

— Sie haben mich missverstanden. Ich bin sicher, wenn jemand das Rätsel lösen kann, dann Vincent. Ich weiß nur nicht, ob man die Symbole überhaupt entschlüsseln kann, und das macht mir Sorgen. Ich habe Angst vor dem, was das bei Vincent anrichtet. Ich glaube nicht, dass er schon mal mit einem Problem konfrontiert wurde, das er nicht lösen konnte. Er könnte selbstzerstörerisches Verhalten an den Tag legen, wenn er scheitert.

— Bei allem Mitgefühl für Mr. Couture, aber ohne die Symbole halbwegs zu verstehen, können wir die Maschine nicht in Gang bringen. Wie Mr. Couture auf sein mögliches Scheitern reagiert, ist angesichts der größten wissenschaftlichen Entdeckung der Menschheitsgeschichte belanglos. Wenn Sie vermuten, dass er es nicht schafft, müssen Sie ihn sofort ersetzen. Wenn Ihre einzige Sorge ist, dass sein Ego irreparablen Schaden nimmt, verspreche ich Ihnen, dass wir unsere nicht unbeträchtlichen Mittel nutzen werden, um

Mr. Couture die beste Hilfe zukommen zu lassen, die man für Geld erhalten kann. Dreißig Therapiestunden sollten unser Budget nicht sprengen.

— Er braucht mehr Zeit.

— Er hat eine Woche.

FILE 039

VERSUCHSPROTOKOLL VON CW3 KARA RESNIK

ORT: UNTERIRDISCHE ANLAGE, DENVER, COLORADO

Hier spricht Kara Resnik. Heute ist der 20. September. Es ist ... 10:25 Uhr. Dr. Rose Franklin überwacht während des Experiments vom Labor aus meine Vitalfunktionen. Hallo, Dr. Franklin! Wir testen gleich die Steuerung im Roboter. Wir haben den linken Arm mit dem Oberkörper verbunden und wollen ausprobieren, ob ich ihn bewegen kann. Falls ich überhaupt oben ankomme. Ich gehe gerade die Treppe hoch, mit einem Barhocker im Schlepptau.

Wir sollten wirklich einen Aufzug bauen. Selbst ohne die Beine ist das Ding ziemlich hoch. Und mit den ganzen Sensoren, die an meiner Brust und meinem Kopf kleben, kann ich mich kaum bewegen. Ich habe Angst, dass ich die Kabel abreiße. Schlimm genug, dass ich Möbel nach oben schleppen muss. Wenn Sie mit unserem gemeinsamen Freund sprechen, fragen Sie ihn, ob in der Arktis irgendwas gefunden wurde, das Ähnlichkeit mit einer Alien-Leiter hat. Falls sich irgendwann jemand anders diese Aufzeichnung anhört, sollte er wissen, dass sich der untere Rand der Klappe im Inneren des Torsos anderthalb Meter über dem Boden befindet. Das ist kein großer Sprung, aber man müsste zweieinhalb Meter groß sein, um sie von innen zu schließen oder wieder zu öffnen. Die Moral von der Geschichte ist: Steig nicht allein rein, oder nimm einen Barhocker mit. Und vergiss nicht, vorher pinkeln zu gehen.

Es sind noch ungefähr dreißig Stufen bis oben. Warum muss ich eigentlich hier hochlatschen? Ich weiß, ich bin die Arm-Pilotin, die Pilotin des einzelnen Arms. Aber da das Ding im Moment noch keine Beine hat, könnten wir uns vielleicht ein bisschen abwechseln. Ryan ist viel stärker als ich, ihm würde es bestimmt nichts ausmachen, den Hocker fünfzehn Treppenabsätze hoch zu tragen.

Ich jammere nicht. Ich ... geh ja schon. Ich bin oben. Ich muss nur ... kurz Luft holen.

Ich sehe auf die Klappe. Diese Aliens haben wirklich ... ganz normale Hände. Ein bisschen größer als meine, aber der Abdruck könnte von jedem x-Beliebigen sein. Ich lege meine Hand darauf. Ich spüre, wie das Material ein bisschen vibriert. Vielleicht wird zugleich die Luke in der Kugel geöffnet. Die äußere geht jedenfalls auf.

Ich bin fast an der zweiten Klappe. Warum ist der Durchgang so eng? Okay, sie ist offen. Es dauert nur einen Moment, bis ich den blöden Hocker auf den Boden gestellt habe ... dann ... kann ich reinsteigen.

Ich bin drin. Der Raum ist immer noch beleuchtet. Das Licht ist gemütlich, wie in einem Zimmer mit offenem Kamin. Ich schließe die innere Luke. Ich steige vom Hocker und gehe zum oberen Deck. Dr. Franklin, ich weiß, dass Sie finden, es sieht aus wie eine Zwangsjacke, aber nach meinem Dafürhalten ist es irgendwie ... krasser. Wenn man es von der Stange an der Decke nehmen und schwarz ansprühen würde, könnte Batman es mit Stolz tragen. Ich schiebe meine Arme rein …

Meine Finger passen nicht richtig in die Handschuhe. Zappel, zappel … okay, sie sind drin. Die Handschuhe sind ein bisschen steif. Ich schließe die Armschnallen. Ich versuche … die Vorderseite mit meinen großen Metallfingern zuzumachen. Ich glaube, es funktioniert. Jetzt schließe ich die Schnalle vor meiner Brust.

Mal sehen, ob ich mich in dem Ding bewegen kann. Es geht gut, an den Armen und Händen ist der Widerstand minimal. Den Oberkörper zu bewegen ist schwieriger. Ich kann mich vorbeugen, um meine Zehen zu berühren, aber ich kann nicht in die Hocke gehen. Sobald ich die Knie beuge, wird die Leine zu kurz. Ich kann auch nicht weggehen. Es wird schwierig, etwas vom Boden aufzuheben. Streichen Sie das. Ich bin eine Idiotin. Meine Beine spielen keine Rolle. Ryan kann auf dem anderen Deck in die Hocke gehen, und ich kann Sachen vom Boden aufheben, wo auch immer er dann ist … aus meiner Sicht. Das wird komisch. Ich weiß, dass alle gespannt sind, aber es könnte eine Weile dauern, bis wir die Sache mit den zwei Piloten raushaben.

Das wird natürlich unser geringstes Problem, es sei denn, es gibt in dem Helm einen Monitor, weil wir sonst nämlich nicht nach draußen gucken können. Ich sehe nur Metall. Und das Visier des Helms scheint undurchsichtig zu sein, also werde ich ohne Monitor gar nichts sehen. Nutze die Macht, Luke! Vielleicht geht es darum. Vielleicht ist das ein riesiges Jedi-Trainingsgerät, mit dem man versuchen kann, eine zehntausend Tonnen schwere Puppe mit geschlossenen Augen durch die Gegend zu bewegen.

Ich glaube nicht, dass ich sonst noch was probieren kann, bevor ich den Helm aufsetze. Er sieht aus wie ein Helikopterhelm. Ich ziehe ihn jetzt über den Kopf. Ich frage mich, ob …

AAAAAAAARRRRRRRHHHHHHHH …

FILE 041

TAGEBUCHEINTRAG VON DR. ROSE FRANKLIN, PH. D.

Ich bin wütend. Ich bin wütend auf alle. Vor allem auf mich selbst. Man sollte nicht mit Dingen experimentieren, die man nicht versteht, und sich darauf verlassen, dass schon alles gut gehen wird. Das war dumm von mir. Wenn man die Beinsteuerung ansieht, weiß man Bescheid. Der Roboter wurde nicht für Menschen gebaut. Wer weiß, wozu dieses Ding fähig ist? Wie konnte ich Kara nur bitten, sich diesen Helm auf den Kopf zu setzen, ohne ein Ärzteteam mitzuschicken?

Sie liegt noch im Krankenhaus. Sie sagte, der Schmerz sei so brutal gewesen, dass sie sofort das Bewusstsein verloren habe. Wir haben sie gefunden, wie sie an den Armen auf dem Deck hing, wie Jesus am Kreuz. Der Helm hatte sich abgeschaltet. Es dauerte fast eine halbe Stunde, bis die Sanitäter bei ihr waren und sie rausholen konnten. In der Zeit hätte sie tausendmal sterben können.

Als sie wieder zu sich kam, war sie völlig blind. Am selben Tag wäre sie noch mal beinahe gestorben. Wie Kara eben ist, riss sie sich die Infusionsnadel aus dem Arm, sobald sie aufwachte, und versuchte, sich aus dem Raum zu tasten. Sie stolperte, knallte mit dem Kopf gegen einen Metallschrank und fiel wieder in Ohnmacht. Die Platzwunde musste mit acht Stichen genäht werden.

Sie hatte oberflächliche Brandwunden im Gesicht. Die Ärzte behandelten sie und wickelten ihr einen Verband um den Kopf, um die Augen abzudecken. Sie sollte ihn einige Tage anbehalten. Natürlich machte sie ihn schon nach ein paar Stunden ab. Sie sagte, es würde jucken ... Die Ärzte schimpften halbherzig mit ihr. Sie hatten sie schon einige Male behandelt – Routineuntersuchungen, ein paar Schrammen und blaue Flecken –, deshalb waren sie wahrscheinlich überrascht, dass sie den Verband überhaupt so lange dranließ. Mich hat es jedenfalls gewundert.

Als ich im Krankenhaus war, um nach ihr zu sehen, herrschte Aufregung in ihrem Zimmer. Ärzte stritten miteinander und riefen immer weitere Kollegen herbei, um Kara zu untersuchen. Ich fragte zigmal, was los sei, aber niemand wollte mir Auskunft geben. Kara warf eine Lampe gegen die Wand, was ihr schließlich die Aufmerksamkeit der Ärzte einbrachte.

Sie sagten ihr, dass ihr Auge in Ordnung sei. Kara wirkte nicht überzeugt, deshalb erklärten sie ihr, dass ihre Retina irgendwie repariert worden sei. Ich konnte es nicht glauben, aber sie zeigten uns die Aufnahmen von Karas Auge – von vorher und nachher. Man musste kein Arzt sein, um zu sehen, dass der Helm sie geheilt hatte. Wahrscheinlich hatte er ihre Augenverletzung entdeckt und behandelt. Hoffentlich hatte sie nur deshalb solche Schmerzen, als sie den Helm aufsetzte.

Ich kann kaum sagen, wie erleichtert ich bin. Kara geht es gut. Sehr gut sogar, was fast ein Wunder ist. Warum bin ich dann wütend? Tja, ich war so glücklich. Ich eilte zurück ins Labor und probierte den Helm selbst aus. Dämlich, oder? Es passierte nichts, deshalb bat ich Ryan zu mir hoch und ließ es ihn versuchen. Ich holte jeden einzelnen Laborassistenten herbei, um den Helm auszuprobieren. Als sich nichts tat, versuchten wir es mit dem Helm auf dem unteren Deck. Warum nur ein Menschenleben riskieren, wenn man auch ein halbes Dutzend aufs Spiel setzen kann? Ach, und die Helme sind kaputt. Soweit ich das beurteilen kann, war der zweite schon kaputt, als wir ihn gefunden haben, aber jetzt funktioniert keiner von beiden mehr.

Ich weiß nicht, was ich mir dabei gedacht habe. Er hat ihr Auge geheilt? Wir haben doch keine Ahnung, womit wir es eigentlich zu tun haben; vielleicht haben die Aliens nur ein großes Auge. Oder sie haben achtzig Augen. Sie könnten auch Fliegenaugen haben oder gar keine. Der Helm hätte Kara den Schädel zerreißen oder sie entstellen können. Eine Million Dinge hätten ihr zustoßen können, und die meisten davon hätte sie vermutlich nicht überlebt.

Es ist meine Aufgabe, für die Sicherheit meines Teams zu sorgen. Ich habe Kara da hochgeschickt, und sie hat mir vertraut. Sie hat sich auf mein Urteil verlassen, darauf, dass ich sie nicht hinauflassen würde, wenn ich es für gefährlich hielte. Ich habe mich immer als Wissenschaftlerin gesehen. Jetzt weiß ich nicht mehr, was ich bin.

Morgen hat Kara einen Termin für ein MRT, um zu überprüfen, ob ihr Gehirn geschädigt wurde. Wenn mein Gehirn funktionieren würde, hätte ich Karas Untersuchungsergebnisse abgewartet, bevor ich die anderen in die Kugel schickte. Dafür ist es jetzt zu spät, aber ich werde Kara gründlich durchchecken lassen, bevor sie wieder auch nur einen Fuß in das Ding setzen darf. Vermutlich ist es besser, noch ein paar Wochen abzuwarten, ob sie nicht im Laufe der Zeit noch weitere Symptome entwickelt.

Ich hoffe von ganzem Herzen, dass sie sich wieder vollständig erholt. Nicht nur um des Projekts willen; ich könnte nicht damit leben, wenn ihr etwas zustieße. Sie ist mir ans Herz gewachsen. Sie alle sind mir ans Herz gewachsen, aber Kara mag ich am meisten.

Ich bin nicht die Einzige, die sie mag. Ryan hat kein Wort darüber verloren, und wir tun so, als merkten wir nichts, aber Kara weiß natürlich Bescheid. Ich weiß es, Vincent weiß es. Der Roboter weiß es bestimmt auch. Ich wünsche Ryan nur das Beste – wer würde das nicht tun? –, aber ich hoffe, seine Verliebtheit legt sich wieder. Vor allem hoffe ich, dass die beiden niemals zusammenkommen. Ich liebe Kara, aber sie würde Ryan nur verletzen, sehr sogar.

Davon abgesehen, kommen die beiden gut miteinander aus. Sie ergänzen sich gut. Sie arbeiten vorbildlich zusammen. Das müssen sie auch, wenn sie sich den ganzen Tag sehen.

Es dauerte eine Weile, aber er hat gelernt, ihr genug Raum zu lassen. Das muss ich ihm hoch anrechnen.

Ein unvollständiger Roboter mit beschädigter Steuerung, ein verknallter Pilot und eine verletzte Pilotin – und ich weiß nicht, wo das noch enden soll. Die kaputten Helme sind ein schwerer Rückschlag. Ich habe keine Ahnung, ob und wann wir sie reparieren können. Selbst wenn wir sie wieder in Gang bringen, gibt es keine Garantie, dass Kara und Ryan sie aufsetzen können, ohne im Krankenhaus zu landen. Sie sind eben nicht für uns Menschen gedacht.

Was mich zu der Beinsteuerung bringt. Ryan hat wirklich ein schlechtes Los gezogen. Sein Helm funktioniert nicht, und die Beine biegen sich in die falsche Richtung. Ich wünschte, wir könnten die Beinsteuerung unserer Anatomie anpassen, aber das Risiko, sie dauerhaft zu beschädigen, wenn wir daran herumbasteln, ist zu groß. Falls wir etwas kaputt machen, kann ich das Metall, aus dem die Steuerungen bestehen, nicht reproduzieren. Ich werde alles andere ausprobieren, bevor ich jemanden mit einem Schneidbrenner in die Nähe des Roboters lasse.

Ryan hat sich in den Kopf gesetzt, die Beine zu bedienen, indem er sich mit dem Rücken zum Pult hinstellt und rückwärts geht. Ich halte das für verrückt. Gehen ist viel schwieriger, als die meisten Leute glauben. Wir tun es unbewusst, aber sobald man darüber nachdenkt, wird es kompliziert. Man braucht bloß einen Kommentar über den Gang eines Menschen zu machen, schon wird er sich linkisch anstellen. Es ist ein komplexer und schwieriger Ablauf. Wenn Ryan die Bewegungen nicht perfekt ausführt, werden er und Kara den Roboter nicht in der Balance halten können. Es ist ein großes schlankes Gerät, und der Schwerpunkt befindet sich weit oben. Es ist jetzt schon beängstigend hoch, ohne dass wir die Beine angebracht haben, und ich will mir gar nicht vorstellen, was ein Sturz anrichten könnte, wenn wir das Ding mal vollständig zusammengebaut haben. Wahrscheinlich würde ein ganzer Häuserblock dabei plattgemacht. Eine bessere Idee als Ryan habe ich allerdings auch nicht. Vielleicht sollte ich es ihn einfach versuchen lassen.

Ich habe einige Ingenieure dazugeholt, um eine Computersimulation zu erstellen. Der Rechner wird mit der Beinsteuerung und dem anderen Deck verbunden, damit er die Bewegungen des Piloten in ein Modell des Roboters umrechnen kann. Die Simulation bezieht Gewicht, Geschwindigkeit und andere Faktoren mit ein. Das Ergebnis werden wir auf dem Bildschirm sehen. Dadurch sollten wir zumindest eine Vorstellung bekommen, ob unser Vorhaben überhaupt durchführbar ist.

Selbst wenn wir die Helme in Betrieb nehmen können, ohne uns selbst umzubringen, und falls Ryan mehrere Kilotonnen Metall beim Rückwärtsgehen kontrollieren kann, bleibt immer noch das Problem mit dem Pult. Ryan sieht in die andere Richtung, deshalb wird es jemand anders bedienen müssen.

Im Moment funktioniert es natürlich nicht. Vincent ist mit der Entschlüsselung der Zeichen noch keinen Schritt weitergekommen, und wir haben keine Ahnung, wozu das Pult dient. Das ist vielleicht unprofessionell von mir, aber ich sage, wir kümmern uns darum, wenn es so weit ist. Wir wissen nicht, wie schwierig es zu bedienen sein wird. Vielleicht brauchen wir einen Physiker oder einen Soldaten oder einen richtig guten Computerspieler.

Ich weiß, dass wir diese Tagebücher führen sollen, um den Stress besser zu bewältigen. Verdammt, ich habe es ja selbst vorgeschlagen, aber ich muss sagen, im Moment hilft es nicht. Glaube ich, dass wir all diese Probleme irgendwann lösen und das Ding in Gang bringen können? Der Flug zum Mond schien am Anfang vermutlich auch unmöglich. Wem will ich was vormachen? Im Moment habe ich das Gefühl, wir haben nicht die geringste Chance.

Vielleicht sieht es morgen früh schon anders aus. So oder so werde ich aufstehen und zur Arbeit gehen. Es warten einfach zu viele bahnbrechende Entdeckungen auf uns, wenn wir erst mal verstehen, wie der Roboter funktioniert. Immerhin kann er medizinische Wunder vollbringen. Wer weiß, wozu er sonst noch fähig ist?

Das macht mir auch Angst. Bin ich bereit, die Ergebnisse zu akzeptieren, wenn der Roboter funktioniert? Er könnte uns helfen, Krankheiten zu heilen. Er könnte auch die Macht haben, Millionen von Menschen zu töten. Kann ich das mit meinem Gewissen vereinbaren? Ich wünschte, ich wüsste, wo die Reise hingeht, aber ich habe keine Ahnung. Ich weiß nur, dass das Ganze größer ist als ich und meine Selbstzweifel und jeder Gewissenskonflikt. Ich begreife jetzt, wie vollkommen unbedeutend ich im Vergleich dazu bin. Warum fühle ich mich deshalb viel besser?

FILE 042

VERSUCHSPROTOKOLL VON CW3 KARA RESNIK

ORT: UNTERIRDISCHE ANLAGE, DENVER, COLORADO

Hier spricht Kara Resnik. Heute ist der 22. September. Es ist drei Uhr morgens, deshalb beobachtet mich niemand. Wahrscheinlich bringe ich mich in Schwierigkeiten, aber ich weiß nicht, was ich sonst tun soll. Dr. Franklin besuchte mich heute im Krankenhaus – nein, eigentlich gestern. Offensichtlich fühlt sie sich für das, was mir zugestoßen ist, verantwortlich. Sie war am Boden zerstört. Ich versuchte, ihr klarzumachen, dass sie keine Schuld trifft. Wahrscheinlich hätte ich es auf eigene Faust probiert, wenn sie noch gezögert hätte. Offenbar ist das ganze Projekt jetzt erst mal in der Warteschleife, bis sich herausgestellt hat, ob ich unter Nachwirkungen leide. Wir werden sehen.

Dr. Franklin erzählte mir auch, dass ich den Helm kaputt gemacht habe. Echt? Ich habe doch gar nichts gemacht! Ich habe ihn nur aufgesetzt, weil … es ein Helm ist? Dafür sind Helme schließlich da, oder? Ich glaube nicht, dass er kaputt ist. Heute hatte ich ein MRT, und auch wenn ich die Ergebnisse noch nicht kenne, bin ich ziemlich sicher, dass das Alien-Gerät nicht mein Gehirn geschrottet hat, deshalb scheint es mir unwahrscheinlich, dass mein Gehirn das Gerät zerstört hat. Okay, das ist vielleicht nicht unbedingt logisch, aber der Helm hat mein Auge geheilt, verdammt! Die Ärzte haben es nicht geschafft, das Ding schon! Tut mir leid, aber ich glaube einfach nicht, dass eine Maschine, die Augenoperationen durchführen kann, nachdem sie dreitausend Jahre vergraben war, durch meinen kleinen Kopf kaputtgeht.

Ich bin nicht so schlau wie die anderen, aber ich glaube, der Schmerz war so heftig, weil der Helm mein Auge geheilt hat. Oder er hat herausgefunden, dass mein Gehirn nicht so ist, wie es sein sollte, und es irgendwie angepasst. So oder so, wenn das Ding schlau genug ist, mich zu heilen, dann findet es bestimmt auch eine Möglichkeit, mich nicht zu töten. Ich habe das Gefühl, dass der Helm – wie sagt man – wie ein Entenküken geprägt wurde, als er sich an mein Gehirn angepasst hat. Wenn ich recht habe, hält er mich jetzt für seine Entenmama. Deshalb funktioniert er bei den anderen nicht.

Das erklärt zwar nicht, warum der andere Helm auch nicht geht, aber wie Dr. Franklin immer so schön sagt: eines nach dem anderen. Man kann nicht alle Probleme auf einmal lösen. Sehen Sie, Dr. Franklin, ich habe Ihnen zugehört. Und jetzt versuche ich, ein Problem zu lösen. Ich weiß, was Sie einwenden werden: Ich bin ja noch nicht mal aus dem Krankenhaus entlassen worden. Ich soll mich ausruhen. Aber ich habe keine Ruhe, wenn wegen mir alles stillsteht; und ich will mir keine Sorgen mehr machen, dass ich jedes Mal umkippe, wenn ich den Helm aufsetze. Das ist mein Versuch, ein bisschen Seelenfrieden zu finden, also seien Sie nicht sauer, wenn Sie herausfinden, was ich getan habe. Es sei denn, ich sterbe in den nächsten zehn Minuten. Dann können Sie so wütend werden, wie Sie wollen.

Und seien Sie auch nicht sauer auf das Krankenhauspersonal. Die denken wahrscheinlich, dass ich in die Cafeteria gegangen bin, schließlich habe ich ihnen diese Lüge aufgetischt.

Ich bin jetzt am oberen Ende der Treppe. Beim nächsten Mal, falls es ein nächstes Mal gibt, nehme ich zwei Barhocker mit, nur um mir den Spaß zu gönnen, einen nach unten auf den Boden knallen zu lassen. Ich hasse die Dinger mittlerweile. Ab jetzt bleibe ich in Kneipen nur noch stehen.

Sie wissen, was ich mache, deshalb erspare ich Ihnen die Einzelheiten. Kriechen, kriechen. Das Öffnen der inneren Luke ...

Ich bin in der Kugel und schnalle mich an. Es wäre gelogen, wenn ich sagen würde, ich wäre kein bisschen nervös. Vor einer Stunde kam mir die Idee noch viel besser vor. Andererseits kriege ich auch schwitzige Hände, wenn ich einen Mann frage, ob er mit mir ausgeht, das gehört eben zum Leben dazu.

Ich halte den Helm in den Händen. Ich werde ihn jetzt aufsetzen, bevor ich kneife. Sei lieb, Kleiner, deine Mama ist hier ...

AAAAAAHHHHHHRRRRRR!

Verflucht ... Der Helm ist runter! Was ist nur los mit dem Ding? Es hat höllisch gebrannt. Ich konnte nicht mal die Augen offen lassen. Mami ist sauer! Offenbar war es nicht so schlimm wie beim letzten Mal, sonst könnte ich nicht mehr reden, aber das Ding scheint mich wirklich zu hassen ...

Ich ...

Das gibt's doch nicht. Ich kann mit den Handschuhen nicht gut fühlen, aber ich glaube, die Platzwunde an meiner Stirn ist weg. Auf jeden Fall ist da keine Naht mehr.

Okay, vielleicht bin ich verrückt, aber ich setze den Helm wieder auf. Ich wüsste nicht, was er sonst noch reparieren soll, außer irgendwelchen Problemen mit meinem Selbstbewusstsein. Ich will sehen, wozu er gut ist, wenn er nicht mit Heilen beschäftigt ist.

...

Wow. Das ist verblüffend! ... Ha-ha! Ich weiß gar nicht, womit ich anfangen soll. Sobald ich den Helm aufgesetzt habe, wurde das dunkle Visier plötzlich durchsichtig. Ich meine, ich kann *alles* sehen, nicht nur die Kammer. Ich kann durch das Metall des Torsos sehen, ich kann das Labor sehen.

Ich sehe auch noch die Kugel und die Flüssigkeit um sie herum, aber alles ist transparent. Wenn ich mich auf einen Gegenstand draußen konzentriere, sehe ich ihn glasklar. Wenn ich etwas im Inneren angucke, wird es draußen abgedunkelt. Alles ist in einen Bronzeton getaucht wie auf einem alten Foto.

Ich sehe mich um. Das ist fantastisch. Ich weiß, ich klinge wie ein Vollidiot, aber mir fehlen die Worte. Was ... ist ... das?

Da ist ein Hologramm, eine Miniaturausgabe des Roboters – ungefähr dreißig Zentimeter groß –, die von der kleinen Säule vor mir in die Luft projiziert wird. Wirklich süß. Dr. Franklin, ich wünschte, Sie könnten sehen, wie cool das Ding ist. Ich meine, ich weiß jetzt, wie der Roboter aussehen wird, wenn wir alle Teile haben. Er ist wirklich ... nicht von dieser Welt. Kleiner Scherz. Bis auf die seltsamen Beine sieht sie aus wie eine normale, allerdings knallharte menschliche Kriegerin. Auch der Kopf sieht menschlich aus, und sie hat nur einen. Hübsch. Das Hologramm bewegt den Kopf, wenn ich meinen bewege. Und wenn ich die Arme bewege, macht es dasselbe. Es ahmt jede Bewegung meines Oberkörpers nach. Ich vermute, es wird auch die Beine bewegen, wenn wir die andere Steuerung zum Laufen bringen.

Ich rudere mit den Armen wie eine Verrückte. Der Arm des Roboters bewegt sich keinen Millimeter. Das ist wahrscheinlich auch gut so, denn sonst würde ich alles im Labor zerstören. Das Hologramm folgt meinen Bewegungen trotzdem.

Dr. Franklin, mir wird gerade klar, dass Sie das wahrscheinlich nie selbst erleben werden, falls der Helm tatsächlich nur bei mir funktioniert. Es bricht mir das Herz, dass Sie nicht sehen können, was ich sehe, nachdem Sie so hart dafür gearbeitet haben. Aber es klappt! Sie hatten recht, Dr. Franklin! Und wie Sie sehen, gibt es keinen Grund zu warten. Alles ist in Ordnung. Ach, und Sie sind jetzt auf mich angewiesen, für alle Zeiten.

Machen Sie sich keine Sorgen, weil der Arm sich nicht bewegt. Er wird wahrscheinlich funktionieren, sobald wir alle Teile verbunden haben, so wie bei den Lichterketten für den Weihnachtsbaum früher. Wenn eine einzige winzige Glühbirne fehlte, hat keine geleuchtet.

Ich wünschte, ich könnte die andere Steuerung ausprobieren. Ich weiß, Entenküken. Mich gibt es nur einmal, und ich kann nicht auf beiden Decks gleichzeitig sein. Trotzdem würde ich gern wissen, ob es klappt …

FILE 047

GESPRÄCH MIT VINCENT COUTURE, DOKTORAND

ORT: UNTERIRDISCHE ANLAGE, DENVER, COLORADO

— Dr. Franklin erzählte mir, Sie hätten einen Durchbruch erzielt?

— Allerdings. Es ist keine Sprache!

— Ich kann Ihnen jetzt schon nicht mehr folgen.

— Ich konnte die Bedeutung der Symbole nicht entschlüsseln. Je länger ich darüber nachdachte, desto klarer wurde mir, dass ich das auch nicht sollte.

— Jetzt verstehe ich gar nichts mehr. Bitte helfen Sie mir auf die Sprünge.

— Die Experten, die sich die Zeichen vor mir angesehen hatten, konnten sie nicht deuten, weil ihnen der Bezugsrahmen fehlte. Sie kannten die Grammatik der Sprache nicht. Sie kannten das Vokabular nicht. Sie wussten nicht mal, worum es geht. Sie brauchten ein Sprachsystem, mit dem sie die Zeichen vergleichen konnten. Wissen Sie, was der Stein von Rosette ist?

— Ja.

— Gut, dann wissen Sie ja, dass in diesen Stein drei Texte übereinander eingeritzt sind. Der oberste ist in ägyptischen Hieroglyphen verfasst, die noch niemand lesen konnte, als der Stein entdeckt wurde. Der mittlere Abschnitt ist auf Demotisch geschrieben, einer anderen ägyptischen Schrift, und der untere auf Altgriechisch. Das kannten wir. Das Großartige an dem Stein von Rosette ist, dass alle drei Texte denselben Inhalt haben. Wissen Sie, worum es dabei geht?

— Nein, das weiß ich nicht.

— Es ist ein *décret*. Ein Dekret, Sie verstehen?

— Ja.

— Im Wesentlichen wird die Göttlichkeit des neuen Königs betont. Weil Altgriechisch damals schon bekannt war, benutzten die Wissenschaftler diese Sprache als Ausgangspunkt und konnten, indem sie sich die Wiederholungen ansahen, auch Schlüsselelemente der Hieroglyphen übersetzen. Sie konnten die Hieroglyphen verstehen, weil sie die griechische Version des Textes als Referenz hatten.

— Aber wer auch immer unsere Tafeln beschriftet hat, hat uns keinen Stein von Rosette hinterlassen.

— Vielleicht doch. Logischerweise können wir ohne einen Bezugsrahmen mit den Tafeln nichts anfangen. Das muss auch denen klar gewesen sein. Aber Dr. Franklin hat recht, die Tafeln wurden uns mit Absicht hinterlassen. Also kam ich auf die Idee, dass die Zeichen selbst der Stein von Rosette sein könnten. Was, wenn sie keine Nachricht in einer fremden Sprache enthalten, sondern den Schlüssel für etwas anderes? Dann müssten sie sich auf etwas beziehen, das wir schon gemeinsam haben, etwas Universelles. Da wurde mir schlagartig klar: Es sind keine Wörter, es ist Mathematik!

Wir mögen nicht so hochintelligent sein wie die Wesen, die das geschrieben haben. Wir mögen vielleicht Dinge, die ihnen trivial erscheinen, nicht verstehen. Aber das Einzige, was wir in jedem Fall gemeinsam haben müssen, ist eine Form von Mathematik. Unsere beiden Spezies müssen Dinge zählen. Ich denke, sie haben das Verschlüsselungssystem so einfach gehalten, dass wir es verstehen können, aber trotzdem so viele wichtige Begriffe wie möglich daraus ableiten können.

Es gibt auf den Tafeln sieben geschwungene Zeichen, und alle haben einen Punkt in der Mitte. Sie alle tauchen auch auf dem Steuerpult auf. Zählt man die gebogenen Linien in jedem Symbol, kommt man auf die Zahlen Eins bis Sieben. Es ist so offensichtlich, dass ich mich ärgere, nicht früher darauf gekommen zu sein.

— Die Zeichen auf den Tafeln sind also eine Reihe von Zahlen?

— Eher eine Reihe von Gleichungen. Es gibt genug davon, sodass wir auch die anderen Symbole entschlüsseln können, die aus geraden Linien bestehen.

Sehen Sie sich zum Beispiel das hier an. Wir haben die Zahl 2 … Oh! Tut mir leid, ich habe vergessen zu erwähnen, dass man die Gleichung von rechts nach links lesen muss. Also, die Zahl 2, dann ein unbekanntes Zeichen, wieder die 2, dann ein anderes unbekanntes Zeichen, dann die Zahl 4. Jetzt füllen Sie die Leerstellen aus: 2 irgendwas 2 irgendwas 4.

— 2 + 2 = 4?

— Genau. Jetzt kennen wir auch die Symbole für Addition und Gleichheit. Letzteres könnte auch eine etwas andere Bedeutung haben, vielleicht das Ergebnis einer Operation.

— Moment. Es könnte auch 2 x 2 = 4 heißen. Woher wollen Sie wissen, dass es keine Multiplikation ist?

— Deshalb gibt es so viele Abschnitte. Wir können andere Gleichungen mit denselben Symbolen benutzen, um unsere Hypothesen zu verifizieren. Hier haben wir dieselben Symbole mit anderen Zahlen. Wenn es eine Multiplikation wäre, würde da stehen: 3 x 2 = 5, was falsch ist, aber wenn es eine Addition ist, geht die Rechnung auf.

— Was ist mit dem kurzen Strich auf der linken Seite? Den haben Sie ignoriert. Ist er kein Zeichen wie die anderen?

— Es ist auf jeden Fall ein Zeichen. Dazu wollte ich gerade kommen. Diese senkrechte Linie erscheint am Ende jeder Gleichung, außer bei den beiden, die mit einem kleinen Quadrat enden. Die Linie wirkt sinnlos, bis man die Gleichungen mit dem Quadrat betrachtet. Wenn meine Interpretation richtig ist – und ich bin ziemlich sicher, dass sie richtig ist –, dann würden die beiden heißen: 2 + 1 = 1 und 4 x 3 = 10.

— Aber das ist falsch …

— Und genau darum geht es auch. Die senkrechte Linie am Ende sagt uns, dass die Gleichung davor richtig ist, das Quadrat, dass sie falsch ist. Diese beiden Zeichen sind vielleicht die wichtigsten. Offensichtlich kennen wir jetzt die Symbole für richtig und falsch, und das sind so mächtige Begriffe, dass sie auch außerhalb der Mathematik benutzt werden können. Wenn Sie in meine Notizen sehen, werden Sie feststellen, dass beide Symbole auch nebeneinander auf dem Pult erscheinen. Richtig und falsch sind keine sinnvollen Begriffe, um ein Fahrzeug zu steuern, aber wahrscheinlich stehen dieselben Zeichen für etwas Ähnliches wie Ja und Nein, Fahren und Anhalten … Ryan glaubt, sie könnten etwas mit Start und Abbruch zu tun haben … oder so.

— Mr. Mitchell? Ich wusste nicht, dass Sie mit jemand anderem außer Dr. Franklin darüber gesprochen haben.

— Also, Rose, Ryan, Kara und ich leben mehr oder weniger zusammen in einem Bunker. Ich habe meinen eigenen kleinen Bereich, wo die Tafeln stehen, aber – wie soll ich es ausdrücken? – ich langweile mich, deshalb schnüffle ich manchmal ein bisschen rum. Wir sind ein paarmal zusammen was trinken gegangen. Eigentlich sind die anderen was trinken gegangen und fragten mich, ob ich mitkomme, weil sie ein schlechtes Gewissen hatten, mich allein zu lassen. Rose und ich haben uns schon besser kennengelernt, seit ich für sie arbeite, aber ich hänge auch gern mit Ryan und Kara rum. Ryan ist ein netter Typ. Manchmal macht er zu sehr einen auf Captain America, aber mit der Zeit wächst er einem ans Herz.

Ich mag Kara. Auch wenn sie uns gegenüber ziemlich verschlossen ist. Ich glaube nicht, dass sie draußen jemanden hat, mit dem sie sprechen kann. Ich weiß nicht, wie sie das macht. Sie scheint aber gut klarzukommen. Vielleicht ist es auch nur eine Fassade, aber dann ist sie eine gute Schauspielerin. Wie auch immer. Wir kommen gut miteinander aus. Wir haben den gleichen Humor. Schwarz ... wir sagen *pince-sans-rire*.

— Trocken also.

— Ja. Wahrscheinlich ein bisschen zu trocken. Ryan glaubt, wir sind einfach nur gemein.

— Also ... bitte korrigieren Sie mich, wenn ich Sie falsch verstanden habe. Sie sagen, die Tafeln sind der Schlüssel, um die Wesen, die den Roboter gebaut haben, mithilfe der Mathematik zu verstehen. Sie haben Zeichen für Addition, Multiplikation, Gleichheit, richtig und falsch gefunden, sowie die Zahlen von Eins bis Sieben.

— Viel mehr noch. Die Formeln enthalten auch Zeichen für Subtraktion und Division. Und das Wichtigste, wir können jede Zahl entschlüsseln, wenn ich mich nicht irre. Einige Gleichungen führen wenig überraschend zu Ergebnissen, die höher sind als sieben. Ihre Mathematik scheint auf dem Oktalsystem zu beruhen. Sie haben nur sieben Zeichen für Zahlen und den Punkt. Wissen Sie, wie das Oktalsystem funktioniert?

— Klären Sie mich auf.

— Es ist einfach zu verstehen, aber schwer anzuwenden – für uns jedenfalls. Wir haben ein Dezimalsystem – zehn Zeichen für Zahlen, wenn man die Null mitzählt. Wenn wir zählen, kommen wir bis zur Neun – 1, 2, 3, 4, 5, 6, 7, 8, 9 –, dann gehen uns die Zeichen aus. Deshalb fügen wir eine Stelle hinzu und bekommen eine 10, was einmal zehn plus null bedeutet. Dann gehen wir wieder unsere neun Zeichen durch: 11, 12, 13 und so weiter. Und wenn wir die 19 erreichen, addieren wir bei der zweiten Stelle eine 1 und haben die 20, was zweimal zehn bedeutet, und so weiter.

Das Oktalsystem funktioniert genauso, nur mit weniger Zeichen. Sie zählen bis sieben, dann fügen Sie eine Stelle hinzu und haben eine Eins und den Punkt, den man als Null betrachten kann oder als Platzhalter, wenn man es so sehen will. Das heißt, einmal acht plus null. Dann machen Sie mit Ihren sieben Zahlen weiter: eins-eins, eins-zwei, eins-drei und so weiter. Denken Sie dran, eins-zwei bedeutet nicht zwölf, es bedeutet acht plus zwei. Wenn man weitere Stellen hinzufügt, wird es erst richtig verwirrend. 2 222 bedeutet zum Beispiel: zwei plus zweimal acht plus zweimal 64 plus zweimal 512, also insgesamt 1 170.

Und damit es nicht zu langweilig wird: Erinnern Sie sich, dass die Formeln von rechts nach links gelesen werden? Dasselbe gilt für die Zahlen.

Rose sagte mir, dass das Steuerpult noch nicht funktioniert, deshalb wissen wir nicht, wozu es dient. Aber da alle Ziffern auch auf dem Pult stehen, wird Ryan garantiert Zahlen eingeben müssen, und zwar im Oktalsystem. Ich will nicht sagen, dass es unmöglich ist, aber es ist sehr schwer zu erlernen. Man muss komplexe Berechnungen im Kopf anstellen, nur um die Zahlen zu lesen. Wenigstens spielt die Schreibrichtung keine Rolle, wenn man die Zahlen auf einer Tastatur eingibt. Trotzdem, 12 345 in ihrem System ist 5 349 in unserem. 12 345 in unserem ist 30 071 in ihrem.

Nein, nein. Ich sehe Ihren Gesichtsausdruck, aber so schlau bin ich nicht. Ich habe es mir aufgeschrieben, bevor Sie gekommen sind. Aus dem Stegreif hätte ich das nie hinbekommen.

— Da habe ich anderes gehört. Man sagt, Sie seien ein Genie, wie es in jeder Generation nur einmal vorkommt.

— Das stimmt leider nicht.

— Bescheidenheit steht Ihnen nicht, Mr. Couture.

— Mir wurde schon vieles vorgeworfen, Bescheidenheit gehört nicht dazu. Ich bin intelligent. Sehr intelligent. Wenn Sie mich mit hundert anderen Personen in einen Raum stecken, stehen die Chancen gut, dass ich intelligenter bin als neunundneunzig von ihnen. Aber einen gibt es immer. An der University of Chicago lernte ich eine Menge Leute kennen, die mir geistig überlegen waren. Manche davon habe ich nicht mal verstanden, und das lag nicht an meinen Sprachkenntnissen. Es lag auch nicht daran, dass es mir an technischem Wissen in ihrem Fachgebiet mangelte, sie waren einfach ... Es ist wie beim Schachspielen. Manche Leute sehen nur, was sie vor Augen haben, andere denken mehrere Züge voraus. Ich hinke den echten Genies ein paar Züge hinterher.

— Glauben Sie, Sie sind der Schlauste hier?

— Vielleicht, vielleicht auch nicht. Rose ist auf jeden Fall eine schnelle Denkerin. Alyssa hat uns beiden vielleicht ein paar IQ-Punkte voraus.

— Wer ist Alyssa?

— Die Genetikerin. Rose hat sie hinzugezogen, um herauszufinden, warum Kara als Einzige den Helm benutzen kann. Alyssa ist nicht gerade ein geselliger Mensch, aber ein mathematisches Genie. Sie hätte die Tafeln vielleicht viel schneller entschlüsselt als ich, wenn sie früher zu uns gestoßen wäre. Ich weiß nicht genau, was Sie von mir hören wollen. Ob ich mich für schlauer als Sie halte? Ist es das, was Sie wissen wollen?

— Sind Sie schlauer als ich?

— Eindeutig. Das heißt nicht, dass ich Sie für einen Trottel halte, aber ich würde lügen, wenn ich Nein sagen würde.

— In Ordnung. Meiner Erfahrung nach neigen Leute mit außergewöhnlichem Intellekt dazu, schlecht auf Misserfolge zu reagieren. Haben Sie schon mal daran gedacht, dass Sie scheitern könnten?

— Ich nehme an, Sie wollen wissen, ob ich an mir selbst gezweifelt habe. Nein. Aber es bestand immer die Möglichkeit, dass wir die Zeichen niemals entschlüsseln würden. Das wusste ich. Rose wusste es auch. Wer das nicht weiß, sollte sich auf eine ernsthafte Enttäuschung vorbereiten.

— Wie meinen Sie das?

— »Geringe Erfolgsaussichten« ist noch zurückhaltend ausgedrückt. Ich bin überrascht, dass wir überhaupt so weit gekommen sind. *Falls* wir die Beinsteuerung in Gang bekommen und *falls* die Piloten den Roboter unfallfrei steuern können und *falls* wir herausfinden, wie man das Pult benutzt, können wir den Roboter vielleicht einsetzen. Vorausgesetzt, wir finden die restlichen Teile – die

Erde ist groß. Möglicherweise funktioniert der Roboter auch nicht, selbst wenn wir alle Teile finden. Er könnte einfach kaputt sein. Und dann: Auch der König mit all seinen Mannen …

— …

— Sie kennen den Kinderreim nicht? Wenn das Ei einmal zerbrochen ist, kriegt man es nicht mehr ganz. Ich will nur sagen, die einzelnen Teile liegen in der Erde vergraben. Der Grund dafür könnte weniger romantisch sein, als wir alle hoffen …

FILE 092

GESPRÄCH MIT CW2 RYAN MITCHELL,
UNITED STATES ARMY

ORT: ARMEEBASIS FORT LEWIS,
WASHINGTON STATE

— Es ist nichts passiert.

— Da habe ich aber anderes gehört.

— *Was* haben Sie …? Das verstehe ich nicht. Wie konnten Sie …?

— Jeder von uns hat bei diesem Projekt seine spezielle Aufgabe, Mr. Mitchell. Dr. Franklin ist für die wissenschaftlichen Aspekte verantwortlich. Sie sind Pilot. Ich weiß Dinge.

— Ich weiß nicht, was Sie hören wollen.

— Ich habe Ihnen eine ganz einfache Frage gestellt. Was ist passiert?

— Wir haben uns *einmal* geküsst ...

— Mr. Mitchell. Es wäre einfacher für uns, besonders für Sie, wenn Sie nicht versuchen würden, mich für blöd zu verkaufen ...

— Okay, es war mehr als ein Kuss, aber wir sind ja nicht nach Russland desertiert oder so. Die Army muss sich keine Sorgen machen.

— Sie vergessen immer wieder, dass ich weder die Army bin noch mich um deren Verhaltenskodex kümmere. Ich habe kein Interesse daran, dass einer von Ihnen vor dem Militärgericht landet. Aber ich habe auch keine Lust, Ihnen immer wieder dieselbe Frage zu stellen. Erzählen Sie mir einfach, was passiert ist.

— Also, wir arbeiten jetzt seit fünf Monaten an diesem Projekt. Sechs oder sieben Tage die Woche. Zwölf Stunden am Tag zusammen in der Kugel. Alleine. Nach einer Weile gab es nur noch zwei Möglichkeiten: Entweder wir bringen uns gegenseitig um oder wir kommen uns näher. Es ist sinnlos, ins Detail zu gehen, ich will nur sagen, dass es nicht lange gedauert hat, bis ich auch während der anderen zwölf Stunden an sie gedacht habe.

Aber Kara ist eben Kara. Jedes Mal, wenn ich ihr näherkommen wollte, wich sie zurück und zeigte mir drei Tage lang die kalte Schulter. Wenn wir in der Kugel waren, versuchte ich, ihr genug Raum zu lassen, so gut ich eben konnte. Es ist schwierig, mit jemandem so eng zusammen zu sein, ohne dass die Unterhaltung ins Persönliche abschweift.

Irgendwann hatte ich es satt, mit Dienstgrad und Nachnamen angesprochen zu werden, sobald ich über etwas gesprochen habe, das nichts mit der Arbeit zu tun hatte. Sie wären überrascht, wie empfindlich sie auf viele Themen reagiert. Ich weiß immer noch nicht, was sie erlebt hat, aber offensichtlich macht sie alles wütend, was mit Familie, Kindern oder Beziehungen zu tun hat. Ich meine, ich habe mir wirklich Mühe gegeben, aber jemand, der schon nervös wird, wenn das Gespräch auf das Thema Katzen kommt, hat ein ernsthaftes Problem mit seinem Gefühlsleben.

Ein paar Wochen lang hielt ich einfach den Mund und konzentrierte mich darauf, das große Mädchen zum Laufen zu bringen. Wir spielten verschiedene Möglichkeiten durch, aber jedes Mal landete das Computermodell auf der Nase. Am Anfangs so oft, dass wir uns daran erinnern mussten, was das im Ernstfall bedeuten würde: rund ein Dutzend zerstörte Häuser. Wie sich herausstellte, muss Kara, selbst wenn die Beinbewegungen stimmen, die Arme und den Oberkörper synchron mitbewegen, um den Roboter im Gleichgewicht zu halten. Eine Drehung ist noch komplizierter.

Ich fing an, jede Bewegung laut auszusprechen – linkes Knie hoch, Bein nach vorn, linker Fuß runter –, damit sie rechtzeitig das Gewicht verlagern konnte. Nach einem Monat begann sie allmählich, meine Bewegungen vorauszuahnen, indem sie mich beobachtete. Wie ich die Schultern bewege, bevor ich ein Bein hebe und so. Ich wurde auch ziemlich gut darin, ihre Körpersprache zu lesen. Ich sah sie den ganzen Tag an, weil ich mit dem Rücken zum Steuerpult saß. Wenn man das von Sonnenaufgang bis Sonnenuntergang macht, fühlt es sich natürlich bald so an, als bräuchte man den anderen für etwas so Einfaches wie Laufen. Kara fiel auf, dass ich sogar aufhörte, meine Arme zu bewegen, wenn ich allein gegangen bin. Sie meinte, das erinnere sie an den Terminator … an den aus flüssigem Metall, nicht an Arnold.

— Heißt das, Sie können mit dem Roboter laufen?

— Nein, nicht ganz. Auch wenn Kara mir bei der Balance hilft, fehlt mir ein Beingelenk. Ich kriege irgendwie die Bewegung im oberen Bereich nicht richtig hin. Der Roboter hat zwischen der Hüfte und den eigentlichen Knien noch zusätzliche kurze Oberschenkelknochen, die ich nicht habe. Meine Beine reichen in den Schnallen nur bis dorthin. Ich muss bei jedem Schritt meinen ganzen Körper nach oben stoßen, um den Roboter zu einem natürlichen Bewegungsablauf zu bringen, und es ist schwierig, das mehr als ein paar Schritte durchzuhalten.

Aber wir kommen voran. Vielleicht hat sich Kara deswegen ein bisschen geöffnet. Vielleicht auch, weil wir immer noch längere Schichten einlegten. Eines Abends fragte sie mich, ob ich was mit ihr trinken gehe. Es war nicht das erste Mal, aber sonst hatte sie immer dafür gesorgt, dass Dr. Franklin oder Vincent mitkamen. Normalerweise gehen wir in die Aviator's Lounge bei den B-Gates. Unser Ausgang in den Terminal liegt hinter der Sicherheitskontrolle, deshalb ist das praktisch, und Dr. Franklin kann da rauchen. Sie ist keine starke Raucherin, aber sie zündet sich gern eine an, wenn sie was trinkt. Meistens sieht sie die Zigarette nur an. Jedenfalls macht die Bar um halb elf zu, deshalb fuhren wir in eine normale Kneipe, die länger offen hat. Es war ein Stück entfernt, aber alles, wo normale Leute hingehen, fühlt sich zurzeit besonders an.

Ich weiß nicht, ob ich nervös oder müde war, aber ich habe mich betrunken. Richtig volllaufen lassen. Ein Bourbon, ein Bourbon, ein Bier. Ich glaube nicht, dass es überhaupt Scotch gab. Bei meiner zweiten Runde fing ich an zu erzählen. Kara hörte zu, während ich ihr mein Herz ausschüttete. Ich war noch sauer auf sie, deshalb war ich wohl ziemlich gemein, so nach dem Motto »Ich muss ständig an dich denken, aber du bist der gefühlloseste Mensch, den ich kenne«. Kara saß einfach nur da und hörte zu. Als ich anfing, zusammenhangsloses Zeug zu faseln, schleppte sie mich zu ihrem Auto und fuhr mich nach Hause, ohne ein Wort zu sagen.

Am nächsten Tag hätte ich mich am liebsten unter einem Stein verkrochen. Ich wartete darauf, dass sie mir die Hölle heißmacht. Aber nichts passierte. Wir machten einfach weiter wie immer. Sie war sogar ziemlich herzlich. Am nächsten Tag wieder nichts, am übernächsten auch nicht. Nach einer Woche dachte ich, dass sie so tun wollte, als sei nichts passiert. Ich war derselben Meinung, weil ich mich immer noch ziemlich schämte.

Eine Woche später hielt sie mich auf dem Weg nach draußen auf und fragte mich, ob ich mit ihr essen gehen wolle. Ich versuchte, so zu tun, als müsse ich nachdenken, bevor ich zusagte. Ich sollte sie am darauffolgenden Sonntag abholen. Als ich mich am Sonntag zu Hause fertigmachte, rief sie an, um abzusagen: »Das ist keine gute Idee, wir arbeiten zusammen, bla, bla, bla.«

Ich hätte wütend sein sollen, fand es aber eher lustig, weil sie schließlich mich eingeladen hatte. Das ganze Spielchen ging wieder von vorne los, bis ich schließlich die Schnauze vollhatte. An unserem freien Abend fuhr ich einfach bei ihr vorbei und sagte ihr, sie solle sich beeilen. Sie widersprach nicht. Ich muss wohl selbstbewusster gewirkt haben, als ich war.

Sie bot mir einen Kaffee an, aber ich sagte ihr, ich würde im Wagen warten. Ich hätte lieber den Kaffee trinken sollen, denn sie ließ mich eine gute halbe Stunde draußen warten. Ich zappte gerade durch die Radiosender, als sie rauskam. Wow! Mehr fällt mir dazu nicht ein. Ich bin nicht sicher, ob ich sie erkannt hätte, wenn es nicht ihr Haus gewesen wäre. Sie trug ein kurzes hautenges rotes Kleid, hohe Schuhe, das ganze Programm. Dadurch wirkten ihre Beine …

— Länger?

— Ja. Ich wollte es anders ausdrücken … Egal, jedenfalls hatte sie auch was mit ihren Haaren gemacht. Ich weiß nicht was … aber irgendwas. Sie hatte sich sogar geschminkt. Das Ganze war total untypisch für Kara, aber sie sah fantastisch aus. Offenbar fühlte sie sich ein bisschen unsicher. Sie hatte nicht annähernd eine so große Klappe wie sonst. Sie sah großartig aus und wirkte … verletzlich.

— Hat Ihnen das gefallen?

— Dass sie verletzlich wirkte? Ich weiß nicht. Vielleicht.

— Es muss Ihnen nicht peinlich sein.

— Ich fühle mich nicht besser, wenn Leute sich kleiner fühlen, als sie sind, falls Sie das andeuten wollen. Mir gefiel, dass ich eine Wirkung auf sie hatte, verstehen Sie? Ich will nicht, dass sie immer so ist. Sie ist frech. So ist sie eben. Der Abend war einfach etwas Besonderes.

Ich weiß nicht, wie ich es Ihnen erklären soll. Ich denke ständig daran, mit ihr zusammen zu sein. Verstehen Sie? Ich verbringe zwölf Stunden täglich mit ihr in einem kleinen Raum, und trotzdem will ich … ich weiß nicht … mehr. Es ist, als bräuchte man unbedingt eine Zigarette, und wenn man dann eine ganze Schachtel raucht, ist das Bedürfnis noch genauso stark.

— Haben Sie angefangen zu rauchen?

— Nein. Das war nur ein Vergleich. Mir ist nichts Besseres eingefallen. Ich will zu ihr durchdringen, an sie herangelassen werden. In dieser Nacht war das so. Es fühlte sich gut an.

— Verstehe. Wie ging der Abend weiter?

— Ich ging mit ihr in ein brasilianisches Steakhaus. Es war etwas über meiner Preisklasse, aber allein schon mit ihr am Arm da reinzugehen war das Geld wert. Wir haben sehr gut gegessen. Ich weiß nicht, ob Sie gern Steak essen, aber falls ja, sollten Sie den Laden mal ausprobieren.

— Ja, vielleicht mache ich das mal. Fahren Sie bitte fort.

— Dieses Mal blieb ich nüchtern. Sie nicht. Die Dame steht auf Rotwein. Als sie die zweite Flasche zur Hälfte geleert hatte, fing sie an zu erzählen. Dass ihre Mutter alle Männer, mit denen sie zusammen war, abgelehnt hatte. Dass ihre Mutter jedes Mal recht gehabt hatte. Ich bin nicht sicher, aber sie ließ eine beiläufige Bemerkung fallen, aus der ich schloss, dass sie schon mal verheiratet war.

— Nein, das stimmt nicht. So viel kann ich Ihnen verraten.

— Vielleicht habe ich es missverstanden. Was auch immer passiert war, es muss schmerzhaft für sie gewesen sein. Nach dem Essen fuhr ich sie nach Hause. Ich wollte gerade aussteigen, um ihr die Tür aufzuhalten, da packte sie meinen Arm. Dann löste sie ihren Gurt und sprang mir auf den Schoß. Ehe ich michs versah, klappte sie den Sitz zurück und zog mir das Hemd aus.

— Das klingt für mich nach mehr als einem Kuss.

— Vielleicht. Aber der Kuss war der einzige Moment, in dem ich das Gefühl hatte, dass sie wirklich bei mir war. Danach ging es nicht mehr um mich, glaube ich. Es war wütender Sex. So als wollte sie jemandem etwas heimzahlen. Das klingt vielleicht albern, aber ich war eifersüchtig auf den Mann, an den sie dabei gedacht hat. In dem Augenblick bedeutete er ihr offenbar mehr als ich. Jedenfalls war sie ziemlich schnell fertig. Dann stieg sie ohne ein Wort aus. Das war's. Es ist jetzt eine Woche her, und wir haben nicht darüber gesprochen.

— *Möchten* Sie denn darüber sprechen?

— Ich will wissen, wie es zwischen uns steht. Wenn es nur am Wein lag, komme ich damit schon klar. Aber ich glaube, sie könnte jemanden brauchen, der sich um sie kümmert. Ich bin nicht der beste Mann der Welt oder so, aber ich würde nett zu ihr sein.

— Ich möchte nicht anmaßend sein, aber wenn ich Ihnen einen Rat geben darf: Ms. Resnik braucht vieles. Meiner bescheidenen Meinung nach gehört »jemand, der sich um sie kümmert« nicht dazu.

— Ich weiß, ich weiß. Glauben Sie mir. Ist es ein Katz-und-Maus-Spiel oder ein Henne-Ei-Problem? Sie weicht zurück, weil ich sie zu stark bedränge. Ich bedränge sie stärker, weil ich spüre, dass sie mir entgleitet.

— Zu einem Katz-und-Maus-Spiel gehört die Lust an der Jagd. Das Henne-Ei-Problem beschreibt ein Problem der Kausalität. Sie haben die Situation im Sinn des Letzteren beschrieben.

— Das meinte ich.

— Ich weiß. Leider ist das eine ungenaue Auslegung der Tatsachen. Die Situation, die Sie beschreiben, verstärkt sich zwar tatsächlich selbst durch eine Art Rückkopplung, aber Ihre Ausdrucksweise suggeriert, dass die Ursache nicht bestimmt werden kann. In diesem Fall lässt sie sich bestimmen.

— Ich bin die Ursache, oder?

— Ja. Warten Sie ab, bis sie aus freien Stücken auf Sie zukommt.

FILE 093

EINSATZPROTOKOLL – OPERATION CLEAN SWEEP
FIRST SERGEANT DYLAN RODRIGUEZ, LOGISTIKOFFIZIER,
UNITED STATES ARMY

Einsatz erfolgreich abgeschlossen. Keine Opfer auf unserer Seite.

Unsere Basis war ein verlassener russischer Luftwaffenstützpunkt bei Semei in Kasachstan. Wir ließen bereits seit drei Tagen unbemannte Luftfahrzeuge über Sibirien fliegen, als eine der Drohnen etwas in Tuwa entdeckte. Eine ziemlich unwirtliche Gegend mitten im Niemandsland, östlich eines Ortes namens Sizim. Felsige Hügel und grüne Täler entlang des Kaa-Cheem-Flusses. Dort gibt es absolut nichts. Die gute Nachricht war, dass wir wahrscheinlich genug Zeit haben würden, das Artefakt zu bergen, bevor jemand auftauchte. Die schlechte Nachricht war, dass sich der Abtransport schwierig gestalten würde.

Wir nahmen zwei Kasachen in unserem Hubschrauber mit, um sie in der Nähe von Kysyl abzusetzen. Sie sagten, sie seien nicht sicher, ob wir dort einen ausreichend großen Lastwagen auftreiben könnten, aber sie wüssten etwas in Abakan. Das bedeutete, dass wir fünf Stunden länger warten mussten, aber es schien sicherer. Wir flogen nachts und setzten sie in Chakassien ab, bevor wir Sizim ansteuerten. Bald näherten wir uns dem Krater. Um uns herum flackerte Licht. Es dauerte einige Sekunden, ehe wir bemerkten, dass wir beschossen wurden.

Der Helikopter setzte uns ungefähr einen Kilometer vom Krater entfernt ab, und wir kehrten zu Fuß zurück. Wir warteten bis Sonnenaufgang, um die Lage besser einschätzen zu können. Wie sich herausstellte, hatte das Fundstück ein Marihuanafeld umgegraben. Bauern rannten über den Acker, manche mit einer AK-47 bewaffnet. Sie schienen sich größere Sorgen um ihre Ernte zu machen als um das Ding, das sie zerstört hatte.

Der Lastwagen war noch sechs Stunden entfernt, und Sergeant Ortiz beschloss, Kontakt mit den Tuwinern aufzunehmen. Die Kasachen waren nicht bei uns, aber Ortiz spricht ein wenig Russisch. Ich glaube, die Bauern erkannten entweder unsere Waffen oder Ortiz' Akzent, jedenfalls ließ jeder der Bewaffneten nach einem Moment seine AK-47 sinken. Wir konnten ein Wort verstehen von dem, was sie sagten. *Americanyetz! Americanyetz!* Ich weiß nicht, was man in Tuwa von Amerikanern hält, aber auf jeden Fall waren sie froh, dass wir keine Russen waren.

Einer der Tuwiner ging zurück zum Dorf, um Hilfe zu holen. Er kam mit einem Dutzend weiterer Männer zurück. Mit den elf Männern unseres Trupps waren wir vierzig Leute. Die Tuwiner halfen uns, das Fundstück auszugraben und Seile darum zu schlingen. Es dauerte ungefähr eine Stunde. Dann setzten wir uns auf den Boden und warteten auf den Lastwagen. Irgendwann tauchten russische Soldaten auf. Es war ein Pick-up mit zwei Männern. Wenn ich eine Vermutung anstellen müsste, würde ich sagen, sie waren in den Marihuanahandel verwickelt und wollten sich ihren Anteil abholen.

Jedenfalls versteckten wir uns so schnell wie möglich hinter dem Fundstück. Die Russen stiegen aus und brüllten etwas. Einer der Tuwiner näherte sich den beiden lächelnd, zog eine Pistole und schoss ihnen gezielt in den Kopf.

Zwanzig Minuten später kamen die Kasachen mit dem Lastwagen. Es dauerte circa neunzig Minuten, das Fundstück aufzuladen, und weitere neunzig Minuten, die Russen zu begraben und ihren Pick-up zu entsorgen. Die Kasachen wiesen uns auf einige Kontrollstellen auf dem Weg nach Chakassien hin, weshalb wir auf der M54 nach Süden fuhren und uns per Lufttransport aus der Mongolei abholen ließen. Wir trafen unsere Kontaktperson an der Grenze und flogen mit einer C-17 nach Afghanistan.

— Ende des Berichts —

FILE 094

GESPRÄCH MIT ROBERT WOODHULL,
SICHERHEITSBERATER DES PRÄSIDENTEN

ORT: WEISSES HAUS, WASHINGTON, DC

— Das ist etwas anderes, als ein altes Auto zu reparieren, Robert. Sie werden es schaffen, es dauert nur eine Weile.

— Ich hoffe, Sie haben recht. Sie möchten doch nicht als der Idiot in die Geschichte eingehen, der wegen eines Stücks Metallschrott einen dritten Weltkrieg angefangen hat.

— Sie haben wirklich einen Hang zum Dramatischen.

— Eigentlich nicht, aber Sie machen Ihre Sache wirklich gründlich. Sie haben es geschafft, im Alleingang den Kalten Krieg wiederzubeleben.

— Und wie soll ich das angestellt haben?

— Eines Ihrer Teams hat eine riesige Hand in einer Region namens Tuwa aus der Erde geholt.

— Ich weiß.

— Dass eine Hand gefunden wurde oder dass es eine Region namens Tuwa gibt?

— Tuwa ist eine kleine Republik im Süden Sibiriens. Und ich weiß auch über die Hand Bescheid. Ich weiß nur nicht, wie Sie davon erfahren haben.

— Tja, Sie setzen US-Soldaten für Ihr kleines Projekt ein. Es sollte Sie eigentlich nicht überraschen, dass sie uns bei einem internationalen Zwischenfall Bericht erstatten. Und alle Achtung, dass Sie Tuwa kennen. Ich musste es erst nachschlagen …

— Entschuldigen Sie, wenn ich Ihren Pessimismus nicht teile, aber der Einsatz war erfolgreich. Wir haben die Hand ohne Verluste auf unserer Seite geborgen, und die Tuwiner werden uns wohl kaum bei den Russen verpetzen. Ich verstehe nicht, wo das Problem liegt.

— Das ist der Punkt. Die Tuwiner müssen den Russen nichts erzählen. Die wissen es nämlich schon.

— Was wissen sie?

— Alles. Sie wissen bis ins kleinste Detail Bescheid. Der russische Botschafter hat mir heute Morgen die Ereignisse geschildert. Sein

Bericht klang Wort für Wort wie der von Sergeant Rodriguez, nur mit einem anderen Akzent. Ein russisches Militärflugzeug war in der Nähe, als die Hand auftauchte. Es stürzte ein paar Kilometer nördlich des Kraters ab. Ungefähr eine Stunde bevor ihre Männer eintrafen, hatten die Russen einen Satelliten über der Fundstelle. Der Botschafter zeigten mir sogar das Video. Die Erschießung der beiden russischen Offiziere wirkt auf dem Bildschirm dramatischer als in Sergeant Rodriguez' Bericht, finden Sie nicht auch?

— Ich nehme an, die Russen sind nicht begeistert.

— Das ist noch untertrieben! Ich weiß gar nicht, wo ich anfangen soll. Die Mongolen sind sauer, weil wir sie in Verlegenheit gebracht haben, denn die Russen sind dem Laster bis zur Grenze gefolgt. Moskau verlangt eine offizielle Entschuldigung, die wir natürlich nicht abgeben können, weil wir vehement abstreiten, irgendwas mit der Sache zu tun zu haben. Die Russen haben Satellitenaufnahmen von der Riesenhand. Wenn es so wie in der Türkei ein undefinierbarer Körperteil gewesen wäre, wie ein Unterarm oder eine Wade, hätten wir uns einfacher aus der Sache rausreden können. Aber die Hand, tja, die sieht aus wie eine große Hand, selbst aus tausend Kilometern Höhe.

Mittlerweile haben die Russen jeden Tuwiner gefoltert, den sie in die Finger kriegen konnten, deshalb sind sie jetzt vermutlich noch besser über die ganze Aktion informiert. Es gibt einen Grund, warum wir für verdeckte Operationen einheimische Söldner anheuern; man nennt es glaubwürdiges Dementi. Sie hingegen haben einen Haufen verdammte Puerto Ricaner mit M-16-Gewehren nach Sibirien geschickt. Die sind da nicht gerade unauffällig, verstehen Sie?

— Wir können nicht überall auf der Welt in ein paar Stunden ein neues Team zusammenstellen. Außerdem stellen Söldner ein schwerwiegendes Sicherheitsrisiko dar. Söldner sind leicht zu kaufen. Deshalb heißen sie ja auch Söldner.

— Also, bisher glauben die Russen, wir hätten eine alte Kultstätte oder so entdeckt, was ganz gut ist, aber wie zum Teufel sollen wir denen erklären, dass US-Soldaten jetzt archäologische Fundstellen plündern?

— Dann lassen Sie es sein.

— Was?

— Erklärungen. Sie geben nichts zu, und Sie erklären nichts. Aber Sie geben ihnen etwas.

— Was schwebt Ihnen vor?

— Irgendwas. Etwas, das sie lieber wollen als eine große Hand. Das dürfte nicht allzu schwierig sein. Lösen Sie irgendwo eine Raketenbasis auf. Die Russen werden wahrscheinlich sehr angetan sein, wenn Sie die Patriots aus Polen abziehen. Vermutlich werden sie es Ihnen eine Weile unter die Nase reiben, aber sie werden auf keinen Fall zulassen, dass die Situation außer Kontrolle gerät. Nicht, wenn Sie ihnen einen einfachen Ausweg anbieten.

— Ich kann mir nicht vorstellen, dass der Präsident scharf darauf ist, unsere Position in Osteuropa zu schwächen, nur damit Sie mit Ihrem Spielchen weitermachen können.

— Sie wissen doch selbst, dass die meisten dieser Raketenbasen nur Show sind, damit sich die kleinen Länder ein bisschen mächtiger vorkommen. Geben Sie den Russen etwas, das sie als politischen Erfolg verkaufen können, und alle sind zufrieden.

— Hoffen wir für uns beide, dass der nächste Körperteil in Frankreich oder Australien auftaucht, irgendwo, wo nicht Russisch gesprochen wird.

Heute Morgen hatte ich außerdem ein interessantes Gespräch mit dem Präsidenten, den es brennend interessiert, was Sie mit Ihrem Roboter vorhaben, wenn Sie ihn erst mal in Gang gebracht haben. Die Idee war, sich die fortschrittliche Technologie daraus zunutze zu machen. Bis jetzt haben Ihre Leute es nicht mal geschafft, ihn zu reparieren ganz zu schweigen davon, irgendwas Nützliches nachzubauen. Was sollen wir mit einem zwanzig Stockwerke großen Roboter anfangen, wenn es Ihrem Team nicht gelingt, wissenschaftliche Erkenntnisse daraus zu ziehen? Wir können den Roboter nicht einsetzen, ohne dass die Weltgemeinschaft Fragen stellt, und es hat keinen Sinn, ihn ewig im Keller zu verstecken.

— Wir sollten sie rausholen. Wir könnten sie die Constitution Avenue entlangmarschieren lassen, damit alle sehen, wozu sie fähig ist. Wenn Sie auf eine größere Abschreckung aus sind, dann suchen Sie sich irgendeinen unwichtigen Krisenherd irgendwo in der Pampa aus und vernichten eine Seite. Laut Dr. Franklin kann man der Roboter-Dame mit konventionellen Waffen nicht mal einen Kratzer zufügen. Ich bin davon überzeugt, dass sie die Iraker im Alleingang aus Kuwait hätte vertreiben können. Erzählen Sie mir nicht, dass Sie darauf verzichten wollen. Der Roboter ist eine kleine Plänkelei mit Moskau wert.

— Vielleicht. Ich bin immer noch nicht überzeugt, dass der Roboter so wertvoll ist, wie Sie sagen. Wo Sie gerade hier sind, was unternehmen Sie eigentlich, damit die Steuerung von jemand anderem bedient werden kann als dieser Resnik?

— Wir …

— Ja?

— Warum wollen Sie das wissen?

— Es ist nur eine Frage.

— Das glaube ich nicht. Was verschweigen Sie mir?

— Also gut. Ich habe eine E-Mail von einem Ihrer Team-Mitglieder erhalten. Alyssa … soundso.

— Ms. Papantoniou. Sie ist Genetikerin.

— Okay, Ms. Paponiou.

— Papan…

— Wie auch immer. Sie sagt, Ms. Resnik sei unberechenbar und unzuverlässig.

— Ist das alles?

— Nein. Sie sagt, den Roboter gründlich zu untersuchen, sollte oberste Priorität haben, aber Dr. Franklin stelle ihr nicht die nötigen

Mittel zur Verfügung. Und Sie würden angeblich nichts dagegen unternehmen.

— Und was glauben Sie?

— Ich glaube, Sie haben eine Meuterei am Hals, und das finde ich alles andere als beruhigend.

— Ich finde es vor allem ärgerlich. Aber wenn Sie sich dann besser fühlen, lasse ich Sie entscheiden, was jetzt Vorrang hat. Wir haben noch keinen vollständigen Roboter. Erst wenn wir die fehlenden Teile gefunden haben, wird sich herausstellen, ob er sich bewegen kann. Einer der Helme funktioniert zurzeit überhaupt nicht. Dieser Helm befindet sich an einer Steuerung, die für ein Wesen mit einer anderen Anatomie gebaut wurde und die wir deshalb auch nicht bedienen können. Was wir dagegen schon haben, ist ein funktionierender Helm, ein Pult, das wir benutzen können, und eine Pilotin, die beides verwenden kann. Also, Robert, worauf sollen wir unsere Bemühungen konzentrieren? Überlegen Sie es sich gut.

— Hey, das ist Ihre Veranstaltung. Ich sage nur, dass Sie Ihre Leute besser im Griff haben sollten. Aber selbst wenn wir uns jetzt nicht darum kümmern müssen, diese Alyssa hat nicht ganz unrecht. Was machen wir, wenn Resnik zu alt ist? Oder nächste Woche von einem Bus überfahren wird? Was, wenn sie eines Morgens aufwacht und beschließt, dass sie keine Lust mehr hat, weil die Mitarbeit an diesem Projekt gegen ihre moralischen Grundsätze verstößt? Was, wenn sie schwanger wird und ihr Leben nicht mehr riskieren will? Was machen wir dann?

— Glauben Sie mir, nichts davon wird passieren. Chief Resnik würde die Arbeit am Roboter nicht für alle Reichtümer dieser Welt aufgeben, und erst recht nicht für irgendwelche moralischen Grundsätze. Wir haben noch ein paar Jahre Zeit, um den Roboter zu studieren. Wir werden eine Möglichkeit finden, sodass auch eine andere Person den Helm benutzen kann. Es besteht immerhin die Möglichkeit, dass Chief Resniks Kinder die Steuerung bedienen können.

— Sie wollen Piloten *züchten?* Entschuldigung, aber das kann ich dem Präsidenten wirklich nicht vorschlagen.

— Ich glaube nicht, dass es dazu kommen wird, aber warum nicht? Züchten. Oder klonen. Ms. Papantoniou hätte bestimmt nichts dagegen. Wer weiß, was wir in zwanzig Jahren alles können. Dieser Präsident wird längst nicht mehr im Amt sein, wenn diese Entscheidung getroffen werden muss. Der Roboter wird auch noch eine fortschrittliche Waffe sein, wenn wir beide schon unter der Erde liegen.

— Ich kann Ihren Optimismus nicht teilen. Das Ding jagt mir verfluchte Angst ein. Ich befürchte, es wird uns irgendwann noch um die Ohren fliegen.

— Mögen Sie Superhelden?

— Ich bin im Moment nicht in Stimmung für Metaphern.

— Tun Sie mir den Gefallen. Wer ist Ihr Lieblingssuperheld?

— Ich weiß nicht. Superman. Nein, Hulk.

— Okay, jetzt stellen Sie sich vor, dass ... wie heißt er, wenn er nicht Hulk ist?

— Woher soll ich das wissen? Ich bin keine zwölf mehr! Warten Sie einen Moment ... Lisa, wie heißt der Typ, der sich in Hulk verwandelt, wenn er wütend ist? ... Sie weiß es nicht ... Was ist mit Superman? ... Superman ist Clark Kent ... Danke, Lisa.

— Stellen Sie sich vor, Clark Kent kommt eines Tages in Ihr Büro und bietet Ihnen an, für Amerika zu kämpfen. Sie haben die Chance, einen nahezu unzerstörbaren Soldaten mit übermenschlichen Kräften zu rekrutieren, der schneller fliegen kann als ein Überschall-Kampfjet. Würden Sie Nein sagen, weil Mr. ...

— Kent.

— Weil Mr. Kent irgendwann krank werden könnte?

— Das ist alles? Darauf wollten Sie hinaus? Ich sage Ihnen was: Ich würde auf jeden Fall zögern, wenn ich erst in ein Dutzend Länder einfallen müsste, um überall auf der Welt die Körperteile von Mr. Kent einzusammeln.

FILE 118

GESPRÄCH MIT CW3 KARA RESNIK,
UNITED STATES ARMY

ORT: UNTERIRDISCHE ANLAGE, DENVER, COLORADO

— Ja, ich habe mit ihm geschlafen! Sind Sie jetzt zufrieden?

— Ihn habe ich nicht gemeint.

— Wen haben Sie dann gemeint? Den im Knast oder den im Krankenhaus? Ich habe mit beiden geschlafen, Sie können sich einen aussuchen. Ich gehe mit jedem ins Bett. So bin ich eben.

— Sie müssen sich nicht gleich angegriffen fühlen. Ich mache Ihnen keine Vorwürfe. Ich will nur wissen, was passiert ist.

— Sie machen mir keine Vorwürfe? Na, da bin ich aber erleichtert. Sie können es ruhig sagen. Da gibt es keine zwei Meinungen. Ich weiß, dass das alles meine Schuld ist. Das können Sie mir glauben.

— Sie könnten damit anfangen, mir zu erzählen, was mit Mr. Mitchell passiert ist.

— Ich weiß nicht, was ich sagen soll. Wir haben so viel Zeit miteinander verbracht. Er ist nett. Ich bin nicht an nette Typen gewöhnt. Wenn es um Männer geht, entscheide ich mich immer für den falschen. Ryan, er ist ... ein guter Mensch. Das ist so typisch für mich: Selbst wenn ich den richtigen Mann finde, packe ich es falsch an.

Ich meine, ich wusste es ja. Ich wusste, dass das nichts für mich war. Er hat mich einfach ... zermürbt. Ich habe nachgegeben und gehofft, der ganze Schmerz und die Selbstzweifel wären verschwunden, wenn ich am nächsten Tag aufwache. Aber natürlich blieb alles beim Alten. Man kann ein Leben voller Fehler nicht ausradieren, indem man mit einem Mann in seinem Auto Sex hat, egal wie nett er ist. Ich habe es versucht. Das schwöre ich.

— Haben Sie ihn noch mal gesehen, nachdem Sie sich im Auto geliebt haben?

— Wir haben uns nicht im Auto *geliebt*. Ich habe ihn besprungen. Ich hatte zu viel getrunken. Ich bin eben ...

— Masochistisch veranlagt?

— Ich wollte eigentlich sagen, ich bin eben ich, aber masochistisch trifft es auch. Ryan war sich dessen bewusst, das ist das Schlimmste daran. Ich hatte gehofft, es wäre anders, aber er wusste es. Ich fühlte mich schrecklich. Also ja, wir gingen noch ein paarmal zusammen aus. Ich dachte mir, er hat mich von der schlechtesten Seite kennengelernt und ist trotzdem nicht weggerannt. Das Mindeste, was ich tun konnte, war, ihm eine echte Chance zu geben. Ich meine, so macht man das doch, oder? Man findet einen anständigen, gut aussehenden Mann, der einen so nimmt, wie man ist, und wie eine Prinzessin behandelt. Dann merkt man, wie glücklich man ist, und lässt ihn nie mehr gehen. So sollte das doch sein, oder?

— Ich wünschte, ich könnte Ihnen einen weisen Rat geben. Leider ist die Liebe eine Kunst, die ich nicht beherrsche. Wie erfolglos Ihre Beziehungen auch gewesen sein mögen, in diesem Raum sind immer noch Sie die Expertin. Gibt es etwas, das Sie an Mr. Mitchell abstößt?

— Nein! Nichts! Gar nichts. Wenn ich den perfekten Mann beschreiben sollte mit allen Eigenschaften, die ich mir wünsche, dann wäre Ryan nicht weit davon entfernt. Er klammert manchmal ein bisschen, aber insgesamt ist er toll. Ich liebe es, wie er mich ansieht. Ich sehe mich selbst gern durch seine Augen. Ich weiß nicht, vielleicht kann ich mich einfach selbst nicht leiden. Vielleicht mag ich die Wirkung nicht, die ich auf ihn habe, wie er sich selbst vergisst, wenn ich bei ihm bin.

— Wäre es Ihnen lieber, er würde Ihnen weniger Aufmerksamkeit schenken?

— Ich … Wir sind fast jede Minute des Tages zusammen in einem Raum, der so groß ist wie mein Schlafzimmer. Es ist niemand sonst da, auf den sich seine Aufmerksamkeit richten könnte. Ich kann es nicht in Worte fassen. Ich … ich wünschte, ich hätte nicht das

Gefühl, dass es immer nur um mich geht. Andererseits würde ich ihn dann wahrscheinlich zu distanziert finden. Vielleicht bin ich einfach verrückt.

— Haben Sie noch mal mit ihm geschlafen?

— Spielt das wirklich eine Rolle? Ich wollte, dass es mit uns funktioniert. Tief im Inneren wusste ich, dass es nicht klappt, aber ich habe es versucht. Ich habe nie damit aufgehört. Ich habe es immer noch probiert, als das Undenkbare passiert ist.

— Was meinen Sie?

— Das Ende der Welt. Sterne, die vom Himmel fallen.

Mitchell und ich sind meistens allein in der Kugel, aber ab und zu kommt mal jemand für ein paar Minuten hoch. Die Techniker, um das Equipment zu checken. Dr. Franklin klettert einmal am Tag rauf, um Hallo zu sagen. Wir freuen uns immer, wenn wir andere Gesichter sehen. Vincent ist unser häufigster Besucher. Er kommt mehrmals am Tag in die Kugel, um sich das Steuerpult anzusehen. Meistens machen wir dann Pause und unterhalten uns ein bisschen.

— Worüber reden Sie?

— Über alles Mögliche. Arbeit, Sport, das Wetter. Dieses Mal hat er uns die Zahlensymbole erklärt. Hat er Ihnen gezeigt, wie die Zahlen funktionieren? Es ist verrückt. Ich begreife es einfach nicht. Jedenfalls war es schon spät. Wir waren alle müde und alberten herum und zeigten Vincent, wie die Steuerungen funktionieren. Ryan führte den Moonwalk mit dem Roboter vor. Ich tanzte auf meinem Deck rum, und wir haben es uns auf dem Bildschirm angesehen.

Wir amüsierten uns wirklich gut. Der kaputte zweite Helm hing einfach da. Wir haben so gelacht, dass wir gar nicht bemerkten, dass er ihn genommen hat.

— Wer? Mr. Couture?

— Ja. Vincent setzte sich den Helm auf. Dann fiel er wie in Zeitlupe auf die Knie und schrie. Wir standen einfach nur da. Ryan sah mich an, und wir wussten beide, was gerade passiert war. Wir wussten, dass sich alles verändert hatte. Es kam mir wie eine Ewigkeit vor, bis wir uns endlich losschnallten und Vincent auf die Beine und aus der Kugel halfen. Dr. Franklin fragte wieder und wieder, was passiert sei, aber keiner von uns brachte auch nur ein Wort raus.

— Was ist denn passiert?

— Ryan war raus aus dem Projekt. Das ist passiert. Alles, was er hatte, alles, wofür er so hart gearbeitet hatte, war weg. Einfach so. Ich habe Männer im Kampf fallen sehen, aber ich habe noch nie gesehen, wie jemand in einem einzigen Augenblick alles verloren hat und damit weiterleben musste. In diesem Moment wünschte ich mir, ich könnte ihn in die Arme nehmen und ihm sagen, dass alles gut wird, aber wir mussten uns um Vincent kümmern.

— Warum, glauben Sie, hat sich der Helm bei Vincent eingeschaltet und bei niemandem sonst?

— Verdammt, wenn ich das nur wüsste. DNA. Gehirnvernetzung. Schicksal. Der kranke Humor des Universums.

Vincent musste ein paar Tage im Bett bleiben. Er hat sich daran gehalten und die Verbände die ganze Zeit drangelassen. Als er zurückkam, schaltete sich das untere Deck für ihn ein, wie wir es erwartet hatten. Das Steuerpult leuchtete auf. Dr. Franklin gab sich größte Mühe, ihre Aufregung zu verbergen, aber es gelang ihr nicht. Wer kann ihr daraus einen Vorwurf machen? Sie hatte so lange darauf gehofft.

Sobald der Helm aktiviert war, konnte ich die Beinbewegungen an meinem Hologramm sehen. Es gab ein zweites Hologramm auf dem Steuerpult, genau wie meins. Natürlich passten Vincents Beine auch nicht besser in die Vorrichtung als Ryans, deshalb half das Hologramm nicht viel. Er musste in die andere Richtung sehen, genau wie Ryan. Und er bekam die Beinbewegungen nicht richtig hin. Aber Vincent ist auch nicht annähernd so gut in Form wie Ryan. Ich wünschte, ich könnte sagen, dass wir wieder am Ausgangspunkt waren.

Vincent musste bei null anfangen. Dass ich die Beinbewegungen auf meinem Hologramm sehen konnte, half ein bisschen, aber wir mussten trotzdem jede Bewegung ansagen. Es war …

— Entmutigend.

— Sie haben es erfasst. Ryan und ich hatte fast sechs Monate gebraucht, bis wir den Dreh raushatten, und jetzt mussten wir mit jemandem von vorn anfangen, der nach fünf Minuten außer Atem war.

Ryan verhielt sich bei der ganzen Sache sehr … ritterlich. Er nahm Vincent unter seine Fittiche und zeigte ihm jede Bewegung tausendmal. Vincent ging die Sache auch vorbildlich an, wenn man bedenkt … Er wusste, dass er Ryans Platz einnimmt, und wurde jeden Tag daran erinnert, weil Ryan sein Lehrer war. Und er wusste, dass er uns bremst. Er hat hart im Fitnessstudio trainiert und jeden

Abend nach der Arbeit Gewichte gestemmt, aber jahrelange militärische Ausbildung kann man nicht in ein paar Wochen aufholen.

Ryan ließ sich eine Nachbildung der Beinsteuerung bauen. Drei Monate lang arbeitete er Seite an Seite mit Vincent und ließ ihn jede seiner Bewegungen kopieren. Langsam, aber sicher wurde Vincent besser, erst schaffte er nur ein oder zwei Schritte, dann eine Minute am Stück. Nach einer Weile spornte Ryan Vincent vor allem an und wies ihn nur manchmal auf Fehler hin. Ich merkte, dass er sich allmählich überflüssig vorkam. Ich wurde viel strenger mit Vincent, damit er möglichst schlecht dastand und Ryan weiter mit ihm arbeiten konnte.

Aber das ist nur die eine Hälfte der Geschichte. Vincent und ich kamen von Anfang an gut miteinander klar. Wir brachten uns gegenseitig zum Lachen, und das änderte sich nicht. Die Arbeit in der Kugel verändert die Menschen. Ryan sieht zwar aus wie ein Unterwäschemodel, aber zwischen Vincent und mir stimmt die Chemie. Bald fühlte sich Ryan wie das dritte Rad am Wagen. Es war schrecklich mit anzusehen. Er hat nicht nur die interessanteste Arbeit der Welt verloren, sondern auch mich. Er konnte von der ersten Reihe aus zusehen, wie ich Vincent immer näherkam. Und das Schlimmste war, dass er auch noch gebeten wurde, dabei mitzuspielen.

Nach normalen Maßstäben ist Vincent kein guter Mann. Er ist nicht böse oder so, aber er ist eingebildet. Sein Ego ist so groß wie Neuengland, und zu anderen ist er nicht besonders nett. Er sagt sogar, dass er keine Menschen mag. Er ist ein Genie, aber ein guter Mensch ist er nicht. Das weiß ich, weil ich mich zu ihm hingezogen fühlte, und ihm ging es offensichtlich genauso. Nach einer Weile konnte man die Luft im Raum schneiden, so stark war die sexuelle Spannung. Vielleicht lag es daran, dass wir beide wussten, dass es das Schlimmste war, was wir tun konnten, oder daran, dass Ryans

Anwesenheit das Ganze noch verbotener machte. Ich versuchte zu ignorieren, wie sehr ich mich zu Vincent hingezogen fühlte. Ich ging sogar noch ein paarmal mit Ryan aus. Aber er wollte nicht mit mir schlafen. Er konnte die Vorstellung, dass ich nur aus Mitleid mit ihm Sex hatte, nicht ertragen.

— War es so?

— Ryan fing an, die Kugel immer früher zu verlassen. Dr. Franklin fand schließlich eine Arbeit im Labor für ihn, um ihn abzulenken. Ich glaube, er hielt es nicht mehr aus, mit mir im selben Raum zu sein. Ich fühle mich schlecht dabei, es zuzugeben, aber ich nahm ihm übel, dass er so schnell aufgegeben hat. Es ist schrecklich, ich weiß, weil wir sowieso keine Zukunft hatten, aber ich wollte, dass er kämpft – um seine Arbeit, um mich, um alles.

Eines Abends arbeiteten Vincent und ich länger. Ryan war schon weg, als wir hörten, dass auch Dr. Franklin die Tür hinter sich zumachte. Einen Moment lauschten wir der Stille und warteten auf das Unvermeidliche. Vincent kam von seinem Deck zu mir hoch. Er lächelte und stellte sich vor mich. Ich war noch angeschnallt und mit den Armen in der Steuervorrichtung. Er löste meinen Gürtel, zog mir die Hose aus und schlang sich meine Beine um den Leib. Er sagte kein einziges Wort, sah mich die ganze Zeit nur an. Es war ... Vergessen wir das.

Wir schlossen das Labor hinter uns ab und gingen durch das Versorgungsgebäude nach draußen. Als ich Vincent folgte, tauchten wie aus dem Nichts zwei grelle Lichter auf. Ich hielt mir die Augen zu, und Vincent stieß mich, so fest er konnte, zurück ins Gebäude. Ich landete ziemlich hart auf dem Boden und knallte mit dem Kopf auf die Treppe. Es gab einen Schlag, der das ganze Gebäude erschütterte. Als ich nach draußen lief, um zu sehen, was passiert war, saß Ryan noch in dem Pick-up, beide Hände am Steuer. Die Stoßstange hatte sich in die Mauer gegraben. Vincent lag mit dem Gesicht nach unten auf der Motorhaube, und seine Beine hingen zerquetscht an der Wand.

DRITTER TEIL

KOPFGELDJAGD

FILE 120

GESPRÄCH MIT VINCENT COUTURE,
LEITENDER GEHEIMDIENSTBERATER

ORT: HOSPITAL FOR SPECIAL SURGERY (HSS),
NEW YORK, NY

— Ich kann mich noch an den Tag erinnern, als mein Vater zum ersten Mal mit mir in den Zoo ging. Da muss ich fünf oder sechs gewesen sein. Der Zoo lag eine gute Stunde von Montreal entfernt, und mein Vater fuhr nicht gerne Auto. Er mochte auch keine Menschenmengen. Aber ich hatte schon den halben Winter gequengelt, und meine Mutter überredete meinen Vater schließlich, mit mir hinzufahren. Ich war so aufgeregt. Ich sprach von nichts anderem mehr. Gibt es da Löwen? Gibt es da Zebras? »Ich weiß nicht, mein Junge, das musst du einfach abwarten«, sagte mein Vater daraufhin immer.

An einem sonnigen Sonntagmorgen fuhren wir dann endlich los. Damit ich mir auf der Fahrt die Zeit vertreiben konnte, schenkte mir mein Vater einen hölzernen Würfel aus verzahnten Einzelteilen, die nur auf bestimmte Weise zusammenpassen. Eines dieser Geduldsspiele. Ich weiß noch, dass ich den Würfel sehr schön fand. Mein Vater bestand natürlich darauf, dass ich ihn auf dem Weg zum Zoo auseinandernahm und wieder zusammensetzte. »Du hast eine Stunde Zeit«, sagte er. »Das sollte locker reichen.« Tja, es reichte nicht. Ich arbeitete immer noch daran, als ich das riesige Zoo-Schild sah. Natürlich legte ich das Spiel sofort zurück in die Schachtel und fing an, alle Tiere aufzuzählen, die ich auf den Schildern sah. »Guck mal, Papa, ein Zebra!« Er sagte: »Toll! Mach den Würfel fertig, dann gehen wir rein.« Ich sagte, ich hätte keine Lust, aber er erinnerte mich daran, dass wir in unserer Familie die Dinge zu Ende brachten.

Ich arbeitete noch zwei Stunden an dem Würfel, während mein Vater neben mir saß und ein Buch las. Ich konnte den Würfel fast zusammensetzen, aber zum Schluss blieben immer ein oder zwei Teile übrig, die nicht passten. Ich wusste, dass ich einige Teile falsch eingesetzt hatte, aber es waren einfach zu viele, deshalb konnte ich mich beim nächsten Versuch nicht mehr daran erinnern, welche. Ich machte immer wieder dasselbe. Gegen Mittag verwandelte sich mein Frust in Verzweiflung, und ich fing an zu weinen. Mein Vater las einfach weiter. Ich konnte nicht mehr klar denken. Ich zitterte und presste die Teile wie verrückt zusammen. Um zwei Uhr nachmittags war ich nur noch hysterisch. Mein Vater legte sein Buch weg. Er ließ den Motor an und fuhr nach Hause.

Den Rest des Tages sprachen wir kein Wort mehr miteinander. Nachdem meine Mutter mich ins Bett gebracht hatte, kam mein Vater in mein Zimmer und sagte, ich hätte heute eine Lektion gelernt, die viel wichtiger wäre, als Tiere in Käfigen anzusehen.

— Und was war das für eine Lektion?

— Ich vermute, dass Gefühle das Urteilsvermögen trüben und dass ich den Würfel hätte zusammenbauen können, wenn ich nicht so darauf versessen gewesen wäre, Löwen und Zebras im Zoo anzusehen.

— Sie müssen ein außergewöhnlich kluges Kind gewesen sein. Für einen Fünfjährigen ist das schwer zu verstehen.

— Ach, so sehe ich das heute. Damals hatte ich keine Ahnung, was er meinte. Ich wollte nur in den Zoo. Mein Vater war Philosoph. Ein richtiger, meine ich. Er war Philosophieprofessor. Als ich älter wurde, hatten wir unsere Schwierigkeiten, aber als Kind betete ich ihn an.

— Was hat Ihre Mutter gemacht?

— Sie war Lehrerin, bis sie meinen Vater kennenlernte. Als ich geboren wurde, gab sie ihren Beruf auf. Sie war eine sehr kluge Frau, aber ihr Herz war größer als alles andere. Sie fand, ich sollte Sport treiben und mit Kindern meines Alters zusammen sein, aber mein Vater hielt das für Zeitverschwendung. Er sagte, ich sei mit einem Gehirn zur Welt gekommen, das besser funktionierte als die meisten anderen, und es sei eine Schande, meine Begabung nicht zu fördern. Und das könne ich nicht tun, indem ich zusammen mit einem Haufen Schwachköpfe einen Ball hin und her warf.

Meine Mutter insistierte, aber ich sagte ihr, dass ich nicht wollte. Ich liebte meinen Vater und tat alles, damit er stolz auf mich war. Es muss meine Mutter in den Wahnsinn getrieben haben, denn eines Tages verließ sie uns. Wir waren beide am Boden zerstört. Ich weiß gar nicht, warum mein Vater so überrascht war, als sie ging. Jede Frau, die noch bei Sinnen war, hätte sich irgendwann von diesem selbstsüchtigen, egoistischen Mann getrennt. Wahrscheinlich hatte sie einen halbwegs anständigen Kerl gefunden, der ihr ein Minimum an Aufmerksamkeit schenkte. Ich weiß, dass sie uns nicht wegen mir verlassen hat, aber sie wäre vielleicht geblieben, wenn ich nicht so darauf versessen gewesen wäre, meinem Vater zu gefallen, dass ich meine Mutter darüber vergaß. Sie musste sich manchmal vorgekommen sein, als wäre sie gar nicht da. Sie war keine zynische Frau, nie. Das hier würde sie wahrscheinlich sehr traurig machen, aber Sie können sich darauf verlassen, dass meinem Vater die Ironie des Ganzen nicht entgangen wäre.

— Die Ironie?

— Allerdings. Ich habe mein ganzes Leben daran gearbeitet, so schlau wie möglich zu werden. Mein Vater sagte immer, dass ich mit meinem Verstand etwas bewirken könne. Die meisten Menschen haben keinen Sinn in ihrem Leben, zumindest keinen, der über ihre unmittelbare Umgebung hinausgeht. Sie sind ihrer Familie wichtig, aber viel mehr auch nicht. Auf der Arbeit ist jeder ersetzbar, und Freundschaften kommen und gehen.

Ich hatte die Chance, an etwas Größerem teilzuhaben, aber nicht, weil ich so viel gelernt hatte oder so schlau war. Wie sich herausstellte war das Einzige, das mich zu etwas Besonderem machte, zu einem nützlichen Mitglied dieses Teams machte, meine Beine. Und jetzt werde ich sie beide verlieren.

— Warum glauben Sie, dass Sie Ihre Beine verlieren werden?

— Der Arzt ist gegangen, kurz bevor Sie kamen. Es gibt keine andere Möglichkeit, als sie zu amputieren. Beide.

— Ich möchte nicht unsensibel sein, aber Sie scheinen mit der Nachricht ganz gut zurechtzukommen.

— Ich verbringe die meiste Zeit damit, zu sitzen und nachzudenken. Darin bin ich gut: sitzen und denken. Ich glaube, solange ich das kann … Ich habe nie viel auf meinen Körper geachtet. Ich ernährte mich nicht besonders gesund und trieb kaum Sport. Aber ich glaube, das Gehen werde ich wirklich vermissen. Ich bin immer gern gegangen.

— Sonst empfinden Sie nichts?

— Was soll ich dazu sagen? Ich habe das nicht verdient, aber das Leben ist nun mal ungerecht. Wenn man das Große und Ganze betrachtet, sind meine Gefühle wohl nicht so wichtig. Falls Sie niemand anderen finden, der den Unterkörper steuern kann, ist das Projekt gestorben. Es war wirklich dumm von mir, den Helm aufzusetzen.

— Schuldgefühle sind normal. Eine gewisse Verbitterung wäre auch angemessen.

— Es bricht mir das Herz, das alles zu verlieren, falls Sie das hören wollten. Ich meine, wem würde es nicht so gehen? Ich weiß nicht warum, aber ich muss ständig an den Astronauten denken, der zweiundsiebzig Stunden vor dem Start ausgebootet wurde, weil er nicht immun war gegen … Wie sagt man? *Rougeole*?

— Masern, ja. Oder waren es Röteln? Sie sprechen jedenfalls von Ken Mattingly II.

— Genau. Ich kann mir seinen Namen nie merken. Er muss stinksauer gewesen sein. Es tut mir leid, dass ich für Ihren Geschmack nicht niedergeschlagen genug bin. Als ich den Pick-up auf mich zukommen sah, war ich, ehrlich gesagt, ziemlich sicher, dass ich sterben würde. Alles wurde … dunkel. Wie geht es eigentlich Kara? Sie muss ziemlich erschüttert sein.

— Es geht ihr gut. Sie fühlt sich verantwortlich, aber sie kommt zurecht. Sie hätte Sie besucht, aber …

— Nein, hätte sie nicht.

— Vielleicht auch nicht, aber sie ist Ihnen aufrichtig dankbar. Sie haben ihr vielleicht das Leben gerettet. Ich soll Ihnen ausrichten, dass Sie sich beeilen und schnell wieder nach Hause kommen sollen.

— Und Ryan?

— Dazu kann ich nicht viel sagen. Er ist in Fort Carson inhaftiert und weigert sich, mit uns zu reden. Seien Sie unbesorgt, Mr. Couture. Er wird für das büßen, was er getan hat.

— Was soll das bringen? Ich bin vieles, aber nicht rachsüchtig. Ich will mir gar nicht ausmalen, wie er sich fühlt.

— Aus Liebe tun Menschen die verrücktesten Dinge.

— Nein. Aus Liebe betrinkt man sich vielleicht und schlägt ein Loch in die Wand. Diesem Mann wurde alles genommen, was ihm wichtig war, alles. *Ich* habe ihm alles genommen. Zwar nicht mit Absicht, aber trotzdem habe ich seine Welt auf den Kopf gestellt.

Schluss mit Captain America. Aus und vorbei. Ich glaube nicht, dass er das Zeug dazu hatte … Entschuldigung, ich lache nicht deswegen.

— Sie finden es amüsant, dass Mr. Mitchell den Verstand verliert?

— Nein, ich finde es lustig, dass ausgerechnet Sie an meinem Bett sitzen. Nicht meine Familie oder meine Freunde – nicht, dass ich so viele hätte – oder Kara oder Rose, sondern Sie. Der große Kümmerer. Es ist, als würde man aus dem Koma aufwachen und der Kassierer aus dem Supermarkt säße am Bett. Nichts für ungut.

— Kein Problem.

— Ich glaube, das war damit gemeint, als man mir sagte, ich solle netter zu anderen Menschen sein. Keiner hat Mitleid mit dem narzisstischen Quebecer.

— Ich glaube zwar nicht, dass sich lange Schlangen bilden würden, aber der Fairness halber muss ich Ihnen sagen, dass niemand weiß, wo Sie sind.

— Wissen Sie, ich verstehe ja, dass Sie Ihren Namen nicht verraten wollen, aber wäre es nicht einfacher, einen Decknamen zu erfinden? Irgendwas Cooles wie Charlie oder M. oder so. Andererseits sind Sie vielleicht ohne besser dran. Wie er schon sagte: »Was ist ein Name?«

— Genau so würde Romeo, wenn er schon nicht Romeo genannt würde, diese ganze reizende Vollkommenheit behalten, die ihm, unabhängig von diesem Namen, zu eigen ist …

— Ein gebildeter Mann? Ich hielt Sie nicht für so belesen.

— Englische Literatur. Magna cum laude.

— Ach! Erzählen Sie!

— Lieber nicht. Aber Sie können sich was darauf einbilden, selbst der Präsident weiß nicht so viel über mich. Wussten Sie, dass uns nur noch drei Teile fehlen? Die beiden kleinen Oberschenkelstücke haben wir in China gefunden, nur fünfzehn Kilometer voneinander entfernt. Die restlichen Teile sollten wir auch bald haben. Achtzig Prozent des Erdballs haben wir inzwischen abgedeckt.

— Wie schön für Sie. Ich hoffe nur, dass sie sich an Land befinden.

— Was soll das heißen?

— Siebzig Prozent des Planeten sind von Wasser bedeckt. Wenn Sie alle Kontinente abgesucht haben, haben Sie erst dreißig Prozent der Erdoberfläche geschafft.

— Dr. Franklin glaubt …

— Ich weiß, was Rose glaubt. Sie denkt, dass diese Wesen, wer immer sie auch sein mögen, unbedingt wollen, dass wir alle Teile finden. Aber ist Ihnen aufgefallen, dass wir sie meistens im Niemandsland entdecken? Die Hälfte des Roboters haben wir in den USA gefunden. Wissen Sie, was hier vor dreitausend Jahren war? Nichts. Und die Arktis ist auch nicht gerade der zugänglichste Ort, um auf Schatzsuche zu gehen.

— Würde ich Sie nicht besser kennen, könnte ich Sie glatt für einen Pessimisten halten, Mr. Couture. Machen Sie sich deswegen keine Gedanken. Konzentrieren Sie sich darauf, wieder auf die Beine zu kommen.

— Sehr witzig. In einer Stunde habe ich keine Beine mehr. Ich muss nur lernen, wie man mit einem Rollstuhl umgeht. Das kann ja nicht so schwer sein. Ich habe schon sehr dumme Leute in Rollstühlen gesehen. Und ich mache mir Gedanken, worüber ich will, schließlich habe ich jetzt reichlich Zeit. Ich wollte schon immer Kantonesisch lernen.

— Ich möchte, dass Sie mir jetzt genau zuhören. Niemand wird Ihre Beine amputieren. Sie glauben vielleicht nicht an Schicksal, aber es gibt einen Grund dafür, dass der Roboter Sie ausgewählt hat. Es ist Ihre Bestimmung. Es wird eine Weile dauern, aber Sie werden in die Kugel zurückkehren und den Roboter zum Laufen bringen. Sie werden uns alle stolz machen. Und Sie müssen zurück zu Chief Resnik.

— Das war eine hübsche Ansprache, aber man wird mir trotzdem die Beine amputieren. Und Sie wissen genauso gut wie ich, dass es zwischen Kara und mir vorbei ist.

— Ich glaube nicht, dass sie ein Mensch ist, der Sie wegen einer Behinderung verlassen würde.

— Das weiß ich selbst. Sie ist treu wie ein Hund … das klingt irgendwie nicht so nett, wenn man es laut ausspricht. Jedenfalls ist genau das der Punkt. Sie wäre aus den falschen Gründen mit mir zusammen. Sie wäre unglücklich, aber aus einem verdrehten, unangebrachten Pflichtgefühl würde sie bei mir bleiben.

— Wieso glauben Sie, dass sie unglücklich wäre?

— Sie schneiden mir die Beine ab. Ich werde nicht mehr laufen können. Ich werde nicht stehen oder so banale Dinge, wie Essen aus dem Hängeschrank holen, tun können. Ich werde Hilfe brauchen, um zu baden. Wahrscheinlich werde ich mir auch in die Hose machen. Ich bin jetzt schon zynisch, und ich glaube nicht, dass mich das Leben mit einer Behinderung in einen Sonnenschein verwandeln wird. Ich würde nicht mit mir zusammenleben wollen. Das wünsche ich niemandem, schon gar nicht Kara. Sie sollte mit jemandem zusammen sein, auf den sie stolz sein kann. Das Letzte, was sie gebrauchen kann, ist ein Mann, dem sie die Windeln wechseln muss.

— Wussten Sie, dass Ken Mattingly nie an Masern oder Röteln erkrankt ist? Er flog mit Apollo 16 zum Mond und nahm später an zwei Space-Shuttle-Missionen teil. Niemand wird Ihnen die Beine amputieren, Mr. Couture. Das verspreche ich Ihnen.

FILE 121

GESPRÄCH MIT DR. PAVEL HAAS,
CHEF DER CHIRURGIE

ORT: HOSPITAL FOR SPECIAL SURGERY (HSS),
NEW YORK, NY

— Wie ist Mr. Coutures Zustand?

— Oberschenkel, Schienbein und Wadenbein sind auf beiden Seiten mehrfach gebrochen. Die Kniescheiben sind praktisch nicht mehr vorhanden. Die Knie wurden völlig zerstört. Es sind nur noch Splitter übrig, die sich wie Schrapnelle durch das Fleisch bohren. Vorsichtig ausgedrückt, sind seine Beine verloren.

— Er glaubt, dass Sie sie amputieren wollen.

— Er hat recht. Der OP wird gerade vorbereitet. Wir bringen ihn hoch, sobald dieses Gespräch beendet ist. Wir trennen beide Beine in der Mitte der Oberschenkel ab. Wenn wir Glück haben, bleibt noch genug übrig, um Prothesen anzubringen. Es wird eine Weile dauern, aber die meisten Patienten in dieser Lage lernen irgendwann wieder zu laufen. Ich weiß, dass es schrecklich klingt, aber Sie müssen mir glauben, dass es das Beste ist, was wir für ihn tun können.

— Das ist im Wesentlichen das Gleiche, was Mr. Couture mir erzählte. Leider muss ich Ihnen sagen, dass eine Amputation nicht infrage kommt.

— Ich will nicht unhöflich sein, aber das ist nicht Ihre Entscheidung.

— Ich wünschte, Sie hätten recht. Leider fallen viele Dinge in meinen Verantwortungsbereich, und Mr. Coutures körperlicher Zustand gehört zufällig dazu.

Ich sehe, dass Sie auf eine Gelegenheit warten, mich zu unterbrechen. Damit Sie nicht Ihre Zeit vergeuden, gebe ich Ihnen jetzt die einzige Begründung, die Sie bekommen werden.

Mr. Couture ist in der einmaligen Lage, etwas äußerst Wichtiges für sein Land zu tun, wenn nicht gar für die gesamte Menschheit. Genauer gesagt, ist er der Einzige, der es tun kann, und dazu braucht er seine Beine. Ich entschuldige mich dafür, dass ich Ihnen keine ausführlichere Begründung geben kann, aber unter diesen Umständen muss das reichen.

— Sie können nicht einfach …

— Unterbrechen Sie mich bitte nicht. Ich verstehe, dass Sie auf Ihrem Fachgebiet eine Koryphäe und somit keinen Widerspruch

gewohnt sind. Aber wenn ich richtig informiert bin, haben wir nicht viel Zeit, bis bei Mr. Couture eine Sepsis einsetzt, deshalb verzeihen Sie mir bitte, dass ich kein Blatt vor den Mund nehme. Denken Sie nicht, dass ich Ihnen drohen will. Ich möchte nur, dass Sie alle Fakten kennen, damit Sie eine fundierte Entscheidung treffen können. Wenn möglich innerhalb der nächsten dreißig Sekunden. Also, falls Sie auf einer Amputation bestehen, werden diese beiden Männer Sie aus dem Gebäude bringen und wegfahren. Man wird Sie nicht töten, man wird Ihnen keine körperlichen Schmerzen zufügen. Aber Sie werden in einem Ihnen unbekannten Raum aufwachen, den Sie für den Rest Ihres Lebens nicht mehr verlassen werden.

— Ich weiß nicht, was ich dazu sagen soll.

— Sie müssen gar nichts sagen. Sie müssen nur das tun, was ich von Ihnen verlange. Man sagte mir, Sie wären der Beste Ihres Fachs. Deshalb haben wir Mr. Couture hierhergeflogen. Deshalb haben wir Sie ausgewählt. Ich brauche nur zehn Minuten, um einen Arzt zu finden, der fast so gut ist wie Sie und der Sie ersetzen kann, aber ich gebe mich nur ungern mit dem Zweitbesten zufrieden.

— Sie verstehen nicht. Ich *kann* seine Knochen nicht retten – ich nicht und auch sonst niemand. Das ist keine Frage des Wollens, und Ihre Drohungen ändern nichts an der Tatsache, dass ich seine pulverisierten Knochen nicht mit purer Willenskraft reparieren kann. Und ich kann ihm nicht aus dem Nichts neue Beine zaubern.

— Natürlich können Sie das. Sie haben mehrere Abhandlungen über Titanimplantate geschrieben, und Sie haben die höchste Erfolgsquote beim Austausch kompletter Hüftgelenke. Ich weiß nicht, ob Sie die technischen Möglichkeiten haben, um Implantate in dieser Größe herzustellen, aber falls nicht, können wir mit einem Telefonat Abhilfe leisten. Ich glaube, dass Sie sämtliches Equipment haben, das Sie brauchen. Wenn Sie jedoch noch etwas benötigen sollten, lasse ich es innerhalb von einer Stunde herfliegen. Darauf können Sie sich verlassen.

Sie haben unbegrenzte finanzielle Unterstützung und können alle Mittel der U. S. Army, der Nationalen Gesundheitsinstitute, der Wissenschaftsstiftung, der NASA sowie einiger Behörden, von denen Sie noch nie gehört haben, nutzen. Wenn Sie etwas brauchen, rufen Sie einfach diese Nummer an und nennen Ihren Namen. Man wird dafür sorgen, dass Sie das Gewünschte bekommen. Seien Sie sich bewusst, welche kolossalen Ressourcen Ihnen zur Verfügung stehen. Ich möchte nicht, dass dieses Experiment scheitert, weil Sie glauben, gewisse Technologien würden nicht existieren oder bestimmte Materialien wären nicht erhältlich. Ab sofort sind Sie der mächtigste Medizinmann auf diesem Planeten.

— Wir müssten jeden einzelnen Knochen in seinen Beinen austauschen. Sie verlangen von mir, komplette mechanische Beine in Mr. Coutures Gewebe einzusetzen. Das wurde noch nie gemacht, und dafür gibt es gute Gründe. Der menschliche Körper reagiert feindlich auf fremde Objekte. Ich bin nicht mal sicher, ob wir genug Muskelmasse retten können, um die Transplantation vorzunehmen, aber ich kann Ihnen garantieren, dass so große Implantate vom Körper abgestoßen werden. Wir werden ihn umbringen.

— Genau das meinte ich. Sie müssen begreifen, wie viel Sie nicht wissen, und zwar schnell. In ungefähr zwanzig Minuten erhalten Sie einen Anruf der medizinischen Forschungsabteilung der U. S. Army. Man wird Ihnen einen neuen immunsuppressiven Wirkstoff liefern, den die Army entwickelt hat. Das wird verhindern, dass

Mr. Coutures Körper die Implantate abstößt. Außerdem wird man Sie mit einem Wirkstoff zum Muskelaufbau versorgen, der …

— Ich werde einem Patienten kein Medikament injizieren, über das ich nichts weiß.

— Es ist ein Myostatin-Blocker, der viel effektiver ist als alles, worüber Sie bisher gelesen haben. Ich bin zuversichtlich, dass Sie weitere Informationen dazu bekommen. Bei Mäusen soll er angeblich Wunder wirken. Verschwenden Sie also keine wertvolle Zeit damit, mir etwas vorzuspielen. Wir wissen beide, dass Sie genauso neugierig sind wie ich. Sie haben jetzt die Chance, experimentelle Medikamente zu nutzen, von denen die FDA frühestens in zehn Jahren erfahren wird.

— Meine Meinung interessiert Sie offensichtlich nicht, aber ich möchte sichergehen, dass Sie mich richtig verstehen. Wenn wir jetzt amputieren, könnte Mr. Couture mithilfe von Prothesen ein sehr produktives Leben führen.

— Er wird ein erstaunlich produktives Leben führen, wenn Sie ihm neue Beine gebaut haben.

— Ich muss darüber nachdenken.

— Nein. Sie haben sich schon vor zwanzig Sekunden entschieden. Sehen Sie, Dr. Haas, unsere Arbeit unterscheidet sich gar nicht so sehr. Wir analysieren die Lage, sammeln so viele Informationen wie möglich, bevor wir handeln, und versuchen, jedes mögliche Ergebnis vorherzusehen. Ich hoffe, Sie machen Ihren Job genauso gründlich, wie ich meinen gemacht habe. Einen Großteil des Wissens, um dessen Anwendung wir Sie jetzt bitten, gewannen Sie bei zwei umfangreichen Studien, die durch öffentliche Gelder finanziert wurden. In der ersten ging es um zementfreie Prothesen aus konischem Titanium und in der zweiten um Gewebereaktionen auf missglückte Titanium-Implantationen. Im Jahr 2006 stießen zwei Patienten, die an Ihrer Hüftersatzstudie teilnahmen, die Implantate ab, eine der beiden starb an den Komplikationen. Interessanterweise ist weder in Ihren Anträgen noch in Ihren Veröffentlichungen jemals die Rede von diesen beiden Patienten. Aber aus unerfindlichen Gründen tauchen ihre Daten in einer Gewebereaktionsstudie auf, an der sie gar nicht teilgenommen hatten. Sie, Dr. Haas, haben die Patienten von einer Studie zur anderen verschoben, als wäre nichts gewesen. Kein Schaden, kein Fehlverhalten, nur eine tote Patientin.

— Diese Frau hatte eine Herzerkrankung, die sie mir verschwiegen hat. Hätte sie bei der Anmeldung die Wahrheit gesagt, hätte ich sie niemals für die Studie ausgewählt.

— Das glaube ich Ihnen gern. Und sie in der Dokumentation zu erwähnen, hätte die gute Frau schließlich auch nicht wieder lebendig gemacht. Sie haben nur dafür gesorgt, dass die vorläufigen Ergebnisse der Studie für Ihre Geldgeber besser aussehen.

Als Sie in dieses Land einwanderten, unterließen Sie es, anzugeben, dass Sie schon mal wegen Fahrens unter Einfluss psychoaktiver Substanzen verhaftet wurden. Ich weiß, dass es in den USA nur eine Ordnungswidrigkeit ist, in Ihrer Heimat ist es jedoch eine Straftat.

Sie sind egoistisch genug zu glauben, dass Regeln für Sie nicht gelten, dass Ihre kleinen Notlügen einer höheren Sache dienen und dass Sie anderen wirklich helfen. Das ist nicht ungewöhnlich bei Menschen mit Ihrer Vergangenheit.

— Meiner Vergangenheit?

— Unter schwierigsten Verhältnissen in einer armen Familie mit traditionellen Werten aufgewachsen. Der Erste in der Familie, der die Universität besuchte. Der Erste, der die Armut hinter sich lassen konnte. Ich weiß, das klingt klischeehaft, aber wir sind sehr gut in der Erstellung von Persönlichkeitsprofilen. Eines ist sicher: Sie sind ein Überlebenskünstler, Dr. Haas. Sie gehören ganz sicher nicht zu denen, die ihr Leben, ihre Familie und ihre Karriere für etwas so Unbedeutendes wie Prinzipien wegwerfen.

Wenn Sie diesen Raum verlassen, werden Sie dafür sorgen, dass genug von dem lebenden Gewebe in Mr. Coutures Beinen erhalten bleibt, während Sie seine neuen Beine anfertigen.

— Sollten wir das tun und sollten wir wie durch ein Wunder auch noch erfolgreich sein, dann kann ich Ihnen garantieren, dass Mr. Couture sich wünschen wird, auf dem Operationstisch gestorben zu sein. Er wird uns anflehen, seinem Leben ein Ende zu setzen. Sie können sich gar nicht vorstellen, welche Schmerzen er haben wird. Jede Minute wird die schlimmste seines Lebens sein. Werden Sie ihm das sagen?

— Lieber nicht. Es ist schrecklich, so etwas zu sagen, besonders vor einer lebensgefährlichen Operation. Wird er weniger leiden, wenn wir es vorher ankündigen?

— Nein, er wird so oder so durch die Hölle gehen, falls er nicht vorher stirbt.

— Dann sehe ich keinen Grund, ihn zu beunruhigen. Ich möchte, dass sein seelischer Zustand so stabil wie möglich ist. Also sagen Sie ihm, dass alles in Ordnung kommt.

— Ich möchte, dass in den Akten festgehalten wird, dass diese Operation gegen meinen medizinischen Rat durchgeführt und dass ich dazu genötigt wurde.

— Ich zeichne diese Unterhaltung auf; alles, was wir besprochen haben, ist auf Band. Sie können das als Akte betrachten, wenn Sie wollen. Falls Sie die Krankenhausakten meinten, dann muss ich Sie enttäuschen. Diese Transplantation ist ganz allein Ihre Idee. Sie führen die Operation durch, weil Sie fest davon überzeugt sind, dass sie das Beste für Ihren Patienten ist und erfolgreich verlaufen wird. Auf unsere Unterhaltung wird in keiner Weise Bezug genommen. Falls irgendjemand von meiner Anwesenheit oder auch nur meiner Existenz erfahren sollte, wird das für Sie und Ihre Familie schreckliche Konsequenzen haben. Habe ich mich klar ausgedrückt?

— Konsequenzen?

— Ich kann Ihnen versichern, dass Sie in diesem Fall Ihre Kinder nie wiedersehen werden, selbst wenn die Operation erfolgreich verläuft.

— Und wenn sie schiefgeht?

— Verlieren Sie höchstwahrscheinlich Ihre Approbation.

— Nein. Sie können sich auf meine Verschwiegenheit verlassen. Aber was, wenn der Patient die Operation nicht überlebt? Womit drohen Sie mir dann?

— Warum sollte ich Ihnen drohen, wenn Sie tun, worum ich Sie bitte? Ich bin kein schlechter Mensch, Dr. Haas. Trotzdem werden

Sie wahrscheinlich Ihre Approbation, Ihr Haus, Ihr Auto und alles, was Sie sonst noch besitzen, verlieren. Ich würde an Ihrer Stelle auch mit einer Gefängnisstrafe rechnen. Sie wollen eine absurd komplizierte, wahnsinnig riskante und völlig unnötige experimentelle Operation an einem stabilen Patienten durchführen, und das ohne sein Wissen oder seine Zustimmung. Was glauben Sie denn, was passiert, wenn er stirbt?

Bevor Sie gehen, möchte ich, dass Sie sich diese Entwürfe ansehen. Sie müssen in Mr. Coutures neues Knochengerüst integriert werden.

— Was ist das?

— Knie.

— Ich bin kein Ingenieur, aber es sieht so aus, als wären sie …

— Ja, Dr. Haas. Das stimmt.

FILE 126

GESPRÄCH MIT DR. ALYSSA PAPANTONIOU,
GENETIKERIN

ORT: ÖFFENTLICHE BIBLIOTHEK,
CIVIC CENTER PARK, DENVER, COLORADO

— Sie haben einen interessanten Akzent, Ms. Papantoniou. Stammen Sie vom Balkan?

— Ja, der Gr… Großteil Griechenlands gehört zum B… Balkan.

— Sie müssen aus einer Gegend sein, in der ich noch nicht war. Ihr Akzent ist ganz einzigartig.

— Danke. W… Warum treffen wir uns in der B… Bibliothek? Entschuldigung. Ich bin immer nervös, wenn ich mit L… Leuten rede.

— Sie müssen sich nicht entschuldigen. Ich wollte nicht, dass wir gestört werden. Es freut mich, Sie kennenzulernen.

— Ganz meinerseits. Worüber wollen Sie s… sprechen?

— Mir ist zu Ohren gekommen, dass Sie die Richtung missbilligen, in die sich das Projekt entwickelt. Es wäre nachlässig von mir, wenn ich solche Beschwerden nicht ernst nehmen würde, vor allem wenn sie von einer so intelligenten Frau wie Ihnen kommen.

— Vielen Dank. Es war nicht meine A… Absicht, hinter Ihrem R… Rücken …

— Dann war es also ein Versehen?

— Ich …

— Es spielt keine Rolle, Ms. Papantoniou. Sagen Sie mir einfach, was Sie an Dr. Franklins Führungsstil so stört?

— Ich habe größten Respekt vor Dr. Franklin. Sie ist eine hervorragende Physikerin.

— Aber?

— Sie macht Fehler. Sie ist nicht so … so brillant, wie Sie glauben. Ich muss ihre Berechnungen oft ü… überprüfen.

— Das weiß sie sicher zu schätzen.

— Vor allem aber ist Dr. Franklin zu … weich. Die persönlichen Gefühle, die sie dem T… Team entgegenbringt, trüben ihr Urteilsvermögen. Sie behandelt Kara und Vincent, als wären sie ihre K… Kinder. Kara ist stur und unnachgiebig, und ich finde es unverantwortlich, den Fortschritt des Projekts von ihrem guten W… Willen abhängig zu machen. Ich habe bei mehreren Gelegenheiten darum gebeten, K… Kara einer Testreihe unterziehen zu dürfen, um festzustellen, warum der Helm des o… oberen Decks nur bei ihr funktioniert, aber Dr. Franklin lehnt das konsequent ab.

— Ist diese Aussage wirklich korrekt? Mir wurde mitgeteilt, dass Ms. Resnik eine Speichelprobe abgegeben hat, die Sie anschließend untersucht haben. Ich erinnere mich sogar an Ihren Bericht, in dem Sie feststellen, dass Ms. Resniks DNA keine Auffälligkeiten aufweist.

— Ich habe wirklich einige g… genetische und biochemische Tests durchgeführt und weder Chromosomenanomalien noch offensichtliche Mutationen gefunden. Aber es gibt noch genauere Tests, mitochondriale Analysen. Ich habe noch nicht mal eine komplette Genomsequenzierung gemacht. Ich könnte ihre Hirnstruktur untersuchen, oder vielleicht liegt des Rätsels Lösung auch in ihren Augen.

— Wenn ich mich richtig erinnere, ließ Dr. Franklin bei Ms. Resnik einen Netzhaut-Scan durchführen.

— Ich möchte nicht ein B… Bild ihrer Augen untersuchen, sondern eine Probe.

— Können diese Untersuchungen warten, bis wir alle Teile des Roboters gefunden und die dringenderen Probleme gelöst haben?

— Sie verstehen mich nicht. Es geht nicht nur um Kara. Wir können ... wir können jetzt ohne Vincent nicht weiterarbeiten. Was, wenn er nicht überlebt? Was, wenn er nie mehr l... laufen kann? Wenn wir verstehen, wieso der Helm bei Kara funktioniert, können wir vielleicht auch V... Vincent ersetzen.

Bei allem gebotenen Respekt, es steht zu viel auf dem Spiel, um Rücksicht auf p... persönliche Gefühle oder Unbehagen zu nehmen, weil ich jemandem eine Nadel ins Auge einführen will. Ich dachte, von allen wären Sie ...

— Was wäre ich?

— Ich dachte, Sie wären ... p... pragmatisch und würden verstehen, was getan werden muss. Vielleicht haben Sie auch emotionale Bindungen entwickelt.

— Zweifeln Sie mein Urteilsvermögen an?

— Ich möchte Sie etwas fragen. A... angenommen wir bräuchten keine Menschen, sondern Hunde, um den Roboter zu steuern, hätten wir dann nicht schon ein Dutzend W... Welpen in Reserve?

— Welpen ... Ich finde die Frage viel interessanter als jede Antwort, die ich darauf geben könnte. Aber ich danke Ihnen, dass Sie ein neues Licht auf die Situation werfen. Ihre Anmerkungen sind sehr aufschlussreich, und ich verspreche Ihnen, dass ich über das, was Sie gesagt haben, nachdenken werde.

— D... Danke. Mehr verlange ich ja gar nicht.

— Einen schönen Tag noch, Ms. Papantoniou.

FILE 129

GESPRÄCH MIT ROBERT WOODHULL,
SICHERHEITSBERATER DES PRÄSIDENTEN

ORT: WEISSES HAUS, WASHINGTON, DC

— Was kann ich für Sie tun, Robert?

— Das Verteidigungsministerium hat die Alarmstufe DEFCON 3 ausgerufen.

— Wegen der Russen?

— Unter anderem. Die Chinesen haben uns entdeckt, als wir ihr Gebiet verlassen haben. Sie haben Beschwerde bei der UNO eingereicht.

— Seit wann interessiert Sie die UNO?

— Mich interessiert die UNO nicht im Geringsten, aber die Russen waren ganz Ohr. Sie haben sehr schnell zwei und zwei zusammengezählt. Noch haben sie keine Ahnung, wonach wir suchen, aber dass es nicht nur um antike Artefakte geht, wenn wir uneingeladen in alle möglichen Länder eindringen, ist ihnen inzwischen auch klar. Die türkische Regierung hat den Russen ebenfalls von unserem kleinen Besuch erzählt. Das macht die Sache nicht besser.

Moskau gibt uns jetzt offiziell die Schuld am Tod der beiden russischen Soldaten in Sibirien. Unsere kleine Suchaktion bezeichnen sie als absichtliche Provokation. Der russische Botschafter ist vor ungefähr einer Stunde nach Moskau abgereist. Während wir uns hier unterhalten, räumen sie die Botschaft aus. Man kann die Schredder fast bis nach hier unten hören. Es ist nur eine Frage der Zeit, bis China dem Beispiel der Russen folgen wird.

— **Haben sie das Militär in erhöhte Alarmbereitschaft versetzt?**

— So könnte man es nennen. In den letzten drei Stunden haben wir die größten russischen Schiffsbewegungen seit Beginn der Kubakrise beobachtet. Die gesamte Nordflotte ist in Alarmbereitschaft und, soweit wir informiert sind, auch der Großteil der Pazifikflotte. Allein im Nordatlantik operieren über hundert Schiffe.

— **U-Boote?**

— Die *Sewerodwinsk* stach heute Morgen zusammen mit zwei U-Booten der Borei-Klasse in See. Die Weißmeerbasis sieht verlassen aus. Es schwimmen fünf Delta IV und genauso viele Delta III herum und sogar ihr großes altes Typhoon. Im Grunde genommen ist jedes seetüchtige Schiff, das Atomwaffen an Bord hat, jetzt da draußen. Auf chinesischer Seite haben wir noch keine ungewöhnlichen

Aktivitäten beobachtet, aber es würde mich nicht überraschen, wenn sie auch bald Teile ihrer Flotte losschicken würden.

— Die bluffen nur. Das wissen Sie doch.

— Genau wie wir. »Bluffen« bedeutet heute nicht mehr dasselbe wie früher. Niemand will einen Atomkrieg, und jeder weiß das. Beiden Seiten ist klar, dass die jeweils andere nicht kämpfen will, deshalb drücken wir uns gegenseitig gegen die Wand, jedes Mal ein bisschen mehr. Es geht nur darum, nicht das Gesicht zu verlieren, aber im Grunde genommen spielen wir mit dem Untergang, und jede Seite glaubt, sie könnte tun, was sie will, weil die andere niemals ihre Atomwaffen einsetzen wird. Und wahrscheinlich wird das auch nicht passieren. Zumindest nicht heute oder morgen, aber eines Tages ... eines Tages wird sich einer von uns schrecklich irren.

Natürlich haben wir unsere Jagd-U-Boote losgeschickt. Falls China sich einschaltet, setzen wir noch mehr Schiffe ein, um gegen die chinesische Flotte vorzugehen. Unsere Flugzeugträger sind schon in Alarmbereitschaft. Aber sobald wir sie auch nur in Richtung Asien entsenden, werden die Russen alles, was sie haben, zu Wasser lassen und zu uns schicken. Es ist klar, worauf das hinausläuft.

Ein Patt auf See hat noch nie zu etwas Gutem geführt. Ich weiß, dass es auf der Karte groß aussieht, aber es kann schnell eng werden auf dem Meer, und ich will mein Schicksal ganz sicher nicht in die Hände einiger halb blinder U-Boot-Kapitäne legen, die versuchen, nicht mit irgendwas zusammenzustoßen.

— Müssen wir wirklich immer mit gleichen Mitteln antworten? Können wir nicht abwarten und die Russen ein paar Tage posieren lassen? Ich habe noch nie den Vorteil einer gleichwertigen Reaktion verstanden.

— Ich bin nicht sicher, ob es überhaupt einen Vorteil gibt. Es liegt nur in der Natur des Menschen, erst recht, wenn der Mensch über zu viel Feuerkraft verfügt. Waren Sie schon mal in eine Kneipenschlägerei verwickelt?

— Ich nehme an, das ist eine rhetorische Frage.

— Es fängt immer damit an, dass man jemanden anrempelt. Der verschüttet sein Getränk, schreit einen an und stößt einen weg. Man tut so, als würde man sich entschuldigen, während man ihm in Wirklichkeit den Finger gegen die Brust stößt. Alles »gleichwertige Reaktionen«, und am Ende werden jemandem die Zähne ausgeschlagen. Niemand will wirklich kämpfen, aber zurückweichen will auch niemand. Das ist bei Militärs hundertmal schlimmer und bei Politikern hunderttausendmal schlimmer.

Wir machen unser Ding, und die anderen machen ihr Ding, und wenn wir Glück haben, schicken wir dabei nicht zwanzig Millionen Menschen in den Tod.

— Wir waren uns der Risiken bewusst, als wir uns auf diese Vorgehensweise geeinigt haben.

— Das ist ein bisschen … Das ist eine ziemlich verzerrte Sichtweise, meinen Sie nicht?

— Warum?

— Eigentlich haben wir uns auf gar nichts geeinigt. Sie haben uns vor ein *fait accoupli* gestellt. Sie haben uns gesagt, was Sie vorhatten, und gedroht …

— *Accompli.*

— Was?

— Die Redewendung heißt *fait accompli.* Sinngemäß bedeutet das: vollendete Tatsachen. Das Wort *accoupli* gibt es nicht mal. Ich habe noch nie begriffen, warum Leute Ausdrücke benutzen, die sie nicht verstehen.

Als ich Sie um Ihre Unterstützung bat, habe ich meine Pläne glasklar offengelegt. Sie beschlossen zu helfen. Sie hätten mir keine Soldaten zur Verfügung stellen müssen. Sie hätten Nein sagen können. Sie hatten jederzeit die Möglichkeit, mich zu stoppen. Sie hätten mich und jedes Mitglied meines Teams jederzeit verhaften, einsperren oder töten lassen können. Hätten Sie nichts gesagt, wäre es das perfekte Beispiel für eine stillschweigende Übereinkunft gewesen, aber Sie sind sogar noch weitergegangen und haben Bedingungen gestellt, unter denen ich »die volle Unterstützung der Regierung« hätte. Ich kann verstehen, dass Sie sich angesichts der gegenwärtigen Lage von dem Projekt distanzieren möchten, aber Sie haben Ihre Entscheidung nun einmal getroffen. Und es wird Ihre Entscheidung bleiben, auch wenn deswegen viele Menschen sterben.

— Was ist mit Ihnen? Haben Sie kein Problem damit? Der Zweck heiligt die Mittel, oder was?

— Aus Ihrem Mund klingt das so unvernünftig. Ja, ich glaube, dass dieses spezielle Ziel beträchtliche Mittel rechtfertigt. Wie jeder andere ziehe auch ich irgendwann eine Grenze. Aber ich ziehe sie aus rationalen, nicht aus emotionalen Gründen.

— Sie würden also ein paar Hundert Menschen sterben lassen? Würden Sie bei tausend aufhören? Wie viele würden Sie dafür opfern? Eine Million?

— Definitiv nicht. Aber tausend scheint eine vernünftige Größe.

— Sie sind ein Arschloch, wissen Sie das? Ist das nicht ziemlich willkürlich?

— Natürlich. Die meisten Dinge im Leben sind willkürlich. Acht Menschen starben, weil wir vor den Sowjets auf dem Mond landen wollten. Weitere vierzehn verloren ihr Leben bei Unfällen von Challenger und Columbia, und trotzdem läuft das Raumfahrtprogramm noch. Die Erforschung des Weltraums ist wichtig genug, um den Tod von zweiundzwanzig Menschen zu rechtfertigen. Wären dabei 22 000 Menschen gestorben, lägen die Dinge anders.

Bei der Befreiung von Kuwait verloren wir ungefähr dreihundert Soldaten. Die meisten halten das für vertretbar. Im Irak starben über viertausend Amerikaner. Manche sagen, das war ein zu hoher Preis, um Saddam Hussein loszuwerden, manche sind anderer Ansicht. Die Regierung dachte seinerzeit offensichtlich, dass die Sache es wert war.

Im Zweiten Weltkrieg starben über 20 Millionen Soldaten. Zwanzig Millionen, allein beim Militär. Es muss damals eine Menge Leute gegeben haben, die fest daran glaubten, dass ihr Ziel jedes Mittel rechtfertigte.

Ich bin davon überzeugt, dass das, was wir tun, viel bedeutender ist, als zum Mond zu fliegen oder uns ein paar Fässer Öl unter den Nagel zu reißen. Dieses Projekt lässt sich eher mit der Erfindung des Rades oder dem Feuermachen vergleichen. Mir ist bewusst, dass manche Leute anderer Meinung sind. Ich wünschte, ich könnte

Ihnen genau sagen, wie viele Menschenleben dieser Roboter wert ist, aber das ist unmöglich. Irgendwann stellen wir vielleicht fest, dass wir mit 1.151 gut leben können, aber nicht mit 1.152. Diese Dinge sind naturgemäß willkürlich.

Was ich Ihnen aber sagen kann, ist Folgendes: In einem unterirdischen Lagerhaus in Denver liegt der Beweis, dass wir im Universum nicht allein sind, dass es eine Zivilisation gibt, die der unseren technologisch Tausende von Jahren voraus ist, und wir nähern uns dem Punkt, an dem wir uns einen Teil dieses Wissens zunutze machen können. Das wird die gesamte Menschheit weit voranbringen, und zwar nicht nur in technologischer Hinsicht. Es wird unseren Blick auf die Welt und auf uns selbst verändern. Es wird die Erde umgestalten, und wir haben die Möglichkeit, diesen Wandel zu steuern. Wie viele Menschleben ist Ihnen das wert?

— Hoffen wir einfach, dass niemand mehr sterben muss, okay? Wir könnten gute Nachrichten gebrauchen, möglichst bald. Apropos, haben Sie Ihre kleine Meuterei unter Kontrolle bekommen?

— Darauf können Sie sich verlassen.

— Gut. Der Präsident hat allmählich genug davon. Er hat auch von Ihrem Auftritt im Krankenhaus gehört.

— Auf welche meiner schändlichen Taten spielen Sie dieses Mal an?

— Sie haben einen Arzt gezwungen, dem Linguisten seltsame Metallknie einzusetzen. Dachten Sie, davon würde niemand erfahren?

— Tja, er brauchte Knie.

— Der Präsident sieht das anders. Bis jetzt war er bereit, über gewisse Risiken für die Bevölkerung hinwegzusehen, und er hat Ihnen, was internationales Recht angeht, eine Menge Spielraum gegeben, aber damit haben Sie eine Grenze überschritten, die nicht überschritten werden sollte. Sie haben bei einem amerikanischen Staatsbürger ohne sein Einverständnis eine hochriskante – experimentell ist hier noch untertrieben – Körpermodifikation durchgeführt.

— Tut mir leid, ich wusste nicht, dass das missbilligt wird.

— Das ist nicht lustig.

— Auf gewisse Weise schon. Erstens habe *ich* gar nichts durchgeführt, es war der Arzt. Zweitens ist Mr. Couture kein amerikanischer Staatsbürger. Er ist aus Montreal. Das ist eine Stadt, ungefähr so groß wie Boston, in diesem sehr großen Land nördlich von hier. Vielleicht haben Sie davon schon gehört. Man spielt dort Eishockey.

— Das war nur so eine Redensart.

— »Amerikanischer Staatsbürger« ist keine Redensart. Wollen Sie mir wirklich erzählen, dass der Präsident unzufrieden ist, weil ich dem Arzt untersagt habe, die Beine des Mannes abzusägen, der unsere beste Chance ist, den Roboter zum Laufen zu bringen? Ich darf Mr. Couture erschießen, falls nötig, aber eine Operation findet der Präsident unmoralisch? Er hat kein gutes Gefühl dabei? Fühlt sich unwohl? Sagen Sie dem Präsidenten, dass wir Mr. Couture sehr gute Knie eingesetzt haben. Oder, besser noch, sagen Sie ihm, er soll Mr. Couture einen Orden verleihen. Dann wird er sich besser fühlen.

Wenn Mr. Couture überlebt, sind unsere Chancen, die Geheimnisse des Roboters zu entschlüsseln, signifikant höher als vor der OP. Darf ich Sie daran erinnern, dass die Alternative ein Bein-Pilot ohne Beine gewesen wäre? Das war eine einzigartige Möglichkeit, und ich habe sie beim Schopf gepackt. Ich würde es, ohne zu zögern, wieder tun.

— Wenn Sie das nächste Mal jemanden in den Sechs-Millionen-Dollar-Mann verwandeln, holen Sie vorher die Erlaubnis des Präsidenten ein. Was die Regierung der Vereinigten Staaten angeht, ist das, was Sie mit Mr. Couture gemacht haben, mit Folter gleichzusetzen.

— Bei allem Respekt, da muss ich energisch widersprechen. Aber erzählen Sie dem Präsidenten, was Sie wollen. Das ist Ihr Zuständigkeitsbereich.

— …

— Robert?

— Wissen Sie, das mit dem Orden ist keine schlechte Idee.

— Das war sarkastisch gemeint. Sie können nicht … Egal. Geben Sie ihm einen Orden.

FILE 141

GESPRÄCH MIT DR. ROSE FRANKLIN, PH. D.

ORT: UNTERIRDISCHE ANLAGE, DENVER, COLORADO

— Wo ist Kara? Sie ist heute nicht aufgetaucht.

— Im Einsatz. Ich wünschte, ich könnte Ihnen mehr verraten, aber sie kommt in ein paar Tagen zurück. Sie waren auch unterwegs, wie ich hörte.

— Ihnen entgeht wohl nichts, was? Ja, ich habe Ryan besucht.

— Ich wusste gar nicht, dass er Besuch empfangen darf.

— Darf er auch nicht. Aber Psychiater der Regierung haben offenbar Zugang.

— Wurde Ihre Berechtigung nicht überprüft?

— Die NSA hat nie meinen Ausweis zurückgefordert. Darin steht, dass ich Dr. …

— Ich muss zugeben, Sie überraschen mich. Das scheint mir untypisch für Sie.

— Ich weiß nicht, ob ich das als Kompliment oder als Beleidigung auffassen soll.

— Keines von beidem. Ich wollte bloß darauf hinweisen, dass dieses Verhalten nicht zu Ihrer Persönlichkeitsstruktur passt. Sie sind mutig, aber auch rational und methodisch. Sich unbefugt in Fort Carson einzuschleichen, war hingegen überstürzt und impulsiv. Worte, bei denen ich eher an Ms. Resnik denke.

— Es war Karas Idee … Sie sagte, Sie würden mir aus der Klemme helfen, falls ich Schwierigkeiten bekomme.

— Darauf würde ich mich nicht verlassen.

— Tja, ich konnte Ryan nicht allein da draußen sitzen lassen. Er musste wissen, dass es noch Menschen gibt, denen er etwas bedeutet. Anscheinend war er wirklich überrascht, mich zu sehen. Er schämt sich so für das, was er getan hat; ich glaube, er hat nicht erwartet, dass sich noch irgendjemand um ihn kümmert.

Er sagte, das Schlimmste wäre, dass er sich an alles aus der Nacht erinnern kann. Die Stunden davor sind entweder verschwommen oder komplett aus seiner Erinnerung verschwunden, aber aus irgendeinem Grund hat der Alkohol kein einziges Detail des Crashs ausgelöscht. Er sieht immer noch Vincents Gesicht vor sich, als der

Pick-up ihn erwischt hat. Ich sagte, ich würde ihn wieder besuchen, wenn er nichts dagegen hat.

— Mr. Couture hat Mr. Mitchell auch vergeben. Großherzigkeit scheint ein verbreiteter Charakterzug in der wissenschaftlichen Gemeinde zu sein. Ich nehme an, Chief Resnik hat Sie nicht begleitet.

— Nein, aber bei ihr ist es auch etwas anderes. Sie fühlt sich ... schuldig. Und ich würde nicht so weit gehen zu sagen, dass ich Ryan vergebe. Was er getan hat, ist entsetzlich. Ich weiß aber auch, was er durchgemacht hat. Das verstehen Sie sicher.

— Ich verstehe, dass man unter ungewöhnlichen Umständen mit gesteigerten Emotionen rechnen muss. Ich verstehe, dass sich in belastenden Situationen leicht ein starkes Gefühl gegenseitiger Anziehung entwickeln kann und dass sich der damit verbundene Verlust ebenfalls proportional verstärkt. Ich sehe aber auch, dass Sie, Ms. Resnik und Mr. Couture unter denselben Umständen nicht versucht haben, jemanden zu ermorden. Mr. Mitchell wollte seinen Kollegen töten, zeigte Geringschätzung für das Leben eines Soldaten und setzte damit das möglicherweise wichtigste Unternehmen der modernen Menschheitsgeschichte aufs Spiel. Ich denke, ich verstehe das alles vollkommen.

— Vielleicht haben Sie recht. Aber Ryan hat auch gute Seiten an sich. Was er getan hat, löscht nicht alles andere in seinem Leben aus. Er hat eine Familie, eine Mutter, die ihn zur Welt gebracht, gefüttert und gebadet hat. Sie hat ihn für die Schule angezogen. Sie hat ihn zum Fußballtraining gefahren. Man kann von ihr nicht erwarten, dass sie die Sache in Schwarz und Weiß betrachtet. Das ist unmöglich. Niemand sollte das tun. Ich weigere mich, Ryan einfach so abzustempeln.

Vor dem Anschlag auf Vincents Leben war er gut genug für Sie. Die Vergangenheit hat sich nicht geändert. Alles, was er bis zu diesem Tag getan hat, hat immer noch Bestand. Ryan weiß, dass er nicht nur Vincent verletzt, sondern auch im Leben vieler anderer Unheil angerichtet hat. Damit muss er leben. Ich finde, das ist Strafe genug.

— Einigen wir uns darauf, dass wir in dieser Angelegenheit unterschiedlicher Meinung sind. Ich bin nicht hergekommen, um über Mr. Mitchell oder unsere emotionale Reaktion auf seine gegenwärtige Lage zu sprechen. Es gab Berichte über einen Vorfall im Labor.

— So kann man es auch nennen. Ohne Vincent ist die Arbeit am Steuerpult zum Erliegen gekommen. Kara wurde unruhig, weil sie niemanden hatte, mit dem sie trainieren konnte. Und seit Alyssa auch noch weg ist, fühlt sich das Labor so leer an.

— Wo ist Ms. Papantoniou?

— Ich dachte, das wüssten Sie. Ihr Arbeitsvisum wurde nicht verlängert. Irgendeine Formalität. Sie wurde am Montag zurück nach Griechenland geschickt.

— Das tut mir leid. Ich hörte, sie sei eine brillante Wissenschaftlerin.

— Stimmt. Aber sie hatte Schwierigkeiten, Anschluss zu finden; ich glaube nicht, dass sie hier Freunde hatte. Ich muss zugeben, dass sie schwierig im Umgang war. Sie hatte genaue Vorstellungen davon, wie gewisse Dinge getan werden mussten, aber einen großen Teil der Fortschritte, die wir in letzter Zeit gemacht haben, haben wir ihren Ideen zu verdanken.

— Das wusste ich nicht.

— Ja. Seit wir den zweiten Körperteil gefunden haben, konzentrierten wir uns nur darauf, herauszufinden, wie der Roboter funktioniert. Alyssa schlug vor, die Zeit, in der Vincent nicht trainieren konnte, zu nutzen, um uns dem Metall, aus dem der Roboter besteht, zu widmen. Wir wissen schon, dass die einzelnen Teile bei Kontakt mit radioaktivem Material aktiviert werden, aber Alyssa wollte herausfinden, ob das etwas mit der Beschaffenheit des Metalls zu tun hat. Weil wir jetzt nur noch zu zweit im Labor sind, habe ich jedenfalls beschlossen, Kara zu den Experimenten, die Alyssa entwickelt hat, hinzuzuziehen.

— Das verblüfft mich. Hatten Sie nicht schon eine metallurgische Analyse des Materials durchgeführt?

— Ja, mehrmals. Jeder Körperteil ist ein massiver Metallblock, der zu 89 Prozent aus Iridium, 9,5 Prozent aus Eisen und 1,5 Prozent aus anderen Schwermetallen besteht. Ich könnte bis morgen früh über die physikalischen Eigenschaften dieser Legierung referieren, nur hat das alles keine Bedeutung, weil wir wissen, dass irgendetwas damit nicht stimmt. Die Legierung müsste eigentlich zehnmal so schwer sein. Metall leuchtet nicht in schicken kleinen Mustern, und es bewegt sich ganz sicher nicht, wenn man Teile zusammenfügt. Sämtliche Analysen ergaben, dass wir einen soliden Metallklumpen vor uns haben, der aber die physikalischen Eigenschaften eines komplexen Mechanismus aufweist.

Deshalb versuche ich, Experimente zu entwickeln, die mir mehr verraten als die klassische Metallurgie. Ich weiß, das klingt ein bisschen merkwürdig, und das soll es auch. Ich denke es mir aus, während ich daran arbeite.

Zuerst habe ich eine der Tafeln mit Plutonium-238 bestrahlt und ihre Lichtleistung gemessen. Wie sich herausstellte, werden die Teile nicht nur durch radioaktives Material aktiviert, sondern speisen sich auch daraus – anscheinend aus jeder Art von Kernenergie. Selbst eine kleine Strahlungsmenge reicht aus, um die Lichtabgabe der Tafel um ein halbes Prozent zu erhöhen.

— Versorgen sich die Dinger auf diese Weise mit Energie?

— Das vermute ich, aber es ist nicht das Interessanteste daran. Wir hatten es geschafft, für die Analyse ein kleines Stück aus einer der Tafeln herauszuschneiden, das ich danach in durchsichtiges Harz eingegossen habe. Es lag als Briefbeschwerer auf meinem Schreibtisch. Als wir den Anstieg der Helligkeit bei den Tafeln bemerkten, hatte ich die Idee zu messen, wie viel Energie das Material absorbieren kann. Ich brachte das Bruchstück in abgeschirmter Umgebung in direkten Kontakt mit Plutonium. Es stellte sich heraus, dass das Metall Strahlung absorbiert, aber ziemlich schnell gesättigt ist und überschüssige Energie abgibt.

Bei der Entladung emittiert es einen sehr starken elektromagnetischen Impuls. Es hat die beiden Computer, die im Raum standen, erledigt. Möglicherweise emittieren die Teile denselben Impuls, wenn sie aktiviert werden. Vielleicht hat das in der Türkei Karas Helikopter zum Absturz gebracht, obwohl ein EMP nicht den Ausfall des Triebwerks erklären würde. Jetzt, da ich weiß, was ich zu erwarten habe, werde ich alles Mögliche überprüfen. Ich würde auch gern sehen, ob sich das Metall auch noch aus anderen Energiequellen speist.

— Wenn es nicht so klischeehaft wäre, würde ich es faszinierend nennen.

— Freut mich, dass es Ihnen gefällt. Aber das ist noch nicht mal das Beste. *Wirklich* interessant ist, dass das Metall ein Kraftfeld erzeugt, das stark genug ist, um Gegenstände in der Umgebung zu zerstören.

— Was meinen Sie mit »zerstören«? Im Sinne einer Explosion?

— Nein. Keine Explosion. Die Gegenstände sind einfach ... weg, verdampft ohne Dampf. Ich habe das Experiment in einem Glaskasten durchgeführt. Das Ding hat ein perfektes rundes Loch in das Glas geschnitten – chirurgisch präzise wie ein Laser. Es gab keine Asche, keine Scherben, keine Spur, dass das Glas je existierte.

— Wie viel Energie könnte der gesamte Roboter absorbieren?

— Eine Menge. Wenn dieses kleine Stückchen Metall genug Energie abgeben kann, um ein dreißig Zentimeter großes Loch zu erzeugen, wage ich kaum, mir vorzustellen, wie viel Energie mehrere Kilotonnen des Materials aufnehmen können. Aus offensichtlichen Gründen kann ich keine Messinstrumente in der Nähe platzieren, aber sobald ich eine Möglichkeit gefunden habe, den Energieausstoß des Splitters zu messen, kann ich eine Zahl für das ganze Gerät extrapolieren.

— Könnte der Roboter den Treffer einer Rakete oder Bombe überstehen?

— Schwer zu sagen. Konventionelle Waffen erzeugen Hitze, aber den größten Schaden richtet in der Regel die kinetische Energie an. Ich habe keine Ahnung, wie der Roboter auf kinetische Energie reagiert. Ich kann einige Experimente durchführen. Vielleicht etwas so Einfaches, wie mit einem Hammer auf die Tafeln zu schlagen und den Lichtausstoß zu messen. Ich überlege mir was.

Aber als wir die Metallprobe entnahmen, mussten wir wahnsinnig hohen Druck auf die Tafeln ausüben, bevor sich überhaupt was bewegt hat. Deshalb kann ich mir nicht vorstellen, dass eine normale Druckwelle den Roboter ernsthaft beschädigen würde. Vielleicht wirft sie ihn um, wenn sie stark genug ist. Ich weiß einfach nicht genug über Waffen, um Ihnen genauer Auskunft geben zu können.

— Glauben Sie, der Roboter könnte eine nukleare Explosion verkraften?

— Ich weiß es nicht. Ich glaube, die wichtigere Frage ist, wie gut die Kugel im Inneren des Roboters von den Ereignissen draußen abgeschirmt ist. Es kann sein, dass es fast unmöglich ist, den Roboter an sich zu zerstören, aber das hat nicht viel zu bedeuten, wenn seine Besatzung im Inneren tot ist.

Wenn der Roboter eine nukleare Explosion überstehen würde, wäre die Energie, die er anschließend abgibt, wahrscheinlich genauso zerstörerisch wie die Explosion selbst, es sei denn, sie kann irgendwie fokussiert werden. Das Bruchstück, das ich benutzt habe, wiegt nur ein paar Gramm – es ist kleiner als der Nagel Ihres kleinen Fingers –, und konnte ein Loch mit einem Durchmesser von dreißig Zentimetern erzeugen. Ich begreife erst jetzt, wie mächtig diese Roboter-Frau sein könnte, und ich muss zugeben, sie beginnt mir Angst zu machen.

— Was glauben Sie, zu welchem Zweck sie gebaut wurde?

— Bis jetzt habe ich den Gedanken, dass der Roboter eine Waffe –

eine ungeheuer mächtige Waffe – sein könnte, nicht zugelassen, aber wenn ich genauer darüber nachdenke, gibt es keinen Grund, etwas so Massives zu einem anderen Zweck als Kriegsführung zu bauen. Sie ist riesig und unpraktisch. Wenn wir sie vollständig zusammengesetzt haben, wird sie ungefähr siebentausend Tonnen wiegen und alles zerstören, worauf sie tritt. Was mir Sorgen macht, ist, dass man schon mit einem Apparat, der nur ein Zehntel so groß ist, durch eine zehntausend Mann starke Armee laufen könnte. Vor sechstausend Jahren gab es nichts, das mächtig genug war, um eine Waffe dieser Größenordnung zu rechtfertigen, zumindest nicht auf der Erde.

— Glauben Sie, dass sie so mächtig ist?

— Um das herauszufinden, müssen wir den Kopf finden.

— Wir werden bald alle Antworten haben. Leider müssen wir dazu im Meer tauchen.

— Über diese Möglichkeit habe ich auch schon nachgedacht, aber ich hoffe, dass das nicht nötig sein wird. ARCANA lässt sich unter Wasser nur schwer verteilen. Es wird Monate dauern, ein neues System zu entwickeln, und noch viel länger, alle Meere abzusuchen, weil die Suche unter Wasser sehr viel langsamer vonstattengeht. Mit einem vergleichsweise langsamen Fahrzeug wie einem normalen U-Boot könnte es Jahrzehnte dauern, bis wir etwas finden. Es ist vielleicht Wunschdenken, aber ich hoffe, dass derjenige, der die Teile vergraben hat, wasserscheu war.

— Sie haben mich missverstanden, Dr. Franklin. Ich weiß, wo der Kopf ist. Er liegt auf dem Meeresgrund. In der Beringsee.

FILE 143

GESPRÄCH MIT CAPTAIN DEMETRIUS ROOKE,
U.S. NAVY

ORT: U-BOOT-BASIS BANGOR,
KITSAP-HALBINSEL, WASHINGTON

— Nennen Sie bitte Ihren Namen und Ihren Dienstgrad.

— Captain Demetrius Rooke, U.S. Navy.

— Was ist Ihre gegenwärtige Funktion?

— Ich habe das Kommando über die USS *Jimmy Carter* mit der Kennung SSN-23.

— Wenn ich die Bezeichnung richtig deute, ist das ein Jagd-U-Boot mit Nuklearantrieb.

— Ja, Sir. Seawolf-Klasse.

— Wie lange haben Sie schon das Kommando inne?

— Im Oktober fünf Jahre, Sir.

— Ich bin kein Militärangehöriger. Sie brauchen mich nicht mit »Sir« anzureden.

— Wie möchten Sie denn angeredet werden?

— Wenn ich es mir recht überlege, geht »Sir« schon in Ordnung. Schildern Sie bitte in Ihren eigenen Worten die Ereignisse vom Morgen des 17. August.

— Wie Sie wünschen, Sir. Wir liefen an der Seite der USS *Maine* aus der Bangor-Basis aus. Das ist ein mit ballistischen Raketen ausgestattetes U-Boot der Ohio-Klasse. Wir waren auf dem Weg zu SEAFAC in Ketchikan, Alaska, um eine Woche lang Ortungsübungen durchzuführen, als wir einen Anruf von SECNAV erhielten.

— Das Büro des Marineministers hat Sie angerufen.

— Nein. Der Marineminister persönlich.

— Ruft der Marineminister öfter U-Boot-Kapitäne an?

— Nein, keineswegs. Das war an sich schon ungewöhnlich. Und seine Befehle waren definitiv bemerkenswert. Wir sollten zwei russische U-Boote in der Beringsee abfangen und sichern, was auch immer wir vor Ort finden würden. Kampfhandlungen sollten wenn möglich vermieden werden, aber der Einsatz von Gewalt war uns gestattet, falls nötig.

Ich weiß nicht, ob Sie schon mal mit dem Marineminister gesprochen haben, aber er ist ein sehr lauter Mann. Er spricht langsam und mit tiefer Stimme. Es ist vollkommen unmöglich, ihn falsch zu verstehen, aber ich bat ihn trotzdem, seine Befehle zu wiederholen. Ich glaube nicht, dass irgendein U-Boot-Kapitän seit dem Zweiten Weltkrieg so etwas zu hören bekommen hat.

Wir mussten zuerst nach Bangor zurück, um einen Chief Warrant Officer als Berater an Bord zu nehmen. Hübsche Frau, kann ich Ihnen sagen. Von dort fuhren wir nach Westen. Bei Höchstgeschwindigkeit dauert die Reise ungefähr sechzig Stunden.

Der Chief Warrant Officer sagte, wir sollten einen neuen Reaktortyp bergen, eine fortschrittliche Atomtechnologie, die den Russen nicht in die Hände fallen durfte. Offenbar war der Reaktor auf dem Weg zu einer geheimen Anlage in Alaska, als es einen Zwischenfall gab und er ins Meer geworfen werden musste. Der Chief Warrant Officer hatte das Schiff mit ihrem Hubschrauber eskortiert und war mit dem Gerät vertraut. Deshalb mussten wir sie an Bord nehmen.

Sie bat darum, sofort in den Kontrollraum gebracht zu werden. Einer meiner Lieutenants sagte ihr, dass wir sie holen würden, sobald wir unser Ziel erreicht hätten, aber sie bestand darauf. Es gab eine kleine Auseinandersetzung, und mein Erster Offizier musste einschreiten. Zuerst machte ich mir keine großen Gedanken. Ich dachte, sie würde unter Klaustrophobie leiden. Das ist nicht ungewöhnlich, wenn Leute zum ersten Mal an Bord eines U-Boots sind. Enge Räume, kleine Türen, niedrige Decken – manchen fällt es schwer, sich daran zu gewöhnen. Es kann einen reizbar machen. Ich dachte mir, sie muss ein bisschen Dampf ablassen, und das war's.

— Haben Sie sie in den Kontrollraum gebracht?

— Nicht sofort, nein. Ich ließ sie, zwölf Stunden bevor wir unser Ziel erreichten, holen. Sie wirkte ruhig und beherrscht. Wir umfuhren die Alaska-Halbinsel und steuerten von Dutch Harbor aus nach Norden. Nach ungefähr zehn Meilen ortete das Sonar drei Objekte. Am Fuß einer kleinen Felswand lag ein U-Boot der Akula-Klasse auf der Seite. Es schien manövrierunfähig zu sein. Die *Saint Petersburg* lag einfach da und beobachtete uns, ungefähr fünfzig Meter westlich des Akula-Schiffes.

— Die *Saint Petersburg*?

— Lada-Klasse. Sie ist das Führungsschiff. Sehr leise. Wurde speziell für so etwas gebaut. U-Boote zerstören, Basen verteidigen, solche Sachen. Die Russen müssen sie losgeschickt haben, nachdem das Akula-Schiff nicht mehr antwortete. Die Besatzung der *Saint Petersburg* schien entschlossen, uns nicht in die Nähe des »Reaktors«, oder was auch immer sie da bewachte, zu lassen.

— Sie glauben nicht, dass es ein Reaktor war?

— Es steht mir nicht zu, darüber zu urteilen. Es war ein großes Objekt, ungefähr zehn Meter im Durchmesser, und es lag zwischen der *Saint Petersburg* und dem manövrierunfähigen Akula-Schiff. Laut Sonar war das Objekt aus Metall. Als wir versuchten, näher heranzukommen, manövrierte die *Saint Petersburg* zwischen uns und das Zielobjekt.

Wir hielten an. Die USS *Maine* versuchte, das russische U-Boot zu umrunden. Wir hofften, die Russen würden sich aus dem Staub machen, wenn sie feststellten, dass sie es mit zwei Schiffen der Navy zu tun hatten. Aber das war nicht der Fall. Sie behielten uns genau vor dem Bug und fluteten ihre Torpedorohre.

— Was haben Sie dann getan?

— Nichts. Die USS *Maine* hielt an. Wir warteten. U-Boote sind langsame, schwerfällige Geräte. Wir verbringen viel Zeit damit, auf der Stelle zu liegen und zu warten. Darin sind wir gut.

— Sie hatten den Befehl zu schießen, falls nötig.

— Ich hielt es aber nicht für nötig. Und ich hatte keine Lust, in Stücke gerissen zu werden. Wir hätten die *Saint Petersburg* versenken können, aber nicht bevor sie ihr gesamtes Arsenal auf uns abgeschossen hätte.

— Wie lange haben Sie gewartet?

— Ungefähr einen Tag. Wie gesagt, wir sind gut im Warten. Am nächsten Morgen erhielten wir über ELF die Warnung, eine russische Korvette sei zu uns unterwegs. Sie sollte in weniger als neunzig Minuten eintreffen. Wir mussten schnell handeln. Eine Korvette ist gut für den Kampf gegen U-Boote ausgerüstet, und es gab keinen Zweifel, dass sie das Objekt an Bord nehmen oder wegschleppen würde.

Ich befahl, die Torpedorohre zu fluten und zu öffnen, und wir forderten die USS *Maine* via »Unterwassertelefon« auf, das Gleiche zu tun. Dann nahmen die Dinge einen seltsamen Lauf. Unser Gast »schlug vor«, aufzutauchen und den Russen zu drohen, dass wir das Objekt zerstören würden, bevor sie es in die Hände bekämen.

— Und? Haben Sie das gemacht?

— Nein, ich hatte nicht die Absicht, ihrem Rat zu folgen. Schließlich näherte sich eine Korvette. Dann bat der Chief Warrant Officer mich – oder eigentlich befahl sie es mir vielmehr – zu feuern. »Schießen Sie einfach!«, sagte sie. »Mit allem, was Sie haben!«

Meine Befehle lauteten, das Objekt zu bergen und auf die Russen zu schießen, falls nötig, aber nicht, das Objekt, wegen dem wir gekommen waren, zu zerstören. Natürlich sagte ich Nein. Der Chief Warrant Officer versicherte mir, das Feuer könne dem Objekt nichts anhaben. Die Explosion würde das russische Boot zum Rückzug zwingen, wodurch wir Zeit gewinnen würden, bis Verstärkung kam. Ich konnte nicht mal sicher sein, dass wirklich Schiffe zu unserer Verstärkung unterwegs waren. Ich widersprach ihr, sie nannte mich einen Idioten.

— Wie haben Sie reagiert?

— »Sie vergreifen sich im Ton«, habe ich, glaube ich, geantwortet. Ich sagte ihr, ich würde sie aus dem Kontrollraum entfernen lassen, wenn sie nicht nachgab. Dann, und ich erinnere mich genau daran, weil es das Letzte war, das ich erwartete, hob sie die Stimme, damit jeder, der etwas zu melden hatte, sie hörte, und sagte: »Mit der mir vom Präsidenten der Vereinigten Staaten verliehenen Autorität übernehme ich ab sofort das Kommando über dieses Schiff.«

— Mutig.

— Das kann man wohl sagen. Ich rief den Wachdienst und bat den Ersten Offizier, den Chief Warrant Officer unter Arrest zu stellen. Er packte sie bei den Armen, und danach ging alles ganz schnell. Sie überwältigte den Ersten Offizier mit einem Armhebel und schlug seinen Kopf auf das Steuerpult. Zwei bewaffnete Sicherheitsoffiziere kamen herein. Den einen erwischte sie mit einem sportiven Fußtritt, und dem anderen brach sie mit dem Handballen die Nase, bevor sie ihm eins mit dem Knie verpasste und ihn zu Boden warf. Sie muss einem der Männer die Pistole abgenommen haben, denn als Nächstes erinnere ich mich daran, dass sie mir den Arm um den Hals geschlungen hatte und die Waffe an meine Schläfe drückte. Sie wich mit mir zur Wand zurück, damit sie den ganzen Raum im Blick hatte.

Vier weitere bewaffnete Männer kamen durch die Tür, und es wurde viel hin und her geschrien. Ich merkte, dass meine Männer nervös waren, deshalb bat ich sie, ihre Waffen runterzunehmen. Ich musste es ein paarmal wiederholen, aber schließlich gehorchten sie. Dann fragte ich den Chief Warrant Officer, was sie vorhabe. Sie stellte mich vor die Wahl: Entweder ich feuerte auf das Objekt, wie sie befohlen hatte, oder ich tauchte auf, um mir von höherer Stelle ihre Befugnis bestätigen zu lassen. Ich stellte die Motive des Chief Warrant Officer infrage, zweifelte aber keine Sekunde an ihrer Entschlossenheit. Sie würde mir den Kopf wegblasen, da war ich sicher. Trotz der Umstände blieb sie relativ ruhig, und ich ging davon aus, dass sie nicht komplett den Verstand verloren hatte.

Ich sagte ihr, ich würde auf keinen Fall auftauchen, solange eine russische Korvette nur wenige Meilen von uns entfernt lag, aber ich könne mit unseren Torpedos auf das Objekt schießen, wenn die USS *Maine* die ihren weiter auf die *Saint Petersburg* gerichtet hielt. Bevor sie aber nicht die Waffe von meiner Schläfe nähme, würde ich allerdings gar nichts tun.

— Hat sie Ihnen vertraut?

— Ich gab ihr mein Wort als Marineoffizier, danach ließ sie sich von mir die Waffe abnehmen. Der Erste Offizier schlug sie bewusstlos und brach ihr dabei wohl die Nase. Meine Männer schleiften sie dann in die Arrestzelle.

— Haben Sie geschossen?

— Ich hatte ihr mein Wort gegeben. Wir feuerten zwei Torpedos auf das Objekt ab.

— Was ist passiert?

— Nichts. Also, nicht nichts, aber auch nicht das, was ich erwartet hatte. Als die Torpedos explodierten, rüsteten wir uns für die Druckwelle, die kurz darauf folgen musste. Immerhin waren wir ziemlich nah am Zielobjekt. Der Antrieb wurde still, alle Lichter gingen aus. Das Einzige, was wir hörten, war das Ächzen des Rumpfs unter dem Druck. Wir kippten langsam nach oben und zur Seite und mussten uns alle irgendwo festhalten. Ungefähr sechs Stunden lang schwebten wir so im Wasser, dann hörten wir, wie etwas am Rumpf andockte. Wir wurden mit einem Rettungs-U-Boot rausgeholt, jeweils ein Dutzend Männer auf einmal.

Wie sich herausstellte, hatte man uns tatsächlich mehrere Fregatten, zwei Zerstörer und einen Kreuzer zur Verstärkung hinterhergeschickt. Sie können nicht weit entfernt gewesen sein, als die Explosion stattfand. Durch das Fenster des Rettungs-U-Boots konnten wir die *Saint Petersburg* sehen – oder, besser gesagt, ihre Silhouette. Ein grelles bläuliches Licht leuchtete hinter ihr. Ein Teil des Hecks fehlte. Ein sauberer Schnitt, keine Explosion. Um ein Schiff so glatt in der Mitte zu durchtrennen, bräuchte man einen Laser oder einen gigantischen Schweißbrenner. Das Rettungs-

U-Boot evakuierte dann auch die Russen. Sie hatten Glück gehabt. Die hintere Kammer war abgeschottet, als das Heck abgeschnitten wurde; nur zwei Matrosen verloren ihr Leben. Ich fragte die Kreuzer-Besatzung: »Was ist mit dem Akula-Schiff?«, aber sie sahen mich nur mit leeren Blicken an. Wir mussten sie erst zu mehreren überzeugen, dass dort wirklich ein U-Boot der Akula-Klasse auf dem Grund gelegen hatte, als wir angekommen waren. Auf jeden Fall war das U-Boot nicht mehr da. Puff! Wie durch Zauberei. Es gab kein Wrack, keine Trümmer, kein Anzeichen, dass es jemals existiert hatte.

— Was ist aus dem Chief Warrant Officer geworden?

— Ich habe sie nicht wieder gesehen. Man sagte mir, sie würde vor ein Militärgericht gestellt. Sie muss die Wahrheit gesagt haben. Was ihre Befehle angeht, meine ich.

— Ich dachte, Sie hätten gesagt, sie wäre …

— Man machte mir sehr deutlich klar, dass nichts von all dem jemals passiert ist. Ich glaube nicht, dass man jemanden für etwas vor Gericht stellen kann, das offiziell gar nicht stattgefunden hat.

— Sind Sie immer so zynisch? Sie scheinen oft anzuzweifeln, was man Ihnen erzählt.

— Das ist doch alles Blödsinn, wenn Sie mich fragen. Militärgeheimdienst. Die denken sich irgendwelche abstrusen Geschichten aus, und nur weil wir keine Fragen stellen, gehen sie davon aus, dass wir den Unsinn auch glauben. Die vergessen, dass sie es mit Leuten zu tun haben, die während ihrer Ausbildung gelernt haben, keine Fragen zu stellen. Mir wäre es lieber, sie würden mir gar nichts erzählen. Das ist weniger kränkend, als angelogen zu werden.

— Glauben Sie, dass ich Sie belüge?

— Wohl kaum. Sie haben mir ja nichts verraten. Aber probieren wir es aus. Können Sie mir sagen, worauf ich da geschossen habe? Das Objekt ist unversehrt, genau wie der Chief Warrant Officer gesagt hat. Ich habe gesehen, wie es mit einem Kran an Bord gehievt wurde, aber es war mit einer schwarzen Plane verhüllt. Ich habe zwei Torpedos auf das Ding abgefeuert …

— Gehen wir davon aus, ich könnte Ihnen – wie soll ich es ausdrücken – eine andere Erklärung geben. Ich kann Ihnen versichern, Sie würden sie so grotesk finden, dass Sie beim Verlassen dieses Raums völlig davon überzeugt wären, zwei Torpedos auf einen Reaktor-Prototypen abgeschossen zu haben, der ins Meer gefallen ist. Deshalb werde ich es uns beiden ersparen und es dabei belassen. Aber eines kann ich Ihnen sagen: Ihr Einsatz hat etwas bewirkt.

— Danke. Ich glaube, mehr will ich eigentlich gar nicht wissen. Übrigens, ich würde diesem Chief Warrant Officer gern mal die Hand schütteln. Die Frau hat Mumm.

FILE 161

GESPRÄCH MIT CW3 KARA RESNIK,
UNITED STATES ARMY

ORT: UNTERIRDISCHE ANLAGE, DENVER, COLORADO

— Ich halte das nicht mehr aus. Ich habe das Gefühl, ihm jeden Tag beim Sterben zuzusehen. Wenn er nicht bewusstlos ist, hat er wahnsinnige Schmerzen. Niemand kann solche Qualen ertragen. Es überrascht mich, dass er überhaupt so lang durchgehalten hat.

— Aber er kann doch gehen, oder?

— Nein! Er kann *nicht* »gehen«. Sie und ich, wir können gehen. Er schafft gerade mal ein paar Schritte, bevor er zitternd zusammenbricht und versucht, seine Schmerzen vor uns zu verbergen, um uns nicht zu belasten. Ich musste ihn heute dreimal vom Boden aufheben. Keiner von uns will ihn noch mehr verletzen, deshalb sagt niemand was.

— Was würde man ihm denn sagen, wenn man sich trauen würde?

— Dass er nicht genug Muskelmasse übrig hat.

— Nimmt er seine Medikamente?

— Gewissenhaft. Sein Körper gewöhnt sich nur langsam an den muskelaufbauenden Wirkstoff, aber der Arzt sagt, dass die Toleranz immer weiter zunehmen wird.

— Wir finden ein neues Medikament für ihn.

— Er hat schon genug durchgemacht. Sie können ihn nicht immer weiter mit experimentellen Medikamenten vollpumpen.

— Möchten Sie ihn lieber leiden lassen?

— Er müsste nicht leiden. Nehmen Sie ihm die Dinger raus, und lassen Sie ihn ausruhen. Er kann lernen, auf Prothesen zu gehen, wenn er so weit ist.

— Ihnen ist klar, dass das Projekt mehr oder weniger gestorben ist, wenn Mr. Couture seine Beine verliert? Sie würden all die Arbeit, die er und Sie hineingesteckt haben, wegwerfen, nur um ihm ein paar Wochen Schmerzen zu ersparen?

— Es sind nicht nur ein paar Wochen. Und wenn die Alternative lautet, ihm beim Sterben zuzusehen, dann ja, ich würde aufgeben. Wir töten ihn! Außerdem wäre es nicht vorbei. Wir können es schaffen, dass der Helm bei jemand anderem funktioniert. Wir können die Steuerung so umbauen, dass Vincent sie mit den Händen bedienen kann. Es gibt hundert Möglichkeiten, weiterzuarbeiten, ohne Vincent zu quälen. Aber das? Was wir ihm hier antun? Das ist ganz einfach falsch.

— Laut Dr. Franklin sind wir Jahrzehnte – wenn nicht Jahrhunderte – davon entfernt, die Technologie des Helms vollständig zu verstehen. Ich möchte auch darauf hinweisen, dass Sie und Mr. Mitchell, der in deutlich besserer Form war als Mr. Couture, den Roboter nur wenige Schritte weit gehen lassen konnten, obwohl Sie zahllose Stunden in der Kugel gearbeitet haben. Sie glauben doch nicht im Ernst, dass Mr. Couture die Roboterbeine mit den Händen steuern und zugleich halbwegs effizient das Pult bedienen kann. Damit würde er sein Leben aufs Spiel setzen und Ihres auch. Mr. Couture ist ein erwachsener Mann. Warum lassen Sie ihn nicht selbst entscheiden?

— Nein. Natürlich wird er neue Medikamente nehmen, wenn Sie ihm die Wahl lassen. Er würde alles tun, damit das Projekt wieder in die Spur kommt.

— Man könnte das Einsatz nennen. Ich würde es wohl kaum als Problem bezeichnen.

— Es ist nicht nur sein Körper, der kaputt ist. Er hat sich verändert.

— Ist er depressiv?

— Nein, im Gegenteil. Er sagt, durch diese Tortur sieht er die Dinge anders. Ständig erzählt er, wie sehr er jede Kleinigkeit zu schätzen weiß. Sie sollten sehen, wie er mich behandelt. Er ist freundlich, er ist … zuvorkommend. Das macht mir Angst.

— Es ist nicht ungewöhnlich, dass Menschen in einer negativen Situation auch positive Aspekte sehen.

— Verstehe. Das habe ich schon öfter gehört: »Das Leben hat mir eine wichtige Lektion erteilt.« »Jetzt begreife ich erst, was im Leben wirklich wichtig ist.« Ich glaube sogar, dass da manchmal was dran ist. Aber mit Vincent stimmt irgendwas nicht. Er ist nicht mehr er selbst. Ich glaube, er steht am Rande eines Nervenzusammenbruchs und sucht nach Möglichkeiten, sich seine geistige Gesundheit zu erhalten.

— Es ist nett von Ihnen, dass Sie sich um Ihren Freund Sorgen machen, aber ich glaube, dass er sowohl körperlich als auch geistig erstaunliche Fortschritte macht. Apropos körperliche Fortschritte, wie geht es Ihrer Nase? Haben Sie noch Probleme beim Atmen?

— »Es ist nett, dass ich mir Sorgen um meinen Freund mache …«? Sie sollten sich selbst mal reden hören. Meiner Nase geht es gut. Ich muss beim Schlafen immer noch durch den Mund atmen, aber es wird besser. Wenn ich die Narbe loswerden will, brauche ich wohl eine plastische Operation, aber ich bin mir nicht sicher, ob ich das machen lasse. Schade, dass der Helm nicht so weit nach unten reicht, das würde mir die Nasen-OP ersparen.

— Das war ein riskantes Manöver von Ihnen. Die Besatzung der USS *Jimmy Carter* hätte Sie erschießen können. Eigentlich hätte sie Sie erschießen müssen. Ist Ihnen klar, wie gefährlich das war?

— Ja. Ich hatte das ja auch nicht so geplant, aber wenn Captain Rooke so weitergemacht hätte, wären wir entweder alle getötet worden oder die Russen hätten den Kopf mitgenommen. Ich hatte noch nie große Angst vor dem Tod, aber so kurz davor zu stehen, das letzte fehlende Puzzleteil zu bekommen und es sich dann unter der Nase wegschnappen zu lassen, hätte mich fertiggemacht. Ich versuche mir einzureden, dass es ein kalkuliertes Risiko war, aber wenn ich ehrlich bin, habe ich instinktiv gehandelt. Die haben mich einfach wütend gemacht.

— In Ihrem Fall muss man mit einer impulsiven Reaktion rechnen. Ich bin neugierig, woher wussten Sie, dass der Kopf nicht zerstört werden würde?

— Es war eine naheliegende Vermutung. Sie wissen ja, dass ich Dr. Franklin bei ein paar Experimenten geholfen habe. Ich dachte mir, wenn ein winziges Stück Metall so viel Energie absorbieren kann, dann hält ein tonnenschwerer Kopf aus demselben Material auch zwei Torpedotreffer aus. Ich weiß, Sie sagen jetzt bestimmt, dass ich nicht das Recht hatte, dieses Risiko einzugehen. Hätte ich mich geirrt, wäre der Kopf jetzt zerstört.

— Ich werde nichts dergleichen sagen. Ich habe Sie ausgewählt, weil Sie so sind, wie Sie sind. Ich habe Sie aus gutem Grund dorthin geschickt. Ehrlich gesagt, ich selbst hätte auch geschossen. Aber ich würde gern wissen, woher Sie wussten, dass diese Aktion die U-Boote außer Gefecht setzt. Wenn ich mich nicht irre, setzen sich elektromagnetische Impulse unter Wasser nicht fort, und selbst wenn, dann müsste ein U-Boot doch dagegen abgeschirmt sein.

— Ich habe darüber nachgedacht, aber ein EMP hätte auch meinem Hubschrauber nichts anhaben können, weil er dagegen gewappnet ist. Und trotzdem wurde mein Triebwerk ausgeschaltet, zweimal. Was auch immer diese Teile verschießen, es ist brutal. Hätte es nicht funktioniert, hätte die Druckwelle der Explosion zumindest die Russen zurückgeworfen.

— Nach dem zweiten russischen U-Boot wird immer noch gesucht.

— Tut mir leid wegen der Besatzung. Ich dachte nicht, dass ihr Boot zerstört wird.

— *Ausradiert* wäre vielleicht ein besserer Ausdruck. Es ist nichts übrig, außer einer sichelförmigen Höhle in der Felswand und ein paar sehr verwirrten Seeleuten.

— Werden die Russen die Vorkommnisse nicht melden, wenn sie zurückkehren?

— Was sollen sie schon melden? In einem Moment war das U-Boot noch da, im nächsten nicht mehr. Ihre Schiffe waren dort, und sie wissen, dass wir kein U-Boot mitgenommen haben. Entscheidend ist, dass wir den Kopf bergen konnten. Haben Sie ihn schon angebracht?

— Nein. Wir haben ihn noch nicht mal ausgepackt. Dr. Franklin möchte, dass wir erst alles Mögliche am Steuerpult ausprobieren, bevor wir den Kopf aufsetzen. Wenn wir das Ergebnis vorher auf dem Hologramm sehen können, lassen sich Unfälle vermeiden, sofern der Roboter funktioniert.

— Ich dachte nicht, dass Sie Ihre Neugier zügeln können.

— Tja, wenn es nach mir gegangen wäre, hätten wir das Ding sofort aufgesetzt, als wir zurückgekommen sind. Dann wüssten wir wenigstens, ob es funktioniert. Aber wie aus dem Nichts war Vincent ein paar Sekunden lang wieder er selbst. Er sagte: »Einer der Knöpfe könnte einen Selbstzerstörungsmechanismus auslösen.« Es war schön, ihn so zu sehen, wie er früher war. Seit dem Unfall haben sich seine Augen verändert, aber in diesem Moment hat er mich kurz angesehen wie früher. Natürlich fiel mir nichts Schlaues dazu ein. Wir waren alle einverstanden, weiter am Steuerpult zu arbeiten, während sich Vincent erholt.

Wir fanden zwar keinen Selbstzerstörungsmechanismus, aber dafür entdeckten wir den Befehl, mit dem wir den Roboter wieder auseinandernehmen können. Oben links auf dem Pult ist ein kleiner Knopf. Wenn man den lange genug drückt, legt sie sich mit den Armen an den Seiten auf den Bauch und alle Teile lösen sich voneinander, zumindest auf dem Hologramm. Oben an der Kugel ist eine Luke, durch die wir aussteigen könnten, weil die Kugel ja im Lot bleibt, aber ich weiß nicht, wie wir da hochkommen sollen.

— Haben Sie irgendwelche Waffen entdeckt?

— Noch nicht, aber es könnte Wochen dauern, bis wir jede Kombination am Pult ausprobiert haben, und manche Befehle scheinen keine Auswirkungen auf das Hologramm zu haben. Das könnten meine Waffen sein.

— *Ihre* Waffen?

— Sie wissen doch, was ich meine … Wir können im Moment nur ihre Bewegungen sehen. Falls es einen Knopf gibt, mit dem man kleine türkisfarbene Blitze aus ihren Augen schießen lassen kann, merken wir es erst, wenn wir es wirklich tun. Wir müssen diese

Dinge herausfinden, sobald sie zusammengesetzt ist, falls Vincent wieder stark genug ist.

— Sie meinen, *sobald* er wieder stark genug ist.

— Natürlich meinte ich das. Versprechen Sie mir, ihn nicht unter Druck zu setzen.

— Das klingt, als könnte ich ihn irgendwie beeinflussen. Ich kann ihn zu nichts zwingen.

— Doch, irgendwie schon, das ist es ja gerade. Er hört auf Sie. Fragen Sie mich nicht, warum. Ich kann mir beim besten Willen nicht erklären, wieso er ausgerechnet Ihnen vertraut, aber so ist es. Missbrauchen Sie dieses Vertrauen nicht.

— Wir wissen doch beide, dass Mr. Couture mehr Wert auf Ihre und Dr. Franklins Meinung legt als auf alles, was ich zu sagen habe. Etwas anderes zu behaupten ist einfach lächerlich.

— Nein, er vertraut uns ... er vertraut mir in fast allen Dingen, aber er weiß auch, wie sehr er mir und Dr. Franklin am Herzen liegt. Er weiß, dass wir nur sein Bestes wollen. Ich vermute, auf seltsame Art vertraut er Ihrer ... Objektivität mehr.

— Glauben Sie, ich hätte meine Objektivität verloren?

— Verloren? Nein. Ich glaube bloß nicht, dass Sie jemals objektiv waren. Ich kann mir nicht vorstellen, wie jemand zu diesem Projekt kommen und objektiv bleiben kann. Dr. Franklin ist Wissenschaftlerin. Wenn jemand unvoreingenommen bleiben kann, dann sie, aber sie ist kein Roboter. Sie ist neugierig. Sie ist stolz. Das, was sie antreibt, macht sie zwangsläufig für gewisse Dinge blind. Das Gleiche gilt für mich und offensichtlich auch für Sie. Sie haben Ihre eigenen Pläne und sind bereit, alles dafür zu geben. Ich will damit nicht sagen, dass Sie persönliche Ziele verfolgen – ich glaube, Ihre Motivation ist sogar in vielerlei Hinsicht weniger egoistisch als die von uns anderen –, aber dadurch sind Sie nicht weniger befangen. Was Vincent angeht, ist der einzige Unterschied zwischen uns beiden, dass Ihnen egal ist, was aus ihm wird, wenn er nicht weitermachen kann. Das ist keine Objektivität.

— Ich kann verstehen und sogar akzeptieren, dass Sie meine Beweggründe infrage stellen. Aber ich finde es schwierig, nicht zu widersprechen, wenn meine Integrität angezweifelt wird. Habe ich Sie je angelogen?

— Tausendmal, da bin ich mir sicher. Lügen Sie nur ihn nicht an, mehr verlange ich gar nicht.

— Vermutlich sollte ich jetzt beleidigt sein. Sind Sie schon mal auf die Idee gekommen, Mr. Couture zu fragen, ob er glaubt, dass ich ihn getäuscht habe? Er ist ein unglaublich intelligenter junger Mann, dem wir beide nicht das Wasser reichen können.

— Ach, kommen Sie. Sind wir doch mal ehrlich. Wenn er sagen würde: »Nein, ich will nicht mehr weitermachen«, würden Sie nicht versuchen, ihn zu manipulieren, zu erpressen oder zu bedrohen?

— Wer versucht denn jetzt hier wen zu manipulieren? Es gibt zwei mögliche Antworten auf Ihre Frage: eine, die Sie nicht glauben würden, und eine, die mich zu einem grausamen und bösen Menschen

machen würde. Ich kann also entweder grausam und unehrlich erscheinen oder ehrlich, aber trotzdem grausam und böse. Sie haben eine Frage formuliert, auf die ich nur antworten kann, indem ich zugebe, ein gefährlicher manipulativer Erpresser zu sein. Tut mir leid, aber die Freude mache ich Ihnen nicht.

Zum Glück ist Ihre Frage vollkommen spekulativ, weil Mr. Couture mehrmals zum Ausdruck gebracht hat – und zwar uns beiden gegenüber –, wie groß sein Bedürfnis ist, bei diesem Projekt auf jede mögliche Weise zu helfen. Falls sich seine Einstellung irgendwann einmal ändern sollte und er sich aus dem Unternehmen zurückziehen möchte, dann werden Sie die einzige Antwort bekommen, die wirklich wichtig ist, und wir werden wissen, ob ich so bin, wie Sie glauben. In der Zwischenzeit hoffe ich, dass Sie sich nicht anmaßen, mehr über die Bedürfnisse und Wünsche von Mr. Couture zu wissen als er selbst, und dass Sie den Willen des Mannes, den Sie zu lieben behaupten, respektieren.

FILE 182

TAGEBUCHEINTRAG VON DR. ROSE FRANKLIN, PH. D.

ORT: UNTERIRDISCHE ANLAGE, DENVER, COLORADO

»Wir wussten, dass die Welt nicht mehr dieselbe war. Manche lachten, andere weinten, die meisten blieben stumm. Ich erinnerte mich an eine Zeile aus der heiligen Schrift der Hindus, der *Bhagawadgita*. Vishnu versucht, den Prinzen zu überzeugen, seine Pflicht zu tun, und nimmt, um ihn zu beeindrucken, seine vielarmige Gestalt an und sagt: ›Jetzt bin ich der Tod geworden, der Zerstörer der Welten.‹ Ich glaube, das oder etwas Ähnliches haben wir alle gedacht.«

Das sind nicht meine Worte. Ich musste das genaue Zitat sogar nachschlagen. Wie alle kenne ich nur: »Ich bin der Tod geworden, der Zerstörer der Welten.« Wir neigen dazu, gute Zitate zu romantisieren, und früher stellte ich mir immer vor, dass Oppenheimer die Worte ausgesprochen hat, während er auf den Pilz einer Atombombe starrte. In Wirklichkeit sagte er es während eines Interviews für eine NBC-Dokumentation im Jahr 1965. Er hatte zwanzig Jahre Zeit, darüber nachzudenken.

In den letzten Tagen gingen mir Oppenheimer und das Manhattan-Projekt oft durch den Kopf. Ich habe keine Bombe gebaut, aber es wird immer schwieriger, die Wahrheit zu ignorieren.

Ich baue eine Waffe zusammen, und zwar eine furchtbare. Aber das ist nicht die Wahrheit, vor der ich mich verstecke. Davor kann man sich nicht verstecken. Ich verbringe einen Großteil meiner Zeit damit, darüber nachzudenken, welche Verheerungen sie anrichten kann. Mir ist bewusst, dass sie Frieden bringen kann, aber keinen Frieden, der auf Gerechtigkeit und Verständnis beruht. Der Roboter wurde konstruiert, um zu töten, und er ist so mächtig, dass sich ihm niemand in den Weg stellen wird.

Es funktioniert. Ich habe Angst davor. Jede Nacht werde ich in meinen Träumen daran erinnert. Wir alle. Ich komme jeden Morgen früher zur Arbeit, entweder weil ich nicht mehr schlafen kann oder weil ich den Traum, den ich hatte, nicht weiterträumen will. Unweigerlich ist schon einer von den anderen im Labor, wenn ich ankomme, oder taucht ein paar Minuten später auf. Keiner von uns will darüber reden, aber wir wissen, dass wir alle dasselbe durchmachen.

Ich habe immer wieder den gleichen Traum: Sie steht über mir, dann setzt sie ein Knie auf den Boden und beugt sich mit dem Gesicht fast bis zu mir herab. Mit ihren hellen, blendenden, türkisfarbenen Augen sieht sie mich an und scheint etwas sagen zu wollen. Das ist der Punkt, an dem ich schweißgebadet aufwache.

Seit gestern weiß ich, dass ich diesen Traum nicht mehr haben werde. Wir haben uns endlich den Kopf angesehen.

Alle sind vor Neugier fast gestorben. Der Kopf lag da, in eine schwarze Plane eingewickelt. Ich erwischte Kara einmal, wie sie einen Blick darunterwerfen wollte. Ich hätte ihn einfach auswickeln können, aber es hat mir Spaß gemacht, Kara ein bisschen zu quälen. Sie schlich zwanzig Minuten lang um den Kopf und hoffte, die Plane würde wie durch Zauberei herunterrutschen. Dann ist sie wütend abgezogen.

Gestern Morgen brachte ich Vincent in seinem Rollstuhl her und sagte Kara, es wäre so weit. Wir lösten die Schnüre und entfernten die Plane. Der Kopf ist atemberaubend, wenn auch nicht so, wie ich erwartet habe.

Sie hat dünne Lippen und eine sehr kleine Nase. Ihre Gesichtszüge sind fein. Sie sieht fast aus wie ein Kind, unschuldig, aber beherrscht. *Tugendhaft* ist das Wort, das mir in den Sinn kommt.

Ich weiß nicht, ob es zu ihrem Haar oder dem kunstvollen Helm gehört, aber ihr Kopf ist von geschwungenen Graten mit raffinierten Gravuren überzogen. Türkisfarbenes Licht sickert zwischen ihnen hindurch. Manche reichen bis nach vorn über die Wangen und die Stirn, andere verlaufen nach hinten zum Rückenpanzer. Mehrere Grate vereinen sich am Hinterkopf zu einem axtförmigen Fortsatz.

Während wir sie auswickelten, rechnete ich damit, dem gleichen durchdringenden Blick zu begegnen wie in meinen Träumen. Ehrlich gesagt, habe ich davor gezittert, aber nichts geschah. Kein blendendes Licht, kein Starren, keine Augen.

Anstelle von Augen hat sie nur schmale Schlitze. Es ist sehr verstörend. Man fragt sich unwillkürlich, ob sie sich dessen bewusst ist, dass wir da sind. Ich weiß, dass sie eigentlich kein Bewusstsein hat, schließlich habe ich sie zusammengebaut. Aber sie hat etwas an sich … eine Präsenz. Ich glaube, an ihr ist mehr dran als an einem sprechenden Toaster. Außerdem kann man mir nicht vorwerfen, etwas zu vermenschlichen, das uns so ähnlich ist. Ich denke nicht, dass sie mich nachts in Ruhe lassen wird, aber jetzt muss sie sich etwas anderes ausdenken, um mir Angst einzujagen.

Wir brauchten zwei Kräne, um den Kopf hochzuheben. Sobald wir ihn aufgesetzt hatten, fing der ganze Raum an zu wackeln. Sie versteifte sich einen Moment lang, dann wurde alles wieder normal. Ich bat Kara, sich ein Walkie-Talkie zu schnappen und mit dem Aufzug zur Kugel hochzufahren.

Sie ging hinein und schnallte sich auf ihrem Deck fest. Ich bat sie, langsam den rechten Arm zu heben. Es war ein fantastischer Anblick. Sie bewegt sich! Nach all der vielen Arbeit funktioniert sie endlich. Wir haben sie dazu gebracht, die Arme zu bewegen und den Kopf zu drehen. Sie hat sich sogar gebückt, um eine Transportkiste aufzuheben. Ihre Bewegungen sind elegant. Ich hatte nicht damit gerechnet, dass sie so flüssig sind. Natürlich zerdrückte sie die Kiste zwischen den Fingern, aber daran können wir arbeiten. Kara ist ja selbst nicht so feinfühlig.

Heute fanden wir die Waffen. Ich habe es unserem namenlosen Freund noch nicht gesagt. Nun, er wird es früh genug herausfinden. Ich gönne ihm das Vergnügen nicht, so tun zu können, als hätte er nicht die ganze Zeit darauf gewartet. Wir stießen durch Zufall darauf. Ich hatte erwartet, dass wir irgendwann Waffen entdecken würden, aber nicht so früh, und ich dachte immer, es wären Laser, Todesstrahlen, irgendwas Futuristisches. Vielleicht sehe ich einfach zu viele Filme. Ich habe mich getäuscht, denn es stellte sich heraus, dass unsere Lady altmodisch ist. Sie hat ein Schwert und einen Schild.

Offenbar wurde sie für den Nahkampf gebaut. Ich weiß nicht, wogegen sie kämpfen sollte, aber es muss groß gewesen sein. Das Schwert ist eine Waffe aus gebündelter Energie. Wie ein Laserschwert, nur breiter und zweischneidig, eher wie ein mittelalterliches Schwert. *Star Wars* trifft *Herr der Ringe*. Es ist nicht türkis wie alles andere, sondern von einem sehr, sehr hellen Weiß. Man kann es kaum ansehen.

Wirklich cool ist – ich benutze das Wort zurzeit oft –, dass wir die Länge der Klinge vom Steuerpult aus regulieren können. Vincent fand heraus, dass es eine Skala von eins bis vierundsechzig gibt. Auf der niedrigsten Stufe ist es fast wie ein Dolch. Auf der höchsten … Wir brannten ein Loch in den Boden, als wir Stufe vierundsechzig ausprobierten. Danach hörten wir auf, damit herumzuspielen.

Zum Glück ist es nicht so gefährlich, mit dem Schild zu experimentieren. Der funktioniert auch mit gebündelter Energie, und wir können seine Größe ebenfalls über das Steuerpult regulieren. Auf der niedrigsten Einstellung bedeckt er kaum ihr Handgelenk. Auf der höchsten schützt er den ganzen Körper. Er ist bei Weitem nicht so hell wie das Schwert, eher fast schon durchsichtig. Man merkt nur, dass dort etwas ist, weil der Schild das Licht ein wenig verzerrt, wie die Abgase eines Autos an einem sehr heißen Tag.

Wir fanden heraus, dass auch der Schild als Waffe benutzt werden kann. Diese Erkenntnis kostete uns ein weiteres Loch – dieses Mal in der Wand –, aber die Kante des Schilds ist sehr scharf … falls man das von Licht überhaupt sagen kann.

Sowohl beim Schwert als auch beim Schild scheint sich das Licht selbst zu begrenzen. Es gibt keine Anzeichen für ein elektromagnetisches Feld um die Objekte. Es ist wohl überflüssig zu erwähnen, dass ich keine Ahnung habe, wie ihre Erbauer Photonen beeinflussen, als wäre es normale Materie. Sie scheinen Licht formen zu können, so wie ein Bildhauer Ton formt.

Bisher haben wir keine weit reichenden Waffen gefunden, aber ich bin sicher, das kommt noch. Unsere Roboter-Lady ist voller Überraschungen. Es muss eine Möglichkeit geben, wie sie die freigesetzte Energie bündelt und in die Ferne abstrahlt. Wenn sie das tut, wird die Waffe mit Sicherheit ziemlich weit reichen. Man muss allerdings in der Lage sein, sie zu steuern, sonst wäre die Roboter-

Kriegerin eine größere Gefahr für ihre eigene Armee als für die Feinde. Wenn ihr genug Energie entgegengeschleudert wird, dann vernichtet sie alles in der Umgebung. Ich möchte nicht in der Nähe sein, wenn sie in einem Kampf eingesetzt wird.

Falls sie die ganze Energie jedoch in eine Richtung fokussieren kann, wäre es ein Albtraum, sich mit ihr anzulegen. Jede Waffe, mit der ein Feind sie angreifen würde, würde sich sofort gegen ihn selbst richten. Je mächtiger die Waffe, desto mächtiger wäre die Roboterkriegerin. Ich hoffe, dass es sehr lange dauern wird, bis wir so ein Szenario miterleben müssen.

Es ist wichtig, die Mächtigen wissen zu lassen, dass wir noch immer nicht vollständig wissen, wozu der Roboter in der Lage ist. Ich fürchte, man wird sie uns wegnehmen, sobald man glaubt, wir hätten alle ihre Rätsel entschlüsselt. Wir müssen die Zeit, die uns bleibt, nutzen, um so viel wie möglich über ihre Fähigkeiten herauszufinden und zu sehen, was sie noch kann, außer eine Stadt dem Erdboden gleichzumachen oder eine Armee zu pulverisieren. Ich habe mit Vincent noch nicht darüber gesprochen, aber ich glaube, er versteht mich.

Jetzt müssen wir sie vor allem zum Laufen bringen.

Wir müssen noch warten, bevor wir eine erste Spritztour mit ihr machen. Vincent ist nicht bereit. Er kann selbst kaum laufen.

Ich sage das nur ungern, aber wir haben wegen seiner Verletzung mehrere Monate verloren, und ich weiß, dass Kara geradezu versessen darauf ist, wieder zu trainieren. Dennoch ist es ein Wunder, dass Vincent bisher durchgehalten hat. Wenn wir ihn jetzt drängen, setzen wir alles aufs Spiel.

Ich würde es ihm gegenüber nie zugeben, aber ich kann kaum ertragen, was man ihm angetan hat. Ich verstehe, warum sie es getan haben, und es steckt sogar eine gewisse Logik dahinter, aber wenn wir menschlich bleiben wollen, müssen wir irgendwo eine Grenze ziehen.

Vincent hat noch nicht versucht, seine Knie nach hinten zu klappen. Er will unbedingt, aber ich habe es ihm verboten. Wenn er es zu früh versucht, werden die Muskeln, die an der Rückseite seiner Beine noch übrig sind, reißen. Sie sind einfach zu kurz. Es wird Monate dauern, bis er genug Muskelmasse aufgebaut hat, die zu seiner neuen Anatomie passt.

Mir ist klar, dass der Muskelaufbau noch länger dauern wird, wenn er seine Knie nicht ausprobiert, aber er hat jetzt schon vierundzwanzig Stunden am Tag Schmerzen. Ich will nicht, dass er noch mehr durchmacht. Keinem von uns ist geholfen, wenn Vincent etwas überstürzt, zu dem er noch nicht bereit ist. Es wird ihn körperlich und seelisch brechen. Es wird Feindseligkeit und Misstrauen verursachen und alle Teammitglieder unnötig gefährden.

Ich weiß, dass er die Knie irgendwann ausprobieren muss. Und ich glaube nicht, dass es einfacher oder weniger schmerzhaft sein wird, wenn er es in einem Monat tut. Wahrscheinlich wird es sogar mehr wehtun, weil er dann an Muskelmasse zugelegt hat. Aber ich hoffe, dass er dann auch an Stärke gewonnen hat, körperlich *und* geistig.

Davon mal abgesehen: Ich kann es kaum erwarten, sie laufen zu sehen. Und was ist die einfache Wahrheit, vor der ich mich verstecke? Es geht nicht darum, dass ich eine Waffe baue. Oder dass sie Menschen töten wird. Das ist nur eine Frage der Zeit. Was ich zu leugnen versuche, ist, dass ich jede Minute davon genieße. Obwohl ich gern so prinzipientreu wäre, aus dem Projekt auszusteigen, muss ich zugeben, dass das die beste Zeit meines Lebens ist. Ich bin Wissenschaftlerin, und dafür lebe ich. Wenn ich lerne, damit umzugehen, kann ich vielleicht auch wieder schlafen.

Ich habe versucht herauszufinden, was Oppenheimer dachte, als die Atombomben auf Hiroshima und Nagasaki fielen. Im Jahr 1945 sagte er Folgendes:

»Aber wenn man es auf den Punkt bringt, war der Grund dafür, dass wir uns dieser Aufgabe gewidmet haben, eine innere Notwendigkeit. Wenn man Wissenschaftler ist, kann man so etwas nicht verhindern. Wenn man Wissenschaftler ist, glaubt man, dass es gut ist, herauszufinden, wie die Welt funktioniert, dass es gut ist, herauszufinden, wie die Realität aussieht, dass es gut ist, der Menschheit die größtmögliche Macht zur Beherrschung der Welt zu geben, damit sie in Einklang mit ihrem Wissen und ihren Werten damit umgehen kann.«

FILE 188

VORLÄUFIGER UNTERSUCHUNGSBERICHT –
VERSCHWINDEN VON FLUG ICELANDAIR 670

BUNDESLUFTFAHRTBEHÖRDE, ABTEILUNG ZUR UNTERSUCHUNG
UND PRÄVENTION VON FLUGUNFÄLLEN

Am 10. August um 10:31 Uhr verschwand die Maschine Icelandair 670 (FI670) auf dem Nonstop-Flug von Denver International Airport (DEN) nach Keflavik, Reykjavik, (KEF), von den Bildschirmen der Flugverkehrskontrolle (FVK). Um 10:16 Uhr meldete sich die Boeing 757-200 von Gate A-43 des Denver International Airport abflugbereit. Gemäß Anweisung der Bodenkontrolle manövrierte das Flugzeug über die Rollbahnen M und ED zur Startbahn 17L, wo es stehen blieb, bevor es den Tower kontaktierte. Unmittelbar nach Erreichen der Startbahn erhielt der Pilot die Startfreigabe. Die Kommunikation zwischen dem Tower und FI670 ist unten vollständig wiedergegeben. Die vorangegangene Kommunikation mit der FVK zeigt keine Auffälligkeiten.

FI670: Tower, hier ICEAIR 670 auf Position Echo Delta
für Startbahn 17 links.
FVK: Guten Morgen, ICEAIR 670. Alles frei, gehen Sie auf
Startbahn 17 links in Position.
FI670: Roger.
In Position, 670.
FVK: ICEAIR 670, Sie haben Starterlaubnis, Startbahn 17
links, kontaktieren Sie nach dem Start Abflugkontrolle
1-2-6-1.
670, Sie haben Starterlaubnis.
ICEAIR 670, Sie sind von meinem Bildschirm
verschwunden. Bitte melden.
FI670: Wo zum Teufel kommt das Licht her?
FVK: Können Sie das wiederholen, 670?
ICEAIR 670, hier ist der Tower, bitte antworten.
670, bitte antworten …

Gegen 12:15 Uhr trafen die Ermittler vor Ort ein, und den Beamten der Bundesluftfahrtbehörde wurde der Zugang zur Landebahn verweigert. Das reichlich vorhandene Videomaterial über den Vorfall zeigte, dass nur der südlichste Bereich von Startbahn 17L/35R (circa sechzig Meter) unbeschädigt war. Ein Krater mit einem Durchmesser von schätzungsweise fünfhundert Metern und einer Tiefe von hundert Metern hatte den Rest der Startbahn und der umliegenden Rollbahnen verschluckt. Auf dem gesichteten Videomaterial ist keine Spur des Flugzeugwracks der Boeing 757-200 oder der zur Maschine gehörenden Trümmer zu sehen.

Den bisherigen Untersuchungsergebnissen zufolge ist das Verschwinden der Boeing 757-200 weder auf einen technischen Defekt noch auf menschliches Versagen zurückzuführen. Es ist ebenfalls auszuschließen, dass das Flugzeug selbst die Zerstörung der

Startbahn 17L/35R bewirkte. Die Umstände des Zwischenfalls, die zurzeit noch ungeklärt sind, liegen eindeutig außerhalb des Fachgebiets der Bundesluftfahrtbehörde, und zu diesem Zeitpunkt ist keine weitere Untersuchung vorgesehen.

FILE 189

GESPRÄCH MIT VINCENT COUTURE,
LEITENDER GEHEIMDIENSTBERATER

ORT: ARMEEBASIS FORT CARSON,
BEI COLORADO SPRINGS, COLORADO

— Ich will nicht noch mal von vorn anfangen. Können wir nicht einfach aufhören? Ich … ich will nicht reden … Ich brauche ein paar Minuten zum Nachdenken. Wo ist Rose? Ich habe sie nicht gesehen. Wo ist Kara? Ich will Kara sehen.

— Atmen Sie tief durch. Sie müssen sich entspannen, Mr. Couture. Ich möchte Ihnen nur helfen, sich zu erinnern.

— Woran erinnern? Wo ist …

— Nein. Versuchen Sie nicht aufzustehen.

— Wo sind meine Schuhe?

— Fangen wir mit etwas Einfachem an. Sagen Sie mir, was Sie heute Morgen als Erstes getan haben.

— Jemand hat mir meine Schuhe weggenommen. Was ist das? Ist das ein Krankenhaushemd? Ich finde meine Klamotten nicht.

— Bitte, legen Sie sich wieder ins Bett. Setzen Sie sich wenigstens auf die Matratze.

— Meine Klamotten …

— Ich werde Ihnen helfen, Ihre Kleider zu finden, aber jetzt setzen Sie sich hin und sehen mich an. Ich möchte, dass Sie sich auf mich konzentrieren. Was haben Sie heute Morgen als Erstes getan, nachdem Sie aufgewacht sind?

— Heute Morgen … ich … ich habe … ich habe geduscht und bin ins Labor. Ich war schon früh dort.

— Sehr gut. Was haben Sie getan, als Sie dort angekommen sind?

— Als ich wo angekommen bin?

— Im Labor. Sie sind früh aufgestanden und ins Labor.

— Ja.

— Was haben Sie im Labor gemacht?

— Ich habe Laufen geübt … Ich bin ein paarmal um das Labor gegangen, dann habe ich … habe ich es mit den umgedrehten Knien probiert.

— Gut. Ich wusste nicht, dass Sie sie schon ausprobiert haben.

— Ein paarmal.

— Wie fühlt es sich an?

— Wie fühlt sich was an? Ich …

— Ihre Knie. Wie fühlt es sich an, wenn Sie sie nach hinten klappen?

— Es tut unvorstellbar weh. Letzte Woche habe ich sie zum ersten Mal ausprobiert. Rose sagte immer wieder, ich solle noch warten und nichts überstürzen. Ich nahm an, dass Sie mit ihr gesprochen hatten … Ich bin nicht sicher, ob Sie wissen, wie die Gelenke funktionieren. Man muss einen Finger unter die Kniescheibe stecken und sehr fest drücken. Allein das tut schon weh, aber die Knie sind mit einer Sprungfeder ausgestattet, und sie reißen die Beine brutal nach hinten. Es ist ein überwältigender Schmerz. Bei den ersten Versuchen bin ich auf den Bauch gefallen. Es … es tut einfach höllisch weh. Als würde einem ein Laster über die Beine fahren.

— Fahren Sie fort.

— Ich …

— Heute Morgen sind Sie früh ins Labor gegangen.

— Ja, stimmt. Ich war als Erster da.

— Und Sie haben Ihre Knie ausprobiert …

— Ich wollte sehen, ob ich eine Runde um den Raum schaffe. Nach zwei Dritteln der Strecke fiel ich hin und konnte nicht mehr aufstehen. Es ist wirklich schwer zu laufen, wenn die Beine nach hinten geklappt sind.

— Was haben Sie dann getan?

— Nachdem ich gestürzt bin? Nichts, ich lag auf dem Rücken und wartete, dass jemand kommt. Eine halbe Stunde später tauchte Rose auf. Sie holte meinen Rollstuhl und half mir hoch. Sie hatte Zimtschnecken mitgebracht. Kaffee und Zimtschnecken. Aus diesem kleinen Laden ungefähr zwei Kilometer vom Flughafen entfernt. Da gibt es das beste Gebäck.

— Was passierte, nachdem Dr. Franklin Ihnen aufgeholfen hat?

— Wir setzten uns hin und sprachen über Politik, während wir auf Kara warteten. Sie kam gegen neun und jammerte eine Viertelstunde rum, weil wir alle Zimtschnecken aufgegessen hatten. Rose versprach neue zu holen, und wir gingen hoch in die Kugel.

Zuerst testeten wir noch mal den Schild, dann das Schwert. Ich fragte Kara, ob sie bereit zu einem kleinen Spaziergang durch den Raum wäre. Wir funkten Rose an, die das allerdings für keine gute Idee hielt. Sie sagte, wir sollten mit dem Schild in verschiedenen Größen üben. Das taten wir dann auch eine Weile, aber ich merkte, dass Kara auch über das Laufen nachdachte. Ich klappte meine Knie wieder nach hinten. Es dauerte einen Moment, bis der schlimmste Schmerz vorbei war, dann schnallte ich mich an der Steuerung fest. »Bist du sicher, dass du bereit dafür bist?«, fragte Kara. Weil ich nicht antwortete, kam sie von ihrem Deck herunter und half mir beim Anschnallen.

Es ist kalt hier. Wo sind wir? Ist das eine Militärbasis?

— Das spielt im Moment keine Rolle. Fahren Sie einfach fort.

— Ich will Kara sehen. Sie war bei mir. Ist sie hier?

— Gleich werde ich all Ihre Fragen beantworten. Ich möchte nur, dass Sie mir erzählen, was als Nächstes passiert ist. Sie schnallten sich an. Sie wollten zum ersten Mal versuchen, mit dem Roboter zu gehen.

— Ja. Ich hatte mein Headset abgesetzt, aber ich konnte hören, dass Rose sich Sorgen machte: »Was ist da oben los? Was macht ihr da? Redet mit mir!«

Ich hob mein linkes Bein, und wir kippten kurz nach hinten. Der ganze Raum neigte sich, als die Kugel die Bewegung ausglich. Ich bewegte das rechte Bein, dann wieder das linke. Rose versuchte, ruhig zu bleiben. »Okay, ihr habt es getan, jetzt hört auf damit und kommt da raus.« Ich sagte zu Kara, dass wir bis zum Ende der Halle und wieder zurückgehen würden. Ich spürte, wie meine Beine taub wurden, aber ich war zu aufgeregt, um anzuhalten. Ich tat noch ein paar Schritte, dann gaben meine Knie nach. Vorher musste ich nie mehr als mein eigenes Gewicht tragen, wenn die Knie nach hinten geklappt waren, und jetzt musste ich bei jedem Schritt die Hüfte nach oben und hinten schwingen, um das Gleichgewicht zu halten …

Ich will nicht mehr reden. Können Sie mich zu Kara bringen?

— Ich verstehe. Es dauert nur noch eine Minute. Danach können Sie mich fragen, was Sie wollen. Es ist wichtig, dass Sie mir alles erzählen, an das Sie sich erinnern.

— Kara und ich versuchten zum ersten Mal zu laufen. Wir wollten nur bis zum Ende der Halle kommen.

— Ja. Ihre Beine wurden schwächer …

— Oh. Das habe ich schon erzählt … Ich … Mein linkes Knie knickte ungefähr drei Schritte vor dem Ende der Halle ein. Kara streckte schnell genug die Hand zur Seite, um zu verhindern, dass wir mit dem Kopf voran gegen die Wand stürzen. Ich fiel nach vorn und stützte mich mit den Händen am Pult ab. Es war ein äußerst seltsames Gefühl. Als meine Hände auf zwei Knöpfe drückten, wurde mir klar, dass wir noch nie zwei Knöpfe gleichzeitig ausprobiert hatten.

Ich war aufgeregt und versuchte auszurechnen, wie viele Kombinationen es gab, als mir klar wurde, dass ich mich wegen des Lärms nicht richtig konzentrieren konnte. Eine Sekunde zuvor hatte ich ihn noch nicht bemerkt, aber er wurde immer lauter.

— Von welchem Lärm sprechen Sie?

— Ein Piepsen. Es wurde immer höher und höher. Es war wie ein Blitzgerät, das sich auflädt, nur viel lauter. Dann hörte das Piepsen auf. Es war absolut still. Alles außerhalb der Kugel wurde weiß. So hell, dass wir unsere Augen bedecken mussten. Nach ein oder zwei Sekunden erahnte ich durch meine Finger, dass der Raum langsam wieder dunkler wurde. Ich sah mich um. Es war, als wären wir an einem anderen Ort gelandet.

Es gab kein Dach mehr. Über mir sah ich den Himmel. Wir waren in der Mitte eines kreisrunden Kraters mit einem Durchmesser von vielleicht einem halben Kilometer. Kara guckte nach oben. Ich sah, wie über mir der Roboter den Kopf in den Nacken legte. Der Rand des Kraters war bestimmt hundert Meter über uns. Da stand ein großes Flugzeug, direkt an der Kante. Das Heck fehlte.

Meine Beine haben sich völlig in Ordnung angefühlt, als ich den Roboter umdrehte, um einen Blick nach hinten zu werfen. Da war ein großes Gebäude, das bis zum Rand des Kraters reichte. Die meisten Lichter waren aus, aber wir konnten das Neonschild unserer Bar sehen. Es war Terminal B, ein großer Teil von Terminal B. Ein paar Minuten vergingen, dann sagte Kara, ich solle nach oben sehen. Drei oder vier Helikopter kreisten über uns. Ich glaube nicht, dass sie vom Militär waren.

— Nein. Das waren die Hubschrauber der Nachrichtensender. Unser kleines Geheimnis ist jetzt auf jedem Sender der Welt zu sehen. Was taten Sie, nachdem Sie sie bemerkt haben?

— Wir befreiten uns aus der Steuervorrichtung und setzten uns in der Mitte des Raums auf den Boden. Kara legte die Arme um mich und half mir, mich hinzulegen. Wir hielten uns wortlos in den Armen … ich weiß nicht, wie lange … es fühlte sich an wie Stunden. Irgendwann muss ich eingeschlafen sein. Wie sind wir da rausgekommen?

— Ein Delta-Team hat Sie mit dem Kran rausgeholt.

— Es fühlt sich an, als wäre das schon ewig her … Es tut mir leid. Es tut mir so schrecklich leid. Wir wollten nur … Ich dachte, Sie wollten, dass wir schneller vorankommen. Ich dachte, Rose wollte das auch, auch wenn sie nie etwas gesagt hat. Ich wollte nicht … Wir haben alles verloren, oder? Unsere Aufzeichnungen, alles … Ich weiß nicht, was ich sagen soll. Ich bringe das wieder in Ordnung. Wir schaffen das.

— Ich glaube nicht, dass es wieder »in Ordnung gebracht« werden kann. Wir können nur versuchen, von diesem Punkt aus weiterzumachen.

— Die Helikopter. Wird das ein Problem?

— Ist das das Ende des Projekts? Ich weiß es nicht. Aber ich weiß, dass es von nun an … kompliziert wird.

— Darf ich jetzt fragen, wo wir sind?

— Das ist das Krankenhaus der Militärbasis Fort Carson. Sie wurden hergeflogen, nachdem Sie und Ms. Resnik aus dem Roboter geborgen wurden.

— Ich erinnere mich nicht an den Flug. Ich erinnere mich an nichts mehr, nachdem wir uns auf den Boden gelegt haben.

— Man hat Ihnen ein Beruhigungsmittel gegeben. Sie standen unter Schock. Sie wurden wütend, als man Sie aus der Kugel holen wollte. Die Soldaten mussten Sie festhalten.

— Wo ist Kara? Ich will sie sehen. Geht es ihr gut?

— Mit ihr ist alles in Ordnung. Sie liegt in einem Zimmer ein paar Türen weiter und schläft. Nachdem sie ein paar Stunden bei Ihnen

war, ist sie auf ihrem Stuhl eingeschlafen. Ich habe ein Bett für sie besorgt.

— Ein paar Stunden? Wie lange bin ich denn hier?

— Ungefähr sechzehn Stunden. Es wird schon fast wieder hell.

— Wow. Wo ist Rose? Ist sie auch hier? Sie war ... Sie ...

— Sie war im Labor.

— Im Labor? Das Labor ist ... Nein! Sie war nicht da. Sie ging Zimtschnecken holen. Sie sagte, dass sie noch welche holen wollte.

— Dr. Franklin hat das Labor nicht verlassen.

— Doch! Doch! Sie sagte, sie würde Nachschub besorgen! Sie ging los, um Zimtschnecken zu kaufen. Sie sagte, sie würde welche für Kara holen. Verstehen Sie, Rose und ich hatten ja schon alle aufgegessen, bevor Kara kam. Kara war sauer auf uns. Rose sagte, sie würde noch welche holen. Sie war nicht im Labor.

— Mr. Couture ...

— Rose, sie ... Kleinigkeiten waren ihr wichtig. Sie hat sich um uns gekümmert. Sie sorgte dafür, dass wir uns wertgeschätzt fühlten. Jeden Tag. Kleine Dinge, wissen Sie. Kaffee, Kuchen. Sie hat sogar irgendwo Überraschungseier aufgetrieben, weil sie wusste, dass sie mich an zu Hause erinnern. Ab und zu legte sie mir eines auf meine Konsole.

Sie hätte sie auch in mein Schließfach oder sonst wo hinlegen können, aber sie nahm sich extra die Zeit, mit dem Aufzug zur Kugel hochzufahren, bevor ich kam, nur weil sie dachte, so wäre die Überraschung größer. Deshalb musste sie dafür sorgen, dass Kara nicht mehr wütend war. Sie muss losgegangen sein, um Gebäck zu holen.

— Mr. Couture …

— Sie hat gesagt …

— VINCENT! … Dr. Franklin ist tot.

VIERTER TEIL

KÖRPERTREFFER

FILE 211

GESPRÄCH MIT ROBERT WOODHULL,
SICHERHEITSBERATER DES PRÄSIDENTEN

ORT: WEISSES HAUS, WASHINGTON, DC

— Ich habe das Gefühl, zum Schuldirektor beordert worden zu sein.

— Die Berichte liegen vor. Ich dachte, es interessiert Sie vielleicht, wie viel Schaden Sie verursacht haben.

— Es war ein Unfall, zugegebenermaßen ein vorhersehbarer, aber trotzdem ein Unfall.

— Sprechen wir zuerst über die Infrastruktur. Sie haben zwei Gebäude an der Vandriver Street, ungefähr die Hälfte von Startbahn 17L-35R und die östliche Seite von Abflughalle B zerstört. Zum Glück sind keine Flugzeuge von den Gates dort abgeflogen. Der Schaden beträgt schätzungsweise 300 Millionen Dollar.

— Ich bin nicht besonders gut mit Zahlen. Ich nehme an, das ist eine Menge.

— Was halten Sie von *dieser* Zahl, Sie Klugscheißer: 311. So viele Menschen haben Sie nämlich getötet.

— Wieso so viele? Sie sagten, von dem zerstörten Teil von Terminal B wären keine Flüge abgegangen.

— Sie haben recht, es waren nur ein paar Angestellte im Terminal: Imbissverkäufer, Reinigungskräfte, Bodenpersonal draußen auf der Rollbahn. Insgesamt zweiundvierzig Personen, alle amerikanische Staatsbürger. Aber eine Boing 757 von Icelandair stand auf der Startbahn 17L-35R, als sie in die Luft flog. Da das Flugzeug nicht mehr existiert, muss ich wahrscheinlich nicht extra erwähnen, dass niemand an Bord überlebt hat ... Die Maschine war fast voll besetzt, 193 Passagiere, 6 Besatzungsmitglieder. Die meisten waren Isländer. Oder Islandier? Egal. Achtzehn waren Amerikaner.

Des Weiteren rollte eine Dash 8 auf Terminal B zu, einundfünfzig Tote. Und das Heck eines United Airbus 320 wurde abgerissen, noch mal neunzehn. Die meisten Passagiere hatten Glück, nur die letzten drei Reihen wurden pulverisiert, zusammen mit einem Besatzungsmitglied. Insgesamt dreihundertelf Opfer, dreihundertzwölf, wenn man Ihre Wissenschaftlerin mitzählt. Hundertneunzehn Amerikaner, ungefähr zweihundert Is... Menschen aus Island, zwei Dutzend Kanadier und Angehörige neun weiterer Nationen, deren Regierungen uns öffentlich beschuldigen – zu Recht, muss ich hinzufügen – und eine Erklärung verlangen. Einige davon werden sich auch wieder beruhigen, aber Island können Sie auf jeden Fall von der Liste befreundeter Staaten streichen.

— Brauchen wir wirklich Island auf unserer Seite?

— Tja, es wäre gut, wenn *irgendjemand* auf unserer Seite wäre.

— Vielleicht.

— Ist das alles? Ein *Vielleicht* und eine abfällige Bemerkung über Island? Kein Bedauern, keine Entschuldigung, kein Wort der Trauer über die Menschenleben, die Sie ausgelöscht haben?

— Kann ich 312 Tote mit ein paar tief empfundenen Worten wieder lebendig machen? … Nein, deshalb sehe ich keinen Sinn darin.

— Dann würden Sie wenigstens wie ein menschliches Wesen wirken. Jedenfalls sind Sie wahrscheinlich der Einzige auf diesem Planeten, der nicht darüber reden will. Auf der ganzen Welt läuft praktisch nichts anderes in den Nachrichten. Seltsamerweise konzentrieren sich die meisten Sender auf die menschliche Tragödie.

— Was ist daran so seltsam?

— Ein riesiger Roboter dematerialisiert wie durch Zauberei alles im Umkreis von einem Kilometer. Ich dachte einfach …

— Das verstehen die Menschen eben nicht. Weinende Mütter hingegen schon. Ich finde das ziemlich typisch.

— Vielleicht haben Sie recht. Aber Sie sollten ein paar von diesen herzerweichenden Geschichten hören. Ein Mann überrascht seine Frau und seine drei Kinder mit Tickets nach Paris. Ein vierzehnjähriges Mädchen in Memphis wird in den nächsten Stunden sterben, weil das Spenderherz, das sie braucht, in der Dash 8 war. Jede Menge Zwillingsgeschichten, beide Zwillinge im Flugzeug, ein Zwilling im Flugzeug. Ein junges Paar kam mit der lange ersehnten Adoptivtochter aus Thailand zurück …

— Sie können aufhören. Was wird über den Roboter berichtet?

— Alles und nichts. Die Spekulationen reichen von einer riesigen Maya-Statue bis … also, bis zu dem, was es wirklich ist, aber keiner weiß, wie das Loch entstanden ist. Die beste Erklärung, auf die die Medien bisher gekommen sind, ist, dass es eine erstaunlich schnelle Vertuschungsaktion von uns war. Sie vermuten, dass wir in weniger als zehn Minuten irgendwie die Trümmer einer großen Explosion beseitigen wollten.

So oder so müssen wir uns etwas ausdenken. Ich treffe mich heute Nachmittag mit dem Präsidenten und bespreche mit ihm, wie wir am besten vorgehen.

— Das ist nicht nötig. Der Präsident weiß schon, was er tun wird.

— Was soll das denn heißen?

— Wir beide haben uns heute Morgen getroffen und sind uns einig.

— Wie können Sie es wagen, mit dem Präsidenten zu sprechen, ohne mich vorher zu informieren! *Ich* sage *Ihnen*, was der Präsident will, nicht umgekehrt.

— Dann klären Sie das mit dem Präsidenten, wenn Sie wollen. Er war in keiner Weise verpflichtet, mit mir zu sprechen.

— Das mache ich auch. Sobald unser Meeting vorbei ist.

— Das ist leider nicht möglich. Er ist in New York und trifft sich mit dem Sicherheitsrat. Heute Nachmittag wird er vor die Öffentlichkeit treten.

— Was ist die Legende?

— Es gibt keine Legende. Er wird genau das bestätigen, was alle gesehen haben.

— Sie meinen, er wird der Welt erzählen, dass Aliens vor Tausenden von Jahren riesige Roboterteile auf der Erde hinterlassen haben und dass wir sie heimlich eingesammelt und in einer unterirdischen Anlage zusammengebaut haben? In der Hoffnung, dass die Öffentlichkeit nichts davon erfährt?

— Wahrscheinlich formuliert er den letzten Teil etwas um, aber wenn Sie um 15:00 Uhr CNN einschalten, werden Sie mehr oder weniger genau das hören.

— Er hat den Verstand verloren.

— Als wir uns heute Morgen trafen, wirkte er ziemlich klar.

— Er wird sich anhören wie ein verdammter Irrer!

— Inzwischen hat fast jede Menschenseele auf diesem Planeten gesehen, wie vor zweiundsiebzig Stunden ein ungefähr zwanzig Stockwerke hoher Roboter einen fünfhundert Meter breiten, kreisrunden Krater erzeugte und Teile des Denver International Airport zerstörte.

Was würden Sie denn vorschlagen? Eine Militärübung? Wetterballons? Ich sollte noch erwähnen, dass die Regierungschefs mehrerer Länder bereits wissen, dass wir das Ding zusammengebaut haben. Wie Sie sich vielleicht erinnern, mussten wir diverse Bauteile aus ihrem Staatsgebiet stehlen.

— Das wird seine politische Laufbahn zerstören.

— Er versucht, einen dritten Weltkrieg zu verhindern.

— Glauben Sie im Ernst, die anderen Staaten werden sich mit dieser Erklärung zufriedengeben? So nach dem Motto: »Ach so! Das Ding stammt von Aliens. Dann ist es ja okay. Machen Sie ruhig weiter!«

— Natürlich werden sie Fragen haben. Sie werden Garantien verlangen. Aber sie werden auch begreifen müssen, dass wir nicht allein im Universum sind. Der Präsident hofft, dass das genügt, um eine friedliche Einigung zu erzielen.

— Okay, dann informieren wir eben die russische, die chinesische, die türkische und die französische Regierung. Aber warum sollten wir es der ganzen Welt auf die Nase binden? Glauben Sie nicht, die Menschen könnten auf die Nachricht von Alien-Robotern und einer riesigen Regierungsverschwörung, sagen wir mal, negativ reagieren?

— Ich glaube nicht, dass der Präsident sich im Moment vorrangig mit den Wahlen beschäftigt.

— Ich spreche nicht davon, dass der Präsident die Wahlen verlieren könnte. Ich dachte eher an so etwas wie eine Massenpanik.

— Das wird nicht passieren. Die Leute sind genug desensibilisiert.

— Wie bitte?

— Desensibilisiert. Weniger sensibel gemacht worden. Sie haben zu viele Alien-Filme gesehen, um von der Existenz von Außerirdischen ernsthaft erschüttert zu sein. Wenn man jemanden einer Sache lange genug aussetzt, wird er ... desensibilisiert.

— Wir reden hier nicht über zweitklassige Schauspieler im Gummianzug, sondern über Fakten.

— Das spielt keine Rolle. Soldaten werden mithilfe von Videospielen zum Töten ausgebildet. Wenn sie am Computer genügend Gegner in die Luft gejagt haben, fällt es ihnen leichter, mit einer echten Waffe echte Menschen zu töten. Was glauben Sie, warum die Regierung so viele Filme über Kriege und Terrorismus finanziert? Hollywood macht die Drecksarbeit für Sie. Hätten die Anschläge vom 11. September zwanzig Jahre früher stattgefunden, wäre Chaos im Land ausgebrochen, aber so haben die Leute genug schlimme Dinge auf der Mattscheibe gesehen, um auf so gut wie alles vorbereitet zu sein. Über eine Verschwörung in der Regierung müssen wir nicht unbedingt sprechen.

— Also, was wird er tun?

— Er wird einen Kompromiss vorschlagen.

— Sind Sie bereit, das Ding zu teilen? Wenn die anderen es nicht haben können, werden sie es uns auch nicht behalten lassen.

— Das meinte ich mit einem Kompromiss.

— Also werden wir es teilen.

— Nicht ganz.

— Was dann? Werden wir den Roboter einfach entsorgen?

— Genau.

— Es scheint mir ein wenig dumm, jeden internationalen Vertrag zu brechen und haufenweise Menschenleben zu opfern, nur um dann das, was wir haben wollten, zu zerstören. Sind Sie dazu bereit?

— Eigentlich nicht.

— Das dachte ich mir.

— Jedenfalls bin ich mir auch nicht ganz sicher, ob wir den Roboter überhaupt zerstören können.

— Was dann?

— Ich habe dem Präsidenten vorgeschlagen, ihn in den Puerto-Rico-Graben zu werfen.

— Wo ist das?

— In der Nähe von Puerto Rico.

— Sehr witzig.

— Der Puerto-Rico-Graben ist die tiefste Stelle im Atlantik, ungefähr neun Kilometer unter dem Meeresspiegel.

— Könnten wir den Roboter von dort zurückholen?

— Zurzeit nicht. Aber das ist ja der Sinn der Sache.

— Sie meinen, wir könnten ihn nicht erreichen, selbst wenn wir wollten?

— Das wahrscheinlich schon. Es gibt U-Boote, die so weit runterkommen. James Cameron schaffte mit seinem Ein-Mann-U-Boot rund 11 Kilometer.

— Der Regisseur?

— Genau der. Aber »Ein-Mann« und »U-Boot« sind hier die Schlüsselworte. Es sind sehr kleine Fahrzeuge, die nichts so Schweres nach oben holen können, auch nicht in Einzelteilen. Wir könnten den Roboter erreichen, aber wir könnten ihn nicht zurückholen. Es ist eine Lösung, die radikal genug ist, um unserer momentanen Zwangslage gerecht zu werden und die anderen Staaten zu besänftigen, aber es ist keine dauerhafte Lösung. Eines Tages, bald, wird es neue Technologien geben, und wir können den Roboter wieder nach oben holen.

— …

— Sie sind für Ihre Verhältnisse so still, mein lieber Robert.

— Wissen Sie was? Ich glaube Ihnen nicht. Einen Moment lang bin ich Ihnen auf den Leim gegangen, aber Sie sind nicht der Typ, der etwas so Bedeutendes wie diesen Roboter so einfach aufgibt.

— Dr. Franklin ist tot. In Denver sind über dreihundert Menschen gestorben, und wir stehen am Rand eines weltweiten Konflikts. *Einfach* ist nicht das Wort, das mir dazu in den Sinn kommt.

— Hören Sie, ich halte Sie für einen arroganten, selbstsüchtigen Arsch, aber Sie sind auch ein eiskalter, berechnender Arsch. Sie gehören zu den Typen, die auch noch einen Notfallplan für den Notfallplan haben. Ich glaube nicht eine Sekunde, dass Sie ein so großes Projekt ohne einen Plan B angehen.

— Genug der Komplimente für heute. Ich habe einen Plan B. Nämlich den Roboter in den Puerto-Rico-Graben zu werfen und ihn in ein paar Jahren wieder rauszuholen.

— Ich vergaß zu erwähnen, dass ich Geduld nicht gerade für eine Ihrer hervorstechendsten Charaktereigenschaften halte, aber wenn Sie es sagen. Natürlich würden Sie es mir nicht verraten, wenn Sie einen anderen Plan hätten. Was werden Sie mit Ihrem Team machen, oder besser gesagt mit dem, was davon noch übrig ist?

— Sie werden ihr altes Leben wiederaufnehmen. Chief Resnik fliegt schon wieder von Lewis-McChord aus Einsätze.

— Hatte sie nicht Flugverbot? In ihrer Akte steht, dass sie eine Augenverletzung hat.

— Das sollten Sie noch mal überprüfen.

— Sie haben ihre Personalakte gefälscht???

— Ich habe nichts dergleichen getan. Alles, was in der Akte stand, ist immer noch da. Es könnte höchstens sein, dass es jemand beim Schwärzen ein bisschen übertrieben hat.

— Wie nett von Ihnen. Ich hätte Sie gar nicht für so sentimental gehalten.

— Ich habe nicht gesagt, dass ich irgendetwas gemacht habe. Ich sagte, »jemand« könnte es etwas beim Schwärzen übertrieben haben. Aber ich bin davon überzeugt, dass es sich auszahlt, seine Versprechen zu halten. Vielleicht brauchen wir Chief Resnik in Zukunft noch mal, und ich möchte nicht, dass sie wütend auf uns ist.

— Was ist mit dem französischen Jungen? Ich meine, mit dem Frankokanadier ... Sie wissen schon, wen ich meine.

— Mr. Couture ist leider auf sich allein gestellt.

— Also doch nicht so sentimental. Nach allem, was er für Sie getan hat, haben Sie ihn zurück nach Hause geschickt?

— Es war seine Entscheidung. Ich bot ihm einen Therapieplatz an. Ich forderte ein paar Gefallen ein und fand eine Arbeit bei der

DARPA für ihn. Er lehnte beides ab. Er ist seelisch nicht in der besten Verfassung.

— Meinen Sie? Wo ist er jetzt?

— Wahrscheinlich über den Great Lakes. Sein Flug ging heute Morgen um zehn.

FILE 229

GESPRÄCH MIT CW4 KARA RESNIK,
UNITED STATES ARMY

ORT: ARMEEBASIS FORT LEWIS,
WASHINGTON STATE

— Wie lange ist es her, Ms. Resnik?

— Seit wir uns das letzte Mal getroffen haben, oder seit Dr. Franklin gestorben ist?

— Ist die Antwort nicht dieselbe?

— In etwa. Und ich bin sicher, Sie wissen es besser als ich.

— Ich wollte fragen, wie lange es her ist, dass wir uns das letzte Mal getroffen haben. Und wirklich, ich weiß es nicht. Ich würde sagen, sechs oder sieben Monate.

— Neun.

— Ich sehe, dass Sie befördert wurden. Das freut mich für Sie.

— Mich nicht … Seit ich CW4 bin, komme ich kaum noch zum Fliegen. Ich verbringe die meiste Zeit damit, Einsätze zu planen. Es ist seltsam, vorher habe ich mich nie darum gekümmert. Ich kam nur zu den Besprechungen und flog meinen Vogel. Dachte nie darüber nach, wie lange es dauert, die ganzen winzigen Details meines fünfstündigen Flugs auszuarbeiten. Tja, jetzt weiß ich es.

Ich schwöre es Ihnen, mein Kopf explodiert, wenn ich noch eine Minute damit verbringen muss, auf eine Karte zu gucken. Und das sind auch noch alles Wüstenkarten. Ich starre stundenlang auf riesige beigefarbene Papierbögen und versuche rauszufinden, ob eines der kleinen Quadrate drei Meter höher liegt als das daneben.

— Das klingt für mich, als hätten Sie nicht um die Beförderung gebeten.

— Mein Gott, nein! Eines Tages ließ man mich antreten und teilte mir die Neuigkeit mit. Man bescheinigte mir gute Führungsqualitäten. Was hilft mir das, wenn ich mir Karten und Wetterberichte ansehen muss?

— Viele Leute verwechseln Führungsqualitäten mit Organisationstalent. Ich teile die Einschätzung Ihrer Vorgesetzten. Sie haben auf jeden Fall die Fähigkeit, Leute zu inspirieren. Detailversessenheit hingegen gehört vielleicht nicht zu Ihren Stärken. Aber auch wenn Sie nicht der organisierteste Mensch auf Erden sind, wäre es schade, wenn andere nicht von Ihrer Erfahrung und Ihrem Wissen profitieren könnten.

Darf ich fragen, wie es Mr. Couture geht?

— Sagen Sie es mir. Als ich das letzte Mal von ihm gehört habe, war er gerade zurück in Montreal. Das ist auch neun Monate her. Entweder geht er nicht ans Telefon, wenn ich anrufe, oder er hat die Stadt verlassen. Ich schätze, er könnte mittlerweile überall sein.

— Er ist noch in Montreal. Wenn ich Sie richtig verstehe, ist Ihre Beziehung nicht gerade auf dem Höhepunkt.

— Ich hätte wissen müssen, dass es nicht lange hält.

— Ihre Beziehung?

— Nein, dass Sie Fragen stellen, auf die Sie die Antwort noch nicht kennen. Ich dachte schon, ihm wäre etwas zugestoßen. Schön zu hören, dass er nur nicht mit mir reden will. Wie geht es ihm?

— Eine Menge Zynismus für drei Sätze.

— Ich weiß nicht, was ich Ihnen sagen soll. Er ist einfach gegangen. Nach Dr. Franklins Tod … Er konnte an nichts anderes mehr denken. Es hat das Letzte zerstört, was ihn aufrecht gehalten hat.

— Ich habe nach dem Vorfall mit Ihnen beiden gesprochen. Falls Sie mir nichts Wichtiges verschwiegen haben, kann man wohl keinem von Ihnen beiden die Schuld an den Ereignissen geben.

— Wir haben Ihnen nichts verschwiegen. Nichts davon wäre passiert, wenn wir auf Dr. Franklin gehört hätten, doch Vincent entschied sich dagegen. Es war sein Bein, das schwach geworden ist, und es waren seine Hände, die die Knöpfe gedrückt haben. Ich weiß, dass ich genauso verantwortlich bin wie er, vielleicht sogar noch mehr. Ich wurde dazu ausgebildet, Anweisungen zu befolgen. Aber ich kann es Vincent nicht verübeln, dass er glaubt, er hätte Dr. Franklin und all diese Menschen getötet. Das stimmt nämlich. Und ich habe sie auch getötet.

— Jeder wusste, dass es Risiken gibt, Dr. Franklin ganz besonders.

— Es ist eine Sache, das eigene Leben zu riskieren. Und den Tod eines Fremden kann man ziemlich leicht verdrängen. Aber wenn ein Bekannter oder Freund stirbt, das ist was völlig anderes.

— Ich kann mit einiger Sicherheit behaupten, dass Dr. Franklin nicht wollte, dass Sie beide sich die Schuld an ihrem Tod geben.

— Ich weiß, aber dadurch fühle ich mich auch nicht besser. Ich weiß zumindest, was auf mich zukommt. Ich habe schon früher Menschen verloren, die mir nahestanden. Familienangehörige und Kameraden beim Einsatz. Ich weiß, wie lange ich mich so fühlen werde, ich weiß, wie ich mich danach fühlen werde. Verdrängung, Trauer, Wut. Wir sind berechenbar wie Tiere. Aber ich mache mir Sorgen um Vincent. Er hat keine Ahnung, was auf ihn zukommt. Ich würde gern wissen, wie es ihm geht.

— Ich mache mir keine Sorgen, dass er sich das Leben nimmt, falls Sie das meinten. Er ist ... Sie haben recht. Dr. Franklins Tod hat ihn schwer erschüttert, das ist offensichtlich. Aber es ist tröstlich, dass es so offensichtlich ist. Er hat keine Schwierigkeiten, seine Gefühle auszudrücken, seine Schuldgefühle und seine Wut. Wenn er bereit ist, wird er zurückkommen.

— Da bin ich nicht so sicher. Was macht er gerade?

— Ich weiß nicht, ob er einen Job hat. Als ich ihn besuchte, hat er Modellbauschiffe gebastelt.

— Schiffe? Also … Spielzeug?

— Maßstabgetreue Schiffe aus dem Zweiten Weltkrieg. Ich bin kein Experte, aber manche sahen ziemlich aufwendig aus.

— …

— Ja. Man könnte es als Spielzeug bezeichnen.

— Und das ist alles, was er tut?

— Den Großteil des Tages, ja. Mir ist klar, dass es nicht besonders ermutigend klingt. Aber es ist mir lieber, er arbeitet an einer USS *Arizona* im Maßstab eins zu zweihundert, als er liegt den ganzen Tag im Bett.

— Isst er? Duscht er?

— Ich glaube schon. Auch wenn er anscheinend Besseres zu tun hat, als sich täglich zu rasieren. Wir reden die ganze Zeit über Mr. Couture, dabei bin ich gekommen, um Sie zu sehen. Wie geht es Ihnen?

— Ich fühle mich … betäubt.

— Was meinen Sie damit?

— Nach einer so intensiven Erfahrung wird alles andere ... Dinge, über die man sich vorher aufgeregt hätte, kommen einem jetzt so unbedeutend vor. Nichts spielt wirklich eine Rolle. Man fängt an, kleine Dinge zu ignorieren, weil sie klein sind. Man geht Kompromisse ein. Man rationalisiert. Und bald sieht man in den Spiegel und erkennt den Menschen, der einen anstarrt, nicht mehr wieder. Aber ich lebe. Ich komme zurecht. Ich wache jeden Morgen auf, und wenn ich aufstehe, denke ich, dieser Tag müsste ein bisschen besser sein als der letzte. Meistens jedenfalls. The show must go on, wie man so schön sagt.

— Haben Sie bald Urlaub?

— Urlaub brauche ich im Moment nicht so dringend.

— Das war kein Small Talk. Ich wollte mich erkundigen, ob Sie sich für einen kurzen Zeitraum freinehmen könnten, nicht wonach Ihnen zumute ist.

— Ich weiß nicht. War ich nicht gerade erst für zwei Jahre beurlaubt? Ich bin noch nicht auf die Idee gekommen, danach zu fragen, seit ich wieder zurück bin.

— Würde es Sie überraschen zu erfahren, dass Sie seit Ihrer Zurückbeorderung nach Fort Carson 22,5 Urlaubstage angesammelt haben?

— Ich hatte vergessen, mit wem ich rede. Wahrscheinlich sagen Sie mir gleich, dass ich schon Urlaub beantragt habe.

— Sie haben schon Urlaub beantragt. Aber bitte haben Sie kein schlechtes Gewissen, falls Sie es sich anders überlegen sollten.

— Ich darf also den Urlaubsantrag, den ich nie eingereicht habe, zurückziehen ... Typisch ... Ich hätte wissen müssen, dass Sie nicht gekommen sind, um zu fragen, wie es mir geht.

— Doch. Ich bin gekommen, um zu fragen, wie es Ihnen geht, und Sie um Ihre Hilfe zu bitten.

— Was soll ich denn tun?

— Ich möchte, dass Sie jemanden für mich aufspüren.

— Kann das nicht einer Ihrer Freunde von den Special Forces für Sie erledigen?

— Das Militär ist nicht an der Operation beteiligt. Tatsächlich ist es entscheidend, dass niemand, der für die US-Regierung arbeitet, in irgendeiner Weise eingebunden wird.

— Außer mir ...

— Außer Ihnen.

— Und wo verbringe ich meinen heiß ersehnten Urlaub?

— In Sarajevo.

— Wirklich? Hoffentlich gefällt's mir da.

— Sie werden begeistert sein. Es ist eine meiner Lieblingsstädte. Wenn Sie abreisen, werden Sie sich wünschen, Sie könnten dort bleiben.

— Und was mache ich im schönen Bosnien?

— Sie sollten sich Mostar ansehen, wenn Sie genug Zeit haben. Aber abgesehen von alten Städten und den üblichen Sehenswürdigkeiten besuchen Sie das Filmfestival in Sarajewo.

— Natürlich. Das will ich auf keinen Fall verpassen.

— Sie werden die Premiere von *Oprosti mi, Mina* zu sehen bekommen. Es ist ein kleiner Film von einem serbischen Regisseur namens Goran Lukić. Ich kenne ihn und vertraue ihm. Er wird in Bosnien Ihr Reiseführer sein.

— Was bedeutet *Oprosti Mina?*

— *Oprosti mi, Mina. Mina* ist ein Name. *Oprosti mi* bedeutet »vergib mir«.

— Scheint ein netter Typ zu sein …

— Goran ist einer der freundlichsten und selbstlosesten Menschen, denen ich je begegnet bin.

— Ich bin nicht sicher, was das aus Ihrem Mund bedeutet. Wann erwartet er mich?

— Er erwartet niemanden. Aber er wird nach der Premiere im Zlatna Ribica eine kleine Party veranstalten. Sie werden dort auftauchen und ihm zu seinem Film gratulieren. Wenn Sie mit ihm alleine sind, erinnern Sie ihn, dass er den Klempner in Belgrad noch nicht bezahlt hat.

— Wa's ist das? Ein Code?

— Nein, kein Code. Eher eine hintergründige Metapher.

— Warum nehmen Sie nicht einfach selbst mit ihm Kontakt auf? Sie scheinen ihn zu mögen. Vielleicht würde er gern noch mal mit Ihnen sprechen.

— Ganz sicher nicht.

— Woher kennen Sie ihn?

— Ich habe geholfen, ihn während des Kriegs zu verhören.

— Sie meinen, Sie haben geholfen, ihn zu foltern.

— Wie die meisten Dinge ist das eine Frage der persönlichen und historischen Perspektive. Im CIA-Sprachgebrauch haben wir ihn »alternativen Verhörmethoden« unterzogen. Es reicht wohl, wenn ich sage, dass er in meiner Schuld steht, so unangenehm die Erfahrung auch gewesen sein mag.

Sie werden sich unauffällige Kleidung beschaffen und ihn bitten, Sie nach Srebrenica zu bringen. Das ist ein Bergdorf im Osten Bosniens.

— Warum klingelt da bei mir was?

— Mitte der Neunziger wurden dort Tausende bosnischer Muslime ermordet. Sobald Sie in Srebrenica angekommen sind, suchen Sie eine Frau namens Fata auf.

— Fata wie?

— Ihren Nachnamen kenne ich nicht. Und ich weiß auch nicht, wo sie wohnt. Ich kann Ihnen sagen, dass sie drei Söhne und eine Tochter hatte. Ihr ältester Sohn hat zusammen mit ihrem Mann in den Salzminen von Srebrenica gearbeitet. Sie sind wahrscheinlich jeden Tag von einem der Dörfer in der Umgebung in die Stadt gefahren.

— Wirklich? Mehr haben Sie nicht? Wissen Sie, aus welchem Dorf sie kam?

— Darüber habe ich keine Informationen. Außerdem haben die Serben während des Kriegs leider Hunderte von Dörfern zerstört. Vielleicht gibt es ihres gar nicht mehr. Sie muss jetzt Anfang fünfzig sein. Ich weiß, dass alle sie mochten und dass sie als eine Art inoffizielle Krankenschwester gedient haben könnte.

— Woher weiß ich dann, ob ich die Richtige gefunden habe? Wenn ich mich nicht irre, ist Fata die Kurzform von Fatima. Ich sage mal so ins Blaue hinein, dass das wahrscheinlich nicht der seltenste Name für eine muslimische Frau in Bosnien ist. Das klingt wie: »Hey! Such doch mal John in New York.«

— Sie werden es merken, wenn Sie sie gefunden haben. Sprechen Sie mit ihr über den Krieg. Sie wird einige Geschichten zu erzählen haben.

— Wie viel Zeit habe ich?

— Sie haben zwei Wochen Urlaub beantragt.

— Wann?

— Die Premiere ist am Fünften. Sie fliegen am Samstag.

— Gehen wir mal davon aus, dass ich Ihre Fata finde. Was soll ich dann tun?

— Nichts. Sie braucht nichts zu machen. Ich muss nur wissen, wo ich sie finden kann. Es könnte sein, dass ich sie bald brauche.

— Wofür?

— Darüber müssen Sie sich nicht den Kopf zerbrechen, Ms. Resnik. Hoffentlich werde ich Fatas Hilfe nie beanspruchen müssen, und Sie haben einfach nur eine schöne Reise in die abgelegenen Ecken Bosniens unternommen. Wenn Sie mich jetzt entschuldigen würden, ich muss in einer Stunde im Flugzeug sitzen.

— Sir?

— Was denn?

— Danke.

FILE 230

GESPRÄCH MIT UNBEKANNTER PERSON

ORT: CHINESISCHES RESTAURANT NEW DYNASTY, DUPONT CIRCLE, WASHINGTON, DC

— Beginn der Aufzeichnung. Es ist beinahe Mittag. Ich warte auf den Mann, der mich heute Morgen über eine geheime Nummer kontaktierte. Ich sitze am Fenster. Auf der anderen Seite der Straße befindet sich ein Scharfschütze, der freies Blickfeld auf meinen Tisch hat.

Ein kleiner stämmiger alter Mann betritt das Restaurant. Scheint Ende sechzig oder Anfang siebzig zu sein. Trägt einen braunen Trenchcoat, der ungefähr zwei Nummern zu klein ist, und einen Hut. Er ... er hat keine Augenbrauen ... Ich hoffe sehr, dass das nicht der Mann ist, auf den ich warte. Leider kommt er jetzt mit einem breiten Lächeln auf meinen Tisch zu.

— Hallo, Sir! Ich freue mich sehr, Sie endlich kennenzulernen! Ich habe so viel von Ihnen gehört.

— Das hoffe ich nicht, um Ihretwillen. Denken Sie bitte daran, dass diese Unterhaltung aufgezeichnet wird.

— Ich werd's mir merken. Danke! Wissen Sie, wer ich bin?

— Ich habe nicht die geringste Ahnung, und ich bin auch nicht besonders scharf drauf, es herauszufinden. Ich möchte erfahren, was Sie über mich wissen, wer Ihnen diese Informationen gegeben hat und was Sie damit vorhaben.

— Oh … Sie sind aufgebracht, weil ich am Telefon Ihren Sohn erwähnte. Ich wollte keine schlechten Erinnerungen aufwirbeln. Wie gesagt, Sie haben mein vollstes Mitgefühl. Ich kann Ihnen nicht sagen, woher ich meine Informationen habe, aber Sie können sich darauf verlassen, dass Sie nichts von mir zu befürchten haben. Ihr Geheimnis ist bei mir in den besten Händen.

— Sie hören mir jetzt sehr gut zu, ich sage das nämlich nur einmal. Wenn Sie an Ihrem Leben hängen, erwähnen Sie meinen Sohn nie wieder. Sie werden mir genau sagen, was Sie wissen, und wenn ich mit Ihrer Antwort zufrieden bin, dürfen Sie dieses Lokal unbeschadet verlassen.

— Ist das nicht ein bisschen unhöflich? Was ist das Zeichen?

— Welches Zeichen?

— Das für den Scharfschützen auf der anderen Straßenseite?

— …

— Kein Problem, Sie können es mir ruhig zeigen. Er schläft tief und fest. Übrigens, geben Sie dem Mann beim nächsten Mal etwas Proviant mit! Der arme Kerl hätte uns eine Stunde lang beim Essen zusehen müssen.

Also ... fangen wir noch mal von vorn an. Möchten Sie raten, wer ich bin?

— Lieber nicht.

— Bitte! Raten Sie mal!

— Sie sind ein Clown im Ruhestand, dessen Augenbrauen infolge eines tragischen Unfalls beim Jonglieren verbrannt sind.

— Okay. Dann eben nicht. Sie können mich Mr. Burns nennen.

— Ein schrecklicher Deckname.

— Das ist mein Nachname, vielen Dank.

— Was wollen Sie?

— Ich bin hier, weil wir eine gemeinsame Freundin haben. Sie sollten das Kung-Pao-Hühnchen probieren. Es ist köstlich.

— Danke, aber ich bin mit der Speisekarte noch nicht durch. Und wer soll diese besagte Freundin sein?

— Ich glaube nicht, dass Sie ihren Namen kennen. Aber sie ist eine ganz besondere Freundin. Jemand, der Ihnen sehr, sehr am Herzen lag. Jemand, zu dem Sie vor Kurzem den Kontakt verloren haben.

— Erzählen Sie weiter.

— Ah! Endlich! Jetzt, da ich Ihre Aufmerksamkeit geweckt habe, sind *Sie* an der Reihe, mir sehr genau zuzuhören ...

Legen Sie die Speisekarte weg, und bestellen Sie das Kung-Pao-Hühnchen. Der indonesische Reis ist auch gut, aber Sie müssen unbedingt das Hühnchen probieren.

— Ich muss Sie warnen, ich habe sehr wenig Sinn für Humor und noch weniger Geduld.

— Ich bitte Sie! Seien Sie nicht so bescheiden! Sie haben einen fantastischen Sinn für Humor! Sie sind ein bisschen phlegmatisch, das stimmt ... aber man merkt trotzdem, dass Sie Humor haben. In Ordnung, Sie scheinen mürrisch zu werden, wenn Sie Hunger bekommen, deshalb fahre ich fort.

Mögen Sie Geschichten? Hoffentlich. Ich erzähle Ihnen eine Geschichte, die mir als Kind erzählt wurde. Sie hat von allem etwas: Liebe, Krieg, Verrat. Sie wird Ihnen bestimmt gefallen.

Vor sehr langer Zeit gab es ein riesiges Imperium. Und ich meine wirklich riesig – es erstreckte sich über Tausende von Kolonien. Es wurde von äußerst mächtigen Herrschern regiert. Sie glaubten, dass jede Kolonie sich in ihrem eigenen Tempo entwickeln und sich selbst verwalten sollte. Sie wollten sich nur einmischen, wenn es darum ging, Leben zu retten oder die Interessen des Imperiums zu wahren. Diese Herrscher waren sehr weise Leute, eine Spezies von Künstlern und Ingenieuren, die einen einzigartigen Einblick in den Aufbau des Universums hatten. Sie konnten fast alles konstruieren, Materie formen und sich Energie zunutze machen wie kein anderer.

Eine ihrer Kolonien wurde von einer kriegerischen Spezies beherrscht. Was ihr an Kultiviertheit und Intelligenz fehlte, machte sie mit Stärke und Mut wett. Ihr König, ein legendärer Krieger, herrschte über Millionen Untertanen. Nachdem er den Großteil des Goldes in seinem Land hatte abbauen lassen, versuchte er, sein Nachbarvolk zu unterwerfen, um dessen Bodenschätze auszubeuten. Das Imperium schritt ein, indem es mehrere Schiffe in die Kolonie schickte. Der Kriegerkönig wurde gefangen genommen, vor Gericht gestellt und zu einer lebenslänglichen Gefängnisstrafe verurteilt.

Nach einer gewissen Zeit wurde ihm erlaubt, sein Gefängnis zu verlassen, und schließlich durfte er in der Hauptstadt des Imperiums frei leben, aber nie mehr zu seinem Volk zurückkehren. In der Hauptstadt arbeitete er als ... es gibt kein Wort dafür ... Personal Trainer kommt dem am nächsten, auch wenn es albern klingt. Jedenfalls lernte er auf diese Weise – erraten Sie es? Erraten Sie es? Er lernte eine Prinzessin kennen! Die Tochter des Kaisers höchstpersönlich.

Er trainierte die Prinzessin jeden Tag für einige Stunden. Natürlich dauerte es nicht lange, bis sie sich ineinander verliebten. Eine Weile hielten sie ihre Beziehung geheim, aber als die Prinzessin ins heiratsfähige Alter kam, stellte sie den Kriegerkönig ihrem Vater vor. Sagen wir einfach, dass Papa den neuen Freund seiner Tochter missbilligte. Der gefallene König wurde zurück ins Gefängnis geschickt.

Der Prinzessin wurde verboten, ihren Liebsten zu sehen, aber sie tat es trotzdem – wie junge Leute eben so sind. Sie tat sogar noch viel mehr. Eines Tages legte sie Feuer, um die Wachen wegzulocken, und verhalf ihrem Geliebten zur Flucht. Der Kriegerkönig wollte davonlaufen, aber die Prinzessin war so störrisch wie ein Esel und weigerte sich, ihr altes Leben und ihre Familie zurückzulassen. Statt mit ihrem Geliebten zu fliehen, brachte sie ihn zum Kaiserpalast, um ihrem Vater gegenüberzutreten. Es ist schwer vorstellbar, dass der Kriegerkönig sich dazu überreden ließ, aber wie gesagt, sein

Volk war nicht besonders intelligent. Und machen wir uns nichts vor: Wenn es um Frauen geht, machen wir doch alle mal Dummheiten.

Also konfrontierte die Prinzessin ihren Vater mit dem, was sie getan hatte. Was als Diskussion begann, verwandelte sich bald in einen Streit. Ein Wort gab das andere, und die Gemüter kochten über. Das Volk des Kaisers ist für seine Besonnenheit bekannt, aber Familienangelegenheiten bringen oft das Schlimmste in den Menschen hervor. Bei allen Völkern.

Der Kaiser erhob die Hand, um seine Tochter zu schlagen, und der Kriegerkönig ging schnell dazwischen. Der Kaiser hatte noch nie gekämpft, nie ein Schwert geführt, nie körperlich gearbeitet, deshalb wäre es fast untertrieben zu sagen, dass er unterlegen war. Innerhalb von Sekunden lag er auf dem Rücken und hatte eine Klinge an der Kehle. Wenn die Prinzessin den Kriegerkönig nicht um Gnade angefleht hätte, hätte er den Kaiser getötet. Schließlich kamen die Wachen herein, und die beiden Liebenden wurden festgenommen.

Der Kaiser fühlte sich durch den Verrat seiner Tochter tief verletzt. Danach war er nicht mehr derselbe. Aber wie sehr er sich auch grämte, er konnte sich nicht dazu durchringen, sein eigen Fleisch und Blut zu töten. Stattdessen sollte seine Tochter den Rest ihres Lebens in derselben Zelle verbringen, in der zuvor ihr Liebhaber eingesperrt gewesen war.

Für den Kriegerkönig hatte der Kaiser ein anderes Schicksal im Sinn. Da dieser sein Leben im Palast verschont hatte, würde der Kaiser den Gefallen erwidern. Er sollte in die Verbannung geschickt werden, aber nicht nur er, sondern auch sein ganzes Volk. In den Industriekolonien wurden riesige Schiffe gebaut, und das gesamte Volk des Kriegerkönigs – zig Millionen Untertanen – wurde für immer deportiert.

— Ich vermute, dieses Märchen wird in naher Zukunft auf etwas Sinnvolles hinauslaufen.

— Allerdings, aber das Beste ist die Geschichte an sich. Sie sollten versuchen, sie zu genießen.

Der Kaiser war kein Narr. Er wusste, dass er sich einen mächtigen Feind geschaffen hatte. Es konnte Jahre, Jahrzehnte oder sogar Jahrhunderte dauern, aber eines Tages würde dieses Volk sich für seine Verbannung rächen. Sie würden niemals vergessen, was er ihnen angetan hatte. Der Hass würde von Generation zu Generation weitergegeben werden bis zu dem Tag, an dem die Ehre des Volkes wiederhergestellt würde.

Um sich auf den unvermeidlichen Krieg vorzubereiten, ließ der Kaiser riesige Maschinen nach dem Abbild seines eigenen Volkes bauen. Unzerstörbare Waffen, die innerhalb von Sekunden Zehntausende Männer töten konnten. Tausende dieser Giganten wurden gebaut und in jeden Winkel des Imperiums verschickt.

Am Rand des Reiches gab es eine kleine, unbedeutende Kolonie. Sie befand sich noch in einem frühen Entwicklungsstadium und war vom Imperium bisher wenig beachtet worden, aber der Kaiser bestand darauf, dass auch sie geschützt wurde. Zwölf Waffen wurden zusammen mit einer kleinen Einheit von Soldaten, die sie bedienen sollte, in diese Kolonie geschickt. Sechs davon waren dem weiblichen und sechs dem männlichen Geschlecht nachempfunden. In der Kolonie gab es nahezu keine Technologie, und diese riesigen Maschinen, die unter den Ureinwohnern umhergingen, wurden sofort als Götter und Göttinnen angesehen. Das Volk nannte sie *tittah*.

Jahre vergingen, Jahrhunderte verstrichen, aber der Krieg kam nicht. Nach über zweitausend Jahren wurden die Maschinen aus der Kolonie abgezogen. Eine wurde jedoch zurückgelassen, ein weiblich aussehender Riese, den die Leute *dhehméys* nannten. Er wurde zerlegt, und seine Teile wurden über die Kolonie verteilt. Man hoffte, das Volk würde, sobald es ein gewisses Evolutionsstadium erreicht hatte, die Maschine wiederentdecken und benutzen, um sich zu verteidigen, falls der Krieg doch noch kommen sollte.

— Was wurde aus den mitgeschickten Soldaten?

— Hervorragende Frage. Sie sind sehr aufmerksam. Ihre Lebenserwartung war dreimal so hoch wie die der Koloniebewohner, trotzdem war es eine generationenübergreifende Mission. Als die Maschinen zurückbeordert wurden, wurden die direkten Nachkommen der Soldaten, deren Blut unvermischt war, auch nach Hause geschickt. Aber im Laufe der Jahrhunderte hatten sich einige der männlichen Soldaten Frauen aus der Kolonie genommen und Kinder mit ihnen bekommen.

Diese »Halbblute«, wie sie genannt wurden, ähnelten in anatomischer Hinsicht der eingeborenen Bevölkerung, aber sie hatten den überlegenen Intellekt und die körperlichen Fähigkeiten ihrer Väter. Sie wurden zurückgelassen, als die Soldaten abzogen, und integrierten sich in die Bevölkerung. Aufgrund ihrer Fähigkeiten und ihres ausgeprägten Verstandes nahmen viele von ihnen und ihrer Nachkommen mächtige oder angesehene Stellungen in der Gesellschaft ein.

— Zu jener Zeit waren die Riesen auf Erden; und auch nach der Zeit, wo sich die Gottessöhne zu den Töchtern der Menschen gesellten, und diese ihnen gebaren – das sind die Recken, die in grauer Vorzeit waren, die Hochgefeierten.

— Sie kennen die Geschichte schon?

— Die Bibel, genauer gesagt Genesis. 1. Buch Mose 6:4.

— Wie gesagt, es ist eine gute Geschichte. Viele Menschen haben sie weitererzählt.

— Wie viel davon ist wahr?

— Vielleicht alles. Vielleicht auch nichts. Das müssen Sie selbst entscheiden. Geschichten dienen der Unterhaltung, der Weitergabe der Historie oder einem gesellschaftlichen Zweck. Ich glaube, bei dieser ist es von allem etwas.

— Sie sind einer von ihnen, oder? Sie sind einer der Nachkommen.

— Ich bin nur ein alter Mann, der gern Geschichten erzählt.

— Können Sie uns helfen? Können Sie uns helfen, sie zu steuern?

— Ich kann nichts dergleichen. Selbst wenn ich wüsste, wovon Sie reden.

— Warum erzählen Sie mir dann all das? Warum sind Sie zu mir gekommen?

— Wie wäre es mit einer weiteren Geschichte? Leider hat diese kein so glückliches Ende.

— Unbedingt.

— Los geht's. Es war einmal ein Mann, der wohnte mit seinen beiden jungen Söhnen in einer kleinen Hütte im Wald. Eines Tages, mitten im Winter, zog ein gewaltiges Unwetter herauf. Bald würden alle Straßen gesperrt sein, sodass die kleine Familie völlig von der Zivilisation abgeschnitten sein würde …

— Ich höre Ihnen zu.

— Entschuldigung. Das klingt jetzt schon ein bisschen makaber, dabei habe ich die Schrotflinte noch gar nicht erwähnt. Lassen Sie uns das Ganze etwas fröhlicher gestalten, in Ordnung? Ich weiß, dass Ihnen die andere Geschichte gefallen hat, deshalb machen wir aus dem Mann in dieser auch einen König. Er war ein mächtiger König des Mittelalters, ein großer Krieger, respektiert und gefürchtet. Man erzählte sich, der König habe ein magisches Schwert, das ihn unsterblich und unbesiegbar mache. Natürlich stimmte nichts davon, er konnte einfach nur sehr gut mit dem Schwert umgehen.

Der König hatte zwei Söhne, beide im jugendlichen Alter. Eines Tages wurde er gebeten, einen Streit in einem abgelegenen Dorf zu schlichten. Seine Söhne wollten ihn begleiten, aber der König fürchtete, auf dem Weg dorthin in Kämpfe verwickelt zu werden. Als die Söhne einwandten, dass ihre Feinde die Abwesenheit des Königs nutzen könnten, um anzugreifen, ersann er einen Plan, wie er seine Untertanen alle schützen könnte. Er würde das Schwert bei seinen Söhnen zurücklassen und die Nachricht im ganzen Reich verbreiten. So würden seine Feinde die Söhne für ebenso unbezwingbar halten wie ihn selbst.

Der König ging seinen Geschäften nach, aber bei seiner Rückkehr fand er das ganze Schloss in Trauer vor. Die beiden Söhne waren in Streit darüber geraten, wer von ihnen der bessere Krieger und somit würdig sei, das Schwert des Vaters zu tragen. Der ältere Sohn hatte seinen Bruder mit der Klinge niedergeschlagen. Der jüngere Sohn erlag seinen Verletzungen, aber er lebte noch lange genug, um seinen Vater ein letztes Mal zu sehen. Nachdem der Junge in den Armen seines Vaters sein Leben ausgehaucht hatte, nahm der König das Schwert und warf es ins Meer, damit niemand mehr seinem Fluch erliegen würde.

Das war's! So endet die Geschichte.

— Verzeihen Sie mir, wenn die Antwort auf meine Frage offensichtlich ist, aber ich habe gern Gewissheit. Was ist die Moral der Geschichte?

— Ach, ich glaube nicht, dass es eine Moral gibt, nichts besonders Tiefsinniges. Wenn man eine Waffe zurücklässt, damit die Menschen sich verteidigen können, und herausfindet, dass sie sich gegenseitig damit umbringen, würde man sie wahrscheinlich zurückhaben oder entsorgen wollen. Das ist nur eine Frage des gesunden Menschenverstandes. Aber vielleicht geht es auch um etwas ganz anderes.

Ahhh! Da kommt unsere Kellnerin! Mir knurrt schon der Magen.

[Guten Abend. Möchten Sie schon bestellen?]

— Ja, wir sterben vor Hunger! Ich lasse meinem Freund den Vortritt.

— Ich hätte gern das Kung-Pao-Hühnchen.

— Sie sind ein kluger Mann.

FILE 233

GESPRÄCH MIT INES TABIB,
SICHERHEITSBERATERIN DER PRÄSIDENTIN

ORT: WEISSES HAUS, WASHINGTON, DC

— Danke, dass Sie mich empfangen, Ms. Tabib.

— Ich habe Sie schließlich hergebeten, deshalb danke ich *Ihnen*, dass Sie gekommen sind. Es freut mich, Sie endlich kennenzulernen. Ich hoffe, Sie haben keine Vorbehalte, weil eine Frau die Aufgabe übernommen hat.

— Welchen Aspekt der Angelegenheit meinen Sie? Ob ich Vorbehalte dagegen habe, dass Frauen überhaupt arbeiten? Oder dass Frauen Machtpositionen einnehmen? Oder dass Frauen Entscheidungen treffen, mit denen sie Männer oder andere Frauen in den Tod schicken?

— Ich …

— Meine Antwort auf alle drei Fragen ist dieselbe: Nein. Selbst wenn ich Vorbehalte hätte, würde ich mich wohl eher darüber aufregen, dass eine Frau jetzt Oberbefehlshaberin der Streitkräfte ist, als über das Geschlecht ihrer Sicherheitsberaterin. Apropos, wie geht es der Präsidentin?

— Sie ist wohlauf. Sie muss sich noch eingewöhnen. Eigentlich wollte sie Ihnen persönlich danken, aber das muss noch eine Weile warten.

— Mir danken?

— Wir haben einen erfolgreichen Wahlkampf geführt, aber es ist kein Geheimnis, dass wir diesen Erdrutschsieg Ihrem Projekt zu verdanken haben. Sie haben die Welt verändert, angefangen mit dem Präsidenten der USA.

— Ich habe nichts dergleichen getan. Der ehemalige Präsident hätte die Angelegenheit anders handhaben können. Er hat es sich selbst eingebrockt.

— Das klingt ziemlich nach: »Das hat er jetzt davon!« Hätten Sie die Angelegenheit anders gehandhabt?

— Ich bin, war und werde nie Präsident der Vereinigten Staaten sein, deshalb spielt es keine Rolle, was ich an seiner Stelle getan oder unterlassen hätte.

— Gut. Dann sagen Sie es mir eben nicht. Aber ich kann Ihnen verraten, was ich anders gemacht hätte. Ich hätte das außerirdische Ding ... Wie nennen Sie es, ist es eine »sie« oder ein »es«?

— Die Beteiligten sprechen von einer »sie«.

— Okay, ich hätte sie nicht versteckt. Ich hätte sie vor dem Weißen Haus aufgestellt, damit jeder sie sehen kann.

— Ihr Vorgänger war besorgt, dass sich andere Staaten angesichts einer solchen Machtdemonstration beunruhigt zeigen würden.

— Ich weiß. Das hat mir nie eingeleuchtet. Irgendwann hätte er sie ohnehin präsentieren müssen, oder? Egal, jetzt ist es jedenfalls raus. Ich glaube nicht, dass es einen einzigen Menschen auf der Welt gibt, der noch nicht von ihr gehört hat. Durch sie verändert sich alles. Die Auswirkungen sind einfach … endlos.

— Ich wünschte, Sie hätten recht. Leider glaube ich, dass die Leute bald so tun werden, als sei nichts passiert.

— Ist das nicht ein bisschen zynisch? Natürlich machen die Leute mehr oder weniger das, was sie immer tun. Aliens hin oder her, sie brauchen Arbeit, Nahrung und Schlaf, sie schicken ihre Kinder in die Schule und bringen den Müll raus. Ihr Tagesablauf bleibt im Wesentlichen gleich, egal was um sie herum passiert. Ich nehme an, deshalb sind die Menschen auch so von der Politik desillusioniert. Sie erwarten, dass die Amtsträger, die sie gewählt haben, ihr Leben verändern. Aber egal, darum geht es nicht.

Genau in diesem Moment sehen kleine Kinder überall auf der Welt zu den Sternen auf und fragen sich, ob die Wesen, die den Roboter gebaut haben, von dort sind oder von dort oder von dort. Vielleicht inspiriert sie diese Entdeckung dazu, Astronaut oder Ingenieur zu werden. In zwanzig Jahren baut womöglich eines dieser Kinder einen neuen Raketenantrieb, mit dessen Hilfe wir Reisen außerhalb unseres Sonnensystems unternehmen können, und das nur, weil es vor Jahren den Roboter gesehen hat.

Alle Weltreligionen müssen sich angesichts dieser Entdeckung neu aufstellen. Egal, an welchen Gott man glaubt, es kann nicht mehr nur um die Menschen gehen. Er oder sie muss ein Gott für das gesamte Universum sein. Himmel, Hölle, Nirwana, was auch immer, all das muss überdacht werden. Die Fundamentalisten leugnen die ganze Sache natürlich einfach, aber für alle anderen ist die Welt nicht mehr so, wie sie vor Denver war.

Selbst die Präsidentin muss in ihren Reden anerkennen, dass es andere sensitive Lebensformen im Universum gibt. Sie würden sich wundern, wie schwer es ist, Gott und Aliens im selben Satz unterzubringen, ohne albern zu klingen.

Vor allem aber kann niemand von uns mehr die Augen vor der Tatsache verschließen, dass es da draußen Wesen gibt, die so furchtbare Waffen bauen können, dass die Menschheit kaum eine Chance hätte zu überleben, sollten sie sich je dazu entschließen, uns anzugreifen.

— Sie würden uns vernichten. Wahrscheinlich könnten sie das sogar aus der Ferne.

— Genau. Das rückt die ganze Weltordnung in ein anderes Licht: Unsere Gebiets- und Handelsstreitigkeiten sind plötzlich belanglos. Denver war keine globale Katastrophe, wie wenn ein Meteorit auf der Erde einschlägt oder so, aber es war eine traumatische Erfahrung, und solche Momente können dazu führen, dass die Menschen sich vereinen. Ich glaube, es verändert unseren Blick auf uns selbst. Der Wandel mag langsam und unmerklich ablaufen, aber er wird sich vollziehen, das garantiere ich Ihnen.

— Ich hoffe inständig, dass Sie recht haben. Mein sehnlichster Wunsch ist, dass diese Entdeckung für uns alle die Alterität neu definiert.

— Alterität?

— Das Konzept des »Anderen«. Was ich bin, hängt sehr davon ab, was ich *nicht* bin. Wenn das »Andere« die muslimische Welt ist, bin ich die jüdisch-christliche Welt. Wenn das »Andere« aus Tausenden von Lichtjahren Entfernung kommt, bin ich einfach ein Mensch. Wenn man die Alterität neu definiert, kann man die Grenzen abschaffen.

— Sehen Sie, ich wusste doch, dass Sie gar nicht so zynisch sind. Die Präsidentin wollte, dass ich mich mit Ihnen in Verbindung setze und herausfinde, was Sie für einen guten Zeitpunkt halten, um »sie« zurückzuholen.

— Als ich Ihrem Vorgänger sagte, dass der Puerto-Rico-Graben keine dauerhafte Lösung sei, meinte ich nicht, dass wir sie zurückholen können, wann immer wir wollen. Es ist gerade mal vier Monate her.

— Ich weiß, ich weiß. Es ist nur … Im Moment passiert eine Menge. Die Präsidentin will ihre Optionen ausloten.

— Ich weiß von keiner maßgebenden technischen Entwicklung in den letzten Monaten, jedenfalls keiner, die uns eine Bergungsaktion in der Tiefsee ermöglicht. Sie können der Präsidentin sagen, dass ihre Optionen dieselben sind wie gestern oder vor vier Monaten oder vor dem Zeitpunkt, als wir von der riesigen Hand in South Dakota erfahren haben.

— Ich habe ihr gleich gesagt, dass Sie das sagen würden ... Sind Sie sicher, dass wir nichts tun können?

— Ja.

— Ja?

— Ja. Ich bin sicher, dass wir nichts tun können.

— Lassen Sie es mich anders formulieren: Sind Sie sich absolut sicher, dass *niemand* sie zurückholen kann? Den Roboter zu verlieren ist eine Sache, ihn mit einer chinesischen Flagge auf der Brust im Fernsehen auftauchen zu sehen eine andere.

— Wie gesagt, mir ist keine wissenschaftliche oder technische Entwicklung bekannt, die es ermöglichen würde, den Roboter aus dem Puerto-Rico-Graben zu bergen. Es würde mich überraschen, wenn die Chinesen oder sonst jemand entscheidende Fortschritte auf dem Gebiet gemacht hätten, ohne dass jemand davon erfahren hat. Völlig ausgeschlossen ist es natürlich nicht.

— Wie würden Sie sicherstellen, dass niemand außer uns sie hochholt?

— Man kann niemanden davon abhalten, sie zu bergen, wenn man selbst diese Tiefen nicht erreichen kann. Ich würde dringend empfehlen, die staatliche Förderung der Tiefseeforschung zu erhöhen, sagen wir mal, um das Tausendfache, falls Sie das nicht schon getan haben. Ich bin absolut sicher, dass andere Regierungen das gemacht haben, noch bevor der Roboter auf dem Meeresboden aufgeschlagen ist.

— Das klingt, als wäre es ein Wettrennen.

— Ist es ja auch.

— Sie wollen also sagen, das Weltraumwettrennen wiederholt sich. Wir wetteifern mit den Russen und weiß Gott wem um die tiefsten Stellen der Erde, und wer als Erster dort ist, gewinnt alles. Kann man es so zusammenfassen?

— Solange man keine Möglichkeit findet, Feinde in Verbündete zu verwandeln, trifft es das ganz gut.

— Schlagen Sie vor, wir sollten mit den Russen zusammenarbeiten?

— Ich kann Ihnen nicht vorschreiben, was Sie tun sollen, ich kann nur sagen, dass Sie es könnten. Die meisten Leute wissen das nicht mehr, aber Kennedy hat den Russen 1963 angeboten, beim Flug zum Mond zu kooperieren. Wäre er nicht ermordet worden, wäre die erste Mondlandung vielleicht ein gemeinsames Unternehmen der USA und der UdSSR geworden.

— Irgendwie kann ich mir das nicht vorstellen.

— Ich nehme an, das meinten Sie mit »langsamer und unmerklicher Wandel«. Kann ich Ihnen sonst noch behilflich sein? Ich habe einen ziemlich vollen Terminkalender.

— Nein, ich glaube nicht. Es sei denn, Sie können Nordkorea dazu bringen, sein Atomprogramm abzubrechen.

— Was haben sie dieses Mal angestellt?

— Der dritte unterirdische Test in diesem Jahr. Nur sieht es dieses Mal echt aus. In der Vergangenheit haben sie einfach eine Menge Sprengstoff unter der Erde hochgejagt, damit wir glauben, sie hätten Atomwaffen. Dieses Mal ist es anders. Japan hat radioaktive Strahlung vor Ort gemessen.

Bei jedem anderen würden wir auf Stärke setzen und drohen, dass ganze Land dem Erdboden gleichzumachen ... aber die Nordkoreaner beeindruckt das nicht besonders. Ich weiß nicht genau, was uns noch an Möglichkeiten bleibt.

— Ein Präventivschlag?

— Die Präsidentin ist der Meinung, das wäre ein »kriegerischer Akt«.

— Dann fällt mir leider auch nichts mehr ein. Ich gebe es nur ungern zu, aber die Nordkoreaner haben mich schon immer verunsichert. Man kann ihnen nicht drohen, weil sie sich überlegen fühlen. Man kann auch nicht mit ihnen diskutieren, weil sie hundertprozentig von ihrer Rechtschaffenheit überzeugt und nicht käuflich sind. Der Umgang mit Größenwahnsinnigen ist immer problematisch, aber es übersteigt meine Vorstellungskraft, wie sich dieses Regierungssystem über Generationen an der Macht halten konnte.

— ... Entschuldigung, ich war gerade in Gedanken woanders. Ich habe überlegt, wie wir vor den Russen in den Tiefseegraben gelangen. Es wird schwierig, daraus eine gute Rede zu machen. Wir haben uns entschlossen, zum ... Meer zu fliegen. Wir haben uns entschlossen, in diesem Jahrzehnt auf den Grund des Meeres zu kommen ...

— Vielleicht sollten Sie das Redenschreiben anderen überlassen.

FILE 237

GESPRÄCH MIT VINCENT COUTURE,
ARBEITSLOS

ORT: LA FONTAINE PARK, MONTREAL, KANADA

— Setzen Sie sich doch, Mr. Couture.

— Wir hätten auch zu mir gehen können. Es ist zu kalt für ein Picknick im Park.

— Ich habe mir größte Mühe gegeben, die Identität aller am Projekt Beteiligten geheim zu halten, aber nach dem Vorfall möchte ich das lieber an einem öffentlichen Ort besprechen.

— Sie fürchten, dass meine Wohnung verwanzt ist?

— Ich kann es nicht ausschließen. Außerdem ist der Park doch herrlich im Herbst. Haben Sie meine Nachricht erhalten?

— Ich weiß nicht, ob ich es wirklich als Nachricht bezeichnen soll, aber ja, ich habe die beiden Wörter bekommen, die Sie mir geschickt haben. Das ist ziemlich cool.

— Was meinen Sie mit cool?

— Es ist cool, dass es irgendwann einmal mehrere dieser riesigen Roboter auf der Erde gegeben hat, zwölf, um genau zu sein.

— Woher ...

— Woher ich das weiß? Also, das erste Wort, das Sie mir geschickt haben, *tittah*, bedeutet auf Hattisch »groß«. Hattisch wurde vor ungefähr fünftausend Jahren in Anatolien gesprochen, das heute mehr oder weniger die Türkei ist. Das Wort wurde von den Völkern weiter im Westen entlehnt und heißt auf Griechisch *Titan*.

In der griechischen Mythologie sind die Titanen die Kinder von Gaia und Uranos. Das ist auch cool. Verstehen Sie? Sie sind die Kinder der Erde und des Himmels. Die Griechen müssen irgendwie gewusst haben, woher die Roboter kamen.

Es gibt zwölf von ihnen, sechs Männer und sechs Frauen. Ich kenne nicht alle Namen auswendig, aber ich weiß, wen wir gefunden haben. Das zweite Wort, das Sie mir geschickt haben, *dhehméys*, klingt sehr nach Indogermanisch, das unseres Wissens zu dieser Zeit dort gesprochen wurde. Wenn es Indogermanisch ist, dann hat sich das »d« später in ein »t« verwandelt, und im antiken Griechenland ist daraus das Wort »Themis« geworden, eine der Titanen.

— Den Namen habe ich noch nie gehört.

— Sie haben sie schon tausendmal gesehen. Sie hat verbundene Augen und hält eine Waage in der einen und ein Schwert in der anderen Hand.

— Justitia?

— Mehr oder weniger. Die Statuen vor den Gerichten sind ziemlich neu. Eigentlich steht Themis nicht für das Recht, sondern für die göttliche Gerechtigkeit. Und das bedeutete *dhehméys* wahrscheinlich auch schon vor fünftausend Jahren. Ich bin mir ziemlich sicher, dass *dharma* aus dem Sanskrit von demselben Wort abstammt, und es bedeutet kosmische Ordnung, das, was die Welt zusammenhält. Themis' Tochter Dike ist die griechische Göttin der Gerechtigkeit.

— Sie hatte eine Tochter?

— Tja, offensichtlich hatte sie keine »echte« Tochter. Ich glaube nicht, dass irgendwo ein Miniroboter vergraben liegt. Manche Mythen sind einfach nur Mythen.

Können Sie sich das vorstellen? Ein Dutzend von diesen Maschinen, die türkis leuchtend durch die Gegend laufen? Oder vielleicht haben sie auch in unterschiedlichen Farben geleuchtet. Damals gab es noch nicht mal Eisenwerkzeuge, von Elektrizität ganz zu schweigen. Ich wünschte, ich könnte in die Vergangenheit reisen, um mir das anzusehen. Der eine Roboter, den wir gefunden haben, ist heute schon Ehrfurcht gebietend. Zwölf davon in einer Zeit, als es praktisch noch keine Technik gab? Das muss gewesen sein, als würde man Göttern gegenübertreten.

Ich würde gern wissen, warum gerade diese auf der Erde zurückgelassen wurde, während alle anderen dorthin gebracht wurden, wo sie herkamen.

— Wie kommen Sie darauf, dass sie weggebracht wurden?

— Wir haben fast die ganze Erde abgesucht und nur Teile von einem Roboter gefunden. Wenn da elf weitere verstreut wären, hätten wir mit Sicherheit ein paar zusätzliche Teile irgendwo in einem Lagerhaus liegen.

Verraten Sie mir, was Sie wissen, oder muss ich alles erraten?

— Vielleicht weiß ich gar nichts.

— Natürlich nicht. Sie sind nur über die Wörter *tittah* und *dhehméys* gestolpert, als Sie ein Kreuzworträtsel gelöst haben, und dann haben Sie mich angerufen, damit ich Ihnen helfe, die freien Kästchen auszufüllen. Erlauben Sie mir eine völlig andere Frage: Fällt Ihnen ein Wort mit sieben Buchstaben für »dummes Zeug« ein?

— Vorsicht.

— Irgendwann müssen Sie doch mal jemandem vertrauen. Sie könnten morgen von einem Bus überfahren werden, dann wäre anschließend niemand da, der irgendwas von Ihrem Geheimnis wüsste.

— Sie sollten sich klarmachen, dass ich nur eine Art Beobachter bin. Ich bin kein Außerirdischer. Ich habe keinen riesigen Roboter gebaut. Ich spiele nicht mal eine wichtige Rolle dabei, ihn zu finden oder zu verstehen, wie er funktioniert. Deshalb können Sie davon ausgehen, dass hundert Prozent meines Wissens von anderen Leuten stammt. Sollte mir also etwas zustoßen, gäbe es noch immer genug Personen, die wissen, was ich weiß. Ich vertraue darauf, dass im Fall meines Ablebens die richtige Information den Weg zu den richtigen Leuten findet, so wie sie auch den Weg zu mir gefunden hat.

— Klar, aber wir könnten eine Menge Zeit sparen, wenn Sie uns einfach sagen, was Sie wissen, damit wir Ihnen ein bisschen helfen können!

— Sie helfen mir, sehr sogar. Und Sie können unter anderem deshalb so entscheidend zu diesem Projekt beitragen, weil Sie sich nicht mit unnötigem Wissen belasten müssen. Einiges davon könnte Ihnen helfen, das stimmt, aber manches würde Sie auch einschränken, Ihren Blick in eine bestimmte Richtung lenken, Sie davon abhalten, alles zu sehen, was es zu sehen gibt. Da ich nicht weiß, welche Information Ihren Denkprozess behindert, halte ich es für sinnvoll, Ihnen nur das zu sagen, was Sie unbedingt wissen müssen.

— Wirklich? Und ich dachte die ganze Zeit, Sie wären der größte Kontrollfreak aller Zeiten. Mir war gar nicht klar, dass Sie das alles nur für mich tun. Wie kann ich Ihnen nur danken?

— Den Sarkasmus sollten Sie Ms. Resnik überlassen. Sie beherrscht das tausendmal besser. Sind Sie bereit, wieder an die Arbeit zu gehen?

— Welche Arbeit? Ich habe bis jetzt zwei Dinge getan: Symbole einer fremden Zivilisation auf Tafeln entschlüsselt, die ich versehentlich vernichtet habe, und gelernt, einen Roboter zu steuern, den Sie auf dem Meeresboden versenkt haben. Soweit ich das beurteilen kann, gibt es für mich nichts mehr zu tun.

— Das ist keine Antwort auf meine Frage. Ich wollte wissen, ob Sie sich wieder bereit fühlen oder nicht.

— Um was zu tun?

— Egal. Ich frage, ob Sie bereit sind, irgendwas zu tun.

— Das verstehe ich nicht.

— Falls es keine Seiten Ihres Lebens gibt, die mir verborgen geblieben sind, ist das Einzige, was Sie in den letzten fünf Monaten geleistet haben, sich einen Bart wachsen zu lassen und Modelle von Schiffen aus dem Zweiten Weltkrieg zu basteln. Obwohl diese Spielzeuge zugegebenermaßen sehr detailreich sind und Ihre Geduld und Geschicklichkeit bezeugen, geben sie wenig Aufschluss über Ihre geistige Stabilität.

— Ich ... ich weiß nicht, was ich sagen soll ... Ich bin stabil ... geistig, und ich kann ... die Sachen machen, über die Sie mir nichts erzählen wollen.

— Wie ist der gegenwärtige Stand Ihrer Beziehung mit Ms. Resnik?

— Meine Beziehung ... Ich habe seit einer Weile nicht mit ihr gesprochen.

— Genau. Wie können Sie behaupten, stark genug zum Arbeiten zu sein, wenn Sie nicht mal den Hörer abnehmen und eine Frau anrufen können, an der Ihnen offensichtlich sehr viel liegt?

— Ich wollte warten, bis ich sicher bin.

— Sicher? In welcher Hinsicht?

— Ich bin fast so weit. Ich rufe sie bald an, versprochen. Ich wollte warten, bis ich sicher bin.

— …

— Bis ich sicher bin, dass ich nicht mehr stürze.

— …

— Ich weiß nicht, wie ich es anders erklären soll. Ich wache jeden Morgen auf und höre Rose schreien, dass ich stehen bleiben soll. Das soll angeblich irgendwann vorbeigehen, und angeblich soll irgendwann der Tag kommen, an dem ich sie nicht wieder und wieder in meinen Träumen sterben sehe. Ich bezweifle das zwar, aber mit der Zeit habe ich gelernt, damit zu leben.

Ich meine, natürlich würde ich mich gern nur an die guten Sachen erinnern. Sie schenkte mir ihr Vertrauen und ihre Freundschaft, und sie öffnete mir die Türen zu einer Welt, von der ich nicht mal zu träumen wagte. Ich stehe den Rest meines Lebens in ihrer Schuld. Ich wünschte, ich könnte nur das sehen, aber es geht nicht. Wenn es also zu der Erinnerung an Rose gehört, jeden Morgen schreiend aufzuwachen, komme ich damit klar.

Ich kann sie nicht zurückholen. Es ist zu spät, um auf sie zu hören, und ich kann nicht versprechen, dass ich ab jetzt immer tun werde, worum andere mich bitten, aber ich schwöre Ihnen, ich schwöre bei meinem Leben, ich werde nie wieder stürzen. Ich lasse nie wieder zu, dass jemandem, den ich liebe, etwas zustößt, weil ich nicht stark genug bin, und das fängt – verständlicherweise – bei Kara an. Deshalb warte ich noch damit, sie anzurufen.

— Ich stelle Ihre Entschlossenheit nicht infrage, das habe ich noch nie getan, aber Sie können nicht garantieren, dass Ihre Knie nicht einfach wieder nachgeben, so wie beim letzten Mal.

— Ich steige Treppen.

— Was?

— Ich steige mit nach hinten geklappten Knien Treppen.

— Vielleicht gibt es doch Seiten Ihres Lebens, die mir verborgen geblieben sind. Fahren Sie bitte fort.

— Nachts, bei mir im Haus. Ich stelle mir den Wecker auf 2:00 Uhr und gehe die Hintertreppe rauf und runter. Immer vier Stockwerke, bis ich nicht mehr kann.

— Wie oft machen Sie das?

— Jede Nacht, seit ich wieder hier bin. Tagsüber sind meine Beine zu erschöpft, um zu trainieren, deshalb trinke ich Protein-Shakes und arbeite an meiner Konzentrationsfähigkeit. Ich bastle Modellbauschiffe, während ich im Kopf Multiplikationen in der Alien-Mathematik durchführe. Es ist ein bisschen unorthodox, ich weiß, und es tut mir leid, wenn das Ihren Maßstäben nicht genügt, aber ich habe nichts gefunden, was der Arbeit am Steuerpult näherkommt. Ich weiß nicht, was ich für Sie tun soll, aber wenn Sie darüber nachdenken, die Truppe wieder zusammenzubringen, bin ich bereit. Ich bin zehnmal besser vorbereitet als bei meinem letzten Auftritt in der Kugel.

— Die Truppe wieder zusammenzubringen, das wird nicht so leicht sein.

— ... Entschuldigung. Ich lache nicht über Sie. Es ist nur, das, was Sie gerade gesagt haben, ist ein Zitat von Jake aus *Blues Brothers*.

— Ich habe nur Ihre Worte von eben aufgegriffen …

— Ich weiß. Entschuldigung. Ich wollte nicht …

— … und der Text ist von Elwood, nicht von Jake. Glückwunsch.

— Was habe ich gemacht?

— Sie haben mich soeben überzeugt, dass Sie einsatzbereit sind. Jetzt müssen Sie nur noch Ms. Resnik überzeugen.

FILE 239

GESPRÄCH MIT DR. ALYSSA PAPANTONIOU,
GESCHÄFTSFÜHRERIN UND WISSENSCHAFTLICHE LEITERIN,
OFFSHORE COMPANY 462753 INC.

ORT: GEHEIMER ORT BEI SAN JUAN, PUERTO RICO

— Tja, Ms. Papantoniou, so sieht man sich wieder.

— Ja, es muss hart für Sie sein.

— Warum sagen Sie das? Es hat mir leidgetan, dass Sie gegangen sind.

— Sie haben mich … ausweisen lassen.

— Ja. Ich meinte später. Ich hatte Ihren Beitrag zum Team unterschätzt. Ihnen fehlen die sozialen Fähigkeiten und das Einfühlungsvermögen für eine Führungsposition, aber mir ist klar, dass Sie

außergewöhnlich begabt sind und wir von Ihrer Anwesenheit sehr profitieren können.

— Und jetzt hat das Gremium mich aus... ausgewählt. Dieses Mal habe ich das Sagen.

— Allerdings. Sie müssen die russische Regierung ziemlich beeindruckt haben. Aber ich bin neugierig, was Sie den Russen wirklich angeboten haben, da Sie ja nichts über diesen Standort wissen. Sie müssen sie überzeugt haben, dass Sie eine Möglichkeit finden, die Steuerung für ihre Piloten zu aktivieren, wenn sie den Roboter vom Grund des Puerto-Rico-Grabens bergen. Ich bin ziemlich sicher, dass die Vereinigten Staaten Ihr Angebot an die Russen nicht gerade wohlwollend betrachten.

— Ich glaube auch nicht, dass sie Ihre Zusammenstellung des Konsortiums wohlwollend betrachten.

— Genau. Wie Sie sehen, haben wir beide eine Menge gemeinsam. Wir sind diesem Projekt so sehr verpflichtet, dass wir uns oft zwischen dem ethisch Vertretbaren und dem Wichtigen entscheiden müssen. Ich hoffe, diese gemeinsame Verpflichtung kann das Fundament unserer erneuerten Beziehung bilden. Ich hoffe, wir können einen ... Neuanfang machen.

— Ich wurde aus meiner Wohnung geschleift ... wie eine Ver... Verbrecherin!

— Na ja, weil man Sie ja auch für eine Verbrecherin hielt. Aber, wie gesagt, das ist Schnee von gestern. Ihnen ist doch klar, dass wir eine Möglichkeit finden müssen, zusammenzuarbeiten?

Ich bin ernsthaft gewillt, es zu versuchen, wenn Sie es auch sind.

— Ich war immer professionell. Sie waren derjenige, der es zu etwas Per… Per…

— … Persönlichem gemacht hat. Ich würde mein Handeln als entschlossen beschreiben. Ich dachte, das wäre eine Eigenschaft, die Sie bei anderen bewundern. Glauben Sie mir, wenn ich es persönlich werden lasse, dann merken Sie es. So. Sollen wir anfangen? Wie gehen die Bauarbeiten voran?

— …

— Ich gehe nicht, bevor Sie mit mir gesprochen haben. Wenn Ihnen das Projekt so wichtig ist, wie Sie behaupten, werden Sie es nicht an Ihrer … vorübergehenden Umsiedelung scheitern lassen.

— Wir sind unserem Zeitplan fast einen Monat voraus. Der Auf… Aufbau des Labors ist fast abgeschlossen, und das Verlegen der Schienen geht viel schneller, als wir dachten. Sie sollten jetzt die Piloten herholen.

— Ich dachte, Sie wären erst Weihnachten bereit, mit dem Training zu beginnen. Trotz der guten Neuigkeiten, die Sie mir gerade unterbreitet haben, verstehe ich nicht, was die Piloten jetzt hier tun könnten.

— Nichts. Sie hätten nichts zu tun. Sie könnten zum St… Strand gehen, sich ein paar Drinks genehmigen, sich amüsieren. So könnte der Ärger im Lauf der Wochen abflauen.

— Glauben Sie, sie sind wütend auf mich, weil ich das Programm beendet habe?

— Nein, das glaube ich nicht. Aber sie werden wütend auf mich sein. Sie sind mindestens ... mindestens einen Monat lang nutzlos für mich. Sie mochten mich schon vorher nicht, aber jetzt werden sie mich ha... hassen.

— Der Gedankengang erscheint mir irgendwie irrational. Sie haben nur wenig Zeit mit ihnen verbracht. Die Piloten kennen Sie gar nicht gut genug, um Sie zu hassen.

— Irrational ist das ri... richtige Wort. Sie werden nicht wissen warum, aber sie werden mich hassen, weil ich nicht *sie* bin. Sie werden mich hassen, weil ... weil ich noch am Leben bin.

— Sie sprechen von Dr. Franklin?

— Ja. Wahrscheinlich werden sie sich dessen nicht bewusst sein, aber alleine bei dem Gedanken, dass jemand anders als Dr. ... jemand anders als *sie* das Sagen hat, wird sich ihnen der Magen umdrehen. Die Piloten werden mich hassen, weil ich nicht wie sie bin, und sie werden mich hassen, weil ich sie an sie erinnere. Sie werden mich hassen, weil ich sie zwinge, ihren T... Tod wieder und wieder zu durchleben. Deshalb bitte ich Sie, die beiden jetzt herzuholen, damit sie die Zeit haben, darüber hinwegzukommen. Ich kann meine Arbeit nicht machen, wenn die Piloten wünschten, ich wäre tot, selbst wenn es nur un... unter... bewusst ist.

— Ich werde sehen, was ich tun kann. Es könnte sein, dass die beiden etwas Zeit brauchen, um ihre eigenen Unstimmigkeiten beizulegen.

Lassen Sie uns die psychologischen Bedenken einen Moment lang vergessen und uns wieder der Arbeit widmen, die Sie vollbracht haben. Sie sagten, der Aufbau des Labors wäre fast abgeschlossen. Wird der Raum genauso groß sein wie der in Denver?

— Fast. Die lange Seite ist etwa zwölf Meter kürzer. Der Boden ist zum Meer hin instabiler, als die geologische Untersuchung ergeben hat. Keine Sorge – es bleibt genug Platz, um den Roboter zu bewegen, aber wir wollen ja nicht, dass die Decke einstürzt. Der Raum liegt viel … tiefer als der in Denver. Es werden Millionen Tonnen von Fels und Wasser über unseren Köpfen sein.

— Wie viele Männer haben Sie zum Schienenlegen?

— Null. Zum einen war mir das Sicherheitsrisiko zu groß; die Leute können Geheimnisse nicht für sich behalten. Außerdem hätten Taucher sowieso nur die ersten paar Hundert Meter verlegen können. Unsere deutschen Freunde schafften es, den Zug so zu konstruieren, dass er die Schienen selbst legen kann. Eigentlich ist es eher ein Schacht. Ein guter Teil der Strecke führt fast vertikal nach unten, deshalb drückt das Gewicht nicht auf die Schienen wie bei einem normalen Zug. Wir verlegen eine Art stählernen Doppel-T-Träger mit einer Reihe von Löchern in der Mitte. Der Zugantrieb hat Zahnräder auf beiden Seiten des Trägers, mit denen er sich durch den Schacht bewegt.

Es ist eine außerordentliche Ingenieursleistung. Der Zug fährt zum Ende der Strecke, legt einen neuen Träger und kommt zurück, um den n… nächsten zu holen. Als wir angefangen haben, kam er alle paar Stunden, jetzt ist er fast den ganzen Tag unterwegs. Es geht wirklich langsam voran, aber … kontinuierlich.

— Wie werden Sie die einzelnen Teile einsammeln, wenn Sie im Zielbereich angekommen sind?

— Wir haben ein unbemanntes U-Boot mit einem Roboterarm. Wenn wir den Grund des Grabens erreicht haben, befestigen wir ... Bojen an den Teilen, um das Gewicht zu reduzieren, und ziehen sie mit Stahlseilen auf die Zugplattform. Dann holen wir sie hoch ... eins nach dem anderen.

— Ist der Zug stark genug, um die Einzelteile aus dem Graben zu ziehen?

— Nein. Mit genügend Bojen könnte er die kleineren Teile, die Hände und die Füße, wahrscheinlich allein bewegen, nicht aber die Oberschenkel oder den Torso. Wenn er mit dem Schienenverlegen fertig ist, montieren wir ein Stahlseil am Zug, um ihm hochzuhelfen. Wir haben eine Winde von der Größe eines vierstöckigen Hauses.

Ich ... ich weiß, dass Sie mir Dinge verschweigen, wahrscheinlich aus gutem Grund, aber ich nehme an, das würden Sie n... nicht für sich behalten: Warum dauert es so lange, das Antriebssystem zu finden? Sie haben die übrigen Teile in relativ kurzer Zeit entdeckt und mittlerweile den Großteil der Erdoberfläche abgesucht.

— Wir haben kein Antriebssystem gefunden, wie Sie es nennen, weil wir nicht danach gesucht haben. Alle Suchaktionen wurden eingestellt, nachdem wir den Kopf entdeckt hatten. Wie kommen Sie auf die Idee, dass es so etwas geben könnte?

— Also, es gibt bestimmt eine Menge, das ich nicht weiß, aber ...

— Sie deuten jetzt schon zum zweiten Mal an, Ihnen würden entscheidende Informationen vorenthalten. Ich kann Ihnen versichern, dass das nicht der Fall ist.

— Es spielt keine Rolle. Ich wusste es, als ... als ich eingestiegen bin.

— Ich ...

— Lassen Sie mich ausreden. Das Gerät, der Roboter, von technologisch und kulturell hoch entwickelten Wesen aus ... dem All gebaut, um die Erde gegen andere Aliens zu verteidigen, richtig?

— Ja.

— Sind Sie sich absolut sicher, dass der Roboter zur Verteidigung des P... Planeten entwickelt wurde?

— Meines Wissens ja.

— Wie kann es dann kein Antriebssystem geben? So wie Sie das Ding beschreiben, ist es äußerst mächtig und könnte ganze Städte gegen fast jeden Angreifer verteidigen. Aber was, wenn der Feind in einem anderen Land zuschlägt, ganz zu schweigen von einem anderen ... Kontinent? Der Roboter kann ja schlecht ein Taxi rufen. Ohne ein Antriebssystem ist sein Aktionsradius so eingeschränkt, dass es vö... völlig nutzlos ist. Der Feind müsste nur ein paar Kilometer entfernt landen. Bis der Roboter dorthin gelaufen ist, wäre alles schon vorbei. Es wäre das d... dümmste Planetenverteidigungssystem aller Zeiten – nicht, dass ich ein anderes kenne –, wenn es das Meer nicht überqueren kann.

— **Das ist ein stichhaltiges Argument. Ich bin überrascht, dass bisher niemand, mich eingeschlossen, darauf gekommen ist. Ich bemühe mich, die Suchaktion so bald wie möglich wieder aufzunehmen. Aber, wie Sie schon sagten, haben wir einen großen Teil aller Kontinente abgesucht. Falls so ein Antriebssystem existiert und wir es dort nicht finden, liegt es höchstwahrscheinlich ebenfalls unter Wasser.**

Die Fläche, die wir dann absuchen müssten, ist viel größer als die Landmasse, und wir haben derzeit keine zuverlässige Möglichkeit, Dr. Franklins ARCANA unter Wasser zu verteilen.

— Dann müssen Sie jemanden einstellen. Ich bin Genetikerin, keine Chemikerin oder Ingenieurin.

— **Das war Dr. Franklin auch nicht.**

— Tja, sie mag ja eine Art Universalgenie gewesen sein … aber jetzt ist sie tot. Unsere Piloten haben sie umgebracht. Also müssen wir eine andere Lösung finden. Wie gesagt, ich bin Genetikerin. Ich leite schon … S… Stahlarbeiter und Ingenieure an, und ich verstehe nur die Hälfte von dem, was sie sagen. Bei dem Geld, das wir für die B… Bauarbeiten hier ausgeben, kommt es wohl auf ein Gehalt mehr oder weniger nicht an. Wenn wir einen Chemiker brauchen, stellen wir einen Chemiker ein. Wenn die Ingenieure, die das hier geplant haben, kein Verteilungssystem für das ARCANA-Gemisch entwickeln können, stellen wir eben noch einen ein.

Apropos Genetik, das ist ein weiterer Grund, warum ich die Piloten so bald wie möglich hier haben möchte. Wenn ich herausfinden soll, warum die Helme nur bei den beiden funktionieren, dann muss ich sie genauer untersuchen. Ich brauche Proben.

— Ich kann Blutproben per Kurier schicken lassen.

— Ich werde viele verschiedene Proben brauchen, nicht nur Blut. Bitte, schaffen Sie die beiden so schnell es geht her.

— Vielleicht haben sie Einwände gegen häufige Probenentnahmen.

— Ich kann meine Arbeit nicht machen, wenn die Piloten nicht ko... kooperieren. Sie sind eine unberechenbare Variable in der Gleichung. Das Gremium ist sehr beunruhigt, dass ein Projekt dieser Größenordnung von zwei Menschen abhängt. Wir beide haben diese Unterhaltung schon einmal geführt. Ersparen wir uns eine Wiederholung. Ich möchte mit den Tests so schnell wie möglich anfangen.

— Ich bitte Sie nur, die Tests so minimal-invasiv und schmerzfrei wie möglich durchzuführen. Was das Direktoren-Gremium angeht, lassen Sie das meine Sorge sein. Ihre Aufgabe ist es, uns so schnell wie möglich wieder in die Spur zu bringen. Wenn wir einsatzbereit sind, überlegen wir uns einen Plan B, für den Fall, dass einem der Piloten etwas zustößt. Aber im Moment haben wir Piloten. Was wir hingegen nicht haben, sind der Roboter und eine Anlage, in der wir das Training vernünftig fortsetzen können. Darüber sollten Sie sich den Kopf zerbrechen.

— Ich verstehe. Aber ich kann das D... Direktoren-Gremium nicht einfach ignorieren. Die Leute haben mich zum CEO ernannt. Ich verstehe Ihre Bedeutung für das Projekt, aber es gibt hier eine Verwaltungsstruktur, und soweit ich weiß, sind Sie da n... nicht eingebunden. Ich habe größten Respekt für das, was Sie für das Projekt geleistet haben, aber ich bin dem Gremium verpflichtet.

— Ich bewundere Ihre Loyalität und Ihren Wunsch, Ihre Pflichten als CEO zu erfüllen.

— Danke.

— Wenn ich Ihnen einen Rat geben darf: Für eine Frau in Ihrer Position wäre es klug, sich die Zeit zu nehmen, ihr Umfeld besser zu verstehen und manche Annahmen vielleicht zu überdenken. Die wahren Machtstrukturen kann man bei einem so komplexen Unternehmen nicht auf den ersten Blick durchschauen.

— Danke für Ihre Fürsorge. Das ist sehr nett von Ihnen.

FILE 249

GESPRÄCH MIT VINCENT COUTURE, BERATER,
OFFSHORE COMPANY 462753 INC.

ORT: GEHEIMER ORT BEI SAN JUAN, PUERTO RICO

— Ich hoffe, Sie genießen Ihr neues Zuhause.

— Natürlich! Ich wohne am Strand! Ich weiß nicht, woher Sie kommen, aber für jemanden, der sein ganzes Leben in der Provinz Quebec gewohnt hat, ist das wirklich fantastisch.

— Schön, dass Ihnen das Strandhaus gefällt, aber eigentlich meinte ich die Anlage.

— Ich war erst zweimal da. Gleich am ersten Tag, da habe ich Alyssa getroffen – wussten Sie, dass sie zurückgeholt wurde? –, und dann noch mal ein paar Tage später, als ich zu einer Untersuchung kommen sollte.

— Sie sind jetzt seit fast zwei Wochen hier. Was machen Sie die ganze Zeit, wenn Sie nicht in der Anlage sind?

— Ich lerne surfen! Also, ich versuche es zumindest. Ich bin furchtbar schlecht, aber es macht *so … viel … Spaß!* Ich weiß, dass ich das nicht machen darf, aber ich denke immer, es müsste mit nach hinten geklappten Knien einfacher sein. Sie sollten mal vorbeikommen! Man kann mich nicht übersehen, ich bin der strahlend weiße Mann mit dem üblen Sonnenbrand.

— Ich … Muss ich wirklich erwähnen, dass ich nicht surfe? Können wir jetzt über die Arbeit reden?

— Klar!

— Was halten Sie von der neuen Basis?

— Sie wissen bestimmt viel mehr darüber als ich. Wie gesagt, ich war erst zweimal da. Ich fand unsere Halle in Denver schon beeindruckend, aber das Ding hier ist der Wahnsinn. Wissen Sie, dass wir fast einen Kilometer unter der Erde sind?

Die Tür hinter uns führt in eine Halle, die ungefähr so groß ist wie die in Denver. Außerdem gibt es ein halbes Dutzend Labors auf dieser Ebene und eine gigantische Schleuse, die in den Atlantik führt. Ich war nur auf dieser Ebene, ich weiß nicht, was hier sonst noch ist.

— Es gibt nur eine Ebene. Hier sind außerdem noch eine 2.000 Quadratmeter große Werkstatt, medizinische Einrichtungen, Mannschaftsunterkünfte und ein Kraftwerk.

— Darf ich eine dumme Frage stellen?

— Nein. Dürfen Sie nicht.

— Okay, darf ich eine sehr schlaue Frage stellen?

— Von mir aus.

— Wie kriegen wir den Roboter hier raus? Ich habe nur ein Tor gesehen, das groß genug sein könnte, und das führt ins Meer.

— Wenn der Roboter einmal zusammengebaut ist, kann er die Anlage nicht über das Festland verlassen. Er muss zerlegt und vor der Küste aus dem Wasser gezogen werden. Da können wir die Teile auf Frachtschiffe verladen. Der Roboter passt aber in die Schleusenkammer, deshalb könnte er theoretisch an einer nicht so steilen Stelle aus dem Meer laufen.

— Sie glauben, sie kann unter Wasser gehen? Das wäre cool.

— Wir wissen es nicht. Ich habe aber auf jeden Fall vor, es rauszufinden. Und, ja, es wäre cool.

— Wer leitet diese Anlage? Ist es eine amerikanische Basis?

— Nicht ganz. Die Einrichtung gehört einem Konsortium aus vier Ländern: Japan, Russland, Südkorea und Vereinigte Arabische Emirate, außerdem sind vier Unternehmen daran beteiligt: zwei aus Deutschland, eines aus den USA und eines aus Japan.

— Das klingt wie eine rein willkürliche Auswahl. Haben Sie das Los entscheiden lassen?

— Die Russen mussten irgendwie eingebunden werden. Die Lage war einfach zu heikel, nachdem zwei ihrer Offiziere bei einem unserer Einsätze erschossen wurden.

— Wir haben zwei russische Offiziere erschossen?

— *Wir* haben niemanden erschossen. Es waren tuwinische Bauern … Das ist eine lange Geschichte. Es genügt wohl zu sagen, dass jeder Versuch der Vereinigten Staaten, den Roboter zu behalten, katastrophale Folgen gehabt hätte. Ich musste Moskau einige Zusicherungen geben. Leider haben die Russen nicht die Mittel, um ein Projekt dieser Größenordnung zu finanzieren. Die Emirate schon. Japan war für beide ein akzeptabler Partner, und Südkorea ist der naheliegendste Kunde für unser Produkt. Unsere privaten Partner bringen spezielle Technologien ein.

— Haben Sie gerade »unser Produkt« gesagt?

— Unser Ziel ist es, den Mitgliedsstaaten die Fähigkeiten des Roboters zur Verteidigung zur Verfügung zu stellen.

— Und was ist mit ihren Fähigkeiten zum Angriff?

— Die nicht. Das ist Teil unserer Satzung. Der Roboter darf nur zu Verteidigungszwecken eingesetzt werden, niemals als Offensivwaffe und niemals gegen andere Mitglieder des Konsortiums.

— Entschuldigung, ich hab's immer noch nicht ganz kapiert. Können Sie das tun? Sich einfach den Roboter schnappen und behaupten, er gehöre Ihnen?

— Das ist Interpretationssache. Die Eigentumsrechte an dem Roboter könnten angefochten werden. Aber wir haben über siebentausend Patente auf die Technologie. Es wäre juristisch fragwürdig, wenn jemand anders ihn nutzen würde.

— Was haben die Privatfirmen davon?

— Die Kosten der Mitgliedschaft sind … erheblich. Wenn sich weitere Länder unserer Gruppe anschließen, könnten die, die sich am Gründungskapital beteiligt haben, enorm von ihrer Investition profitieren.

— Aus der größten Entdeckung der Geschichte, die der ganzen Menschheit zugutekommen sollte, bla, bla, bla, wird also eine Waffe, mit der man Profit machen will. Stimmt das?

— Ich gebe zu, dass die Situation ganz und gar nicht so ist, wie ich sie mir erträumt hatte, aber immerhin können wir so mit der Forschung weitermachen und einen globalen Konflikt vermeiden.

— Wie heißt es?

— Wie heißt was?

— Das Konsortium. Äh, das wäre doch ein guter Name, einfach nur »Das Konsortium«.

— Es hat zurzeit noch keinen Namen. Es ist ein nummeriertes internationales Unternehmen auf den Britischen Jungferninseln.

— Wie romantisch. Wollen Sie es nicht das Themis-Konsortium nennen? Das klingt gut.

— Ich habe die Informationen bezüglich ihrer Geschichte oder Identität bisher mit niemandem geteilt.

— Warum nicht?

— Ich habe meine Gründe. Aber ich muss zugeben, dass ein nummeriertes Unternehmen unter dem Aspekt der Motivation alles andere als ideal ist. Vielleicht könnten Sie einen guten Namen für unsere Gruppe vorschlagen. Es würde mir gefallen, wenn unser Personal ein gewisses Zugehörigkeitsgefühl empfindet. Angesichts der Sicherheitsauflagen und der persönlichen Beschränkungen, die die Arbeit in der Anlage mit sich bringt, ist die Stärkung der Moral von essenzieller Bedeutung.

— Tja, wenn Sie Themis nicht verwenden wollen … Sie ist eine Tochter von Gaia und Uranus. Auch wenn Sie es nicht mit Jugendlichen zu tun haben, würde ich Uranus im Namen vermeiden. Gaia ist nicht schlecht. Das Gaia-Konsortium.

— Ich werde es dem Direktoren-Gremium vorschlagen.

— Es gibt ein Gremium?

— Es ist ein Unternehmen.

— Okay. Ich werde mich jedenfalls nicht beschweren. Es muss ein Vermögen gekostet haben, die Anlage zu kaufen. Wer war vor uns hier?

— Ich verstehe nicht.

— Ich meine, was war hier, bevor wir gekommen sind? Eine Mine?

— Es war nichts hier. Wir befinden uns unter einem Nationalpark. Die Anlage wurde vom Meer aus ausgeschachtet.

— Sie wollen mich auf den Arm nehmen. Man kann etwas in der Größe unmöglich in ein paar Monaten bauen. Es würde Jahre dauern, ein so großes und tiefes Loch zu graben.

— Es hat schätzungsweise zwei Jahre gedauert.

— Sagten Sie gerade zwei Jahre?

— Ja, wir haben die Anlage in weniger als zwei Jahren gebaut. Leider entwickelten sich die Kosten umgekehrt proportional zur Geschwindigkeit.

— Das begreife ich nicht. Vor zwei Jahren hatten wir noch nicht mal alle Teile des Roboters eingesammelt. Wir hatten nicht mal ihren Kopf.

— Das nennt man einen Notfallplan. Ich operiere selten ohne.

— Machen Sie sich keine Sorgen, wie die US-Regierung auf Ihren »Notfallplan« reagieren wird? Sie war nicht auf der Liste der Länder, die dem Konsortium angehören.

— Das stimmt, die Regierung der USA gehört nicht dazu. Aber sie sind vor Angriffen geschützt, da eines der Mitglieder eine amerikanische Firma ist.

— Das ist bestimmt ein großer Trost ... Irgendwas muss ich übersehen. Die USA hat die gesamte Forschung bezahlt. Wir haben die Roboterteile mithilfe der U.S. Army eingesammelt, und jetzt geben Sie den Roboter Russland? Ich weiß nicht, wie Sie das sehen, aber an deren Stelle wäre ich ziemlich sauer.

— Sie gehen recht in der Annahme, dass einige Unstimmigkeiten bereinigt werden müssen.

— Okay. Warum soll ich mich darüber beschweren? Ich bin aus Kanada. Was glauben Sie, wann wir wieder mit dem Training anfangen können?

— Wenn Ms. Papantoniou recht behält, haben wir alle Teile innerhalb eines Monats geborgen.

— Uns fehlt noch immer ein Pilot. Ich dachte, Kara wäre mittlerweile hier.

— Sie sollte bald eintreffen. Könnte sein, dass sie in einen Unfall verwickelt war.

— Was ist passiert? Geht es ihr gut?

— Alles in Ordnung. Vielleicht hatte sie den Unfall noch gar nicht. Sie haben wohl vergessen, dass sie eine Angehörige der U.S. Army ist. Da die Vereinigten Staaten nicht direkt in unsere Arbeit hier eingebunden sind, kann ich die Regierung nicht um Ms. Resniks Dienste bitten. Ich habe zurzeit weder offiziell noch inoffiziell mit einem Projekt zu tun, für das man eine Helikopterpilotin benötigt.

— Und?

— Deshalb wird sie bald, falls es nicht schon geschehen ist, in einen gewöhnlichen Verkehrsunfall verwickelt sein. Sie wird eine Gehirnerschütterung und ein Schleudertrauma erleiden. Ihr Arzt wird bei ihr ein postkommotionelles Syndrom und eine zervikale Radikulopathie diagnostizieren und sie für dienstunfähig erklären. Er wird empfehlen, sie für mindestens sechs Monate freizustellen.

Wenn Ms. Resnik hier ankommt, werden Sie einiges wiedergutzumachen haben. Sie war wegen Ihres Verschwindens tief verletzt. Obwohl ich wirklich hoffe, dass Sie Ihre Beziehung kitten können, wäre ich im Moment auch mit einer friedlichen Koexistenz zufrieden. Es ist unumgänglich, dass Sie beide so effizient zusammenarbeiten und kommunizieren wie früher. Und zwar schnell. Die jüngsten Entwicklungen haben mich gezwungen, weitere Personen in unsere Arbeit miteinzubeziehen. Es sind jetzt zu viele Leute mit zu vielen Interessen bei diesem Projekt, um Rücksicht auf persönliche Angelegenheiten zu nehmen und uns dadurch in unserm Zeitplan zurückwerfen zu lassen, selbst wenn es nur ein paar Tage sind.

— Ich glaube nicht, dass Sie sich wegen Kara Sorgen machen müssen. Selbst wenn sie mich abgrundtief hasst, wird sie ihren Job machen.

— Sie haben vollkommen recht. Ms. Resnik ist professionell und wird ihren Pflichten nachkommen, so gut sie kann, egal was sie empfindet. Ich mache mir eher Sorgen um Sie.

— Ich habe nie …

— Bitte fühlen Sie sich nicht gleich angegriffen. Ich zweifle nicht daran, dass Sie entschlossen sind, Ihre Aufgabe zu erfüllen, aber Ihnen fehlt die militärische Ausbildung, über die Ms. Resnik verfügt. Sowohl Sie als auch Ms. Resnik haben mehrmals den einzigartigen psychologischen Effekt erwähnt, den die Arbeit in der Kugel auf Menschen hat. Ich fürchte, die Atmosphäre dort könnte schnell vergiftet sein, falls einer von Ihnen den Eindruck hat, seine Gefühle würden nicht erwidert. Ich glaube nicht, dass Sie bei so viel zusätzlichem Stress noch effizient arbeiten könnten.

— Wir werden schon miteinander auskommen.

— »Miteinander auskommen« reicht nicht. Sie müssen einander blind vertrauen. Sie müssen harmonieren.

— Kara und ich hatten absolut nichts gemeinsam, als wir zum ersten Mal zusammengearbeitet haben. Sie ist so kompliziert wie die *New York Times*, und ich bin ungefähr so charmant wie eine Wurzelbehandlung, trotzdem haben wir zueinandergefunden. Nach unserem ersten Kuss dauerte es ungefähr zwanzig Minuten, bis dieser brutale Mistkerl mich mit seinem Pick-up in die Betonwand gerammt hat. Wir haben es zusammen durchgestanden. Wir haben gemeinsam einen Flughafen zerstört, unsere beste Freundin getötet und die Erde an den Rand eines dritten Weltkriegs gebracht, alles an einem Tag.

Verstehen Sie nicht? Dass Kara und ich ein Paar wurden, ist entweder der größte Witz des Universums oder es war vorherbestimmt. Das wirklich Komische ist, dass ich nicht mal an das Schicksal glaube. Wie gesagt, wir werden miteinander klarkommen. An Ihrer Stelle würde ich mir mehr Sorgen um das nächste Chaos machen, das wir anrichten werden.

FILE 250

GESPRÄCH MIT CW4 KARA RESNIK,
UNITED STATES ARMY

ORT: GEHEIMER ORT BEI SAN JUAN, PUERTO RICO

— Mr. Couture hat eine Menge durchgemacht.

— Glauben Sie, für mich war das ein Spaziergang? Ich war auch dabei, vergessen Sie das nicht! Er hat mich verlassen! Hat nicht angerufen, nicht geschrieben. Ich habe keine besonders hohen Ansprüche an eine Beziehung. Wenn jemand ein bisschen Zeit für sich braucht, okay, aber wenn er einfach abtaucht, sollte er mir wenigstens sagen, dass es ihm gut geht und – ich weiß nicht – ob er zurückkommt oder nicht. Ist das zu viel verlangt?

— Die Richtung, in die sich dieses Gespräch entwickelt, wird mir zunehmend unangenehm.

— Sagen Sie es mir! Bin ich etwa unverschämt?

— Ein Mindestmaß an Kommunikation scheint mir eine vernünftige Forderung.

— Danke!

— Ihre plötzliche Dankbarkeit beunruhigt mich. Bitte glauben Sie nicht, dass ich auf »Ihrer Seite« wäre.

— Was hätten Sie denn getan?

— Diese Frage werde ich einfach überhören. Die Wahrheit ist: Keiner von uns kann verstehen, was in Mr. Coutures Kopf vorgeht, weil er die Hauptschuld an Dr. Franklins Tod trägt.

— Es ist schrecklich, so etwas zu sagen. Ich bin genauso verantwortlich für das, was passiert ist, wie Vincent.

— Das ist sehr großzügig von Ihnen. Aber wir beide wissen, dass das nicht stimmt. Mr. Couture drückte die Knöpfe und löste den Energiestoß aus, nicht Sie.

— Das ist ungerecht! Der Roboter ist gestolpert!

— Ja, der Roboter ist gestolpert, weil Mr. Couture seine Beine gesteuert hat. Wäre Dr. Franklin von einem riesigen Daumen zerquetscht worden, würde ich Ihnen die Schuld geben, weil Sie die Hände gesteuert haben. Sie sollten mit ihm reden.

— Wir haben schon miteinander gesprochen.

— Ich meinte nicht, Artigkeiten austauschen. Ich meinte, wirklich miteinander reden. Ich hatte ernsthafte Zweifel an seinem Geisteszustand, an seiner Bereitschaft weiterzumachen und, ja, auch an seinen Gefühlen Ihnen gegenüber. Aber jetzt habe ich keine Zweifel mehr. Auch wenn es schwierig zu verstehen ist, hat das, was er während seiner langen Abwesenheit getan hat, seine Begeisterung für das Projekt – und in noch größerem Ausmaß seine Zuneigung zu Ihnen – bestätigt.

— Sie sagten, er hätte mit Spielzeug gespielt.

— So habe ich das nicht formuliert. Außerdem war ich während meines ersten Besuchs bei Mr. Couture von dem Unfall stärker betroffen, als ich wahrhaben wollte, sodass mir einige Dinge entgangen sind, die mir im Rückblick offensichtlich erscheinen. Mir ist jetzt klar, dass meine Wiedergabe der Ereignisse eine ohnehin schon schwierige Situation weiter verkomplizierte, und ich entschuldige mich aufrichtig für meine Kurzsichtigkeit.

— In einem Punkt haben Sie auf jeden Fall recht. Was auch immer er in Montreal getrieben hat, er ist dadurch in der Kugel verdammt noch mal besser geworden. Heute Morgen hatten wir unseren ersten Test.

— Im Simulator?

— Nein, im echten Gerät. In der Nacht wurde das letzte Teil geborgen. Sie war schon fertig zusammengebaut und einsatzbereit, als wir aufwachten. Ich weiß nicht, ob mir das mit der Privatwirtschaft gefällt, aber wir haben auf jeden Fall mehr Personal.

— Hat das Wasser irgendwelche Schäden verursacht?

— Die Kugel war so trocken wie an dem Tag, an dem wir sie verlassen haben. Jedenfalls waren wir am Anfang ein bisschen eingerostet, aber nach ungefähr einer halben Stunde ließ Vincent uns im Kreis durch die Halle rennen. *Rennen!* Als wir uns das letzte Mal festgeschnallt hatten, konnte er kaum ein paar Schritte gehen. Jetzt rennt er ... Er kann sogar währenddessen das Pult bedienen. Ich hätte nie gedacht, dass er noch genug Muskelmasse übrig hat.

— Es ist erstaunlich, was man alles leisten kann, wenn man mit dem Herzen dabei ist. Ich finde es sehr interessant, dass die Kugel dicht geblieben ist, obwohl sie unter Wasser so hohem Druck ausgesetzt war. Ich würde gern wissen, ob wir den Roboter unter Wasser verwenden können.

— Alyssa ist schon einen Schritt weiter. Am Freitag absolvieren wir einen Testlauf in der Schleusenkammer. Wenn es funktioniert, können wir uns vom Festland entfernen und unter Wasser ein paar Dinge ausprobieren. Sie möchte, dass wir rausfinden, wie man die Energieabgabe fokussiert. Das ist keine schlechte Idee. Wenn etwas schiefgeht, töten wir vielleicht ein paar Fische, aber wir pulverisieren niemanden oder zerstören die Basis ... wieder.

— Davon erwähnte sie mir gegenüber gar nichts.

— Das überrascht mich nicht. Ich kann sie, ehrlich gesagt, nicht leiden. Sie ist ehrgeizig, das muss ich ihr lassen. Aber sie hat etwas an sich, das sich nicht richtig anfühlt. Es hat sich in Denver nicht richtig angefühlt, und hier fühlt es sich auch nicht richtig an.

— Sie sagte, dass Sie sie hier nicht mögen würden.

— Ich mochte sie schon vorher nicht.

— Sie sagte, Sie würden sie nicht mögen, weil sie nicht Dr. Franklin ist.

— Ah, das erklärt natürlich alles. Und ich dachte schon, es hätte was mit ihrer Persönlichkeit zu tun.

— Wenn Sie Ihre Gefühle mal beiseitelassen, hat sie irgendwas getan, um sich Ihre Abneigung zu verdienen?

— Also, zum einen steckt sie ständig Nadeln in mich rein. Und die Nadeln werden immer dicker. Ich bin jetzt seit drei Tagen hier und wurde schon viermal zur medizinischen Station gebeten – oder besser gesagt, *geschickt*. Am ersten Tag hat sie mir Blut abgenommen und ein paar Abstriche gemacht.

— Sie ist Genetikerin.

— Sie ist eine verrückte Wissenschaftlerin, wenn Sie mich fragen. Am nächsten Morgen wurde ich für weitere Blutproben einbestellt. Sie steckte mich eine gute halbe Stunde lang in eine MRT-Röhre. Ich bin nicht klaustrophobisch, aber ich muss zugeben, dass ich das Gerät nicht ausstehen kann. Sie behandelt mich wie ein Versuchskaninchen. Sie erklärt mir nichts, sagt mir nicht, wozu die ganzen Tests gut sind. Wahrscheinlich denkt sie, ich wäre zu blöd, um es zu verstehen.

Nach dem Abendessen wollte ich zur Entspannung ein Bad nehmen – es war ein langer Tag, und ich wollte früh ins Bett –, da hörte ich meinen Namen via Intercom. »Kara Resnik, bitte melden Sie sich auf der medizinischen Station eins« … Als ich dort ankam, steckte sie mir eine Infusionsnadel in den Arm, um mich für eine CT vorzubereiten. Mir war immer noch ganz heiß von dem Jod-Kontrastmittel, als sie mir mitteilte, dass sie eine Lumbalpunktion vornehmen müsse. Wissen Sie, wie dick die Nadel für eine Lumbalpunktion ist?

— Hat es wehgetan?

— Weiß ich nicht, ich riss mir die Infusionsnadel aus dem Arm und ging zurück in mein Zimmer. Aber es hätte bestimmt wehgetan.

— Sie sagten, Sie wären viermal auf die medizinische Station gerufen worden. Das waren erst drei Mal.

— Ja, heute Morgen sollte ich noch mal kommen.

— Ich entnehme Ihrer knappen Antwort, dass Sie der Aufforderung nicht nachgekommen sind. Das war vielleicht unklug. Ich glaube nicht, dass Ms. Papantoniou ein Nein akzeptiert.

— Dann muss sie eben lernen, mit Enttäuschungen umzugehen. Ich meine, was kann sie schon groß machen? Mich hinschleifen?

— Nicht auszuschließen.

— Das würde ich gern sehen. Wozu braucht sie die ganzen Proben überhaupt? Dr. Franklin hat schon festgestellt, dass an unserer DNA nichts Ungewöhnliches ist.

— Ich weiß es nicht genau. Sie will verstehen, warum die Helme sich nur bei Ihnen und Mr. Couture einschalten, und diese Beschränkungen, wenn möglich, aufheben.

— Ja, sie ist da ganz offen. Sie will ein »B-Team«. Sie sagt, dass es für sie Priorität hat, die Helme für jeden bedienbar zu machen. Es wird schwierig werden, jemanden zu finden, der solche Beine hat wie Vincent, aber wenn ihr das mit den Helmen gelingt, könnte sie zumindest mich ersetzen.

— Ich glaube nicht, dass sie Sie ersetzen möchte, aber ihr ist eindeutig nicht wohl dabei, dass das ganze Projekt von der Gesundheit und dem guten Willen zweier Einzelpersonen abhängt. Ich müsste lügen, wenn ich behaupten würde, dass ich diese Einschätzung nicht teile. Es ist zu einfach, die Bedrohung durch den Roboter auszuschalten, indem man einen von Ihnen beiden tötet.

— Verstehe. Ich hoffe nur, dass sie eine Weile dazu braucht. Ich glaube nicht, dass sie mich dabehalten wird, wenn sie nicht muss.

— Wieso denken Sie, es wäre ihr lieber, wenn Sie gehen?

— Ach, glauben Sie mir, sie würde mich liebend gern loswerden. Wenn man jemanden liebt, ist es nicht unwahrscheinlich, dass der andere die Gefühle nicht erwidert. Hass hingegen beruht normalerweise auf Gegenseitigkeit. Wenn man jemanden verachtet, ist es so gut wie sicher, dass der andere einen selbst auch nicht leiden kann.

— Mir war nicht bewusst, dass Sie eine so große Abneigung gegen Ms. Papantoniou hegen.

— Vielleicht übertreibe ich ein bisschen. Ich hasse sie nicht wirklich. Ich mag sie nur nicht. Und ich glaube, sie kann mich nicht ausstehen.

— Ich wünschte, ich könnte helfen. Leider ist meine Beziehung zu ihr auch nicht optimal. Ms. Papantoniou hat einen starken Willen, manchmal vielleicht zu stark. Einerseits ist ihre Entschlossenheit löblich, andererseits kann sie geradezu … aufsässig sein.

— Sie meinen, sie stimmt nicht allem zu, was Sie sagen? Langsam wird sie mir sympathisch …

— Ich wollte sagen, ich fürchte, dass es für mich immer schwieriger werden wird, Ihnen zu helfen.

— Ich bin ja schon dankbar, dass sie mich im Moment nicht loswerden kann.

— Apropos Dankbarkeit. Ich habe mich noch gar nicht richtig dafür bedankt, was Sie in Bosnien für mich getan haben.

— Das brauchen Sie auch nicht. Sie hatten recht. Ich habe es gemerkt, als ich schon auf dem Weg zum Flughafen war, aber ich wollte gar nicht mehr abreisen. Die Leute dort sind so … Sie sind so stark und verletzlich zugleich. Alles fühlt sich …

— … echter an.

— Ja. Danke, dass Sie mich hingeschickt haben.

— Danke, dass Sie Fata gefunden haben.

— Gern. Ich werde sie nie vergessen. Die arme Frau. Was sie durchmachen musste, ist … Ich finde keine Worte dafür. Es ist unmenschlich. Was für ein Monster tut einem anderen Menschen so was an?

— Der Krieg bringt das Schlechteste und manchmal auch das Beste im Menschen zum Vorschein.

— Wo wir gerade von Krieg sprechen: Ich mache mir Sorgen wegen unserer Arbeit hier. Als wir anfingen, war es ein Forschungsprojekt. Ich bin keine Physikerin oder so, aber es fühlte sich nach Wissenschaft an. Das hier nicht. Es ist kein Forschungsprojekt mehr, und ich fühle mich wieder wie eine Soldatin.

Inzwischen ist zu viel Geld im Spiel, um den Roboter nicht einzusetzen. Irgendwann holen wir sie raus und töten Menschen, hundert, tausend … zehntausend. Es ist schwierig zu erkennen, weil sie wie ein Mensch aussieht, wie eine Frau, aber das Ding ist eine Waffe, zumindest behandeln wir sie so. Wenn wir eine Bombe gefunden hätten, eine riesige Rakete …

— Wären Sie dann bei dem Projekt dabei?

— Vielleicht. Wahrscheinlich. Irgendwie wäre es einfacher, wenn ich das Ding nicht steuern würde. Ich meine, es gibt niemand anderen. Also, nur einen anderen. Aber wir werden da rausgeschickt, und uns bleibt keine Wahl, als die zu töten, die uns angreifen.

Unsere Feinde werden keine Ahnung haben, mit wem sie sich anlegen, nicht wissen, dass sie keine Chance haben. Ich will damit sagen: Es ist einfacher, Teil einer großen Armee zu sein, als allein die ganze Armee zu sein.

— Es spielt keine Rolle, ob man allein ist oder zu einer Armee aus Tausenden von Soldaten gehört. Man hat eine Wahl. Man hat immer eine Wahl. Sie sollten froh sein, dass Sie in einer Position sind, in der klar ist, was auf dem Spiel steht, wenn man sich entscheiden muss. Das ist selten so.

— Ich glaube, ich verstehe nicht ganz.

— Sie steuern eine furchtbare Waffe, aber eine, die für den Nahkampf entwickelt wurde. Das bedeutet, dass Sie sehen können, wen zu töten Sie beschließen. Definitiv eine klare Entscheidung. Bei einem nächtlichen Angriff eine Brücke zu sprengen, ist eine viel schwierigere Entscheidung. Man nimmt sich nur nie die Zeit, darüber nachzudenken. Wenn man die Brücke zerstört, könnte der Feind abgehalten werden, Verstärkung an die Front zu schicken. Die Brücke könnte aber auch der einzige Fluchtweg für Zivilisten sein. Wie viele Menschen wird man retten? Wie viele schickt man in den Tod? Das ist eine schwierige Entscheidung, vor allem wenn man nicht alle …

— War das Ihr Handy oder meins?

— Ihres, glaube ich …

— Dann muss das jetzt Ihres sein.

— Stimmt. Wir scheinen gerade ziemlich gefragt zu sein.

— Was haben Sie für eine Nachricht bekommen?

— Nordkorea hat gerade ein südkoreanisches Schiff im Gelben Meer versenkt. Sie verlegen Truppen in die entmilitarisierte Zone. Ich glaube, Sie …

— Ja. Wir haben einen Einsatz.

FÜNFTER TEIL

MIT ZÄHNEN UND KLAUEN

FILE 251

EINSATZPROTOKOLL – CW4 KARA RESNIK,
UNITED STATES ARMY

ORT: PAJU, AN DER ENTMILITARISIERTEN ZONE,
SÜDKOREA

— Können Sie mich hören, Ms. Resnik? Husten Sie bitte, wenn Sie mich hören können.

— Husten? Wie wär's, wenn ich Ihnen einfach sage, ob ich Sie hören kann? Laut und deutlich. Ich habe die Verbindung mit Alyssa stumm geschaltet. Sie kann uns nicht hören.

— Gut. Wo sind Sie jetzt?

— In Paju. Wir gehen an der Autobahn entlang zur Grenze. Vorhin sind wir durch den Fluss spaziert.

— Folgt Ihnen die südkoreanische Armee?

— Nein. Es sind Truppen auf der anderen Seite des Flusses, aber sie halten die Stellung. Das ist jetzt unser Auftritt. Bis auf den winzigen Jeep, der neben uns auf der Autobahn fährt. Ich glaube, er eskortiert uns, so albern das auch klingt.

— Wie fühlen Sie sich?

— Steif. Mir tun alle Knochen weh.

— Gab es einen Vorfall, über den ich nicht unterrichtet wurde?

— Nein, es ist nichts passiert. Absolut nichts. Wissen Sie, wie lange es gedauert hat, bis wir hier waren? Elf Tage! Elf Tage auf einem Containerschiff, wo wir in einem armseligen Loch schlafen mussten, das den Namen Koje nicht verdient.

Wir müssen wirklich den Transport verbessern, sonst brauchen wir sehr geduldige Feinde. Aber so hatten Vincent und ich die Gelegenheit, uns zu unterhalten.

— Haben Sie Fortschritte bei der Aussöhnung gemacht?

— Ähm … Können wir das ein anderes Mal besprechen? Ich bin gerade ziemlich beschäftigt. Von wo aus rufen Sie mich überhaupt an?

— Aus Peking. Ich habe noch ein paar Freunde hier. Ich habe versucht, Ihnen ein paar Tage Zeit zu verschaffen.

— Ich kann mir nicht vorstellen, dass Sie Freunde haben, egal wo.

— Leute, die mir einen Gefallen schulden, nenne ich Freunde. Ich habe sie gebeten, Pjöngjang so lange hinzuhalten wie möglich.

— Scheint geklappt zu haben. Ich wusste nicht, dass es so schön ist.

— Was?

— Die Gegend hier. Ich war noch nie in Korea und schon gar nicht an der Grenze. Ich habe mir die entmilitarisierte Zone immer – ich weiß auch nicht – schroff vorgestellt. Ein zerfurchtes Feld voller Minen und Stacheldrahtrollen. Aber hier sieht es aus wie in einem Nationalpark. Überall Rasen. Es ist wahnsinnig grün hier. Alles ist hübsch und gut gepflegt. Es würde bestimmt alles explodieren, sobald wir nur einen Fuß darauf setzen, aber es ist trotzdem hübsch.

Können Sie einen Moment warten? Ich muss mich melden …

Ja, Alyssa. Wir betreten die entmilitarisierte Zone. Wir sind einen guten Kilometer von der – wie heißt das? – MDL entfernt. Ich kann einen Kontrollpunkt erkennen. Ich vermute, dass sie uns mittlerweile gesehen haben … Nein, es passiert nichts … Ja. Ich gebe Ihnen Bescheid, sobald wir die Grenze erreichen …

Sind Sie noch da? Ich kann mein Mikro nicht ständig ausschalten. Ich kann Sie noch hören, aber nicht mehr antworten.

— Gut. Lassen Sie einfach den Kanal offen, damit ich Sie hören kann.

— Okay. Wird schon schiefgehen …

Alyssa, ich bin wieder da. Ja, ich habe mit Vincent gesprochen … Über Sachen, die Sie nichts angehen. Ich dachte, es würde Sie interessieren, dass wir jetzt fast an der Grenze sind. Ich kann Truppen sehen, ungefähr einen Kilometer entfernt ... Ich weiß nicht, ich sehe eine Menge Panzer, vielleicht zweihundert. Ich schätze, es ist eine Brigade. Reichlich Infanterie ...

Woher soll ich das wissen? Sie sind in Zelten. Es sind auf keinen Fall mehr als fünfzigtausend Mann. Auf jeden Fall haben sie nicht alle ihre Truppen hergeholt. Wenn sie einen Einmarsch vorbereiten, vermutlich nicht an dieser Stelle. Wahrscheinlich wollen sie nur ihre Stärke demonstrieren ...

Sie haben mich nach meiner Meinung gefragt. Sie wollten wissen, wie viele Soldaten da sind. Und weil wir hier sind, um eine Invasion aufzuhalten, dachte ich, es wäre vielleicht interessant, dass hier nicht genug Soldaten für eine Invasion sind.

Klar. Wir können zur Grenze gehen, aber die können uns auch von hier aus gut sehen, falls es Ihnen darum geht ... Wir gehen. Wir gehen ...

Vincent, das ist weit genug. Okay. Wir sind da. Wir sind direkt am Zaun. Da sind ungefähr zweihundert Mann und ein paar Laster, ungefähr dreißig Meter vor uns ... Nein, Alyssa. Niemand macht irgendwas. Sie starren uns nur an ... Ich sag's Ihnen doch! Niemand schießt auf uns! ... Wo?

Ah, ja. Ich sehe ihn. Da ist ein Mann, ungefähr dreihundert Meter seitlich von uns. Er schießt auf uns mit einer AK ... Was soll ich machen? Ihn anschreien? HEY, DU DA UNTEN! HÖR AUF, AUF UNSERE FÜSSE ZU SCHIESSEN! Wie wär's damit?

Das ist nicht Ihr Ernst, oder? Ich marschiere nicht wegen eines Jungen mit einer Erbsenpistole nach Nordkorea ein. Der hat wahrscheinlich nur die Hosen voll ... Wir können nicht zurückschießen, Alyssa. Wir könnten ihn zerquetschen, wenn er näher kommt, aber von hier können wir ihn nicht erreichen. Nein, Alyssa, wir werden nicht angegriffen. Es ist mir egal, wie gern Sie mit Ihrem neuen Spielzeug angeben wollen, es gibt keine Bedrohung, die rechtfertigt, dass wir ...

Haben Sie schlechten Empfang? Ich sagte Nein. Wir legen uns nicht zum Spaß mit fünfzigtausend Mann und einer gepanzerten Division an …

— Überschreiten Sie nicht die Grenze, Ms. Resnik. Es ist mir egal, was Ms. Papantoniou sagt. NICHT die Grenze überschreiten.

— Ein Befehl … Sind Sie sicher, Alyssa? Für mich klingt das eher wie ein Vorschlag …

Dann werfen Sie mich doch raus! Wir wurden hergeschickt, um eine Invasion zu verhindern. Jetzt wissen wir, dass keine Invasion stattfindet. Wir sollten unsere Koffer packen und nach Hause fahren …

Vincent, dreh um. Wir verschwinden hier. Vincent?

— Sie dürfen nicht die Grenze überschreiten, verstanden?

— Wir überschreiten die Grenze schon nicht! Vincent! Los! Ich sage es nicht noch … Was war das? …

Ja, ich höre Sie, Alyssa. Ich glaube, wir wurden beschossen, dieses Mal wirklich … Ich weiß nicht, eine Panzerfaust, glaube ich. Haben Sie keine Kameras da oben? Sagen Sie mir, was uns getroffen hat … Ich weiß nicht, wo es herkam – aus der Nähe, nehme ich mal an. Ich habe nur aus den Augenwinkeln …

An der Schulter … Nein, wir haben keine Explosion gespürt, eher ein Brummen. Mein Anzug spannte sich kurz, aber das war so ungefähr … Warten Sie … ACHTUNG, BESCHUSS!

— Ms. Resnik? Was ist los? Ms. Resnik!? …

— … Wir wurden getroffen! Wir wurden getroffen! … Eine Panzerabwehrrakete. Sie kam von einem fahrbaren Raketenwerfer westlich von uns … Dieses Mal habe ich den Einschlag gespürt. Ich glaube nicht, dass wir beschädigt wurden, aber mein Anzug gibt mir eine Art Feedback. Es fühlte sich an wie ein Stromschlag. Vincent, hast du das auch gespürt? …

Ja. Vincent hat das Gleiche gespürt. Vincent, wir sollten besser den Schild einschalten. Ich weiß nicht, wie viele Raketen wir aushalten, bevor wir uns entladen … Ach, und kann jemand dem Trottel im Jeep sagen, dass er sich vom Acker machen soll?

Natürlich schießen sie auf uns, Alyssa. Es steht ein zwanzig Stockwerke hoher Roboter vor ihrer Haustür. Sie haben keine Ahnung, was … Schon wieder! BESCHUSS!

Schalt den Schild ein, Vincent! LOS! LOS! LOS! … Nach links, Vincent! Nach links! … ERWISCHT!

Haben Sie das gesehen?

— Ich darf annehmen, dass das eine rhetorische Frage ist? Ich sitze in China am Telefon.

— Nein, Alyssa, da war eine andere Rakete, wahrscheinlich eine AT-5. Ich meinte, haben Sie das Licht gesehen? Ich konnte gerade noch rechtzeitig den Arm heben, um die Rakete mit dem Rand des Schilds abzufangen. Es war seltsam – der Schild wurde flach und hell, und zwar *richtig* hell. Einen Moment lang konnten wir nicht mehr durchgucken. Ich frage mich, warum er seine Form verändert hat.

Okay. Das ist ja ganz witzig, aber was halten Sie davon, wenn wir von hier verschwinden, bevor die Lage außer Kontrolle gerät? … Ja, Vincent, bring uns auf dem Weg zurück, auf dem wir gekommen sind. Alyssa, wir sind auf dem Rückweg …

Das ist nicht Ihr Ernst. Wie lange? Okay.

Vincent, es sind zwei MiGs unterwegs. Ankunft in vermutlich drei Minuten ... Ja, wir warten hier. Dreh uns um. Falls sie schießen, will ich nicht am Rücken getroffen werden. Alyssa, wir sind ungefähr dreihundert Meter vom letzten Standpunkt. Wir bleiben hier, bis die MiGs eintreffen. Ich schalte kurz das Mikro aus ...

Können Sie dem ein Ende setzen?

— Reden Sie mit mir?

— Ja, Alyssa kann mich nicht hören. Können Sie die MiGs irgendwie zum Umkehren bewegen?

— Tut mir leid, aber darauf habe ich keinen Einfluss.

— Okay ... Haben Sie eine gute Geschichte auf Lager? Mir bleiben noch drei Minuten.

— Was würden Sie denn gern hören?

— Irgendwas, das mich von den beiden MiG-21 ablenkt.

— Ich glaube nicht, dass sie den Roboter zerstören können.

— Wir können gern die Plätze tauschen.

— Das müssen wir verschieben.

— Erzählen Sie mir von Peking.

— Dazu bin ich ungeeignet. Die Stadt ist für mich voller schlechter Erinnerungen. Ich kann sie nicht mehr so sehen, wie sie wirklich ist.

— Gut. Dann erzählen Sie mir von Ihrer Kindheit. Oder irgendwas über Hunde.

— Sie haben gerade einen direkten Befehl Ihrer Vorgesetzten verweigert.

— Ach das … Ja, wenn Sie mit »verweigert« meinen, dass ich nicht getan habe, worum sie mich gebeten hat, dann haben Sie wohl recht.

— Wir haben schon mal darüber gesprochen. Sie wurden dazu ausgebildet, Befehle nicht zu hinterfragen.

— Offenbar wurde ich nicht besonders gut ausgebildet.

— …

— Ich weiß nicht, was ich sagen soll. Wir sind hier nicht bei der Army.

— Hätten Sie genauso reagiert, wenn Dr. Franklin den Befehl gegeben hätte?

— Wahrscheinlich nicht. Hören Sie, es tut mir leid! Ich mach's nicht noch mal. Dazu werde ich auch kaum die Gelegenheit bekommen. Ich glaube nicht, dass Alyssa mich in nächster Zeit irgendwo hinschickt.

— Möglicherweise hat sie gar keine andere Wahl. Vielleicht ist das nicht der richtige Moment, aber ich befürchte, dass ich nicht mehr mit Ihnen sprechen kann, bevor Sie nach Puerto Rico zurückkehren. Es gibt eine neue Entwicklung, und ich finde, Sie haben es nicht verdient, vor vollendete Tatsachen gestellt zu werden.

— Tja, schaffen Sie es, es mir in anderthalb Minuten zu erzählen?

— Alyssa hat Ersatzpiloten gefunden. Sie möchte, dass Sie und Vincent sie trainieren, sobald Sie zurückkommen. Für Ihr Deck ist ein israelischer Pilot vorgesehen.

— Taugt er was?

— *Sie* ist die Beste, die sie haben. Ich bin ihr noch nicht begegnet, aber ich habe ihre Akte gelesen. Ich glaube, Sie beide werden sich verstehen. Ich mache mir mehr Sorgen wegen des Ersatzes für Mr. Couture.

— Wer ist es?

— Ms. Papantoniou war – wie soll ich sagen – nicht gerade redselig, was die Angelegenheit angeht, aber ich habe erfahren, dass ein gewisser Armeepilot, den Sie sehr gut kennen, vorzeitig aus der Haft entlassen wurde.

— Ein Armeepi… Ryan? Das soll wohl ein Witz sein …

— Leider nicht. Es sei denn, Sie können sich einen anderen Grund vorstellen, warum Mr. Mitchell am Tag seiner Freilassung einen

Flug nach San Juan gebucht hat. Tut mir leid. Ich weiß, dass es erschütternd sein muss.

— Meinen Sie? Was glauben Sie, wie Vincent reagieren wird? … Nein, Vincent, es ist nichts! Also, nicht nichts, aber ich erzähle es dir später, okay?

Sie ist verrückt, wenn sie glaubt, dass Vincent ihn trainieren wird … Aber Sie hatten recht. Sie haben sich wirklich einen beschissenen Zeitpunkt ausgesucht, um es mir zu sagen …

— Ich weiß.

— Heilige Scheiße, sie sind hier. Ich muss Schluss machen.

— Viel Glück.

— …

— Ms. Resnik?

— …

— Ms. Resnik. Sind Sie noch dran?

FILE 252

GESPRÄCH MIT DR. ALYSSA PAPANTONIOU,
GESCHÄFTSFÜHRERIN UND WISSENSCHAFTLICHE LEITERIN,
GAIA-KONSORTIUM

ORT: GEHEIMER ORT BEI SAN JUAN, PUERTO RICO

— Sie ist raus. Ka... Kara ist raus.

— Das stimmt nicht.

— Sie ist raus! Ka... kapieren Sie das endlich!

— Sie mochten sie von Anfang an nicht. Es muss frustrierend für Sie sein.

— Wollen Sie mir erzählen, dass Sie mit dem, was sie ge... getan hat, einverstanden sind? Sie hat einen di... direkten Befehl verweigert! Wenn das die Army wäre, hätte man sie vor ein Kriegsgericht gestellt. Sie wäre schon im Knast. Das wissen Sie ganz genau.

— Allerdings. Wenn das die Armee der Vereinigten Staaten wäre, wäre sie nach der Gefängnisstrafe höchstwahrscheinlich unehrenhaft entlassen worden ... es sei denn natürlich, ihre Befehle wären unrechtmäßig gewesen. Sie hatten nicht das Recht, Ms. Resnik aufzufordern, die Grenze nach Nordkorea zu überschreiten. Ich hatte mich klar ausgedrückt. Keine Angriffshandlungen. Ich glaube, wir sind uns einig, dass innerhalb der Grenzen eines souveränen Staates das Feuer zu eröffnen als Angriffshandlung einzustufen ist. Ich würde Ms. Resnik einen Orden verleihen, weil sie standhaft geblieben ist. Mich beunruhigt viel mehr, dass Sie meine Anordnungen völlig missachten.

— Ich bin Ihnen keine Rechenschaft schuldig. Ms. Resnik mir schon. Ich habe ihr einen Befehl gegeben! Sie hat sich nicht nur ge... geweigert, sie hat mich lächerlich gemacht!

— Sie sind ja paranoid.

— Sie hat sich mir widersetzt!

— Sie haben versucht, einen Krieg anzufangen! Sind Sie so selbstsüchtig, dass Sie glauben, es wäre um Sie persönlich gegangen?

— Damit wird sie nicht durchkommen.

— Ist Ihnen klar, dass Sie Ms. Resnik viel dringender brauchen als Ms. Resnik Sie?

— Nicht mehr lange. Wir stehen kurz davor. Sehr kurz davor. Glauben Sie mir, sie wird nie wieder einen F… Fuß in das Ding setzen.

— Wollen Sie damit sagen, Sie haben eine Möglichkeit gefunden, die Helme zu entsperren?

— Ja … Also, nein. Nicht ganz. Ich brauche immer noch ihren Kopf, um den Helm in Gang zu bringen, aber ich glaube, ich kann dem Helm vorgaukeln, dass sie noch … noch drin ist, obwohl sie nicht mehr drin ist. Aber ich arbeite an dauerhaften Lösungen.

— Können Sie den Roboter unbegrenzt am Laufen halten? Ich frage nur, weil Ms. Resnik vielleicht wenig Lust hat, Ihnen zu helfen, wenn Sie ihr das Deck wegnehmen.

— Ich hoffe es. Ich brauche noch mehr Proben, um es herauszufinden.

— Vielleicht haben Sie es noch nicht bemerkt, aber Ms. Resnik lässt sich nicht gern untersuchen.

— Sie hat nichts mehr zu melden. Ich be… bekomme, was ich will, so oder so.

— Ich spreche gern mit Ms. Resnik, wenn Sie wollen. Wahrscheinlich kann ich sie überzeugen, sich weiteren Tests zu unterziehen, aber die Untersuchungen müssen auf freiwilliger Basis ablaufen. Ich hoffe, das ist klar.

Es gibt sehr wenige Gewissheiten in dieser Welt. Eine davon ist, dass Sie ersetzbar sind – bei diesem Projekt ebenso wie bei jedem anderen –, Ms. Resnik hingegen nicht. Es gibt eine Grenze, die Sie nicht

überschreiten dürfen. Sie ist klar definiert. Falls es diesbezüglich auch nur die geringste Unklarheit gibt, bin ich jederzeit für Sie erreichbar, um Sie daran zu erinnern.

— Ich leite dieses Projekt so, wie ich es für richtig halte. Ich wollte Ihnen das eigentlich ersparen, aber jetzt geht es nicht mehr anders. Ich habe mit dem Vorstand gesprochen, und es ist meine ... meine Pflicht, Sie zu informieren, dass Ihre Dienste ab sofort nicht mehr benötigt werden. Wir wissen zu schätzen, was Sie für das Projekt getan haben. Uns ist bewusst, dass wir ohne Sie nie so weit gekommen wären, und wir werden Ihnen für Ihre Hilfe immer d... dankbar sein. Der Sicherheitsdienst wird Sie bitten, Ihren Ausweis abzugeben, wenn Sie rausgehen.

— Sie haben mit dem Gremium gesprochen?

— Ja.

— Das »Gremium« besteht aus einem unterrangigen russischen Geheimdienstoffizier, einem pensionierten südkoreanischen General, dem Sohn eines arabischen Prinzen und vier Anwälten, die private Firmen vertreten, denen sie aber nichts von dem, was sie hier sehen, mitteilen dürfen. Wenn man eine Liste der Leute schreiben würde, die für die momentane Lage schlecht gerüstet sind, dann stünde das »Gremium« zweifellos an oberster Stelle. Ihr Name würde zugegebenermaßen weiter unten auf der Liste stehen, aber Sie sind trotzdem unfähig, mit dem fertigzuwerden, was auf Sie zukommen wird.

— W... wovon reden Sie?

— Sie haben die Lage wirklich nicht erfasst?

— Klären Sie mich auf.

— Vor ungefähr zwölf Tagen gewährten Sie der Weltöffentlichkeit zum zweiten Mal einen Blick auf einen außerirdischen Apparat, der so mächtig ist, dass er die Kräfteverhältnisse bei jedem Bodenkrieg verschiebt. Entgegen meiner ausdrücklichen Anweisung ließen Sie den Roboter zur nordkoreanischen Grenze marschieren und provozierten die nordkoreanischen Streitkräfte zum Angriff, nur, damit *Sie* die Zerstörungskraft des Roboters demonstrieren können. Dadurch haben Sie nicht nur erhebliche Spannungen zwischen den Staaten Ostasiens hervorgerufen, sondern auch die USA und vielleicht noch mächtigere Kräfte brüskiert.

— Wir haben nicht gegen die Interessen der USA verstoßen. Nordk… korea ist nicht gerade ein befreundetes Land.

— Die Regierung der Vereinigten Staaten scheute keine Kosten und Mühen, um die Teile der außerirdischen Maschine zu orten und zu bergen. In das Projekt wurden unglaubliche Mengen an Geld und Ressourcen investiert. Nachdem die Welt von dem Roboter erfahren hatte, wurde großer Aufwand betrieben, um eine internationale Krise zu vermeiden und sicherzustellen, dass weder die USA noch irgendein anderer Staat im alleinigen Besitz des Roboters ist. Im Grunde genommen haben Sie den Roboter gestohlen, der ganzen Welt präsentiert und in der entmilitarisierten Zone Koreas ein Loch von der Größe einer Kleinstadt hinterlassen.

— Ich habe gar nichts gestohlen! Es war Ihre Idee, den Roboter vom Grund des … G… Grabens zu holen. Sie haben mich hinzugezogen, lange nachdem die Bauarbeiten begonnen hatten.

— Da ich nicht mehr an dem Projekt beteiligt bin, wie Sie eben nicht müde wurden zu betonen, scheint die Verantwortung jetzt ganz allein auf Ihren Schultern zu lasten.

— Ich habe nur getan, was das Gremium ... was das Gremium genehmigt hat. Wir mussten der Welt zeigen, wozu der Roboter fähig ist, wenn er seine abschreckende Wirkung entfalten soll. Machen Sie sich keine So... Sorgen um mich. Ich weiß, was ich tue.

— Eben nicht. Das ist allzu offensichtlich. Hätten Sie die Situation auch nur ansatzweise verstanden, hätten Sie den Roboter nicht rausgeholt, bevor Sie nicht alles darüber wissen, wie er funktioniert. Und ganz gewiss wären Sie nicht so leichtsinnig gewesen, ihn hierher zurückzubringen.

— Wohin hätte ich ihn denn sonst bringen sollen?

— Vielleicht zu der Basis in Russland. Egal wo, nur nicht hierher.

— Die ... die Basis in Russland ist noch nicht fertig.

— Darüber hätten Sie nachdenken sollen, bevor Sie den Roboter zu einem Spaziergang an die nordkoreanische Grenze geschickt und ihn anschließend auf einem Schiff zurück in das Gebiet der Vereinigten Staaten geschafft haben. Es hat über eine Woche gedauert, ihn wieder nach Puerto Rico zurückzubringen. Es gibt keinen Staat auf der Welt, der nicht genau weiß, wo sich der Roboter befindet.

Das Konsortium besteht aus vier Ländern, und in einem davon waren Sie gerade. Trotzdem beschlossen Sie, den Roboter in das einzige Land zu schaffen, das einen rechtmäßigen Anspruch auf ihn hat. Eines ist sicher, Sie werden ihn nie wieder aus Puerto Rico rausbringen. Ich vermute, auch das Gremium wird, sagen wir mal, gereizt darauf reagieren, dass Sie sein Investitionsobjekt den USA übergeben haben.

Seit dem Vorfall habe ich mehrfach mit dem Büro der Präsidentin gesprochen. Die Regierung war kurz davor, eine Blockade zu errichten, als sie begriff, wohin Sie wollten. Der einzige Grund, warum die Marines die Anlage hier noch nicht gestürmt haben, ist, dass sich niemand erklären konnte, warum Sie etwas so Dummes getan haben.

Nichtsdestotrotz wurde die halbe Atlantikflotte um die Insel in Stellung gebracht. Die Seegrenze von Puerto Rico verläuft neun Meilen vor der Küste. Sie können mir glauben, dass niemand, und schon gar nicht Russland, diese Linie jemals überqueren wird. Auch Sie nicht.

— Was ist mit den anderen Ländern im Konsortium?

— Die Emirate haben keine Schiffe, die hierherkommen könnten. Und selbst wenn sie welche hätten, würden sie sie nicht einsetzen. Sie können davon ausgehen, dass auch Südkorea nicht uneingeladen in amerikanische Küstengewässer eindringen wird.

— Was sollen wir jetzt tun?

— Sie können entweder darauf vertrauen, dass die russischen Diplomaten einen Kompromiss aushandeln, oder die Sache mir überlassen. So oder so hoffe ich, dass Sie ein paar gute Bücher dabeihaben. Sie werden eine Weile auf dem Gelände bleiben.

— Eine solche Entscheidung kann ich nicht treffen, ohne …

— Das Gremium miteinzubeziehen. Ja. Tun Sie das. Russland und Korea wissen bereits, was Sie getan haben, aber Ihre privaten Partner werden froh sein, dass jemand da ist, der ihnen erklärt, warum sie aus dem Geschäft sind.

— Das macht Ihnen Spaß, stimmt's?

— Ich ergötze mich nicht an Ihrem Unglück, Ms. Papantoniou.

— Doch. Sie hätten ... mich warnen können.

— Hätten Sie auf mich gehört? Ich hatte Ihnen mehrfach erklärt, dass Sie die Waffe nur im Notfall zu Verteidigungszwecken einsetzen dürfen. Ich hatte betont, dass Ihre Aktionen niemals als Angriff missverstanden werden dürfen. Das hielt Sie allerdings nicht davon ab, in die entmilitarisierte Zone einzumarschieren, bevor auch nur eine einzige Rakete auf Südkorea abgefeuert wurde.

— Es war eine unmittelbare Bedrohung.

— Nordkorea hat Truppen zusammengezogen ... in Nordkorea. Das ist ja unerhört.

— In unmittelbarer Nähe der Grenze!

— Nordkorea ist ungefähr so groß wie Ohio. Es ist geografisch schwierig, sich besonders weit von der Grenze zu entfernen.

— Sie können mir erzählen, was Sie wollen. Sie hätten mich auf dem Rückweg warnen können. Wie Sie mit Vergnügen dargelegt haben, waren wir nicht gerade mit Ü... Überschallgeschwindigkeit unterwegs. Sie hatten mehr als eine Woche Zeit, mir zu sagen, dass ich umkehren soll.

— Allerdings. Ich habe mich dagegen entschieden.

— Sage ich doch. Ich kenne Sie nicht besonders gut. Ich weiß, dass Sie mich nicht leiden können, aber ich kann mir nicht vorstellen, dass Sie das ganze Projekt s... s... sabotieren, nur um mich scheitern zu sehen.

Ich vermute, das gehörte alles zu einem größeren Plan. Also, was haben Sie vor? Sie springen ein, retten die Situation und übernehmen die Leitung des Projekts?

— Glauben Sie mir, Ms. Papantoniou, ich wünsche nicht, Ihren Platz einzunehmen. Und ich will das Projekt auch nicht scheitern sehen. Aber ich habe ein berechtigtes Interesse an den Leuten, die ich eingestellt habe, und ihr Wohlergehen liegt mir am Herzen. Ich möchte, dass Sie mit Ms. Resnik Frieden schließen.

— Ich kann nichts daran ändern, wenn sie nicht mit mir zusammenarbeiten will.

— Sie wohnt noch auf dem Gelände und kommt jeden Tag zur Arbeit. Sie hat über eine Woche auf einem Frachtschiff verbracht, um einen Einsatz in Korea durchzuführen, der nie hätte stattfinden dürfen. Ich gebe zu, dass sie nur bis zu einem gewissen Grad bereit ist, sich Ihren körperlichen Eingriffen zu unterziehen. Aber das scheint mir selbst unter diesen speziellen Umständen ihr gutes Recht zu sein.

— Sie hatten doch sonst keine Probleme damit, die Körper anderer Leute gegen ihren Willen zu manipulieren.

— Dasselbe könnte ich von Ihnen sagen.

— Ich weiß nicht, wovon Sie reden.

— Vielleicht. Spielten Sie gerade auf Mr. Coutures Beine an?

— Ja.

— Der Arzt hat die Operation gegen seinen Willen durchgeführt. Mr. Couture selbst hatte nichts dagegen einzuwenden.

— Wusste er überhaupt, was Sie ihm antun würden?

— Er wusste, dass die Alternative der Verlust seiner Beine war. Wie schmerzhaft der Heilungsprozess auch gewesen sein mag, ich glaube, dass er sich erneut für den Eingriff entscheiden würde.

Jedenfalls schlage ich vor, dass Sie sich, falls Ms. Resnik sich invasiveren Maßnahmen verweigert, mit dem zufriedengeben, das sie bereit ist zuzulassen. In der Zwischenzeit reise ich nach Washington und versuche, eine Lösung für Ihre momentane Misere zu finden.

— Danke. Ich werde …

— Mit dem Gremium reden, ja.

— Ich werde dem Gremium empfehlen, Sie als Berater zu behalten, aber ich kann … kann nichts versprechen.

— Das ist sehr großzügig von Ihnen.

FILE 253

PROTOKOLL – GEODATEN-ÜBERWACHUNG –
KH-9-SATELLIT (BIG BIRD)

[11:30] Bewegungsalarm. *Big Bird* befindet sich geostationär über Puerto Rico. Überwachungsmodus verlassen. Manuelle Steuerung eingeschaltet.

[11:31] Männliche und weibliche Person, Bezeichnung: Alpha, Bravo, außerhalb des Geländes geortet. Bewegen sich zu Fuß auf der Zufahrtsstraße nach Westen.

[11:39] Mehrere Personen verlassen Gelände. Insgesamt acht Männer, alle bewaffnet und in Kampfanzügen. Bezeichnung: Charlie 1 bis 8.

[11:42] Charlie 1–8 steigen in zwei Fahrzeuge, Pickups, die vor dem Gelände parken. Fahrzeuge bewegen sich nach Westen.

[11:46] Verfolgung. Fahrzeuge nähern sich Alpha und Bravo. Zielpersonen verlassen Zufahrtsstraße und bewegen sich durch Waldgebiet nach Norden.

[11:47] Fahrzeuge halten. Charlie 1–8 nehmen zu Fuß Verfolgung auf.

[11:52] Bravo am Boden.

[11:53] Alpha bewegt sich nach Norden. Bravo weiterhin am Boden.

[11:54] Charlie 1–4 bleiben bei Bravo. Charlie 5–8 weiter Richtung Norden.

[11:56] Charlie 1–4 tragen Bravo, möglicherweise tot, zum Fahrzeug.

[12:01] Spur von Alpha verloren. Charlie 5–8 werden langsamer und teilen sich in zwei Gruppen auf.

[12:08] Charlie 5–8 geben Verfolgung auf. Bewegen sich zurück zu Fahrzeugen.

[12:17] Fahrzeuge steuern zurück zum Gelände.

[12:24] Fahrzeuge erreichen Gelände. Alle Insassen treten ein.

[12:32] Keine weiteren Aktivitäten. *Big Bird* wieder im Überwachungsmodus.

FILE 254

GESPRÄCH MIT VINCENT COUTURE, BERATER,
GAIA-KONSORTIUM,

ORT: BAR EL BATEY, SAN JUAN, PUERTO RICO

— Wo ist Ms. Resnik? Ich hatte Sie beide erwartet.

— Sie hat es nicht geschafft.

— Sie haben sie zurückgelassen?

— Ich konnte nichts machen. Sie wurde von einem Taser am Rücken getroffen. Ich versuchte, ihr aufzuhelfen, aber sie erwischten mich an der Schulter, und ich fiel rückwärts den Hügel runter. Als ich wieder zu mir kam, war ich hundert Meter vom Meer entfernt.

— Wurden Sie nicht verfolgt?

— Weiß ich nicht. Ich habe niemanden gesehen, aber ich blieb auch nicht lange genug da, um es herauszufinden. Vielleicht waren sie zu sehr damit beschäftigt, Kara unter Kontrolle zu halten, oder ich war ihnen nicht so wichtig.

— Glauben Sie mir, Sie sind denen sehr wichtig. Selbst wenn Ms. Papantoniou es schaffen sollte, dass andere Piloten die Helme aktivieren können, braucht sie immer noch jemanden, der die Beine und das Pult bedient. Sie sind der Einzige, der das nötige mathematische Verständnis dafür hat.

— So schwierig ist das nun auch wieder nicht. Man kann es lernen.

— Bestimmt, aber Sie sind auch der einzige Mensch, dessen Anatomie der Steuerung angepasst ist. Jeder andere müsste mit dem Rücken zum Pult stehen. Man könnte einen dritten Piloten auf die andere Seite setzen, aber es scheint mir nicht effizient zu sein, die Aktionen von drei Leuten zu koordinieren zu müssen, von denen einer in die falsche Richtung sieht. Wären Sie entführt worden, hätte man Sie vor ihr befreit. Ms. Resnik ist leichter zu ersetzen als Sie.

Wie sind Sie überhaupt nach San Juan gekommen?

— In der Nähe der Küste fuhr ein kleines Fischerboot. Ich schwamm hin und erzählte den Fischern, dass ich beim Schnorcheln und das Boot, mit dem ich gekommen war, ohne mich zurückgefahren sei. Zumindest glaube ich, dass ich das gesagt habe. Sie wissen ja, wie gut mein Spanisch ist. Jedenfalls brachten sie mich nach Playa Sardinera. Dann fuhr ich mit dem Bus hierher.

— Sehr raffiniert von Ihnen. Wie konnte die Situation so eskalieren?

Was ist in der Anlage passiert?

— Wir sind geflüchtet.

— Ich meinte, was vorher passiert ist. Wann haben Sie beschlossen zu fliehen?

— Gestern. Also, heute, aber gestern hat alles angefangen.

— Bitte klären Sie mich auf.

— Ich wachte spät auf. Ich duschte nicht, sondern rannte sofort zum Frühstück runter. Beim Essen wurde sie über Intercom aufgerufen.

— Ms. Resnik?

— Ja. Sie sagte, sie sei gleich zurück, und bat mich, auf ihren Kaffee aufzupassen.

— Und dann?

— Nichts. Ich wartete eine halbe Stunde lang, dann ging ich zu ihrem Zimmer und anschließend zur medizinischen Station. Die Tür war abgeschlossen. Ich klopfte. Nach fünf Minuten wurde geöffnet. Wussten Sie, dass dieses Arschloch Ryan dort war?

— Ja.

— Und Sie dachten nicht, dass ich das wissen sollte?

— Können wir ein anderes Mal darüber reden? Ms. Resnik war in der medizinischen Station …

— Ja. Ich wollte zu ihr gehen. Sie lag bewusstlos auf einem Metalltisch. Ihre Arme und Beine waren festgeschnallt. Sie musste sich heftig gewehrt haben. Ryan hatte eine Platzwunde an der Stirn. Bestimmt hat er geholfen, sie festzuhalten, denn ich glaube kaum, dass die beiden Wachmänner im Raum allein mit ihr fertiggeworden sind. Alyssa auf keinen Fall.

Ryan packte mich. Er sagte, dass ihr nichts passieren würde. Ich glaubte ihm nicht und versuchte, mich loszureißen, aber er ist viel stärker als ich. Alyssa war auch da. Sie holte eine Spritze aus einer Schublade und stach mir damit in den Hals. Als ich wieder zu mir kam, war ich in meinem Zimmer.

— Was haben sie mit Ihnen gemacht?

— Keine Ahnung. Ich wachte mit mörderischen Kopfschmerzen auf, aber sonst war nichts.

— Tat Ihnen der Rücken weh?

— Nein, eigentlich nicht. Warum?

— Welche Tests führte Alyssa vor dem Einsatz in Korea mit Ihnen durch?

— Sie hat mich für Röntgenaufnahmen nach San Juan geschickt. Und sie hat eine Menge Proben genommen.

— Was für Proben?

— Alles, glaub ich. Blut. Viel Blut. Speichel, Sperma, Haare. Warum? Was glauben Sie, was sie macht?

— Ich weiß es nicht. Wie haben Sie es geschafft, Ms. Resnik zu befreien?

— Ich habe sie nicht befreit. Ich glaube, sie waren fertig mit ihr und ließen sie gehen. Sie klopfte an meine Tür.

— Wie ging es ihr?

— Sie war ziemlich mitgenommen und noch benebelt von dem Zeug, das Alyssa ihr gegeben hatte. Sie nahm meine Hand, und wir lagen bis zum Morgen im Bett. Als ich aufwachte, war sie schon angezogen. Sie wirkte sehr nervös. Wir wussten beide, dass wir von dort verschwinden mussten.

— Was war Ihr Plan?

— Zunächst hatten wir keinen Plan. Wir versuchten, einfach aus der Tür zu spazieren. Die Wachen hatten den Befehl, uns nicht durchzulassen. Ich merkte, dass Kara darüber nachdachte, sich den Weg freizukämpfen. Aber ich wollte mich nicht mit vier Bewaffneten anlegen. Ich legte ihr eine Hand auf die Schulter, um sie zurückzuhalten. Es dauerte ein paar Sekunden, aber dann entspannte sie sich. Wir gingen zurück auf mein Zimmer, um einen Plan auszuarbeiten.

— Was ist Ihnen eingefallen?

— Zuerst nichts. In der Anlage gibt es nur einen Aufzugsschacht, und der ist schwer bewacht. Also blieben uns nur das Unterwassertor und die Luftschächte. Keiner von uns kann ein U-Boot steuern, deshalb verwarfen wir diese Möglichkeit schnell wieder, aber wir wussten auch nicht, wie wir die Schächte hochkommen sollten. Sie sind über einen Kilometer lang. Dann dachte ich: Han Solo.

— …

— Han Solo, Sie wissen schon. Ich zitiere sinngemäß: »Wenn sie sich an die imperiale Standardprozedur halten, werfen sie ihren Müll ab, bevor sie die Lichtgeschwindigkeit erreichen. Dann schweben wir einfach davon.«

— Und das hat geholfen?

— Heute war Entsorgungstag. Einmal in der Woche werden die Müllcontainer rausgebracht, alles, was nicht verbrannt werden kann – größtenteils Metallschrott. Dann kommt ein Laster und holt sie ab. Wir schlichen uns in einen der Container, und sie brachten uns mit dem Müll raus.

— Es überrascht mich, dass Ms. Resnik mit dem Plan einverstanden war.

— Mich hat es auch überrascht. Ich war selbst nicht gerade zuversichtlich. Aber wir wollten auf keinen Fall noch einen Tag länger dort bleiben. Es war besser, als gar nichts zu versuchen.

Nachdem wir hörten, wie das Tor geschlossen wurde, stiegen wir aus den Containern und gingen los. Nach einem halben Kilometer hörten wir die Pick-ups, die uns verfolgten. Wir liefen, so schnell wir konnten, querfeldein durch den Wald, aber sie holten uns schnell ein. Den Rest habe ich Ihnen schon erzählt.

Wir können Kara nicht da drin bei dieser Irren lassen.

— Stimmt.

— Okay, wie ist der Plan?

— Ich habe absolut keine Ahnung.

— Können Sie die Anlage nicht von einem Trupp Marines stürmen lassen?

— Nein.

— Delta Force oder so?

— Schön wär's. Ich habe keinen Zugriff mehr auf militärisches Personal. Die Regierung der Vereinigten Staaten ist mir zurzeit nicht wohlgesonnen.

— Sie müssen doch woanders Freunde haben.

— Ich habe Verbindungen in verschiedene Länder, aber falls Sie mit »Freunden« Soldaten meinen, die eine Befreiungsaktion in feindlicher Umgebung auf dem Gebiet der USA durchführen können, dann Nein, ich habe im Moment keine Freunde. Ich habe Zugriff auf eine beträchtliche Summe Geld. Mit genug Zeit kann ich wahrscheinlich eine Söldnertruppe auf die Beine stellen, aber das geht nicht in ein paar Stunden oder Tagen.

— Wie lange?

— Zwei oder drei Wochen mindestens.

— Kara kann keine zwei Wochen da drin bleiben. Sie könnte heute oder morgen sterben. Vielleicht ist sie sogar schon tot.

— Wir haben noch Zeit. Sie werden sie nicht töten. Das klingt vielleicht gefühllos, aber Ms. Resnik ist zu wertvoll, als dass sie ihr dauerhaften Schaden zufügen. Allerdings wird ihr Aufenthalt bestimmt unangenehm. Ms. Papantoniou wird alles tun, um herauszufinden, was das … Besondere an ihr ist, aber sie wird sie nicht töten.

— Ich weiß, dass Alyssa nicht vorhat, sie zu töten, aber Sie kennen ja Kara. Sie kann jeden auf die Palme bringen. Ich habe Angst, dass sie etwas Dummes tut. Die Wachen haben bestimmt Anweisung, sie in Ruhe zu lassen, aber sie werden nicht einfach dastehen, während Kara ihnen die Fresse poliert. Es gibt dort eine Menge Waffen, alle stehen unter Stress. Vieles könnte schiefgehen.

— Ich schlage vor, dass Sie mich zurück in die USA begleiten. Vielleicht können wir das Oval Office überzeugen, dass es in ihrem Interesse ist, zu helfen.

— Wofür brauchen Sie mich?

— Man wird mich verhaften, sobald ich das Weiße Haus betrete. Falls man beschließt, mich ein paar Tage in einer Zelle schmoren zu lassen, können Sie die Nachricht selbst überbringen.

— Man wird Sie nicht einsperren, ohne sich anzuhören, was Sie zu sagen haben. Gehen Sie allein. Überzeugen Sie die, dass wir Hilfe brauchen. Ich bleibe hier und sehe, was ich vor Ort tun kann.

— Was könnte das sein? Sie kennen hier niemanden, und Sie sprechen die Sprache nicht. Wo wollen Sie sich verstecken?

— Nirgendwo. Sie haben recht. Ich hätte schon Probleme, mir einen Kaffee zu bestellen. Ich gehe zurück zur Anlage. Ich glaube, sie lassen mich rein.

— Man wird Sie einsperren und nie wieder rauslassen.

— Das glaube ich nicht. Ich erzähle denen, dass das Projekt alles ist, was ich habe, und dass ich nicht weiß, wo ich sonst hingehen soll. Zuerst werden sie mir wahrscheinlich nicht trauen – ich meine, es ist zu offensichtlich –, aber wenn ich dabeibleibe, werden sie mir glauben wollen. Es wäre zu praktisch für sie, wenn ich wirklich zurückkommen wollte. Dem können sie unmöglich widerstehen. Ich bin ziemlich sicher, dass sie es ausprobieren werden.

— Und was tun Sie, falls sie auf diese ziemlich offensichtliche List hereinfallen?

— Auf die Kavallerie warten. Dafür sorgen, dass Kara nichts passiert.

— Und wenn ich keinen Erfolg habe? Dann haben Sie umsonst Ihr Leben riskiert und Ihre Freiheit verloren.

— Vielleicht finde ich einen Ausweg. Ich denke mir etwas Besseres aus, als mich im Müll zu verstecken. Ich finde heraus, welches Ass

Alyssa im Ärmel hat. Ich meine, sie kann nicht davon ausgehen, dass wir kooperieren, wenn sie uns wie Gefangene behandelt. Sie muss kurz vor dem Durchbruch stehen. Vielleicht hat sie sogar schon eine Lösung gefunden.

— Bevor sie mich vom Gelände warf, meinte sie, sie habe eine Methode gefunden, die Helme am Laufen zu halten, nachdem Sie und Kara sie aktiviert haben. Es klang eher nach einer fixen Idee als nach einer konkreten Lösung.

— Das bezweifle ich. Alyssa hat ein großes Ego, aber wenn man so kurz vor dem Durchbruch steht, würde man dann nicht seinen Stolz noch ein paar Tage zügeln, statt alles auf eine Karte zu setzen? Außerdem ist das nicht genug. Sie kann die Helme nicht ewig eingeschaltet lassen. Sie braucht uns immer noch, um sie ab und zu hochzufahren. Das würden wir natürlich nicht freiwillig machen. Es ist so schon schwierig genug, da hochzukommen, ich kann mir nicht vorstellen, dass es ihr gelingt, uns mit Gewalt in die Kugel zu bringen, wenn wir uns dagegen wehren.

— Vergessen Sie bitte Ihre Nachforschungen, und konzentrieren Sie sich darauf, eine neue Fluchtmöglichkeit zu finden. Ich befürchte, Alyssa ist nicht die einzige Bedrohung für Ihr und Ms. Resniks Leben. Die Kavallerie, wie Sie sie nennen, könnte mehr schaden als nützen.

— Will ich das wirklich wissen?

— Es gibt viele unberechenbare Variablen bei diesem Plan. Die US-Regierung könnte einfach beschließen, den Schaden zu begrenzen und die Bedrohung zu beseitigen.

— Sie meinen, uns alle in die Luft zu sprengen?

— Nichts so Drastisches. Die Öffentlichkeit würde es nicht gutheißen, wenn die Vereinigten Staaten einen puertoricanischen Nationalpark mit einem Flächenbombardement überziehen.

— Das ist beruhigend. Einen Moment lang haben Sie mir Angst gemacht.

— Ich vermute, ein paar gut platzierte Torpedos im Bereich der Schleuse wären genauso wirkungsvoll.

— Schön. Wenn sie bricht, ertrinken wir alle innerhalb von Sekunden, und niemand bekommt etwas davon mit.

— Möchten Sie Ihre Entscheidung zurückzukehren noch mal überdenken?

— Ich kann Kara nicht da unten lassen. Außerdem, falls es ein Leben nach dem Tod gibt, möchte ich mir nicht bis in alle Ewigkeit von ihr anhören müssen, dass ich sie allein in Puerto Rico habe ertrinken lassen.

FILE 255

GESPRÄCH MIT MR. BURNS

ORT: CHINESISCHES RESTAURANT NEW DYNASTY,
DUPONT CIRCLE, WASHINGTON, DC

— Ich bin auf dem Weg ins Weiße Haus.

— Ich weiß. Das ist aufregend! Und trotzdem wollten Sie zu Mittag essen. Sie müssen halb verhungert sein.

— Die Zeit drängt, deshalb halte ich mich nicht mit Höflichkeiten auf. Ich brauche Ihre Hilfe.

— *Sie* bitten um Hilfe? Mit leerem Magen kann man nicht klar denken, und Sie haben nichts gegessen, seit Sie in San Juan aufgebrochen sind.

— Darf ich fragen, wieso Sie so viel über meine Aufenthaltsorte wissen?

— Seltsam, oder?

— Was?

— Es muss seltsam für Sie sein. Normalerweise sind Sie es, der Dinge über andere weiß, die er eigentlich nicht wissen sollte.

— Vielleicht. Aber es ist kein großes Geheimnis, wie ich an diese Informationen gelange. Ich vermute, dass wir beide nicht in denselben Kreisen verkehren, also scheint es ein riesiges Informationsnetzwerk zu geben, von dem niemand weiß.

— Aus dem Mund von jemandem, der auf riesige Informationsnetzwerke, von denen niemand weiß, spezialisiert ist, betrachte ich das als Kompliment. Habe ich Ihnen schon die Geschichte von dem Fischer und …

— Nein, und Sie werden sie mir auch nicht erzählen. Ich habe keine Zeit für Geschichten oder lebhafte Metaphern. Ich brauche jetzt Fakten von Ihnen. Wenn Sie mir nicht weiterhelfen können oder wollen, halten Sie mich bitte nicht länger auf.

— In Ordnung, dann erzähle ich Ihnen eben keine Geschichte, aber Ihnen entgeht etwas, es ist nämlich eine gute. Ich sollte mich auf den Weg machen.

— Bitte bleiben Sie. Falls Sie wegen der Ereignisse in Nordkorea besorgt sind, kann ich Ihnen versichern, dass ich alles in meiner Macht Stehende getan habe, um sie zu verhindern.

— Besorgt? Ich? Wenn Sie wüssten, was ich in den letzten ... in den letzten Jahren alles gesehen habe, wäre Ihnen klar, dass schon einiges mehr passieren muss, damit ich mir Sorgen mache. Bitte, fassen Sie das nicht als Beleidigung auf, aber möglicherweise habe ich Sie überschätzt. Ich dachte wirklich, Sie hätten verstanden. Sonst hätte ich mich nicht bei Ihnen gemeldet. Tut mir leid.

— Was genau habe ich nicht verstanden?

— Ich weiß nicht, wo ich anfangen soll ... oder doch. Erstens geht es hier nicht um Sie, Sie eingebildeter Arsch! Wenn man das große Ganze betrachtet, schert es niemanden auch nur einen Dreck, was Sie billigen oder missbilligen oder was Sie zu verhindern versuchten oder was Sie zum Frühstück gegessen haben. Und hier muss man die großen Dinge betrachten ... oder, besser gesagt, das große Ding.

Zweitens geht es hier auch nicht um mich. Es schmeichelt mir, dass Sie meine Bestätigung suchen, aber letztlich ist es egal, was ich denke. *Sie* machen sich Sorgen. *Das* ist Ihr Problem.

— Ich bin mir völlig bewusst, wie unbedeutend meine Rolle in der Geschichte ist, das können Sie mir glauben. Aber ich muss mir noch darüber klar werden, welche Rolle Sie spielen. Ich vermute, Ihr Platz in der Geschichte ist bedeutender, als Sie mich glauben lassen wollen.

Bevor Sie über mich und somit letztlich uns alle urteilen, sollten Sie verstehen, dass ich, auch wenn ich alles tun würde, um mir nicht

technologisch überlegene Wesen zum Feind zu machen und in naher oder ferner Zukunft keinen Konflikt apokalyptischen Ausmaßes zu riskieren, doch zuerst verpflichtet bin sicherzustellen, dass diese Entdeckung nicht im Hier und Jetzt zum Chaos führt.

— Natürlich! Sie haben eine Aufgabe zu erfüllen. Sie müssen sich vor mir nicht rechtfertigen.

[Guten Tag. Möchten Sie schon bestellen?]

— **Ich nehme das Kung-Pao-Hühnchen und einen Eistee.**

— Für mich das Gleiche ... Vielleicht gibt es doch noch Hoffnung für Sie.

— **Helfen Sie mir?**

— Ich würde Ihnen gerne helfen, mit etwas Spaß, aber Sie mögen ja keinen Spaß. Sie wollen über die Sache reden, als wäre es der Weltuntergang oder das Jüngste Gericht. Das ist nicht lustig. Warum entspannen Sie sich nicht mal? Haben Sie schon mal einen Schuppen gebaut? Es ist, als würde man ein winziges Haus bauen. Wir könnten einen an einem Tag bauen, und wenn wir fertig sind, werden Sie unglaublich stolz sein.

— **Ich habe das Gefühl, die Kontrolle über die Situation zu verlieren.**

— Wissen Sie, was Ihr Problem ist? Sie laden sich das Schicksal des gesamten Planeten auf die Schultern. Haben Sie eine Ahnung, wie sich das auf Ihre Gesundheit auswirkt?

— Oh, bitte.

— Würden Sie sich besser fühlen, wenn ich Ihnen sage, dass Sie nicht dafür verantwortlich sind, was letztlich passieren wird?

— *Wissen* Sie, was passieren wird? Zwingen Sie mich nicht, Sie anzuflehen.

— Ich weiß, wie schwer das für Sie sein muss, aber Sie sollten an Ihrem Gesichtsausdruck arbeiten. So etwas kann man nicht mit einem Pokerface sagen. Was halten Sie davon? Ich habe absolut keine Ahnung – ehrlich –, wie Sie allmächtige Aliens davon abhalten können, zu diesem Planeten zu kommen. Genauso wenig weiß ich, ob diese Aliens das überhaupt vorhaben. Ich habe Ihnen schon mehr erzählt, als ich sollte – das dürfte auch Ihnen nicht entgangen sein. Was Sie wirklich begreifen müssen – und das ist ein bisschen schwieriger zu verstehen –, ist, dass ich die Dinge nur schlimmer mache, wenn ich Ihnen mehr verrate.

— Gibt es eine winzige Chance, dass sie uns einfach vergessen haben?

— Unmöglich. Wenn sie etwas gut können, dann ist es Archivierung. Außerdem ist die Menschheit im Moment sehr interessant. Aus evolutionärer Sicht sind die meisten Systeme, die sie überwachen, ihnen entweder so ähnlich, dass sie profan erscheinen, oder in frühestem Entwicklungsstadium, oft ohne empfindsame Wesen oder auch nur komplexe Organismen. Euer »Erwachsenwerden« ist ein seltenes Ereignis, sehr aufregend und wichtig. Sie können mich beim Wort nehmen, wenn ich sage, dass sie euch genau im Auge behalten.

— Unser Erwachsenwerden?

— Ja. Das – alles, was gerade passiert – ist eure Bar-Mizwa. Wenn ihr mit Atomen spielen könnt, dürft ihr bei den Erwachsenen sitzen.

— Was bedeutet das für uns?

— Das bedeutet, dass der Welpenschutz vorbei ist.

— Wie können wir für unsere Fehler zur Rechenschaft gezogen werden, wenn wir nicht wissen, was von uns erwartet wird?

— Von euch wird gar nichts erwartet. Wie gesagt, sie sind keine Kolonialmacht. Das Letzte, was sie wollen, ist, in die Konflikte auf der Erde einzugreifen.

— Das verstehe ich nicht. Wir dürfen uns nicht gegenseitig mit der Waffe umbringen, die sie uns hinterlassen haben, aber wenn wir es mit unseren eigenen Waffen tun, ziehen sie nicht mal die Augenbrauen hoch?

— Sie haben keine Augenbrauen, ein sehr hartnäckiges genetisches Merkmal, wie Sie sehen können.

— Trotzdem, können Sie mir sagen, worin der Unterschied besteht?

— Es gibt keinen Unterschied. Es ist ihnen egal, ob ihr euch mit einem Knüppel oder mit dem Roboter, den sie gebaut haben, umbringt. Es interessiert sie nicht mal, ob ihr euch überhaupt gegenseitig umbringt oder nicht. Sie würden in aller Seelenruhe dabei zusehen, wie ihr euch selbst zerstört. Die Auslöschung der Menschheit ist nicht das Problem.

— Aber wir müssen ihnen beweisen, dass wir verantwortlich mit der neu erworbenen Macht umgehen können, sonst kommen sie und nehmen sie uns weg. Richtig?

— Wenn sie finden, dass ihr noch nicht bereit für diese Macht seid, ja. Entweder sie holen den Roboter zurück, oder sie schicken euch wieder in die Steinzeit und lassen euch noch ein paar Tausend Jahre Zeit, euch zu entwickeln.

— Angenommen, sie wollten uns tatsächlich vernichten, wie viele Roboter würden sie schicken?

— Dazu brauchen sie überhaupt keine Roboter, sie können euch auch von der Umlaufbahn aus zerstören. Aber sollten sie doch Roboter schicken, würde ein halbes Dutzend vermutlich reichen, hundert wären schneller, tausend ... Sie verstehen, worauf ich hinauswill.

— Hätten wir mit unserem Roboter in einer Schlacht eine Chance?

— Ich glaube nicht. Sie müssen bedenken, dass Ihr Roboter sechstausend Jahre alt ist. Es ist eine Antiquität.

Aber man weiß nie, Sie könnten Glück haben. Ihre Waffen haben sich vielleicht deutlich weiterentwickelt, aber sie basieren auf demselben Prinzip – gebündelte Energie. Die Roboter, die sie jetzt haben, können mehr oder weniger das Gleiche wie eurer, nur effektiver.

— Die sicherste Vorgehensweise ist also, nichts zu tun und auf Gnade zu hoffen?

— Das hoffe ich nicht! Ich glaube, Sie sollten ohne Rücksicht auf Verluste kämpfen. Wenn sie beschließen sollten, die Menschheit loszuwerden und noch mal von vorn anfangen zu lassen, tun sie es, egal was ihr macht. An eurer Stelle würde ich nicht klein beigeben.

— Ich glaube nicht, dass unser Roboter in einem Schwertkampf siegen könnte, nicht mit unseren Piloten.

— Da haben Sie wahrscheinlich recht. Ich würde aus größerer Distanz kämpfen.

— Wie denn, wenn wir nur ein Schwert haben?

— Ein Schwert? Sie haben den Flughafen von Denver nicht mit einem Schwert zerstört!

— Also ist der Energiestoß eine Waffe. Wir dachten, er wäre nur ein Nebeneffekt des Materials, aus dem der Roboter besteht. Es mag an meinem unterentwickelten Großhirn liegen, aber ich kann mir nicht vorstellen, wie ein ungerichteter Energiestoß von begrenzter Reichweite einen Kampf aus der Distanz ermöglichen soll.

— Guter Versuch. Das müssen Sie schon selbst herausfinden. Ich habe alles gesagt, was ich zu sagen habe. Gehen Sie zu Ihrem Meeting. Ich kümmere mich um die Rechnung.

— Darf ich fragen, warum Sie uns helfen? Verstößt das nicht gegen die Regeln?

— Ich bin nur ein alter Mann, der gern Geschichten erzählt. Ich kann nichts dafür, wenn Sie so verrückt sind, mir zu glauben.

— Aber warum? Warum lassen Sie die nicht so mit uns umspringen, wie sie es für richtig halten?

— Ich lebe hier. Ich kenne Menschen, gute Menschen. Ich will nicht, dass ihnen etwas zustößt.

— Mir ist bewusst, dass Sie hier geboren wurden und größtenteils menschlich sind. Sie sagen uns nicht, wie wir sie bekämpfen können, aber Sie sagen uns, dass wir es tun sollten. Sie bezeichnen die Aliens als »sie«, nicht als »wir«, was eine gewisse Zerrissenheit offenbart, aber da ist noch etwas. Ich spüre ein Gefühl, das mir bekannt vorkommt, wenn Sie von Ihren Vorfahren sprechen. Ich kann nicht genau den Finger darauf legen. Ärger oder vielleicht … Verbitterung?

— Sie interpretieren eine Menge in die Wahl des Pronomens hinein.

— Sie ließen Sie hier zurück, oder?

— Ich wurde in Michigan geboren.

— Ich spreche von Ihren Vorfahren. Die Aliens ließen Ihre Vorfahren hier zurück und gaben Ihnen nur die Anweisung, sich so gut wie möglich anzupassen. Sie ließen hoch entwickelte Wesen – eine Art Wissenschaftler, die Elite – allein unter primitiven, halbnackten Barbaren zurück, die vermutlich noch nicht mal das Rad erfunden hatten. Jahrhundertelang sehnten Ihre Vorfahren sich nach Dingen, die ihnen wie elementare Notwendigkeiten erschienen sein müssen. Sie wussten, dass ihre Kinder nie ihr volles Potenzial ausschöpfen

konnten, weil sie ihnen beibringen mussten ... normal zu sein. Ich weiß nicht, aber kann mir gut vorstellen, dass ich an ihrer Stelle verbittert gewesen wäre.

— Hübscher Vortrag! In einem Punkt haben Sie recht: Sie haben keine Ahnung, was diese Wesen gedacht oder gefühlt haben. Bevor Sie gehen, gebe ich Ihnen noch einen guten Rat: Hören Sie auf, sich so viele Sorgen zu machen! Geben Sie Ihr Bestes!

— Ich fürchte, mein Bestes ist nicht gut genug.

— Dann finden Sie sich mit dem, was passieren wird, ab. Was auch immer das sein mag. Gehen Sie jetzt. Beim nächsten Mal zahlen Sie das Essen, und dann *müssen* Sie sich die Geschichte von dem Fischer und der Möwe anhören. Übrigens schulden Sie mir noch einen Gefallen. Einen großen Gefallen.

— Für Ihren Rat?

— Nein.

— Dann weiß ich nicht, weshalb ich in Ihrer Schuld stehen sollte.

— Sie werden schon sehen ... Aber Sie schulden mir ganz sicher einen Gefallen. Vergessen Sie das nicht.

FILE 256

EINSATZPROTOKOLL – CW2 RYAN MITCHELL,
UNITED STATES ARMY

ORT: GEHEIMER ORT BEI SAN JUAN, PUERTO RICO

— Wo sind Sie gerade, Mr. Mitchell?

— In Alyssas Büro. Ich bin eingebrochen, um an ihr Satellitentelefon und ihre Schlüssel zu kommen. Sie müssen mir helfen, Sir. Bitte! Ich muss sie hier rausholen. Können Sie mir helfen?

— Ich vermute, Sie sprechen von Ms. Resnik. Ist sie in Gefahr?

— Sie ist mit Alyssa auf der medizinischen Station. Sie ist … Sie machen irgendwas mit ihr, Sir.

— Wer?

— Alyssa. Sie ist … Hören Sie, ich habe keine Zeit, alles zu erklären. Ich muss sie sofort hier rausholen. Können Sie Soldaten schicken?

— Es ist schon ein Trupp Marines vor Ort, aber der wird die Anlage nicht stürmen. Solange die Soldaten nicht wissen, was sie erwartet, gehen sie kein Risiko ein.

— Ich kann es Ihnen sagen! Sagen Sie ihnen nur, dass sie stürmen sollen! Ich sage Ihnen alles, was die Soldaten wissen müssen, aber sie müssen sich beeilen!

— Mr. Mitchell, die Marines kamen nicht auf meine Bitte, und sie sind nicht hier, um Ihnen zu helfen. Sie sind hier, um Sie und alle anderen in der Anlage festzunehmen.

— Warum … ich … es ist mir egal! Sagen Sie denen, dass sie stürmen sollen. Sagen Sie ihnen, dass sie uns verhaften sollen. Wir müssen Kara da sofort rausholen!

— Ich werde wegen Landesverrats gesucht. Sie, Ms. Resnik, Mr. Couture, wir alle sind in den Augen der US-Regierung Verräter.

— Warum stürmen die dann nicht die Anlage, um uns festzunehmen?

— Ich kann nur spekulieren, Mr. Mitchell, aber wenn ich das Kommando hätte, würde ich nicht das Leben meiner Männer aufs Spiel setzen, indem ich sie in eine möglicherweise feindliche Umgebung mit nur einem einzigen Zugang schicke.

— Was wollen Sie damit sagen, Sir?

— Ich will sagen, dass Sie den Marines schon die Tür aufmachen müssen, wenn Sie wollen, dass sie reinkommen.

— Das kann ich machen.

— Das war nicht ernst gemeint! Die Anlage wird von über einem Dutzend bewaffneter Männer bewacht. Die meisten sind ehemalige Soldaten. Die werden nicht zögern, auf Sie zu schießen.

— Glauben Sie mir, Sir. Ich schaffe es. Ich kann die Basis sichern.

— Haben Sie den Schlüssel zur Waffenkammer?

— Ich bin auf dem Weg dorthin … Sir?

— Ja, Mr. Mitchell?

— Ich weiß, wenn es nach Ihnen gegangen wäre, würde ich immer noch in Fort Carson verrotten … Es tut mir leid, Sir. Ich weiß, dass es keine Bedeutung hat, aber ich bereue, was ich getan habe. Das wollte ich nur sagen.

— …

— Ich bin an der Waffenkammer. Suche nach dem Schlüssel. Das muss er sein …

— Haben Sie schon mal auf jemanden geschossen?

— Nicht mit einer Pistole, Sir, aber ich werde niemanden töten.

— Sie können nicht alleine ein Dutzend Männer entwaffnen.

— Hören Sie, Sir, ich habe mich in diesen Schlamassel gebracht, weil ich Vincent fast getötet hätte. Ich werde nicht versuchen, das in Ordnung zu bringen, indem ich einen Haufen Männer erschieße.

— Mr. Mitchell, hören Sie mir zu …

— Schon gut, Sir, ich habe gefunden, was ich gesucht habe. Ich wusste, dass sie hier XREP-Geschosse aufbewahren, um Eindringlinge zu verjagen.

— Ich kenne mich mit Waffen nicht gut aus. Was ist ein XREP?

— Das sind Mini-Taser, die man mit der Schrotflinte verschießen kann und die einen Stromschlag auslösen. Nicht tödlich. Sehr teure kleine Dinger. Es müssten eigentlich noch mehr da sein, aber ich habe drei Schachteln Munition und zwei Schrotflinten gefunden. Ich nehme noch ein paar Blendgranaten und reichlich Kabelbinder mit.

— Kabelbinder? Mr. Mitchell, ich muss Sie warnen …

— Sie haben recht, Sir. Ich schaffe es nicht allein.

— Wo gehen Sie hin?

— Zu den Wohnquartieren, da sollte höchstens eine Wache vor der Tür stehen. Ich hoffe nur, dass mich niemand hört. Ich kann jetzt nicht mehr reden.

— … Mr. Mitchell?

— …

— Sind Sie da?

— Ja. Ich versuchte, den Wachmann k.o. zu schlagen, traf ihn aber nur am Nacken und musste noch mal zuschlagen. Irgendwo muss doch der richtige Schlüssel sein … Es sei denn … Ja! Guter Mann. Er hatte ihn um den Hals hängen.

— Den Schlüssel wofür?

— Tja, der Typ wird sich nicht gerade freuen, mich zu sehen …

Hallo! Ich brauche deine Hil… Nicht … Hör auf … Bitte … *Hör auf, mich zu schlagen!*

Ich brauche deine Hilfe! Kara ist in Gefahr! Kara ist in Gefahr, und ich brauche deine Hilfe, um sie da rauszuholen. Entweder vertraust du mir und hilfst mir, oder du gehst zurück in dein Zimmer, aber wenn du weiter solchen Lärm machst, muss ich dich auch k.o. schlagen.

— Mit wem reden Sie? Mit Mr. Couture? Sagen Sie ihm, dass ich keinen Erfolg hatte. Sagen Sie ihm, die Kavallerie kommt nicht.

— Er sagt, die Kavallerie kommt nicht … Du weißt schon wer. Er! Hältst du jetzt mal einen Moment lang die Klappe? Okay. Hilf mir, den Mann reinzuschleppen. Und jetzt nimm den Schlüssel und schließ alle Türen in diesem Gang ab. Man kann sie von außen verriegeln. Es sind zwölf weitere Wachleute in der Basis. Wenn wir Glück haben, sind ein paar von ihnen in ihren Zimmern ...

— Ist Mr. Couture unverletzt?

— Ja, es geht ihm gut. Jedenfalls sieht er so aus. Er ist viel stärker, als ich es in Erinnerung habe ... Fertig?

— Reden Sie mit mir?

— Wir tun Folgendes: Nimm die Dinger, und steck sie in die Tasche. Ich weiß, dass es Kabelbinder sind. Nimm das Gewehr ...

Nein, ich will nicht, dass du auf jemanden schießt. Ich will, dass du es mir gibst, wenn mir die Munition ausgeht, und dass du das Gewehr, das ich dir gebe, nachlädst. Das ist eine Mossberg 500. Es passen fünf Patronen ins Röhrenmagazin. Du musst sie so reinstecken ... In die Kammer hier kann auch noch eine ...

Nein, Vincent, wir töten niemanden. Das sind Taser-Patronen. Alles in Ordnung? Kannst du das machen? Gut. Jetzt lade deine Waffe.

— Mr. Couture hat keine militärische Ausbildung. Das kann Sie beide die Freiheit oder das Leben kosten.

— Er schafft das schon ... Nein, Vincent, du machst das gut. Noch eine ... Das war's.

Um diese Uhrzeit ist die Werkstatt geschlossen. Die Schleuse und das Kraftwerk sind abgesperrt. Das bedeutet, alle Wachen befinden sich am Eingang oder im Hauptflur. Guck mal in die Tasche. Das sind Blendgranaten. Wenn wir den Flur erreichen, holst du zwei raus, ziehst den Stift und wirfst sie so weit wie möglich weg. Das sollte den Wachen ein paar Sekunden die Orientierung rauben. Hoffentlich lange genug, damit ich auf sie schießen kann. Dann folgst du mir und fesselst ihnen mit den Kabelbindern die Hände …

Nein, das ist noch nicht alles. Leider. Die Granaten machen eine Menge Lärm, die Schrotflinte auch. Die am Eingang postierten Wachen werden alarmiert sein. Was auch immer passiert, wir müssen ein bisschen improvisieren. Wenn es sein muss, schießt du einfach, dann repetierst du, schießt, repetierst – genau wie im Film.

— Mr. Mitchell, ich musste notgedrungen Ihren Plan oder die Ermangelung eines solchen mit anhören. Sind Sie sicher, dass Sie Ihre Waffenwahl nicht noch einmal überdenken wollen? Muss ich Sie daran erinnern, dass die Wachen, die Sie unbedingt am Leben lassen wollen, scharfe Munition benutzen?

— Das ist mir schon klar. Vincent, bist du bereit? Cool! Bleib hinter mir …

Wir sind an der Ecke des Hauptflurs. Ich sehe zwei Männer an der Wand, die sich unterhalten, zwei weitere sitzen am Tisch. Nein, es sind drei … Hol die Blendgranaten aus der Tasche. Denk dran, bis drei zählen und werfen. Versuch, die eine so weit wie möglich nach rechts zu werfen. Und nicht hinsehen. Ich zähle: drei … zwei … eins … jetzt!

…

Eine Wache.

…

Zwei.

Vincent, los!

Drei!

Vier!

…

Fünf! Nein! Komm schon, hör auf, dich zu bewegen. *Fünf!*

Okay, Vincent, fessel sie … Nein, nicht so, die Hände hinter dem Rücken. So, zieh ruhig richtig stramm. Die Dinger müssen fest sitzen!

Fünf Wachen ausgeschaltet, plus die an Vincents Tür. Eine Wache ist bei Alyssa in der medizinischen Station; übrig bleiben also noch null bis fünf Wachen am Haupteingang. Vincent, gib mir die Schrotflinte und lade … *Runter!* …

— Mr. Mitchell, wurden Sie getroffen?

— Einer der Wachleute war auf dem Klo. Er kam zurück, als er mich schreien hörte. Vincent, gib mir das Gewehr und schnapp dir eine Granate aus der Tasche … Sobald du bereit bist … fünf, vier, drei …

Hallo, du! Du kannst mich wahrscheinlich nicht hören, aber mein Kumpel hier fesselt dir die Hände hinter dem Rücken. Wenn du dich rührst, schieß ich auf dich … halt still. Fessel ihn, Vincent! Los, los! …

Wir sind hier fertig. Bleibt nur noch der Haupteingang. Vincent, nimm eine Granate aus der Tasche, und dann gehen wir!

Halt die Granate bereit. Kann sein, dass sie auf uns schießen, sobald ich diese Tür aufmache. Und … los … geht's … Vincent, nicht den Stift rausziehen! Scheiße, schnell, wirf sie in den Waschraum! Los! Los!

— Was ist da los, Mr. Mitchell? Reden Sie mit mir.

— Es sind nur zwei Wachen am Haupteingang. Sie haben die Waffen auf den Boden gelegt und halten die Hände hoch. Ich glaube, ein paar sind noch auf ihrem Zimmer. Hallo, Jungs! … Ja, zu meinem Job gehört das auch nicht. Würdet ihr die Hände hinter den Rücken halten, damit mein Freund euch fesseln kann? Nur für ein paar Minuten, bevor die Marines reinstürmen und euch Handschellen anlegen. Vincent, beeil dich!

Wir sind ein paar Schritte vor der medizinischen Station. Eine Wache ist wahrscheinlich bei Alyssa. Vincent, wärst du so nett? … Wirf einfach die Granate rein, und entwaffne den Wachmann …

Kara ist betäubt und auf dem Tisch festgeschnallt, ich glaube nicht, dass du ihr mit einer Blendgranate noch die Orientierung rauben kannst … Los geht's. Rein da!

Ich sagte Ihnen doch, dass er es hinkriegt, Sir. Sie müssen wissen, dass er die meiste Zeit ein Grinsen im Gesicht hatte. Ich glaube, er ist stolz, dass er seine Fesselungstechnik verbessert hat. Hoffentlich findet er nicht raus, was hier drin passiert ist.

— Reden Sie von den Gewebeproben, die Ms. Papantoniou gesammelt hat?

— Sie sammelt kein Gewebe, Sir. Deshalb habe ich Sie angerufen. Ich schwöre, ich hatte keine Ahnung, was sie tut, als ich hier anheuerte. Ich dachte nur, ich könnte helfen.

— Ich glaube Ihnen. Und jetzt erzählen Sie mir, was Sie gesehen haben.

— Also, Sie wissen ja, dass Alyssa Proben von Kara und Vincent genommen hat: Blut, Haut, Körperflüssigkeiten. Als ich heute Morgen zu ihr kam, hatte sie Kara in einem … Sie hatte nicht mal ein

Höschen an … Ich fragte, was das soll, und Alyssa sagte, sie würde Eizellen aus Karas Eierstöcken entnehmen.

— Hat das Ihre Rebellion ausgelöst?

— Ich war noch nicht fertig. Sie sagte mir, dass sie am nächsten Tag eine künstliche Befruchtung durchführen würde. Kann sie das, Sir?

— Ich verstehe nicht viel von künstlicher Befruchtung, aber ich glaube nicht, dass Ms. Papantoniou das nötige Equipment dafür hat. Allerdings hat sie Zugriff auf Kryogene. Sie könnte also Ms. Resniks Eizellen und Mr. Coutures Spermaproben einfrieren und sie dann zu einer Klinik außerhalb des Geländes bringen, wo man Eizellen und Samen auftauen und befruchten könnte. Dann müsste sie nur noch abwarten, wie sich die befruchteten Eizellen entwickeln. Die meisten Kliniken führen einen sogenannten Blastozytentransfer durch.

— Ich verstehe nicht …

— Bei einem Blastozytentransfer wird ein Embryo eingesetzt, bei dem sich die Zellen in den ersten Tagen oft genug geteilt haben. Die Embryos, die dieses Stadium erreicht haben, können nach fünf Tagen mit vernünftigen Erfolgsaussichten eingepflanzt werden.

— Sie meinen, in eine andere Frau?

— Genau.

— Das ist verrückt!

— Allerdings. Sie haben gerade noch rechtzeitig eingegriffen.

— Ich hätte Alyssa nie geholfen, wenn ich das gewusst hätte. Das glauben Sie mir doch, Sir, oder?

— Ja, und Sie haben es mir schon versichert.

— Vincent ist mit Kara zurück … Hallo, Dornröschen! Was soll das heißen, sie ist nicht hier?

— Ms. Resnik ist weg?

— Nein, Alyssa ist … Hast du wirklich überall nachgesehen? … Ich weiß, dass es nur ein kleiner Raum ist. Kara kann kaum stehen, warum setzt ihr euch nicht da drüben hin? …

Ich weiß nicht, was ich sagen soll, Sir. Wir waren praktisch überall. Vor zwanzig Minuten war Alyssa noch hier. Wenn sie nicht in eines der Zimmer der Wachleute gegangen ist, hätten wir ihr begegnen müssen. Sie kann hier schließlich nicht so einfach raus.

— Vielleicht doch. Sie hat den Bau der Anlage beaufsichtigt.

— Ich suche sie.

— Überlassen Sie das den Marines. Ms. Resnik braucht dringend medizinische Versorgung. Sie sollten die Marines jetzt reinlassen.

— Sofort. Ich muss den beiden erst erzählen, was Alyssa vorhat.

— Sie werden nichts dergleichen tun. Ms. Resnik und Mr. Couture haben schon genug durchgemacht. Sie werden ihr Martyrium nicht

noch steigern, indem Sie ihnen jetzt davon erzählen. Sie können sowieso nichts mehr daran ändern.

— Sir! Es könnte sein, dass sie in knapp einem Jahr ein Kind haben und nichts davon wissen.

— Sie könnten ein ganzes Dutzend Kinder haben. Sie werden den beiden nichts sagen, Mr. Mitchell. Haben Sie das verstanden?

— Sir! Sie haben ein Recht darauf, es zu erfahren.

— Ich erzähle es ihnen, wenn der richtige Zeitpunkt gekommen ist.

— Versprechen Sie es mir?

— Ja. Jetzt machen Sie die Tür auf, und lassen Sie die Marines rein.

— Okay. Ich steige in den Aufzug. Was passiert mit uns, wenn die Marines reinkommen?

— Man wird Sie festnehmen. Wahrscheinlich wird man Sie voneinander trennen, um Ihre Aussagen aufzunehmen. Ich vermute, es wird eine … gründliche Befragung. Was danach passiert, weiß ich nicht. Im besten Fall schickt man Sie zurück nach Fort Carson, wo sie den Rest Ihrer Strafe absitzen. Im schlimmsten Fall bekommen wir alle die Todesspritze.

— Was soll ich ihnen sagen?

— Es gibt leider sehr wenig, was die US-Regierung noch nicht weiß. Was Sie sagen oder nicht sagen, spielt kaum eine Rolle. Machen Sie es sich leicht und erzählen Sie denen, was sie hören wollen.

— Okay. Danke für alles, Sir. Ich habe die Haupttür aufgeschlossen. Wird schon schiefgehen …

Hallo, Leute! Willkommen in Puerto Rico! Au! Komm schon! Ich hab grade die ganze Basis für euch gesichert, Arschloch! Muss das so eng sein? Komm schon, Mann! Das tut weh! …

FILE 257

GESPRÄCH MIT INES TABIB,
SICHERHEITSBERATERIN DER PRÄSIDENTIN

ORT: WEISSES HAUS, WASHINGTON, DC

— Möchten Sie noch etwas sagen, bevor ich Sie festnehmen und wegen Landesverrats vor Gericht stellen lasse?

— Ich sehe zwar keinen Sinn darin, aber von mir aus können Sie sich gern eine Weile aufspielen. Wie geht es Ms. Resnik und Mr. Couture?

— Ihre Piloten werden noch in Puerto Rico befragt. Es geht ihnen gut. Sie können sich alle zusammen als glückliche Familie vor Gericht verantworten.

— Wir wissen doch beide, dass ich nicht vor Gericht gestellt werde. In meiner Branche ereilt einen die Gerechtigkeit normalerweise schneller. Sie kommt unangekündigt und meistens von hinten, und

soweit ich weiß geht ihr kein Meeting im Weißen Haus voraus. Was ist passiert? Hat die Präsidentin Sie persönlich zurückgehalten oder hat jemand anderes meine Verhaftung verhindert? Sie sind relativ neu im Geschäft, deshalb nehme ich an, dass Sie noch Skrupel haben, mich töten zu lassen.

— Sie sagte, sie würde sich persönlich darum kümmern. Woher wussten Sie das?

— Ich wusste es nicht. Es schien mir die logischste Erklärung.

— Sie finden das logisch? Sie verwenden Regierungsgelder, um das Projekt zu finanzieren, Hubschrauber, Drohnen und Soldaten der U.S. Army, um überall auf der Welt die Roboterteile aufzuspüren und zu bergen – illegal, möchte ich hinzufügen –, und töten dabei mehrere amerikanische und ausländische Staatsbürger. Sie bauen die Maschine auf amerikanischem Boden zusammen, setzen amerikanische Wissenschaftler ein, die auf der Gehaltsliste der Regierung stehen, in einer amerikanischen Basis natürlich, die Sie später zerstören, und bringen das Land an den Rand eines Krieges.

Auf Ihren Vorschlag hin stimmt der Präsident der Vereinigten Staaten zu, den Roboter auf dem Meeresgrund zu versenken. Eine – wie sagten Sie noch so schön – vorübergehende Maßnahme. Dann überlegen Sie es sich anders und schenken den Roboter Russland und den Arabischen Emiraten. Habe ich das korrekt zusammengefasst? Was davon erfüllt Ihrer Meinung nach *nicht* den Tatbestand des Landesverrats?

— Welche Frage soll ich zuerst beantworten?

— Suchen Sie sich eine aus.

— Nein.

— Sie wollen nicht antworten?

— Nein lautet die Antwort auf Ihre erste Frage.

— Welche war das?

— »Habe ich das korrekt zusammengefasst?« Haben Sie nicht.

— Was habe ich vergessen?

— Der erste Teil Ihrer Erklärung war im Großen und Ganzen zutreffend, wenn auch überflüssig und unnötig melodramatisch. Abgesehen von Einzelpersonen, die direkt in das Projekt eingebunden waren, sind die Vereinigten Staaten für den Erfolg des Projekts verantwortlich. Was den zweiten Teil angeht, haben Sie Südkorea vergessen. Und ich möchte klarstellen, dass ich niemandem irgendetwas »geschenkt« habe. Erstens gehörte mir der Roboter nicht. Zweitens war es nicht umsonst, ganz und gar nicht.

— Eigentlich will ich gar nicht hören, was Sie zu sagen haben.

— Sie haben mich gefragt. Wie wir schon feststellten, wollten Sie mich festnehmen und wegen Landesverrats vor Gericht stellen. Wir wissen jetzt beide, dass das nicht passieren wird. Stattdessen mache ich Ihnen ein Angebot, eines, das den Vereinigten Staaten von großem Nutzen sein wird. Vorausgesetzt, ich erliege nicht plötzlich einem Herzinfarkt oder erleide einen tödlichen allergischen Schock aufgrund eines Bienenstichs.

— Aber warum? Warum sollte die Präsidentin Sie nicht verhaften lassen wollen?

— Das müssen Sie sie schon selbst fragen.

— Sie wusste Bescheid, oder? Sie wusste schon die ganze Zeit Bescheid. Wusste der vorige Präsident es auch?

— Ich …

— Antworten Sie nicht. Ich weiß, dass Sie es mir nicht verraten. So ist es also, stimmt's? Das war alles geplant.

— Sie sagten, ich solle nicht antworten.

— Ich verstehe es nicht.

— Das war kein Witz.

— Ich verstehe nicht, was das Ganze uns bringen soll.

— Vielleicht trübt Ihre Unfähigkeit, mich verhaften zu lassen, Ihr Urteilsvermögen. Lassen Sie mich noch einmal wiederholen. Ich habe niemandem irgendetwas »geschenkt«. Erstens gehörte mir der Roboter nicht. Und Ihnen auch nicht. Der vorige Präsident stimmte zu, ihn ins Meer werfen zu lassen, weil es einen globalen Konflikt ausgelöst hätte, wenn die Vereinigten Staaten ihn für sich behalten hätten. Stimmen Sie mir zu?

— Spielt das eine Rolle? Gehen wir mal davon aus, dass ich Ihnen zustimme, um den Gedanken durchzuspielen.

— Warum hätte es einen globalen Konflikt ausgelöst?

— Weil Russland nicht wollte, dass wir den Roboter behalten.

— Genau. Russland wollte nicht, dass sich die Machtverhältnisse zu unseren Gunsten verschieben. Und damit waren die Russen nicht allein. Es hätte die Unruhen im Nahen Osten nur noch verstärkt, denn jeder weiß, dass Sie den Roboter früher oder später dort eingesetzt hätten. Die asiatischen Staaten wären ebenfalls wenig begeistert gewesen.

— Worauf wollen Sie hinaus?

— Ich muss Sie ja wohl nicht davon überzeugen, dass, wenn die USA auf ihre Besitzansprüche verzichten, Russland den Roboter ebenfalls nicht haben durfte.

— Das ist doch *mein* Argument.

— Allerdings. Moskau ist sich dessen bewusst. Glauben Sie, dass Russland, nachdem sie sozusagen auf frischer Tat ertappt wurden, jetzt, da der Roboter in Obhut der USA ist, den Moralapostel spielen kann?

— Sie wollen bestimmt, dass ich darauf mit Nein antworte.

— Was ist mit dem Nahen Osten? Wenn, sagen wir mal, die Emirate involviert gewesen wären ... Was ist mit Europa? Asien? Wäre dann eine deutsche Firma im Konsortium möglicherweise hilfreich? Japan, Korea ... Glauben Sie wirklich, dass einer von denen – jetzt, wo sie alles zu verlieren drohen – die Vereinigten Staaten daran hindern will, sich an dem Unternehmen zu beteiligen?

— Zugegeben, es ist raffiniert. Ich habe es verstanden: Wir teilen den Roboter also mit Russland, jetzt, da sie uns lassen ...

— Mehr oder weniger. Aber Sie vergessen das Beste an der Sache. Wie gesagt, ich habe den Roboter nicht verschenkt. Die beteiligten Staaten haben in etwa 200 Milliarden Dollar ausgegeben, um die Basis in Puerto Rico zu bauen und den Roboter zu bergen. Hätten die USA dasselbe versucht, hätten sie die Summe alleine aufbringen müssen. Die Geheimhaltung hätten Sie ebenfalls vergessen können, weil Sie kein Budget von 200 Milliarden Dollar genehmigen können – egal wofür –, ohne dass die Öffentlichkeit davon erfährt.

— Meinetwegen, es ist raffiniert *und* wir haben eine Menge Geld gespart. Was wollen Sie von mir, einen Orden?

— Ein einfaches Dankeschön würde mir reichen.

— Eines begreife ich immer noch nicht. Wenn die Präsidentin Bescheid wusste, warum haben Sie mich dann nicht in Ihren schlauen Plan eingeweiht?

— Ich kann Ihnen nicht sagen, was die Präsidentin wusste oder nicht wusste. Ich organisiere die Briefings nicht. Wie ich Ihrem Vorgänger gegenüber mehrmals erwähnte, gibt es eine Menge Dinge, die eine größere Aufmerksamkeitsspanne als acht Jahre erfordern. Infolgedessen gibt es auch eine Menge Dinge, die dieses Büro niemals erreichen. Was den Plan angeht, müssen Sie wissen, dass er nie so klar ausgearbeitet war. Der Roboter verursachte zu viel Aufruhr, zum Teil wegen der Umstände, unter denen die Teile geborgen wurden. Hypothetisch gesprochen, könnte der vorige Präsident einverstanden gewesen sein, dass sich andere Nationen an Kosten be-

teiligen. In diesem Fall hätte ich eine Gruppe von interessierten Parteien zusammengestellt und den Bau der Anlage in Puerto Rico veranlasst.

— Wollen Sie damit sagen, dass Sie die anderen dazu gebracht haben, die Anlage in San Juan zu bauen, *bevor* wir den Roboter im Puerto-Rico-Graben versenkt haben?

— Ich stehe gerne in dem Ruf, mein Wort zu halten.

— Ich bin nicht sicher, ob ich 200 Milliarden Dollar darauf setzen würde.

— In diesem Fall wäre das die einzige Möglichkeit gewesen, das Projekt nicht für ein oder zwei Jahre zu unterbrechen. Wir hätten bei den Bauarbeiten einen Vorsprung gebraucht, während unser Team weiterarbeitete. Wenn ich, natürlich rein hypothetisch, versprochen hätte, den Roboter bei der erstbesten Gelegenheit im Meer zu versenken, wäre der Unfall in Denver der perfekte Anlass gewesen.

Gleichwohl bin ich verblüfft, dass er so vorschnell der Öffentlichkeit präsentiert und dann zu allem Überfluss auch noch zurück nach Puerto Rico gebracht wurde.

— Rein hypothetisch …

— Nein. Dieser Teil ist eine Tatsache. Ich muss mir wohl eine Mitschuld vorwerfen lassen, weil ich unwissentlich solche Idioten eingestellt habe. Ohne deren Dummheit wären einige Jahre vergangen, bevor wir beide dieses Gespräch geführt hätten.

— Und wie geht es jetzt weiter? Wir treffen eine Vereinbarung mit Südkorea, Russland und den Arabischen Emiraten, und jeder darf drei Monate im Jahr Paraden mit dem Roboter abhalten? Sie wissen doch, dass wir ihn mit diesen Partnern nie gegen irgendjemanden einsetzen können.

— Vermutlich kann ich Ihnen die schlechte Nachricht auch gleich überbringen. Was ich Ihnen zu sagen habe, wird Ihnen nicht gefallen.

— Ich bin jetzt schon nicht gerade begeistert …

— Sie werden den Roboter nicht mit drei, sondern mit 192 anderen Staaten teilen – falls diese Zahl momentan noch korrekt ist.

— Sie übergeben ihn den Vereinten Nationen?

— Nein, Sie werden das tun.

— Warum sollte ich?

— Es gibt keine andere Lösung, deshalb empfehle ich Ihnen, dass Sie einen guten Grund dafür finden. Falls Ihnen nichts einfällt, kann ich mich gerne einbringen, zum Beispiel den Weltfrieden. Es ist wichtig, dass der Vorschlag von Ihnen kommt. Das Konsortium muss absolut überzeugt sein, dass Sie sonst niemals bereit sind, den Roboter freizugeben.

— Dann können wir ihn wirklich nie einsetzen.

— Das hätten Sie sowieso nicht gekonnt, das sollte Ihnen doch mittlerweile klar sein. Weder Sie noch sonst jemand darf jemals ein

anderes menschliches Wesen mit dem Roboter angreifen. Das heißt, Sie dürfen auch den Vatikan nicht in die Luft sprengen, obwohl der nicht Mitglied der UNO ist. Aber statt über die ganzen tollen Kriege zu jammern, die man hätte führen können, sollten Sie zu Ihrem Gott, welcher auch immer es sein mag, beten, dass wir den Roboter niemals einsetzen müssen, denn das würde das Ende der Menschheit bedeuten. Sehen Sie es doch mal positiv, die UNO wird Ihnen im Gegenzug bestimmt einen Großteil Ihrer Verpflichtungen erlassen. Sie schulden ihr schließlich eine Menge Geld. Und, ja, hin und wieder können Sie eine Parade mit dem Roboter abhalten, wenn vielleicht auch nicht drei Monate im Jahr.

Sie selbst sagten mir einmal, diese Entdeckung würde unseren Blick auf uns selbst für immer verändern und einen Teil der Unterschiede zwischen den verschiedenen Nationen verschmelzen lassen. Ich hoffe wirklich, dass Sie das ernst gemeint haben, denn heute können Sie und die Präsidentin etwas Gutes für die gesamte Menschheit tun. Und damit meine ich nicht nur, den Nahen Osten zu stabilisieren oder den Ölpreis zu senken. Sie können etwas *wirklich* Gutes tun, für alle Menschen. Sagen Sie mir: Wie oft kommt das vor?

— Und wenn ich Nein sage?

— Ich habe höchsten Respekt vor der Entscheidungsfreiheit. Das meiste, was ich tue, dient ihrem Schutz. Aber in diesem Fall nicht. Lassen Sie sich ruhig ein paar Tage Zeit, bevor Sie Ja sagen. Außerdem möchte ich, dass Ms. Resnik und Mr. Couture sofort freigelassen werden.

— Die Präsidentin erwähnte Ihre Piloten nicht. Sie werden sich vor Gericht verantworten müssen.

— Sie scheinen ja von Gerichten geradezu besessen zu sein. Wenn Sie wollen, können Sie die Wachen vor Gericht stellen. Und ich empfehle Ihnen dringend, Ms. Papantoniou anzuklagen, falls Sie sie finden.

— Sie meinen die Psychopathin, die Sie für die Leitung des Programms ausgewählt hatten, die Frau, die alle als Geiseln genommen hat, um ein paar verrückte Experimente durchzuführen.

— Ja, genau die. Ich wäre sehr dankbar, wenn Sie sie schnell festnehmen könnten. Die Piloten hingegen müssen freigelassen werden.

— Ich habe vielleicht nicht die Macht, Sie verhaften zu lassen, aber ich muss nicht alles tun, was Sie sagen.

— Natürlich nicht. Sie sollten mit der Präsidentin sprechen und Ihre Entscheidung treffen, ohne auf mich Rücksicht zu nehmen. Sie wissen, dass sie die kommenden Ereignisse zu ihrem Vorteil nutzen will. Die Vereinigten Staaten schenken der Welt einen außerirdischen Roboter und schaffen die erste planetarische Armee. Ein Geschenk der Hoffnung von der Präsidentin an die Menschheit. Ich könnte mir eine Parade vorstellen, mit Feuerwerk, und eine sehr lange mitreißende Rede. Diese Rede wird die Präsidentin viel einfacher halten können, wenn die Piloten nicht wegen Landesverrats in der Todeszelle sitzen. Und die Parade wird besser aussehen, wenn man den Roboter nicht hinterherschleppen muss.

— …

— War das alles? Mein Flieger geht gleich.

FILE 263

GESPRÄCH MIT CW4 KARA RESNIK,
UNITED STATES ARMY

ORT: US-GARNISON FORT BUCHANAN,
PUERTO RICO

— Ich kann nicht fassen, dass Ryan den Helden spielen musste. Typisch für ihn.

— Er hat Ihnen und Mr. Couture bei der Flucht geholfen.

— Klar, er hat mir geholfen zu fliehen. Er hat mich aus genau dem Bett geholt, in dem ich mit seiner Hilfe festgeschnallt wurde … zweimal. Er ist ein Arsch. Aber er *liebt* große Gesten.

— Er hat wirklich einen Hang zum Dramatischen, aber Sie sollten die Möglichkeit in Betracht ziehen, dass er nicht völlig eigennützig gehandelt hat.

— Er hatte ein schlechtes Gewissen, und damit konnte er noch nie gut umgehen.

— Es gibt schlimmere Beweggründe als den Wunsch nach Wiedergutmachung. Ich bezweifle, dass ihm völlig klar war, worauf er sich einließ, als Ms. Papantoniou ihn kontaktierte.

— Es hat auf jeden Fall eine ganze Weile gedauert, bis er es kapiert hat. Warum verteidigen Sie ihn plötzlich? Sie haben ihn doch ins Gefängnis gebracht.

— Und dahin werde ich ihn auch zurückschicken, nachdem ich mich dafür bedankt habe, dass er Ihnen und Mr. Couture das Leben gerettet hat. Ich wollte nur darauf hinweisen, dass Mr. Mitchell nicht durch und durch schlecht ist. Er riskierte sein Leben und entwaffnete ein Dutzend Männer, nur um Sie zu retten.

— Nicht durch und durch schlecht … Okay. Das gebe ich zu. Was wird mit ihnen passieren? Mit den Wachen?

— Nichts, vermutlich. Sie wurden legal von einer seriösen Firma beschäftigt, und die meisten haben nichts Ungesetzliches getan.

— Und was ist mit Alyssa?

— Ob sie für das, was sie Ihnen angetan hat, bestraft wird?

— Mir? Ja. Mir und Vincent. Und wem sie sonst noch was angetan hat.

— Wahrscheinlich nicht. Sie würde behaupten, dass ihr Handeln von den beteiligten Regierungen gebilligt oder gar befohlen wurde. Ich weiß nicht, wie ich es ausdrücken soll, es würde ... unschön werden.

— Sie haben sie also einfach gehen lassen?

— Niemand hat sie gesehen. Sie muss aus der Anlage geflüchtet sein, bevor Mr. Mitchell in Aktion getreten ist.

— Wo könnte sie hingegangen sein?

— Ich weiß es nicht. Die Marines suchten am Flughafen nach ihr, aber an diesem Tag stand ihr Name nicht auf den Passagierlisten. Sie spielten verschiedene Fluchtszenarien durch. Am wahrscheinlichsten ist, dass sie einen Kurzstreckenflug auf eine der Nachbarinseln genommen hat. Vielleicht ist sie von einer Insel zur anderen, bevor sie nach Nordamerika oder Europa geflogen ist.

— Sie kommt also davon, und wir vergessen die ganze Sache? Dazu bin ich zu nachtragend.

— Ich auch. Heute Morgen nahm ich Kontakt mit der bosnischen Regierung auf und lieferte ihr einige Beweise. Das dürfte ausreichen, damit Sarajevo Ms. Papantonious Auslieferung beantragt, falls sie gefunden wird.

— Beweise wofür? Was hat sie in Bosnien getan?

— Sie ist dort geboren.

— Papantoniou?

— Das ist nicht ihr Mädchenname. Nach dem Tod ihres Mannes, hat sie seinen Namen behalten.

— Also, was für Beweise?

— In ihrem beruflichen Werdegang gibt es eine dreizehnmonatige Lücke, aber die Kontoauszüge belegen, dass sich ihre Ausgaben in dem Zeitraum kaum verändert haben.

— Wow. Damit ich das richtig verstehe: Sie glauben, sie ist eine Kriminelle, weil sie genauso viel ausgegeben hat, obwohl sie keine Arbeit hatte. Vielleicht hatte sie genug Ersparnisse. Oder ihre Eltern haben sie unterstützt.

— Ihre Eltern sind tot. Und wichtiger noch, die dreizehnmonatige Lücke fiel genau in den Zeitraum des Massakers von Srebrenica.

— Srebren… Sie glauben, dass sie die Ärztin war, die diese armen Menschen gefoltert hat? Und die muslimischen Frauen gezwungen hat … Ich … Es verschlägt mir die Sprache.

— Lassen Sie sich Zeit.

— Sollte ich Fata deshalb suchen?

— Ich schickte Sie nach Srebrenica, um mögliche Zeugen zu finden. Wie gesagt, ich habe keine stichhaltigen Beweise. Ms. Papantoniou hat eine medizinische Ausbildung. Sie arbeitete früher in einem Krankenhaus, das nur hundert Kilometer von Srebrenica entfernt

liegt, und sie hat keinen Nachweis über ihr Einkommen während der Zeit des Massakers.

Die bosnische Regierung war sehr interessiert. Es wäre ein bedeutender politischer Erfolg, die Schlächterin von Srebrenica zur Rechenschaft zu ziehen, deshalb werden die Bosnier an der Sache dranbleiben. Sie schicken einen Ermittler in das Dorf, in dem Sie Fata gefunden haben, und zeigen ihr Fotos.

— Sind Sie sicher, dass es Alyssa war? Ich meine, *wirklich* sicher?

— Ich bin zu 98 Prozent davon überzeugt, dass sie nicht das Geringste mit den Ereignissen in Srebrenica zu tun hat. Ehrlich gesagt, ist es eine sehr weit hergeholte Interpretation der Tatsachen. Aber ich lag schon öfters falsch. Die bosnische Regierung könnte eine Anklage vorbereiten, egal ob Ms. Papantoniou an diesem Verbrechen beteiligt war oder nicht.

— Erinnern Sie mich daran, mich nie bei Ihnen unbeliebt zu machen. Wann wissen wir mehr?

— Ich würde sagen, in zehn Jahren.

— Zehn Jahre! Wie lange kann es dauern, einer Frau ein Foto zu zeigen? Oder glauben Sie, der Prozess wird so lange dauern?

— Ich weiß nicht, wie schnell die Mühlen der bosnischen Justiz mahlen. Aber ich weiß, dass ein Prozess nicht beginnen kann, bevor Ms. Papantoniou ausgeliefert wird, und sie kann nicht ausgeliefert werden, solange sie eine Gefängnisstrafe für ein anderes Verbrechen absitzt.

— Welches andere Verbrechen? Was hat sie denn sonst noch angestellt? Kennedy ermordet?

— Sie hat nichts getan. Aber sobald sie auf einem der großen Flughäfen landet, zu dem ich Verbindungen habe, wird man bei ihr mehrere Kilo Heroin finden. Das wird ihren Aufenthalt bedeutend verlängern, wo auch immer es sein mag. Ich würde sagen, um schätzungsweise zehn Jahre, wenn man die durchschnittliche Strafe für Drogenhandel betrachtet.

— Mit Ihnen ist nicht zu spaßen, oder?

— Ich bin ein Freund der Gründlichkeit.

— Ich würde mich nicht als rachsüchtig bezeichnen, aber …

— Aber Sie sind es.

— Genau. Also, danke. Sie hat es verdient. Wieso haben Sie überhaupt Eva Braun für die Leitung der Anlage ausgesucht? Antworten Sie nicht, eigentlich will ich es gar nicht wissen.

— Das kann ich sehr leicht beantworten. Sie war die Einzige, die ich nicht persönlich ausgewählt habe. Und dann fragen mich die Leute noch, warum ich mich um jede Kleinigkeit selbst kümmere …

— Also, können wir jetzt nach Hause fahren?

— Es gibt leider noch eine andere Angelegenheit, über die wir sprechen müssen, bevor wir abreisen. Sie betrifft Sie und Mr. Couture persönlich.

— Muss ich mir Sorgen machen?

— Wie würde es Ihnen gefallen, Geschichte zu schreiben?

— Puh. Wie kitschig. Machen wir das nicht schon die ganze Zeit?

— Okay, wie würde es Ihnen gefallen, in der Erdverteidigungstruppe zu dienen?

— Was zum Teufel ist das?

— Eine bewaffnete Abteilung der Vereinten Nationen, deren Auftrag die Verteidigung der Erde ist. Die ersten Streitkräfte, die direkt von der UNO unterhalten werden.

— Eine Armee mit Soldaten aus der ganzen Welt?

— Erst mal würde das Personal größtenteils aus den USA und Kanada kommen.

— Nur Vincent und ich …

— Ja. Der vorläufige Plan sieht vor, dass innerhalb von zwei Jahren ein Kommando- und Forschungszentrum aufgebaut wird. Dafür braucht man zusätzliche Leute. Wenn das geschieht, haben Sie recht: Das Personal wird von überall kommen.

— Was sollen wir tun?

— Der Fokus wird zunächst auf der Forschung liegen: die Untersuchung der Fähigkeiten des Roboters und seine Nutzung als Sprung-

brett zur Entwicklung neuer Technologien, die der Verteidigung des Planeten dienen.

— Ich meinte, was sollen Vincent und ich tun?

— Vor allem Paraden abhalten und Fototermine wahrnehmen. Es sei denn natürlich, die Erde wird von fremden Streitkräften angegriffen, dann werden Sie höchstwahrscheinlich einen schnellen und sinnlosen Tod durch einen übermächtigen und zahlenmäßig überlegenen Feind erleiden.

— Bei Ihnen klingt alles so spannend. Ich bin begeistert. Und wer soll diese Erdverteidigungssache leiten?

— Das weiß ich nicht. Ich wurde damit beauftragt, einen geeigneten Teamleiter zu finden. Ich verspreche Ihnen, dass ich Bewerber, die soziopathische Tendenzen zeigen, nicht in Betracht ziehen werde. Das Entscheidende ist im Moment, dass das Projekt ohne Sie nicht weitergehen kann und dass ich der UNO gern mitteilen würde, dass man auf Sie zählen kann.

— Sie wollen meine Antwort sofort?

— Was du heute kannst besorgen …

— Klar. Was soll ich sagen? Nein, ich will das fantastische Alien-Ding nicht steuern? Ich weiß, dass Vincent den Roboter um keinen Preis aufgeben würde. Und ich will bestimmt nicht diejenige sein, die ihn ihm wegnimmt.

— Es freut mich sehr, dass Sie das sagen. Ich hatte das Gefühl, Sie fragen zu müssen, nach alldem, was Sie gerade durchgemacht haben.

— Ich weiß, Sie sind ein Softie. Sie machen einen auf hart, aber in Wirklichkeit sind Sie butterweich.

— Das erinnert mich daran, dass Ihre Mutter Sie sehen möchte.

— Meine Mutter? Wo ist sie?

— In Guantanamo.

— Hören Sie auf! Wirklich? Sie haben meine Mutter eingesperrt, um sie als Druckmittel zu benutzen, falls ich Nein sage?

— Obwohl es nicht unvorstellbar ist, dass ich Ihre Angehörigen nutzen würde, um Sie zu überzeugen, sollten Sie doch wissen, dass ich Ihre Mutter niemals in eine Zelle sperren würde. Schließlich bin ich im Inneren butterweich. Sie ist auf der Basis in Guantanamo, nicht im Gefängnis. Ihr Flugzeug musste unterwegs ein paar Marines absetzen. In einer Stunde sollte sie hier sein. Sie können zusammen zurück in die USA fliegen.

— Sie sind ein Arschloch. Vincent sagte schon, dass Sie so was abziehen würden.

— Wie geht es Mr. Couture? Ich hatte noch keine Gelegenheit, ihn zu sehen.

— Es geht ihm gut. Mehr als gut. Die Heldennummer gefällt ihm. Es ist beängstigend.

— Ist das denn schlecht?

— Weiß nicht. Ich bin immer noch wütend auf ihn.

— Womit hat er Ihren Zorn verdient? Er hat sich schließlich, wie Sie selbst gesagt haben, in den letzten Tagen ziemlich heroisch verhalten.

— Genau. Wie konnte er so dumm sein, wegen mir zurückzukommen?

— Glauben Sie, er hatte Hintergedanken?

— Nein, er hat sich nur Sorgen um mich gemacht. Darum geht es ja. Sie wissen doch, dass ich anderen Menschen nicht so leicht vertraue.

— Gibt es jemanden, der das nicht weiß?

— Tja, wie könnte ich ihm jetzt nicht vertrauen? Sie wissen, was passieren wird, oder? Ich werde aus der Deckung kommen, dumme Sachen sagen, die ich später bereue, und mich wie eine Fünfzehnjährige aufführen. Irgendwann wird er mich fragen, ob ich ihn heiraten will, und dann werde ich zu verblödet sein, um aus der Sache noch rauszukommen.

— Mr. Couture scheint mir nicht der Typ zu sein, der unbedingt heiraten will.

— Wussten Sie, dass er schon nach einem Ring gesucht hat?

— …

— Ja, ich war auch sprachlos, als ich es erfahren habe. Ich habe mich so ätzend benommen, wie ich es unter diesen Umständen konnte. Bis jetzt habe ich es geschafft, was meine Gefühle angeht, so widersprüchlich zu wirken, dass er sich noch nicht getraut hat, mich zu fragen.

— Vielleicht verbirgt sich tief unter Ihrer rauen Schale ein kleines Mädchen, das verzweifelt darauf wartet, dass sein Märchenprinz ihm einen Heiratsantrag macht.

— Natürlich. Aber bis jetzt ist es mir ganz gut gelungen, dafür zu sorgen, dass die kleine Göre die Klappe hält.

— Was werden Sie antworten, wenn er Sie fragt?

— Sie sind lustig. Er kann nicht fragen. Ich benehme mich einfach die nächsten vierzig Jahre so zickig, dass der perfekte Moment niemals kommt.

— Sie scheinen das kleine Mädchen gut im Griff zu haben. Auf Wiedersehen, Ms. Resnik.

EPILOG

FILE 360

GESPRÄCH MIT UNBEKANNTER PERSON

ORT: US-BOTSCHAFT, DUBLIN, IRLAND

— Wie geht es Ihnen? Brauchen Sie ärztliche Hilfe?

— Mit geht es gut. Danke.

— Kann ich Ihnen irgendetwas holen, damit Sie sich wohler fühlen? Sie waren eine Weile in der Kälte.

— Alles in Ordnung, wirklich. Ich konnte duschen und bekam warme Kleidung. Danke.

— Wissen Sie, wer ich bin?

— Nein, tut mir leid. Ich kenne niemanden in Irland.

— Was machen Sie hier in diesem Land?

— Ich wurde entführt! Hören Sie, ich habe es Ihren Leuten schon zigmal gesagt. Ich weiß nicht, wie ich in Europa gelandet bin. Ein Lastwagenfahrer fand mich heute Morgen am Straßenrand – nackt, verdammt noch mal.

— Sie sagen, Sie wurden entführt. Können Sie mir erzählen, was passiert ist?

— Ich war gerade auf dem Nachhauseweg, als ein Van vor mir eine Vollbremsung machte. Ich fuhr ziemlich heftig auf. Jemand zog mich aus dem Auto. Danach wurde ich wohl ohnmächtig.

— Wo ist Ihr Zuhause?

— Ich wohne in Chicago. Ich bin Amerikanerin.

— Sie wurden also in Chicago bewusstlos und wachten an einem Straßenrand in der Nähe von Dublin wieder auf.

— Ja … Ich … Ja, so war es.

— Was wollten Sie sagen?

— Ich weiß nicht genau. Ich glaube, ich war zwischendurch ein paar Sekunden wach. Ich konnte nichts sehen, aber ich habe Stimmen gehört.

— Wie viele Stimmen?

— Vier oder fünf. Ich bin mir nicht sicher. Ich weiß nicht mal, ob ich das Ganze nicht nur geträumt habe.

— Was haben die Stimmen gesagt?

— Ich habe nichts verstanden. Ich weiß nicht, welche Sprache sie gesprochen haben. Es klang wie ... Ich weiß nicht genau. Vielleicht Schwedisch oder Lakota mit einem starken deutschen Akzent. Ich weiß es wirklich nicht. Eine Sprache, die ich noch nie gehört habe.

— Woher wissen Sie, wie Lakota klingt?

— Aus *Der mit dem Wolf tanzt?* Es ist die einzige indianische Sprache, die mir einfällt. Ich bin in South Dakota geboren. In der Gegend gibt es ein paar Reservate. Eigentlich gehörte das ganze Gebiet, in dem wir leben, den Lakota.

— Sie haben keine Papiere, um sich auszuweisen. Stimmt das?

— Ich sagte es Ihnen doch. Ich war splitternackt, als ich aufwachte. Ich weiß nicht, was mit meiner Tasche passiert ist.

— Sie sollten wissen, dass die Ärzte, die Sie untersuchten, keine Spuren sexueller Aktivitäten gefunden haben.

— Danke. Das ist eine Erleichterung.

— Fällt Ihnen etwas ein, das uns helfen könnte, Ihre Identität zu bestätigen?

— Nein, nicht in Irland. Das ist doch kein Verbrechen, oder? Wenn Sie mich nach Hause bringen, können Sie mit meinen Freunden und Arbeitskollegen sprechen.

— Ich möchte Ihnen ein paar Fotos zeigen.

— Nur zu.

— Erkennen Sie die Frau auf dem Bild?

— Nein, ich weiß nicht, wer das ist. Sie ist hübsch.

— Und was ist mit diesem Mann?

— Den kenne ich auch nicht. Wer ist das?

— Ein Linguist aus Kanada.

— Ein Lin… Sind das die Leute, die mich entführt haben?

— Nein. Ich kann Ihnen sogar versichern, dass sie es nicht sind.

— Warum zeigen Sie mir dann die Bilder?

— Um zu sehen, ob Sie die Leute erkennen oder nicht.

— Sollte ich sie denn erkennen? Ich garantiere Ihnen, dass ich keine Amnesie habe. Bis auf die paar Stunden, in denen ich ohnmächtig war, erinnere ich mich an alles sehr deutlich.

— Darf ich Ihnen noch eine persönliche Frage stellen? Wie alt sind Sie?

— Ich bin siebenundzwanzig.

— Könnten Sie für die Akten noch einmal Ihren Namen und Ihren Beruf nennen?

— Ich heiße Rose Franklin. Ich bin Physikerin an der University of Chicago.

— Ihr DNA-Profil passt tatsächlich zu dem von Dr. Franklin.

— Das scheint Sie zu überraschen. Ich weiß, wer ich bin. Kann ich jetzt bitte nach Hause? Ich habe meine Katze nicht mehr gefüttert, seit ich gestern Morgen zur Arbeit gefahren bin.

— Ms. Franklin, das ist mehr als vier Jahre her.

— Wa... Das kann nicht sein. Ich wurde entführt. Ich lag nicht im Koma. Es ist unmöglich, dass ich vier Jahre bewusstlos war.

— Ich glaube Ihnen. So seltsam es auch klingen mag, es gibt keine wissenschaftliche Methode, um das Alter eines lebenden Menschen exakt zu bestimmen. Aber die Ergebnisse der ärztlichen Untersuchung und die Röntgenaufnahmen Ihres Gebisses verraten uns, dass Sie tatsächlich siebenundzwanzig Jahre alt sind.

— Ich weiß. Ich sagte Ihnen doch, wie alt ich bin.

— Ich meinte, dass bei Ihnen neuere Narben und einige Zahnfüllungen fehlen, die Dr. Rose Franklin nach ihrem siebenundzwanzigsten Lebensjahr bekam.

— Das … das verstehe ich nicht.

— Dr. Rose Franklin wäre mittlerweile einunddreißig.

— Was genau meinen Sie mit »wäre«?

— Kommen Sie bitte mit, wir haben eine Menge zu besprechen.

To be continued …

DANKSAGUNG

(IN UMGEKEHRTER CHRONOLOGISCHER REIHENFOLGE)

Ein Dankeschön, so groß wie ein gigantischer Roboter, an meinen Lektor Mark Tavani und alle bei Del Rey. Danke für die Begeisterung und die Beratung und die Bekämpfung meiner Semikolon-Sucht. Danke, Seth Fishman, mein emsiger Agent, und Rebecca Gardner und Will Roberts von The Gernert Company. Seth, du hast es drauf. Danke, dass du mich als Verleger aus dem Markt gedrängt hast.

Ohne meinen Filmagenten Jon Cassir von CAA würde ich nichts hiervon schreiben (und ich könnte auch nicht solche Sachen wie »mein Filmagent« sagen). Das bringt mich zu Josh Bratman. Danke, dass du mein Leben verändert hast. Vielen Dank an meine Testleser, vor allem an Toby und Andrew. Ihr seid klasse. Danke, Barbara, dass ich dich jeden Abend ein paar Stunden ignorieren durfte, obwohl ich vermute, du hast dich einfach gefreut, dass du mehr Zeit zum Lesen hattest. Danke, Theodore. Du hast mir so viele Fragen gestellt, als ich vorgeschlagen habe, dir einen Spielzeugroboter zu bauen, dass ich einfach ein Buch darüber schreiben musste. Danke, Jean, dass du deine Liebe zur Sprache an mich weitergegeben hast. Danke, Thérèse, dass du mir den Mut gegeben hast, *fast* alles zu versuchen.